KRISTINA GÜNAK

Wer zu spät kommt, den belohnt das Leben

Weitere Titel der Autorin:

Man wird ja wohl noch träumen dürfen
Wer mich nicht mag, hat keinen Geschmack
Wer weiß schon, wie man Liebe schreibt
Glück ist meine Lieblingsfarbe
Die Liebe kommt auf Zehenspitzen
Kaputte Herzen kann man kleben
Mit dir ist alles schöner
Glück ist da, wo man es hinträgt

Titel auch als Hörbuch erhältlich

Über die Autorin:

Kristina Günak wurde 1977 in Norddeutschland geboren. Nachdem sie jahrelang als Maklerin arbeitete sowie als Mediatorin und systemischer Coach tätig war, ist 2011 ihr erster Roman erschienen. Seither hat sie sich mit ihren humorvollen Büchern unter Liebesromanleserinnen einen Namen gemacht. Sie schreibt auch unter dem Pseudonym Kristina Valentin. Weitere Informationen unter: kristina-guenak.de

KRISTINA GÜNAK

WER ZU SPÄT KOMMT, DEN BELOHNT DAS LEBEN

ROMAN

Lübbe

NACHHALTIG PRODUZIERT

Die Bastei Lübbe AG verfolgt eine nachhaltige Buchproduktion. Wir verwenden Papiere aus nachhaltiger Forstwirtschaft und verzichten darauf, Bücher einzeln in Folie zu verpacken. Wir stellen unsere Bücher in Deutschland und Europa (EU) her und arbeiten mit den Druckereien kontinuierlich an einer positiven Ökobilanz.

FSC www.fsc.org
MIX
Papier | Fördert gute Waldnutzung
FSC® C014496

Originalausgabe

Textredaktion: Anna Hahn, Trier
Umschlaggestaltung: Massimo Peter-Bille
Einband-/Umschlagmotiv: © shutterstock: alyaBigJo y | Daria Doroshchuk
Satz: GGP Media GmbH, Pößneck
Gesetzt aus der New Caledonia
Druck und Verarbeitung: GGP Media GmbH, Pößneck
Printed in Germany
ISBN 978-3-404-19309-7

2 4 5 3 1

Sie finden uns im Internet unter luebbe.de
Bitte beachten Sie auch: lesejury.de

1

Es geht los!

November

Achtundzwanzig. Entsetzt betrachtete ich die sich in der Schublade türmenden bunten Tupperschüsseln, alle deckellos. Wer um alles in der Welt brauchte achtundzwanzig deckellose Plastikbehälter? Ich offenbar nicht, denn ich hatte so lange nicht mehr in diese Schublade geschaut, dass ich von deren Existenz vollkommen überrascht war – allerdings nicht im positiven Sinne. So ganz konnte ich mich allerdings nicht von der Verantwortung freimachen, denn diese Schublade befand sich schließlich in meiner Küche, oder besser ausgedrückt: meiner *ehemaligen* Küche, denn das Haus war seit gestern offiziell verkauft. Der Notarvertrag war unterschrieben, ein Übergabedatum vereinbart. Jetzt ging es also richtig los. Eine Tür schloss sich, eine neue ging auf. Der olle Kalenderspruch passte ziemlich gut zu meiner aktuellen Lebenslage, wobei die neue Tür noch verborgen in der Walachei lag, was mir ein durchaus mulmiges Gefühl bescherte. Aber es half ja alles nichts. Ein Zurück gab es jetzt nicht mehr, und zurück wollte ich auch gar nicht.

Es polterte hinter mir, und ich sah hoch. Meine beste Freundin Merle, die heute mit anpackte, um den Rest unserer Habseligkeiten auszuräumen und das Haus übergabefertig zu machen, kam schwungvoll um die Ecke, einen großen Müllsack in der Hand und Spinnweben im Haar.

»Vermelde Vollzug«, erklärte sie. »Dein Arbeitszimmer ist leer. Und sauber.« Sie klopfte sich den Staub vom Pullover und erinnerte mich damit an die Tatsache, dass ich dort wohl das letzte Mal um Ostern herum Staub gewischt hatte. Egal, vor Merle war mir fast nichts peinlich, wir kannten uns schon ewig und sie wusste außerdem, dass mein Nachname nicht etwa Flodder war, sondern ich die letzten Monate ständig für mein gerade fertiggestelltes Projekt unterwegs gewesen war.

Ich deutete auf die Tupperdosen in der geöffneten Schublade. »Warum besitze ich so etwas?«

Merle spähte um die Ecke des Küchenblocks. Dann hob sie eine Augenbraue. »Hm, Prinzip der Anziehung? Wo eins ist, kommen mehr. Klappt augenscheinlich mit Plastikschüsseln, einzelnen Socken und Kugelschreibern. Nur nicht mit Geld. Das habe ich ausprobiert.«

»Ich habe eine preisgekrönte Reportage zum Thema Mikroplastik in unserem Essen gemacht und eine ganze Schublade voller unnützem Plastikkram«, erwiderte ich, immer noch fassungslos.

»Tja, vielleicht nicht die beste Werbung für dich.« Merle grinste. »Aber beruhig dich, vermutlich hat Alex sie gekauft. Er ist doch nach wie vor der unangefochtene Meister des Konsums.« Sie zuckte die Schultern und fing an, die Plastikteile aus dem Schubfach zu räumen, um sie direkt in der blauen Mülltüte verschwinden zu lassen. Ich kratzte mich am Kopf, und sie hielt inne in ihrem Tun und blickte mich an. »Oder willst du Alex fragen, ob er die womöglich noch braucht? Er wollte ja eh gleich hier sein. Nicht dass es doch noch Rechtsstreitigkeiten gibt. Es hat schon Rosenkriege um weniger als Plastikmüll gegeben.« Sie ließ den Müllsack sinken.

»Das ist sehr unwahrscheinlich«, gab ich zurück, und statt mutig in die nächste Schublade zu schauen, hüpfte ich rücklings auf die Arbeitsplatte und zog die Beine zum Schneidersitz hoch.

»Ist es jetzt doch komisch?«, fragte Merle, warf den Müllsack auf den Boden und kletterte neben mich. Sie schien schon den ganzen Vormittag darauf zu warten, dass ich irgendwie emotional wurde.

»Es ist nicht komisch«, erklärte ich deswegen fest. »Ich habe das alles so geplant«, sagte ich mit Nachdruck, dabei blubberte in mir ein sonderbares Gefühl, was ganz entfernt wohl Angst sein könnte. Angst vor meiner wild verwegenen Entscheidung. Aber sie war ja nun mal getroffen. Es lohnte nicht, auch nur einen Gedanken daran zu verschwenden. Merle rückte ein wenig näher an mich heran und sagte leise: »Kannst dich ja trotzdem komisch fühlen.«

Ich schüttelte den Kopf. »Tue ich nicht.« Ich hatte schließlich einen Plan. Und meine Pläne waren ziemlich gut. Also meistens.

»Deine Kinder sind hier aufgewachsen. Die wesentlichen Jahre deines Lebens hast du hier verbracht«, sagte Merle. »Du willst mir doch nicht ernsthaft weismachen, dass dich das kaltlässt?«

Ich schwieg und blickte mich um. Der kleine Flachdachbungalow war nie besonders hübsch gewesen. Er hätte schon renoviert werden müssen, als wir damals vor zwanzig Jahren eingezogen waren. Danach wurde nichts besser. Für ihn zumindest nicht. Mein frischgebackener Ex-Mann Alex hatte zwischendurch mal die großen Fensterelemente gestrichen, und eins der Bäder wurde von seinem original 70er-Charme in Bahamabeige und Orange befreit, aber der Rest war noch im Ursprungszustand. Und der kleine Garten, der sich um das Haus schmiegte wie ein Schal um den Hals, war von Anfang an absolut naturfreundlich gewesen, wie es so schön hieß: Insekten und Vögel erfreuten sich am Unkraut, unser Nachbar Otto Bremshorst weniger. Während wir seit jeher Team Wiese angehörten, war er ein überzeugter Verfechter der Fraktion Golfrasen. Mehr war dazu nicht zu sagen. Der Graben, der uns in dieser Hinsicht trennte, war tief, sehr tief.

Merle brummte etwas Unverständliches und baumelte mit den Beinen. »Weißt du noch, wie Jasper mit voller Wucht gegen das geschlossene Schiebeelement gerannt ist, weil ihn eine Hornisse verfolgt hat? Das war ein ziemliches Blutbad«, erzählte sie dann und klang dabei fast verträumt. Ich erschauderte spontan. Jasper war damals acht gewesen und hatte sich bei dieser Aktion das Nasenbein gebrochen. Dabei waren Hornissen eigentlich so friedlich. Doch dieses irre Tier hatte meinen Sohn auch noch gestochen, als er schon schreiend am Boden lag. Sie war da sehr konsequent gewesen, hatte ihr Ding wirklich durchgezogen. Merle fuhr in einem träumerischen Tonfall fort: »Und erinnerst du dich, als wir deinen vierzigsten Geburtstag gefeiert haben und plötzlich …«

»… fast eine Hundertschaft der Polizei vor der Tür stand«, unterbrach ich sie und musste lachen. Wie könnte ich diese Aktion jemals vergessen? Die drei jungen Polizisten, die auf einmal bei uns aufgetaucht waren, hatten nicht glauben wollen, dass eine mittelalte Frau derart heftige Partys veranstalten konnte. So heftig, dass jemand in der Nachbarschaft einen bewaffneten Raubüberfall vermutet hatte und den Notruf wählte. Meinen Gästen (und mir!) war sofort klar gewesen, dass nur Otto der Nöler der Beschwerdeführer sein konnte, woraufhin sie beabsichtigt hatten, noch lauter zu feiern, sie kannten schließlich Ottos Feindschaft mit mir. Ich hatte sie zur Räson bringen müssen, denn immerhin lebte ich mit Otto Garten an Garten.

Beim Gedanken an diesen Abend musste ich seufzen. Meine Freunde wollten feiern, die Polizisten waren amüsiert, Nachbar Otto drehte durch. Und ich? Ich hatte versucht, es allen irgendwie recht zu machen. Wie immer. Das war der rote Faden meines Lebens. Es allen recht machen. Den Kindern, Alex, meiner Schwiegermutter, dem Sender, den Geldgebern, den Protagonisten meiner Dokus, meinen Freunden und, wenn notwendig, auch der Polizei – wobei da natürlich eine gewisse Dringlichkeit bestanden hatte. Ich seufzte noch einmal vernehmlich. Und genau deswegen war mein Plan so gut! Es würde endlich mal um mich gehen. Nur um mich!

Vor der Tür schnurrte ein starker Motor, und kurz darauf fiel die alte Haustür, die seit zwanzig Jahren lautstark über die gleiche Stelle am Fußboden schabte, ins Schloss. »Da bin ich«, rief Alex und kam gut gelaunt um die Ecke geschlendert.

»Hi, brauchst du Tupperschüsseln? Ungefähr hundert? Alle deckellos?«, rief Merle ihm entgegen und deutete auf den Müllbeutel, der auf dem Boden vor uns lag.

Alex kam näher, warf einen Blick in die Tüte und nickte dann, offenbar erfreut über unseren Fund. »Warum nicht? Kann man nie genug von haben.« Der letzte Satz beschrieb meinen Ex-Mann perfekt. Er wollte immer mehr und hatte eigentlich grundsätzlich nie genug. Von nichts.

»Hast du die gekauft?«, fragte ich verwundert, und er zuckte die Schultern. »Das sind so Dinge, die sich einfach immer vermehren«, erklärte er dann. »Aber ich habe da mal vor ein paar Wochen ein günstiges Angebot geschossen. Die Deckel müssen auch irgendwo sein.«

Ich nickte ihm zu. »Dann viel Spaß beim Suchen und mit den Schüsseln. Du kannst jetzt eine ganze Kompanie bekochen und alles eintuppern. Toll.« Alex grinste mich erfreut an, ihm entging die Ironie meiner Worte vollumfänglich. Auch nach all der Zeit verstand er meinen Humor nicht.

Merle rutschte von der Arbeitsplatte und deutete zum Flur. »So, ihr zwei. Ich fahre dann mal!«

»Und ich schaue nach, ob es noch irgendwas zu erledigen gibt. Danke für deine Hilfe, Merle«, verkündete Alex, gab Merle einen Kuss auf die Wange und machte sich mit schlenkernden Armen zur Hausbegehung bereit. Er trug ein gelbes T-Shirt, das neu aussah und seine tiefe Urlaubsbräune beeindruckend in Szene setzte. Während wir hier nämlich vor fünf Tagen meine allerletzte Geburtstagsparty gefeiert hatten (ziemlich gesittet, Otto hatte nicht die Polizei rufen müssen), war er auf irgendeiner südkaribischen Insel gewesen, um dem tristen Novemberwetter zu entfliehen.

Ich folgte Merle in den Flur, wo drei Umzugskartons standen. »Ich kann dich in dein neues Domizil fahren«, wiederholte meine beste Freundin ihr Angebot nun bestimmt zum zehnten Mal. »Und dein Auto habe ich nur geliehen. Sobald du es brauchst, bringe ich es dir. Ja?« Nachdrücklich hob sie beide Augenbrauen und blickte mich ernst an.

»Alex fährt mich. Und ich brauche den Wagen dort definitiv nicht«, sagte ich und ignorierte das unerwartete Drücken am Grund meiner Seele. »Und du kannst ihn gut gebrauchen.« Merle war als freischaffende Autorin chronisch pleite, aber trotz dieser Tatsache meistens ziemlich positiv gestimmt. Ich bewunderte sie dafür. Jetzt trat sie vor mich, umfasste meine Oberarme und sah mir ins Gesicht. »Wenn du Rettung brauchst, rette ich dich«, sagte sie. Das meinte sie todernst, ich kannte Merle schon fast mein ganzes Leben lang, und wir hatten uns schon einige Male gegenseitig gerettet. Ich umarmte sie und gab ihr dann einen Kuss auf die Wange. »Ich habe alles im Griff. Wenn, dann mache ich es richtig«, erklärte ich fest. Merle seufzte und sah mich weiter ernst an. Schließlich hob sie auf ihre unnachahmliche Art und Weise die linke Augenbraue.

»Das war immer schon dein Problem«, sagte sie. »Keine halben Sachen. Dabei sind halbe Sachen manchmal gar nicht so schlecht.«

Ich half ihr, das, was sie sich von meinem Hausstand ausgesucht hatte, durch den feuchten Novembernebel zu meinem kleinen Mini zu tragen. Den Rest meiner Habseligkeiten hatte ich bereits verschenkt oder verkauft. Der Mini war ein uralter Benziner, der soff wie ein Loch und vermutlich eine ziemlich schlechte Klimabilanz hatte. Ich würde ihn definitiv nicht brauchen. Er passte schon lange nicht mehr zu mir.

Als der kleine blaue Wagen hinter der Kurve verschwunden war, tauchte Alex neben mir auf und schaute in die gleiche Richtung, obwohl es da nichts mehr zu sehen gab. Aber so war Alex. Ihm fehlte oft der Überblick.

»Ella«, sagte er irgendwann mit gedämpfter Stimme. »Ich kann nur hoffen, dass du dir das gut überlegt hast. Ich bin ein wenig besorgt, es ist eine große Entscheidung.«

Ich sah ihn von der Seite an. Das gelbe Shirt stand ihm nicht. Strahlende Sonnenbräune hin oder her. Die Farbe ließ die Falten in seinem Gesicht geradezu leuchten. »Alex. Wir waren zwanzig Jahre verheiratet. Da warst du sehr selten besorgt. Und ich bin schon durch den brasilianischen Dschungel gewandert, falls du dich erinnern kannst.«

»Nun ja. Das war etwas anderes. Das war beruflich. Aber da, wo du jetzt hingehst, gibt es keine Kultur. Nichts! Das ist finsterste niedersächsische Depressionsebene. Man muss doch etwas wollen im Leben. Vorankommen. Ein Ziel haben. So abgeschieden und einfach zu leben ist doch nicht erstrebenswert.«

Er würde es auch nach weiteren zehn Erklärungsversuchen nicht verstehen, aber das war irgendwie okay, deswegen waren wir nicht mehr verheiratet und konnten trotzdem freundlich zueinander sein. Aus diesem Grund sagte ich nur: »Ich will aber weniger. Ich kann nicht fünfzehn Jahre lang Dokus über die Umweltkatastrophen dieser Erde drehen und dann fröhlich weiter dem Konsum frönen. Mein Projekt ist vom Sender abgenickt und eingekauft. Und es heißt nun mal: ›Ella reduziert sich.‹«

Und eigentlich war der geheime Arbeitstitel sogar: ›Ella kümmert sich jetzt endlich mal um sich selbst.‹ Weil es in Ellas Ohren manchmal sonderbar rauschte, sie dem negativen Nachrichtenstrom der Welt nicht mehr entkam und sie grundsätzlich gar nicht wusste, was sie wollte. Nur das, was sie nicht mehr wollte, war klar. Immerhin. Aber alles in allem dennoch kein guter Zustand. Und genau das galt es zu ändern.

»Ich hatte noch nie Angst vor neuen Projekten!«, sagte ich und gab meiner Stimme einen festen Unterton. So wie bei den unzähligen Finanzierungsrunden vor versammelter Mannschaft, bei denen ich Rede und Antwort zu stehen hatte. Ich musste so energisch sprechen und ganz aufrecht stehen, denn während ich es aussprach, diesen Satz, dass ich keine Angst hätte, merkte ich, dass ich sehr wohl Angst hatte. Sie krallte sich förmlich in meinem Herzen fest, aber das wollte ich mir keinesfalls anmerken lassen. Wo kämen wir denn da hin?

2

Ankunft in der niedersächsischen Depressionsebene

Da stand ich nun. Ich war in meinem neuen Zuhause auf Zeit angekommen und starrte aus dem großen Panoramafenster in den wabernden Nebel hinaus. Hinter dem frostigen Grau verbarg sich eine fantastische Aussicht auf den Fluss und die altehrwürdigen Bäume, die ihn säumten. Groß war tatsächlich nur dieses eine Fenster, der Rest der Behausung erinnerte an eine möblierte Streichholzschachtel. Wenn ich den Arm ausstreckte, konnte ich den kleinen Gasherd berühren; wenn ich mich um die eigene Achse drehte, war ich in der Lage, die Haustür zu öffnen. Es handelte sich um zweiundzwanzig Quadratmeter komprimiertes Leben. Ich war schon einmal hier gewesen. Damals hatte ich eine Dokumentation über das Tiny-House-Projekt »Wohnglück« von Theo Bauer gedreht, der wirklich, passend zu seinem Namen, Obstbauer war und das Wohnprojekt sozusagen in seinem »Garten« realisiert hatte – dessen Größenordnung durchaus mit dem Berliner Tiergarten mithalten konnte. Ich hatte damals in zwei der Häuser gefilmt, und irgendwie hatte ich sie einen Tick größer in Erinnerung gehabt. Größer und nicht ganz so still.

Mit der Stille kam ich aktuell nicht so gut zurecht, dabei schien sie mir dringend notwendig. Ich hatte irgendwann in den letzten Jahren einen Nachrichten-Overload erlitten. Fast mein gesamtes Leben hatte ich morgens, noch vor dem ersten Kaffee, die Nachrichten des Tages gecheckt, jetzt löste schon der Gedanke daran Herzrasen bei mir aus. Ich konnte nicht mehr mit den vielen schlechten Nachrichten umgehen. Vielleicht eine Berufskrankheit von Journalisten. Ein bisschen wie die Staublunge beim Bäcker. Ich war mir aber sicher, dass Stille gegen dieses Leiden helfen könnte. Das Abschalten aller Nachrichten, um im besten Fall auch die Lebensleichtigkeit wiederzufinden, die mir ebenfalls abhandengekommen war.

Ich machte einen unaufmerksamen Schritt nach hinten und fiel fast über eine meiner Umzugskisten, die Alex freundlicherweise mit mir hereingeschleppt hatte. Theo Bauer war bei meiner Ankunft noch unterwegs gewesen, doch da hier offenbar immer alle Türen offen standen, hatte er mir geschrieben, ich solle einfach schon mal einziehen. Und nun stand ich hier seit einer Stunde regungslos am Fenster, weil ich Angst hatte einzuziehen. Die Frage war nämlich: wohin mit meinen Sachen? Eine weitere Frage war: Wie bitte sollte ich jemals das Bettlaken abziehen, wenn das Bett in der Nische eingebaut war und von drei Seiten nur aus Wand bestand? Eine freundliche Seele hatte es für mich bezogen, und es musste irgendeinen Trick geben, den würde Theo Bauer mir hoffentlich verraten. Woraufhin sich die nächste Frage förmlich aufdrängte: Wie bekam ich in dieser klaustrophobischen Enge keinen Koller? Eine der wichtigsten Fragen hatte sich allerdings bereits von selbst beantwortet: wie ich es schaffen sollte, meinen Nachrichtenkonsum auf ein Minimum zu reduzieren. Es gab kein Internet. Adieu, ihr negativen Informationen der Welt! WLAN hatte ich ja gar nicht erwartet, aber wenigstens LTE. Doch es gab nichts. Weder Internet noch Handyempfang, nur an einer Stelle, auf dem Boden vor dem Backofen kauernd, hatte ich einen kläglichen Balken. Das hatte ich relativ schnell herausgefunden, als ich nach der Erkenntnis der völligen Abgeschiedenheit auf der Suche nach mehr Kontakt zur Außenwelt panisch durch das ganze Häuschen gekrochen war. Aber vielleicht musste diese Verbindung zur Welt erst mal reichen.

Alle anderen Fragen würde ich Theo Bauer stellen, der hoffentlich bald hier auftauchte, damit er mich in die Miniblockhütte einweisen konnte. Kalt war es übrigens auch, was allerdings nicht mein vorrangiges Problem war, weil ich einen Eisbären in meiner Ahnengalerie hatte und mir selten kalt war, weswegen ich hier und heute zumindest nicht fror, obwohl es draußen maximal fünf Grad waren.

Ich seufzte. Sehr viel lauter als beabsichtigt. Dann beugte ich mich ein wenig nach vorne und spähte um die Ecke zum gekiesten Weg, um nach Theo Bauer Ausschau zu halten. Weit und breit keine Spur von ihm. Stattdessen entdeckte ich im direkten Nachbarhäuschen jemanden, der eindeutig aus seinem vorhanglosen Fenster in meine Richtung starrte. Ein Kerl mit langen Haaren. Als er sah, dass ich ihn sah, hob er zackig grüßend eine Hand und sprang dann vom Fenster weg.

»Ja, hallo auch«, murmelte ich und winkte zurück, dabei hatte mein neuer Nachbar seinen Beobachtungsposten längst wieder verlassen. »Das wird schon, Ella«, sprach ich mir selbst Mut zu. »Du hast bereits ganz andere Situationen überstanden.« Meinem Team und mir waren beim Drehen Schläge angedroht, ich war von der Polizei verfolgt und verhaftet worden, durch wilde Bäche geschwommen und hatte den Avancen eines korrupten chilenischen Polizisten entkommen müssen. Da konnte doch ein Tiny-House-Jahr so schlimm nicht sein. Ich hatte mir das schließlich reiflich überlegt, und meistens traf ich kluge Entscheidungen, allerdings, und das musste ich mir selbst gegenüber eingestehen, war ich in letzter Zeit nicht ganz ich selbst gewesen. Ich hatte einfach nicht erwartet, dass sich alles in meinem Leben derart rapide schnell verändern würde. Mir war die Finanzierung für ein wichtiges Projekt abgestürzt, da eine andere Produktionsfirma schneller in der Umsetzung gewesen war, und meine Söhne waren ausgezogen, um sich überfallartig in eine WG einzumieten. Gemeinsam! Ich hätte gedacht, dass zumindest Jasper, der Jüngere von den beiden, noch ein paar Jahre bei mir wohnen würde, aber Pustekuchen. Und plötzlich hatte sich da eine freie Lücke in meinem Leben ergeben, und ganz spontan wurde aus einer sehnsuchtsvollen Idee, die ich vier Jahre lang gepflegt hatte, ein reales Projekt.

Ella reduziert sich.

Ich seufzte noch einmal, aber weitere Gedankengänge wurden unterbrochen, weil es an der Tür klopfte. Energisch und laut. Ich drehte mich um, machte einen kleinen Schritt nach vorne und öffnete die Tür, in der Hoffnung, nun endlich erklärt zu bekommen, wie dieses Miniaturhaus funktionierte. Draußen stand jedoch nicht Theo Bauer, sondern zwei Frauen, von denen ich hoffte, sie noch nie gesehen zu haben. Ich neigte nämlich zu leichter Gesichtsblindheit und musste Menschen mehrmals sehen, bis ich sie wirklich zuverlässig wiedererkannte.

»Guten Tag«, sagte die Ältere der beiden, nickte mir ernst zu und kam mir sehr entfernt bekannt vor. Es könnte sein, dass ich sie schon mal gesehen hatte, damals beim Dreh der Doku, aber sicher war ich mir nicht.

»Hallo«, antwortete ich, und dann schwiegen wir alle drei für einen Moment, der sich immer weiter dehnte, weil die beiden Damen mich offensichtlich erst mal ausgiebig mustern wollten. Was sie ziemlich ungeniert taten. Ich wollte gerade fragen, ob ich behilflich sein könne, da sagte die andere Frau endlich etwas. »Das ist Margarete.« Sie nickte zu ihrer Begleitung. »Sie haben sich schon mal gesehen, als Sie hier vor vier Jahren gedreht haben, und ich bin Manu.« Aha. Ich kannte tatsächlich eine der beiden Besucherinnen. »Wir wollten dich willkommen heißen und dir Brot und Salz zum Einzug bringen. Und wir duzen uns hier alle.« Manu zauberte von irgendwoher ein frisch duftendes Brot, noch in einer Backform, hervor, während mir Margarete mit einer ausladenden Bewegung einen kleinen Salzstreuer überreichte.

»Das ist ja mal eine richtig gute Idee. Einen Salzstreuer habe ich nämlich vergessen«, erwiderte ich und nahm die mir dargebotenen Geschenke entgegen.

»Du bist nur auf der Durchreise, ja?«, fragte Margarete, die zu ihren wallend grauen Haaren eine knallrote Bluse trug. Das war schon eine aufmerksamkeitsheischende Kombination, aber ihr Gesicht war noch außergewöhnlicher. Volle Lippen und strahlend blaue Augen. Alles an dieser Frau war ausdrucksstark. Und streng. Zumindest musterte sie mich jetzt so. »Nein«, sagte ich und schüttelte energisch den Kopf. »Ich bleibe für ein ganzes Jahr.«

»Durchreise. Sag ich doch.« Die ausdrucksstarke Frau sah sich offenbar bestätigt. »Und du willst hier noch mal eine Dokumentation drehen, ja?«, fragte sie weiter, wartete allerdings keine Antwort ab, sondern schob direkt hinterher: »Keine Kamera in meiner Nähe, verstanden? Mich filmst du bitte nicht. Wenn doch, verklage ich dich.« Sie lächelte, und ich war mir nicht sicher, was dieses Lächeln mir mitteilen sollte. War das ein Scherz gewesen? Meinte sie das ernst? »Also noch mal: herzlich willkommen. Gehen wir?« Sie sah Manu an, die sich ein Lachen zu verkneifen schien. »Wir verklagen niemanden. Aber wir möchten bitte in der Dokumentation nicht vorkommen«, fügte sie dann hinzu.

»Okay«, antwortete ich gedehnt, und schon verabschiedeten sich meine Besucherinnen. Sie lächelten mir beide zu, Manu sehr freundlich, Margarete auf nicht deutbare Weise, und gingen hinüber zu dem hellblauen Minihaus, das halb hinter einem noch unbelaubten Fliederhain auf der anderen Seite der großen Wiese stand. »Das ist ja alles schön hier. Ganz wunderbar. Und so nette Menschen!«, sagte ich halblaut und stellte das Brot neben mich auf den Tisch. Ich blieb in der offenen Tür stehen, um tief durchzuatmen. Aus der Ferne, dort, wo der alte Dreiseitenhof sich zum Fluss hin öffnete, sah ich einen Menschen in meine Richtung rennen. Theo Bauer. Er winkte und eilte mit einer unerwartet hohen Geschwindigkeit auf mich zu, unerwartet, weil er bisher immer mehr der gemächliche Typ gewesen war. Theo Bauer war maximal Mitte dreißig und hatte erst in Hamburg Literatur studiert, dann allerdings auf Landwirtschaft umgesattelt. Vor fünf Jahren hatte er den Hof von dem alten Obstbauernehepaar übernommen, das direkt danach nach Kanada ausgewandert war. Ich fand es schon während der Dreharbeiten beeindruckend, wie der leicht wirr wirkende junge Mann sich all den Herausforderungen gestellt hatte. Er ging alles pragmatisch an und war stets der festen Überzeugung, dass er sämtliche Probleme meistern würde. Immerhin hatte er es geschafft, ein nachhaltiges Wohnprojekt mit Tiny Häusern hochzuziehen, dazu noch einen kleinen Solarpark und ein eigenes Windrad zu bauen, was bei der aktuellen Baurechtslage kein Kinderspiel gewesen war. Und dann gab es da noch diese riesige Obstplantage, die Theo Bauer fast allein bewirtschaftete.

»Da bist du ja!«, rief er mir jetzt entgegen und stürmte den kleinen Weg inmitten von zwei Felsenbirnen hindurch auf mich zu. Vor mir bremste er abrupt ab und schien kurz zwischen Händeschütteln und einer Umarmung zu schwanken. Ich klopfte ihm kurzerhand auf die Schulter, weil er trotz der winterlichen Kälte so verschwitzt aussah. Theo klopfte zurück. Mehrmals.

»Toll. Willkommen. Aufregend! ’tschuldige, dass ich nicht da war, als du angekommen bist. Ich musste neue Obstkisten abholen. Mit dem Trecker. Das hat länger gedauert. Aber …« Er hob den Blick und schien einen Moment lang nach Worten zu suchen.

»... hier schließt ja niemand seine Tür ab. Insofern hat das gut geklappt«, vervollständigte ich seinen Satz. »Komm rein.«

Theo trat ein, und schlagartig schien das Haus zu schrumpfen. Es war schon vorher zu klein gewesen, doch jetzt überkam mich ein heftiges Ölsardinengefühl. Ich rückte näher an das Fenster hinter mir.

»So sieht man sich wieder.« Theo rieb sich die Hände. Ich nickte und versuchte, freudig zu wirken. »Also. Ich zeige dir erst mal, wie alles funktioniert, und dann kannst du dich in Ruhe einleben. Degenbrück liegt nur drei Kilometer entfernt«, er deutete mit einer Hand irgendwo in die Luft, »da bekommt man eigentlich alles. Ein Auto hast du nicht mitgebracht?«

Ich schüttelte stumm den Kopf. »Ich kann dich mitnehmen, wenn du was brauchst. Oder du nimmst mein Auto, das kann jeder benutzen. Also: Die Matratze ist frisch bezogen. Das ist eine Übergröße, und ich habe zwei Laken dafür. Das andere ist in der Schublade darunter.«

Ich hob eine Hand, um ihn zu unterbrechen. »Wie bekommt man das Laken jemals wieder runter?«, fragte ich schnell. »Das Ding ist ja komplett eingebaut.« Ich deutete auf die schwierige Bettsituation.

»Äh«, sagte Theo und dachte dann kurz nach. »Bisschen Geruckel.« Er zuckte die Schultern. »Das geht schon«, meinte er. »Reine Übungssache.« Es klang aufmunternd. »Und das hier ist der Herd. Der wird mit Gasflaschen betrieben. Das Haus ist an die Kanalisation angeschlossen.«

Ich hatte vergessen, wie langsam Theo sprach. Wäre sein Vortrag ein YouTube-Video, würde ich definitiv die Wiedergabegeschwindigkeit erhöhen. Ich merkte, wie ich hibbelig wurde, versuchte aber cool abzuwarten.

»Wasser und Abwasser funktionieren ganz normal. Für die Toilettenspülung will ich noch Brauchwasser … äh …« Er hielt wieder inne und schien nach dem passenden Wort zu suchen.

»… Brauchwasser nutzen?«, vollendete ich den Satz für ihn. Ich musste mich aufs Äußerste zusammenreißen, dass ich ihn nicht ständig unterbrach, weil mein Gehirn diese Unterhaltung schon zu Ende geführt hatte. Mit sich selbst.

»Genau. Macht ja keinen Sinn, bestes Trinkwasser im Klo runterzuspülen. Vorher hatten wir Trenntoiletten. Aber die waren unbeliebt. Ökologisch sinnvoll, aber unbeliebt.«

»Ja, gut. Wie sieht es denn mit dem Internet aus? Ich habe hier kein LTE, nichts dergleichen. Ich dachte, ich komme mit meinem wirklich guten Internetvolumen hin.«

»Das Internet ist grottig. Der Handyempfang auch. Ich befürchte, daran wird sich so schnell nichts ändern. Du kannst mal Folgendes probieren: Da an der alten Eiche«, er deutete raus zu den alten Bäumen. »Wenn du dich ein bisschen reckst und das Handy ungefähr Richtung Südost hältst, solltest du etwas Netz bekommen.«

Ich wartete ab, ob er anfing zu lachen, aber er meinte das wohl todernst. »Das Haus hat leider keine Heizung«, sagte er schließlich.

»Wie bitte?«, fragte ich, als seine Worte mich endlich erreichten. Ich war noch dabei, die Hiobsbotschaft mit dem Internet zu verarbeiten.

»Es gibt nur den Ofen.« Er zuckte die Schultern. »Aber ich bin noch nicht dazu gekommen, auch hier eine Elektroheizung oder eine Wärmepumpe einzubauen, die dann über Windkraft oder Solar betrieben wird.« Er deutete hinter sich, und ich folgte seinem Blick. Neben der Tür stand ein gusseiserner Ofen, der gerade mal die Ausmaße eines mittleren Reisekoffers hatte.

»Der bekommt das hier warm?«, fragte ich zweifelnd.

Theo nickte. »Sehr gut sogar. Bei Frost musst du ungefähr alle vier Stunden Holz nachlegen. Das lagere ich hinter der Scheune, da steht auch eine Schubkarre. Sonst kühlt das Haus schnell aus, und dann platzen irgendwann die Wasserleitungen.«

Ich sah erst den Ofen, dann Theo an und rang mir ein Lächeln ab. Ich hatte im Urwald in einer Hängematte geschlafen, damit die handtellergroßen Spinnen ihre Eier nicht in meinen Nasenlöchern ablegten. Da würde ich es wohl mit einem kleinen Holzofen aufnehmen können. »Okay. Alles wird prima«, sagte ich mehr zu mir als zu Theo.

»Ich freue mich jedenfalls, dass du dieses Wohnkonzept für dich ausprobieren willst. Und es dann mit deiner Doku in die Welt hinausträgst.«

»Warum ist denn dieses Haus eigentlich noch frei? Und wer hat hier vorher gewohnt?«, fragte ich. Es hatte damals eine lange Warteliste mit Interessenten gegeben, und als ich ihn vor wenigen Wochen anrief, kaum waren meine Jungs im Doppelpack aus dem elterlichen Flachdachbungalow ausgezogen, hatte ich gar keine Hoffnung gehabt, dass noch eins frei wäre. Aber Theo hatte mir sofort zugesagt.

»Weißt du«, setzte er an, dann dachte er erst mal nach. Geduld, Ella. Geduld, beschwor ich mich. »Wir leben hier schon in einer Art Gemeinschaft. Und da passt nicht jeder rein. Hier hat zwei Jahre lang ein Geschichtslehrer gewohnt, aber dem war es zu rudimentär. Danach stand das Haus ein paar Monate leer. Niemand, der sich vorgestellt hat, passte so richtig. Es gibt zwei Arten von Tiny-House-Bewohnern. Da sind die Enthusiasten. Die ein klares Ziel haben und dafür auch mal etwas in Kauf nehmen. Und dann gibt es die bequemen. Die sich zwar reduzieren wollen, aber bitte mit dem gewohnten Komfort. Man könnte sie unterteilen in die mit und die ohne Geschirrspülmaschine. Die, die eine Geschirrspülmaschine brauchen, halten das oft nicht durch. Dieses Haus hier«, er machte eine kreisende Handbewegung, »war das erste, das ich gebaut habe. Da war ich noch nicht so gut. Ich hatte wenig Erfahrung.«

Ah. Informierte er mich etwa gerade darüber, dass ich das Mängelexemplar bekommen hatte?

»Die Dämmung ist nicht gut. Und der Ofen. Holz.« Er seufzte und zuckte die Schultern. »Du bist so tief im Thema Umweltschutz.« Er blinzelte mich an. »Ich habe alle deine Dokus gesehen. Besonders mochte ich: ›Schatten über dem Paradies, die Gefahr der Plastikverschmutzung‹. Deine Entscheidung, Ballast loszuwerden und bewusster zu leben, ist nur folgerichtig. So eine Siedlung ist ja nur ein Anfang, aber sie könnte eine Lösung für viele Probleme sein. Wir versiegeln keine Flächen, es gibt eine große Artenvielfalt von Pflanzen und Insekten, und der Plan ist, irgendwann völlig autark von allen Versorgern zu sein. Und der wichtigste Punkt ist wohl, dass es sehr kostengünstig ist, so zu leben.« Er zuckte die Schultern und lächelte mich an.

Ich seufzte. Dass ich bis vor wenigen Tagen stolze Besitzerin von achtundzwanzig deckellosen Tupperschüsseln gewesen war, behielt ich lieber für mich. Genau wie die Tatsache, dass ich erst vor wenigen Tagen einen Burger bei McDonald's konsumiert hatte. Inkognito sozusagen. Schlimmer geht es kaum, aber ich war so ausgehungert gewesen, und der Laden war der einzige, der an der Strecke gelegen hatte. Ich lebte seit fast einem Jahrzehnt vegetarisch, und trotzdem hatte ich zwischendurch manchmal so einen Japp auf Fleisch, dass es mir schon selbst peinlich war.

»Ich habe dir ein paar Sachen in den Kühlschrank gelegt. Als Willkommensgruß«, erklärte Theo.

»Wo um alles in der Welt ist denn bitte der Kühlschrank?«, fragte ich und sah mich um.

Theo machte einen Schritt nach links, hin zu der klitzekleinen Küchenzeile, wo er einen Unterschrank öffnete. Und tatsächlich befand sich dahinter ein Kühlschrank, was allerdings bedeutete, dass es nur noch zwei weitere Schränke gab. Womit sich die Frage auftat, wo ich meinen Kochtopf und die Pfanne aufbewahren sollte.

Im Kühlschrank befanden sich zwei Packungen Milch, Eier, etwas Butter und ein Glas Erdbeermarmelade. Laut Schildchen vom Obsthof Theo Bauer.

»Es gibt hier überall Einbauschränke. Schau!« Begeistert schlängelte Theo sich durch das Minihaus und öffnete mehrere kleine Schubladen und Türen. Tatsächlich gab es eine Menge Stauraum, der meistens groß genug war, um einen Schuh zu fassen. Oder ein Buch. Dazu vielleicht noch ein Paar Socken. »Die Besonderheit hier ist, dass das Bett unten ist. Bei den meisten Tiny Häusern ist das Bett auf einer zweiten Ebene, aber da befindet sich bei diesem ein kleiner Wohnbereich mit einem Sofa. Sehr gemütlich. Warst du schon oben?« Ich lächelte unverbindlich und schüttelte den Kopf. Nach oben führte eine nicht sehr vertrauenerweckende Treppe, und ich war nicht schwindelfrei. Das hatte ich irgendwie auch anders im Kopf gehabt. »Schau mal. Den Esstisch kannst du wegklappen, dann hast du hier unten viel Platz. Vielleicht um Yoga zu machen oder so. Und an dieser Wand«, er deutete an die Wand über dem klappbaren Tischchen, »habe ich Hängeleisten installiert, da kannst du alles dranhängen, was du möchtest. Suppenkellen. Taschen. Beutel. Tüten.« Er nickte begeistert.

Ich lächelte weiter und sah mich bereits meine Unterwäsche in Jutebeuteln verstauen und an die Wand hängen. Ich würde meine Sachen niemals wieder sortiert bekommen. Das stand mal fest. Ich hatte sie schon in einem einhundertzwanzig Quadratmeter großen Bungalow nicht überblickt. Das hier war ja wie einer dieser Setzkasten aus meiner Kindheit.

»Und nicht wundern. Wir duzen uns hier übrigens alle. So,

ich muss jetzt zurück und Buchhaltung machen. Wenn du Fragen hast oder irgendwas brauchst, komm rum, ja? Tschüss.« Theo winkte mir zu und enteilte aus meinem Häuschen. Ich sah ihm hinterher, wie er über den Weg marschierte, dann schloss ich die Tür.

Und dann war es still.

Irgendwie konnte ich mich nicht rühren, ich stand einfach herum und starrte die Tür an. Was sollte ich denn jetzt machen? Es gab sehr viele Optionen, aber ich war durch und durch antriebslos. Keinerlei Termine im Kalender. Und mein Handy lag auf dem kleinen Tisch und gab keinen Mucks von sich. Also tat ich das Naheliegendste. Das, was mir entsprach, was mir eigentlich immer half, und das in fast jeder Lebenslage. Ich griff neben mich und zog aus einer der Ikea-Tüten einen dicken Pulli. Dann stopfte ich meine blonden Strohhaare unter die graue Strickmütze, und da meine Laufschuhe schon direkt unter der kleinen Einbuchtung des Bettes standen, schlüpfte ich hinein. Ich schnappte mir meine Jacke und verließ das Haus. Ohne es abzuschließen. Ich besaß ja ohnehin nichts mehr, was sich zu klauen lohnte.

Die Luft war frisch und hatte einen klirrenden Unterton bekommen. Spätestens, wenn ich zurückkam, würde ich mich mit dem Ofen beschäftigen müssen. Aber jetzt lief ich.

Mein Bewegungsdrang war legendär. Unter meinen Kollegen gab es den geflügelten Satz »Ella rennt wieder«. Ich sortierte mich beim Laufen. Ich hatte immer Laufklamotten im Auto gehabt. Falls ich schnell mal das Hirn freipusten musste. Mein Atem dampfte in kleinen Wölkchen, und es duftete nach heruntergefallenem Laub und feuchter Erde. Ich folgte dem geschwungenen Weg, vorbei an einem Ententümpel, auf dem einige Stockenten in friedlicher Eintracht herumdümpelten, dann weiter zum Fluss. Hier steckte ich mir die AirPods in die Ohren, startete meine Playlist und joggte los. Der Boden war weich, was meine Knie dankend zur Kenntnis nahmen, indem sie sich nicht mucksten. In der Regel lief ich auf Asphalt, aber ich kam mit beinahe jedem Untergrund zurecht. Ich erhöhte das Tempo und folgte dem Weg am Fluss entlang. Links und rechts verschwamm die Welt zu einem grünen Streifen. Meine Beine bewegten sich wie von allein, aber ich musste höllisch aufpassen, nicht zu stürzen, der Weg glich einer verkrauteten Schotterpiste. Ich beschleunigte trotzdem noch einmal und heftete den Blick auf den Horizont. Ich wartete auf den Moment, an dem mein Gehirn endlich frei in meinem Kopf schwang und aufhörte zu denken, aber das gute Gefühl blieb heute aus. Stattdessen biss die kalte Luft in meinen Lungen. Als ich das Tempo noch einmal anziehen wollte, stolperte ich über irgendeine Unebenheit. Ich fiel wie ein gefällter Baumstamm zur Seite und landete unsanft im Schilf. Reflexhaft umklammerte ich mit einer Hand panisch ein Büschel Gras, was zumindest verhinderte, dass ich die ganze Uferböschung wie ein nasser Sack hinunterrollte.

Ächzend blieb ich einen Augenblick auf der Seite liegen, doch dann spürte ich das eiskalte Flusswasser an mir hochkriechen, und ich schob mich rückwärts mit heftigen Stößen der Fersen die Böschung hoch. Hier angekommen, rappelte ich mich auf und blieb einen Moment auf den Knien hocken. »Scheiße!« Ich tastete nach den AirPods, die aber zum Glück bombenfest in meinen Ohren saßen. Dann bewegte ich vorsichtig sämtliche Körperteile. Frohe Kunde: Es funktionierte alles noch! Das pieksige Schilf hatte meinen Aufprall freundlicherweise erheblich gedämpft. Ich richtete mich auf und streckte den Rücken durch.

Ich wäre fast in diesen verdammten Fluss gefallen. Ich hätte ertrinken können. Zwar konnte ich durchaus schwimmen, das tat ich aber freiwillig nur in türkisblauen Pools, außerdem hatte die Bende eine nicht zu unterschätzende Strömung. Ich atmete einmal tief durch, um meinen hektischen Herzschlag zu beruhigen.

Ich lief seit fast zwanzig Jahren. Ich war sozusagen Profi und konnte jedes herannahende Auto aus dem Augenwinkel wahrnehmen, wich jedem Radfahrer rein intuitiv aus, und noch kein einziger Bordstein hatte mich zu Fall gebracht. Aber gerade als ich in mein neues Leben starten wollte, riss es mir buchstäblich den Boden unter den Füßen weg.

Noch einmal warf ich dem Fluss einen argwöhnischen Blick zu, dann zog ich mein Handy aus der kleinen Tasche um meine Hüfte und startete eine neue Playlist. Hatte ja niemand behauptet, dass es einfach werden würde, hier zu leben. Ich musste mich nur erst mal daran gewöhnen, auf dieser Schotterpiste zu laufen. Und da ich nun eh schon nass und dreckig war, konnte ich auch gleich weiterjoggen. Also drehte ich mich um und lief wieder los. Ein paar Meter trabte ich, dann zog ich das Tempo erneut an. Diesmal allerdings mit respektvollem Abstand zum Flussufer.

Ich lauschte den Beats der Musik, behielt den Horizont im Auge … und dann stand plötzlich ein wildes Tier vor mir. Entsetzt schrie ich auf. Die Bestie war wie aus dem Nichts aufgetaucht! Ich stemmte die Füße so fest auf den Boden, dass kleine Steinchen in alle Richtungen flogen. Besagte Bestie war ein großer Hund, dessen weißes Fell schmutzig braune Flecken zierten. Als hätte jemand aus Versehen einen Becher Kaffee über ihm ausgekippt. Er starrte mich wütend an, sprang hin und her und kläffte.

»Hau ab!«, schnauzte ich das Untier an, was wenig Erfolg hatte. Ich zerrte mir die In-Ears aus den Ohren. Mein Körper wollte fliehen, meine erfahrene Joggerinnenseele wusste, dass das absolut kontraproduktiv wäre, also drehte ich mich zur Seite und blieb regungslos stehen. Das hatte mir mal ein sehr hundeerfahrener Kollege beigebracht, weil Hunde Joggerinnen hassten. Aus Prinzip. Im nächsten Moment stand ein Mann vor mir.

»Sind Sie bescheuert?«, schnauzte er nun wiederum mich an. Zuvorkommenderweise fasste er das Tier aber am Halsband und hielt es fest.

»Ich? Na, hören Sie mal! Ihr Hund hat mich angefallen!«, rief ich atemlos und deutete auf die tobende Bestie, die jetzt schon nicht mehr ganz so bedrohlich wirkte. Der Mann blinzelte, dann sagte er, nun in einem normalen Tonfall: »Sie sind fast über ihn drübergerannt. Er ist alt und sieht nicht mehr gut. Er hat sich zu Tode erschrocken.«

»Trotzdem darf er mich nicht so anfallen«, sagte ich und sah mich um. Wo waren die beiden so plötzlich hergekommen?

»Er ist ein Hund. Hunde reagieren, wie Hunde nun mal reagieren.« Er zuckte die Schultern.

Nachdem die erste Gefahr gebannt war, musterte ich ihn etwas genauer. Er hatte sandblondes, kurz geschnittenes Haar und einen dichten, ebenfalls sauber getrimmten Bart. Groß und breitschultrig war er auch und wirkte hier in der freien Wildbahn wie ein Wikinger-König. Fehlten nur noch die Perlen im Bart. Ich betrachtete ihn und überlegte fieberhaft, ob ich ihn kennen müsste. Vielleicht hatte ich ihn damals ebenfalls beim Dreh getroffen? Wie die Frau, die Salz und Brot und eine Drohung gebracht hatte? Mein Gefühl sagte mir nämlich, dass ich ihn schon mal gesehen hatte. Dieses schlechte Gesichtsgedächtnis war aber auch bescheuert. Ich hatte gelernt, mit diesem Defizit umzugehen und ganz geschickt so zu tun, als wüsste ich von Anfang an, wer mein Gegenüber war, bis derjenige selbst mir endlich den entscheidenden Hinweis gab. »Dann müssen Sie ihn an der Leine führen«, sagte ich schließlich. Ich kannte diesen Mann ganz bestimmt. Leider weigerte mein Gehirn sich, Details auszuspucken, aber er machte auch nicht den Eindruck, als würde er mich kennen.

»Vielleicht müssen Sie besser aufpassen, wo Sie hinlaufen?«, entgegnete er spitz und drehte sich ohne ein weiteres Wort um.

Ich sah ihm einen Augenblick verdutzt hinterher, und dann beschloss ich, dass ich genug Abenteuer für den heutigen Tag erlebt hatte, steckte die Kopfhörer in die Tasche und lief langsam zurück in Richtung Tiny-House-Siedlung. Wer wusste schon, was als Nächstes auf mich wartete? Eine wilde Wildsau? Ein Hornissenschwarm? Ich schwang ein wenig die Arme, um die Steife aus meinen Schultern zu vertreiben, und gerade, als ich an meinem Nachbar-Minihaus vorbeikam, hörte ich ein tiefes Stöhnen. Ich blieb wie angewurzelt stehen. Was war das denn gewesen? Und da war es wieder. Ein Mann stöhnte.

»Oh ja!«, dröhnte er. Ich zog die Schultern hoch und kniff die Lippen zusammen. Hatte da jemand Sex? Vorsichtig sah ich mich um. Ich war allein, also pirschte ich mich langsam zur Hausecke des leicht lotterig wirkenden Hauses in meiner direkten Nachbarschaft. Es hatte genau wie meins eine kleine überdachte Terrasse und gehörte dem Typen, der mich vorhin gestalkt hatte. Jetzt stand seine Tür sperrangelweit offen, und – jep – da war das Geräusch wieder. Nee. Echt jetzt? Ich sollte zusehen, hier wegzukommen. Das war ja unfassbar peinlich. Leise, aber mit langen Schritten eilte ich zu meinem eigenen Haus, riss die Tür auf und schlüpfte hinein.

Mein neuer Nachbar hatte anscheinend bei offener Tür ganz unüberhörbaren Sex. Mit sich oder mit jemand anderem konnte ich nicht identifizieren. Ich lugte durch das Fenster und entdeckte ihn. Er stand, bekleidet, wie ich anmerken möchte, ebenfalls am Fenster und sah hinaus auf den Fluss. Dazu trug er ein Headset und schien angeregt zu plaudern. »Telefonsex«, sagte ich zu mir selbst. »Ich glaub's ja nicht! Der Typ ist ein Telefonsex-Callboy.« Ich trat mir die Laufschuhe von den Füßen, ohne ihn aus den Augen zu lassen. Mein derzeit etwas unterfordertes Hirn bot mir direkt einige weitere Gedanken an. Unter anderem einen Namen. Jack Off. Jack Off hießen bestimmt die männlichen

Sternchen der Szene, wenn es so eine Szene denn gab. Ich würde das recherchieren. »Hallo, Jack Off«, sagte ich also leise, blieb aber weiter im Hintergrund des Fensterrahmens stehen. So sah er mich nicht. Dafür sah mich aber der sandblonde Typ mit dem gefährlichen Hund, der vom Fluss her den Weg entlangkam. Er sah, wie ich Jack Off beobachtete. Mein Körper versuchte noch, mich irgendwie aus der verfänglichen Situation zu retten, und ließ mich einen Satz nach links machen, woraufhin ich mir schmerzhaft die Hüfte an dem dämlichen Klapptisch stieß. Aber ich mochte es nicht, wenn man mir meine berufsbedingte Neugierde sofort ansah. Ich brauchte dringend Vorhänge. Die standen sozusagen direkt und umgehend auf Platz eins meiner Zubesorgen-Liste. Davon abgesehen durfte dieser Tag dann jetzt auch zu Ende gehen. Für meinen Geschmack waren viel zu viele sonderbare Dinge passiert. Von wegen, ich ziehe aufs Land, um zur Ruhe zu kommen. Hier war ja mal richtig die Hölle los. Ich machte eben keine halben Sachen.

3

Mein Feind Edgar

Ich nannte meinen kleinen Ofen Edgar, denn auch Feinde brauchen einen Namen. Edgar hasste mich vom ersten Tag an. Ich hasste ihn allerdings auch. Wir mussten in einer erzwungenen Gemeinschaft miteinander leben, und was erschwerend hinzukam: Ich brauchte Edgar. Was sich noch als ernsthaftes Problem herausstellen würde, da war ich mir ziemlich sicher. Der kleine gusseiserne Ofen, der mein Häuschen beheizen sollte, hatte nämlich offensichtlich kein Interesse daran, seinen Job zu erledigen. Ich hatte noch nie einen Ofen oder Kamin besessen, meine Erfahrung mit Feuer bestand bisher aus der großen Feuerschale im Garten, in die ich einfach Holz geworfen und es angezündet hatte. Das hatte einwandfrei funktioniert. Edgars Brennkammer war allerdings so klein (welche Überraschung!), dass man die Holzscheite, die Theo freundlicherweise in einem Korb neben dem Ofen gestapelt hatte, äußerst geschickt schichten musste, um sie dann zu entzünden. Was mir nicht gelang. Alle Zutaten für ein prasselndes Feuer waren vorhanden: Streichhölzer und Holz. Aber da brannte nichts.

Ich kniete vor Edgar und betrachtete das immer noch kalte Holz in seinem Bauch. Fünf Mal hatte ich es bis jetzt versucht, jedes Mal ergebnislos. Ich schien keinerlei Talent für das Feuermachen zu haben. Was ungünstig war, denn es war mittlerweile ziemlich kalt in dem kleinen Haus. Wer hätte gedacht, dass sich auch hier in der niedersächsischen Depressionsebene jemand fand, dessen Bedürfniserfüllerin ich sein durfte? Ich dachte, das hätte ich hinter mir gelassen. Ich meine, deswegen war ich schließlich hergekommen!

Jetzt hatte hier schon wieder irgendjemand Befindlichkeiten, und er atmete noch nicht mal. Ich hockte vor dem Ofen und starrte in seine kalten Gedärme, als es energisch an meiner Tür klopfte. Da es hier so still war, zuckte ich erschrocken zusammen. Das Geräusch schien einfach überlaut.

»Ja«, rief ich und kam wieder auf die Beine. Die Tür schwang auf, und davor stand eine Frau, die mir nun wirklich ganz und gar unbekannt vorkam. Wie viele Menschen lebten denn hier bloß? Hatte ich immer noch nicht alle gesehen?

Die Frau war maximal Mitte zwanzig, hatte einen blonden Pferdeschwanz und erinnerte mich auf abstruse Art und Weise an Barbie mit ihren perfekt gebürsteten Augenbrauen und den rosigen Wangen. Aber Barbie strahlte mich sehr freundlich an, was irgendwie wohltuend war. Mir steckte noch das Zusammentreffen mit der geifernden Bestie und dem übellaunigen Wikinger in den Knochen.

»Hi! Ich bin Pia! Ich wohne da drüben in dem Bauwagen.« Sie deutete irgendwo hinter sich, und ich erinnerte mich an den blau gestrichenen Peter-Lustig-Wagen, der ganz am Rand, dichter am Fluss, stand. »Hast du ein Problem mit dem Ofen?« Sie schaute an mir vorbei. Ich nickte und trat zur Seite. »Ich bin Ella, und ich bekomme das Drecksding nicht zum Brennen«, erklärte ich.

»Lass mich mal. Ich bin hier die Feuergöttin«, erwiderte Pia zackig, marschierte an mir vorbei und kniete sich vor Edgar, den unkooperativen Ofen. »Es ist auch fies, dass du als Anfängerin diesen bescheuerten Ofen bekommen hast. Ich habe eine Elektroheizung, die das Windrad speist.«

»Feuergöttin«, murmelte ich und grinste, womit ich allerdings direkt wieder aufhörte, denn nach nicht mal einer halben Minute prasselte das Feuer und Pia schloss Edgars Klappe. Dabei hielt sie etwas hoch. »Du musst diese Anzünder benutzen. Das ist mit Bienenwachs getränkte Holzwolle. Theo schichtet so, dass es von unten nach oben brennt. Aber ich lasse es von oben nach unten brennen. Das ist viel effektiver.« Zufrieden nickte sie und drückte mir eins der kleinen Holzwolleteile in die Hand, die ich zwar neben den Holzscheiten gesehen, von denen ich aber schlicht keine Ahnung gehabt hatte, welche Aufgabe sie beim Anzündeprozess erfüllen sollten. Dann drehte Pia sich einmal im Kreis. Sie betrachtete meinen ausgebreiteten Hausstand. Nichts hatte bisher seinen Platz gefunden. Es sah aus, als beabsichtigte ich, einen Flohmarkt zu veranstalten. Beim Einpacken meiner verbliebenen Habseligkeiten war mir alles äußerst überschaubar vorgekommen, wahnsinnig reduziert eben. Noch nie in meinem Leben hatte ich so wenig besessen, und jetzt erschien doch jede Socke zu viel. »Wie viele Quadratmeter hattest du vorher?«, fragte Pia auch direkt. Die Frau schien Profi im Tiny-House-Leben zu sein.

»Einhundertzwanzig«, antwortete ich. Wissend nickte Pia.

»Das wird schon.«

»Wann genau?«, erkundigte ich mich. »Wenn ich noch mal um fünfzig Prozent reduziert habe?«

Sie zuckte lächelnd die Achseln. »Ich habe zwei Ikea-Tüten, diese großen blauen Dinger. In die passt alles, was ich habe.« Sie überlegte einen Moment und schien noch mal nachzukalkulieren. »Okay. Und zwei Umzugskartons für Make-up und Pflege und so.«

»Das ist, äh, toll«, sagte ich.

»Erzähl doch mal. Was genau machst du hier? Und was ist das für eine Reportage, die du drehen willst?«, fragte sie dann. Aha. Es wussten offenbar alle Bescheid über mich.

»Ich will mich reduzieren. Ich will mit weniger auskommen«, erklärte ich schlicht. »Und über diese Erfahrung der Reduktion möchte ich eine Reportage drehen.«

Pia hockte sich auf die Kante des Esstisches, der ein kleines Knarzen von sich gab. Er hatte ja immerhin nur ein Bein, der Rest der Auflagefläche war eine schmale Leiste an der Wand. »Kann ich dir einen Kaffee anbieten?«, fragte ich, und Pia nickte energisch, wobei ihr zauberhaft hochgebundener Pferdeschwanz schwang. Ich machte mich also ans Kaffeekochen. Ganz altmodisch mit Filter und Kochtopf. »Ich bin Journalistin, und ich habe in den letzten Jahren viele Dokus zum Thema Umweltschutz gedreht«, erklärte ich, während ich das Kaffeepulver in den Filter löffelte. Es duftete verheißungsvoll. Ich hatte seit Ewigkeiten keinen Kaffee mehr auf diese Art und Weise gekocht. Gerade wollte ich weitersprechen, da fiel Pia mir ins Wort: »Eine deiner Dokus hat einen Preis gewonnen.«

»Ja, stimmt.« Ich sah sie an. »Du bist gut informiert.«

»Theo ist völlig begeistert von deinem Projekt. Aber was bedeutet reduzieren für dich persönlich?« Oha, diese junge Frau kam direkt zur Sache.

»Anders leben. Wir sind alle Kinder unserer Zeit. Wir kaufen in Supermärkten ein, fahren Auto, fliegen weg, haben die alten Kulturtechniken wie Einmachen und Brotbacken verlernt. Ich glaube, dass der massive Überfluss uns allen nicht guttut. Immer nur höher, schneller, weiter … Ich will einfach weniger.«

Pia nickte. Sie schien zu verstehen, wovon ich redete.

»Und warum lebst du hier auf dem Land allein in einem Bauwagen, anstatt irgendwo in der Stadt die Nächte durchzutanzen?«, wollte ich von ihr wissen. Als sie mich etwas fragend ansah, ergänzte ich: »Ich hab zwei Söhne in deinem Alter. Und die würden es hier in dieser Einöde wahrscheinlich keine Woche aushalten.«

Sie grinste. »Ach, feiern kann man überall. Und ansonsten, ich brauch nicht viel. Bis vor Kurzem hab ich in 'ner Bank gearbeitet und muss mich von dieser Horrorzeit noch erholen.«

Überrascht blickte ich sie an. Das hätte ich jetzt nicht gedacht. Pia im schicken Kostümchen hinter einem Bankschalter? Offenbar konnte sie meine Gedanken lesen. »Wunsch meines Vaters«, sagte sie knapp. »Und jetzt bitte Themawechsel.«

Die junge Frau gefiel mir. In dem Alter hatte ich noch nicht so genau gewusst, was ich wollte – oder nicht wollte. Und vor allem hätte ich mich niemals getraut, mich so von der Masse abzuheben und einfach mein Ding zu machen. Irgendwie beeindruckend, denn während sie sich selbst anscheinend schon gefunden hatte, war ich mir irgendwo in den vergangenen Jahren verloren gegangen. Klar ging es mir um das Reduzieren, aber eigentlich, im Geheimen, brauchte ich dringend eine Auszeit vom Leben. Das sagte ich natürlich nicht. »Jedenfalls bin ich der Meinung, dass ein *Mehr* schon lange nicht mehr gleichbedeutend mit einem *Besser* ist. Und irgendwann habe ich gemerkt, dass ich so nicht weitermachen will. Und deshalb bin ich jetzt hier«, schloss ich. Deshalb und weil ich frisch geschieden war, meine Söhne das Weite gesucht hatten und ich kein Eigenheim mehr besaß. Doch auch das sagte ich nicht.

»Willst du denn eine Reportage über dich oder über uns drehen?«

Ich zuckte die Schultern, etwas erstaunt über diese Frage. »Nur über mich. Nicht über euch. Über meinen persönlichen Weg zu einem reduzierten Leben. Ich will herausfinden, was ich wirklich brauche. Und dann ganz allgemein: Wie könnten wir in Zukunft wohnen? Wäre so eine Siedlung eine Lösung? Und ich filme grundsätzlich niemanden, wenn er es nicht will«, fügte ich sofort hinzu, falls Pia mich sonst auch verklagen wollte. Pia nickte wieder und griff sich in den Nacken, löste ihr Haarband und drehte sich stattdessen einen Dutt auf dem Hinterkopf. Dann zerrte sie sich ihren bunten Schal vom Hals, Edgar erledigte nämlich seinen Job ziemlich gut. Es war plötzlich warm geworden. Ich zog meine Strickjacke aus und reichte Pia einen Becher Kaffee. »Mein erstes Selbstgekochtes hier im Haus«, erklärte ich, woraufhin sie mit meiner Tasse anstieß.

»Prost!«, sagte sie.

Ich hockte mich auf die mittlere Stufe der Treppe, die nach oben führte. »Also, Pia. Was genau hast du vor?«, fragte ich. Sie sah so verdammt jung aus, aber vielleicht täuschte das.

»Na ja, ich habe wie gesagt eine Banklehre gemacht, das hat mir nicht gefallen, dann hat Theo Erntehelfer gesucht, und daraufhin bin ich einfach hiergeblieben.«

»Und willst du noch studieren? Oder zurück in die Bank? So ein Job ist ja nicht der schlechteste.« Oh Mann, das war nicht gut, ich klang wie eine Mutter. Die ich ja auch war.

Pia schien das zum Glück nicht zu stören, stattdessen schüttelte sie energisch den Kopf. »Ich möchte nicht nur in geschlossenen Räumen arbeiten. Das ist schrecklich. Von neun bis fünf, viele Überstunden. Ich brauche eine bessere Work-Life-Balance. Irgendwann muss man doch auch seine Freunde treffen, Zeit für sich haben, und hier brauche ich weniger Geld zum Leben als in der Stadt. Ich bin erst mal nur hier. Der Rest wird sich zeigen«, erklärte sie dann fest. Ich hatte den Eindruck, als hätte sie diesen Satz schon einige Male gesagt. Meine Söhne waren ebenfalls Meister in der Disziplin des Sich-nicht-Festlegens. »Mal sehen!« war ihr ganz persönliches Mantra.

Pia nahm einen Schluck Kaffee, blinzelte und schluckte angestrengt. Ich tat es ihr gleich und stellte dann die Tasse angewidert zurück auf die Küchentheke. »Das mit dem Kaffee muss ich noch üben«, entschuldigte ich mich für das Gebräu, das ich da fabriziert hatte. »Wie alt bist du, wenn ich fragen darf?«

»Darfst du. Dreiundzwanzig«, antwortete sie. Aha, hatte ich doch richtig geschätzt. Ein Alter, in dem man durchaus von einer gewissen Orientierungslosigkeit geplagt sein konnte. Bis meine Söhne endlich gewusst hatten, was sie tun wollten, waren Jahre ins Land gegangen. Und bei Finn war ich mir ziemlich sicher, dass er irgendwann doch beschließen würde, sein angefangenes Journalistik-Studium abzubrechen, um Schäfer in der Lüneburger Heide zu werden, weil ihm das Studieren zu anstrengend war. Vielleicht sattelte er auch auf Astronaut um, ungeachtet dessen, dass man da echt wenig freie Zeit hatte. Möglich war bei ihm alles.

»Und wie alt bist du?«, fragte sie nun mich.

»Äh, fünfundvierzig«, erwiderte ich.

»Und du hast also Kinder, die in meinem Alter sind?«, fragte Pia ungerührt weiter.

»Genau, zwei Söhne. Studieren beide.«

Pia runzelte die Stirn. »Du bist früh Mutter geworden«, stellte sie dann fest und sah für einen Moment beeindruckt aus. Ich lächelte schief und pustete mir die Ponyfransen aus der Stirn. Es war inzwischen echt heiß in der Hütte. Der verdammte Ofen nahm seinen Job plötzlich ernst.

Pia beugte sich ein wenig vor. »Glaubst du, dass das gut ist? Früh Mutter zu werden?« Ihre entwaffnende Neugierde erinnerte mich an mich selbst. Sonst war doch ich immer diejenige, die andere mit Fragen löcherte.

»Hängt vom Lebensmodell ab«, erwiderte ich knapp. Finn hatte ich nicht geplant und im vierten Semester meines Studiums bekommen. Jasper hatte sich zwei Jahre später auf den Weg gemacht. Mittlerweile war ich der Meinung, dass man keinesfalls Kinder bekommen sollte, wenn man nicht mindestens zehn weitere Personen um sich geschart hatte, die sich kümmern konnten. Von der finanziellen Sicherheit mal ganz abgesehen. Das komplette Mutter-Programm allein zu erledigen funktionierte nämlich nicht. Man brauchte zur Kinderaufzucht das sprichwörtliche Dorf, das heißt viele Menschen. Aber die hatten die meisten von uns nicht zur Hand, wenn es drauf ankam.

»Machst du dir wirklich schon Gedanken über Kinder?«, fragte ich Pia, die mich noch nachdenklich betrachtete.

»Ich mache mir über ziemlich alles Gedanken«, erklärte sie schließlich kryptisch, trank den furchtbaren Kaffee aus und sagte: »Also, Ella. Herzlich willkommen!«

Nachdem Pia wieder gegangen war, überkam mich ein leichtes Gefühl von Einsamkeit. Ich war die Stille nicht gewohnt. Geräusche machte nur der Ofen, der jetzt brannte wie ein Höllenfeuer. Ich pustete Luft auf meine Arme, es war unfassbar heiß. Dann öffnete ich das große Fenster zum Fluss hin. Als das nicht reichte, riss ich auch noch die Haustür auf. Doch das reichte auch nicht. Der Ofen hatte – vermutlich aus Boshaftigkeit – beschlossen, mich zu rösten. Ich hockte mich auf die Bettkante und kramte in meiner Reisetasche, die immer noch unausgepackt war. Ich zog ein Spaghettiträger-Shirt heraus und diese affenkurzen Shorts, die ich im Sommer nur im Haus getragen hatte, sie bedeckten nämlich nur sehr knapp meine Pobacken. Und ich hatte Pobacken, die diesen Namen auch tragen durften. Zeit meines Lebens trug ich Kleidergröße 42, daran hatten auch diverse Diäterfahrungen in meinen Zwanzigern nichts geändert. Ich war prall. Punkt. Ich trug diese Shorts, weil sie bequem war und weil ich das Teil von meinen Söhnen geschenkt bekommen hatte. Die entdeckten pinke Dinge und schenkten sie mir. Eine klassische Fehlkonditionierung. Bei den beiden hatte die Hellblau-rosa-Falle komplett zugeschnappt. Ich besaß pinke Kugelschreiber, eine pinke Laptophülle, eine ganze Batterie pinkfarbener Notizbücher und pinke Wollsocken, die sogar glitzerten.

Besagte Shorts waren nicht nur pink, sondern hatten auch noch rote Herzen drauf. Ich hätte das Teil noch nicht mal mit zwanzig anziehen wollen, aber es war nun mal ein Geschenk gewesen, und in den letzten heißen Sommern hatten sie mir gute Dienste geleistet. Ich zog im Sitzen das Top an und kringelte mich dann auf dem Bett, um aus meiner Laufhose zu schlüpfen und das pinke Nichts überzustreifen. Und weil ich gerade dabei war, schleppte ich auch endlich meine ganzen Kosmetiksachen in das klitzekleine Badezimmer. Hier gab es wenigstens eine Ablage neben dem Spiegel, auf der ich nun alles türmte. Ich wusch mir die Hände und das Gesicht und entdeckte dann Merles Abschiedsgeschenk: eine XXL-Packung Algenmasken für das Gesicht. Algen sollten die Haut straff und hydriert halten. Laut Merle ein Muss ab vierzig, sie schwor darauf. Und Merle sah tatsächlich aus, als hätte sie ihr ganzes Leben nie gefeiert, keinen Alkohol getrunken, sich immer brav abgeschminkt und Sommer wie Winter Lichtschutzfaktor 50 getragen. Ich konnte mit Fug und Recht sagen, dass Merle nichts davon jemals getan hatte, daher könnte an ihrer Behauptung, diese Algenmaske sei gut, durchaus etwas dran sein.

»Mach was für dich!«, hatte Merle mich ständig beschworen, und weil ich eh grad nichts vorhatte, öffnete ich eine der Tüten und schmierte mir die Maske ins Gesicht. Extra dick, denn ich hatte immerhin fünf Jahre aufzuholen. Es roch wie das braune Zeug, das immer an den Strand gespült wurde, und sah aus wie Kleinkinddurchfall. Mit der kühlenden Maske im Gesicht ging ich zurück in den Wohnbereich, wo mich wieder glühende Hitze erwartete.

»Nee«, schnaufte ich. »Das kann man ja nicht aushalten.« Aber Edgar hatte keinen Ausknopf. Wenn, dann richtig, war offenbar sein Motto. Theoretisch müssten wir uns also verstehen. Ich stellte mich neben die geöffnete Haustür, aber die kalte Luft hatte keine Chance. Sie schaffte es noch nicht mal über die Türschwelle. Und ich hatte mittlerweile das Gefühl, gebraten zu werden. Ich drehte mich mit dem Gesicht zur Wand, weil die Hitze die Maske auf meinen Wangen austrocknete, was unangenehm spannte, zudem wurde mir jetzt die Rückseite der Beine weggeglüht. Ich musste hier raus. Sofort.

Ich stürmte nach draußen und atmete gierig die frische Kühle ein, dann bog ich direkt um die Ecke, in Richtung Fluss, damit mich niemand in diesem Aufzug zu Gesicht bekam. Was leider nicht funktionierte, denn nur wenige Meter neben mir stand plötzlich Theo und starrte mit zusammengekniffenen Augen zum Wasserlauf. Jedenfalls so lange, bis er mich entdeckte. Ich war gerade dabei, auf Zehenspitzen rückwärts zurück zum Haus zu gehen, da drehte er sich um und erschrak fast zu Tode. Konnte ich ihm nicht verdenken.

»Was machst du hier?«, fragte ich atemlos und stand für einen Moment peinlich berührt herum. Ich beruhigte mich damit, dass ja doch die wichtigsten Körperteile rudimentär bedeckt waren. Außerdem wollte ich nicht mehr in dem Alter sein, in dem ich mich schämte. Das gelang allerdings nur bis zu dem Moment, als mir die kinderdurchfallfarbene Gesichtsmaske wieder einfiel.

»Ist dir warm?«, fragte Theo trocken.

»Ja.«

»Hm. Es ist auch recht warm, zumindest für November. Fast dreizehn Grad«, sagte er achselzuckend.

»Es liegt weniger an den Außentemperaturen, Edgar versucht mich zu rösten.«

»Edgar? Ist das dein, äh, Freund? Hast du Besuch?« Jetzt war es Theo, der peinlich berührt aussah.

Ich musste lachen. »Ich meine den Ofen, ich habe ihm den Namen Edgar gegeben. Und nein, er ist nicht mein Freund.«

Theo wirkte ziemlich verwirrt, ich war mir nicht sicher, ob er mir folgen konnte. »Also, was machst du hier?«, wiederholte ich daher. Ich würde ihn einfach mit Fragen intensiv von meinem Äußeren ablenken.

»Ich beobachte den Fluss«, erklärte er.

»Hast du Sorgen, dass er seine Sachen packt und geht?«, fragte ich, und Theo runzelte die Stirn. Vielleicht verstand er den Witz nicht.

»Ah!«, sagte er schließlich und lächelte. »Nein, der Fluss ist begradigt. Nicht hier, aber oben und weiter unten.« Er deutete nach rechts. »Die Bende ist schon einige Male über die Ufer getreten. Die Gemeinde sieht nicht die Notwendigkeit, sie wieder in ihrer ursprünglichen Form fließen zu lassen, sie zu renaturieren. Wenn sie eine richtige Uferzone hätte, könnte sie Hochwasser nämlich problemlos mitnehmen.« Skeptisch betrachtete ich jetzt auch den Fluss. »Ist denn bei so einem Hochwasser schon mal was passiert?«

Theo nickte langsam. »Ja, vor fünf Jahren. In dem Jahr, als ich den Hof übernommen habe. Das Wasser kam bis zu mir ins Haus. Meine komplette Küche stand unter Wasser.«

Entsetzt sah ich hinüber zum Hof, der auf einer kleinen Anhöhe lag. »Deine Küche liegt weit oberhalb der Tiny-Häuser«, stellte ich fest.

»Oh ja!«, sagte er. »Unten am Flusslauf gibt es sogar ein Neubaugebiet, das direkt im Bereich der Überschwemmung gebaut wurde. Das juckt keinen. Hier oben ist ja wenigstens noch ausreichend Platz in der Hochwasserzone, aber trotzdem behalte ich die Bende und ihren Wasserstand immer im Auge. Es hat viel geregnet die letzten Tage«, erklärte Theo ernst.

»Schön, schön«, sagte ich und dachte an meinen beruflichen Besuch in Verden nach dem großen Winterhochwasser. Das Wasser war spektakulär aufgelaufen und hatte tagelang riesige Flächen und Ortschaften unter Wasser gesetzt. Es schauderte mich kurz.

»Hallo!«, rief jemand hinter uns, und ich fuhr herum. Da stand eine ganze Familie. Mutter, Vater und zwei Kinder.

»Wir sind Katha und Ben Meyer«, sagte die Frau und sah bei meinem Anblick ein klein wenig irritiert aus. Wenigstens versuchte sie, ihre Verwirrung hinter einer freundlichen Miene zu verstecken. »Und das sind Bente und Ole.« Sie deutete auf die Kinder neben sich, die mich nicht irritiert, sondern entsetzt anstarrten. »Wir wohnen ganz am Ende, in dem L-förmigen Haus. Schön, Sie kennenzulernen.«

»Ja … schön«, sagte ich und war mir meines Aufzugs mehr als deutlich bewusst. Ich winkte den Kindern, die aber nicht zurückwinkten, sondern mich mit großen Augen begafften wie ein seltenes Tier. »Mama, warum hat die Frau Kacka im Gesicht?«, fragte das ältere der Kinder leise, aber nicht leise genug. Katha fror ihr Lächeln ein, sie antwortete nicht auf diese Frage, nickte mir stattdessen zu und scheuchte ihre Familie dann weiter. Natürlich liefen auch Margarete und Manu, meine ersten Überraschungsbesucherinnen, in selben Moment vorbei. Und blieben direkt stehen.

»Theo. Wir wollten mal über die Ausstellung nächste Woche sprechen. Hast du kurz Zeit? Hallo, Nachbarin«, sagte Margarete dann an mich gewandt. Ich lächelte und spürte, wie mir dabei die Gesichtsmaske vom Gesicht bröckelte. Schnell ließ ich die Mundwinkel wieder sinken. Super Tag. Alles wirklich ganz, ganz toll.

Ich verabschiedete mich zügig und eilte zurück in mein Häuschen. Der Ofen brannte noch, aber die kühle Luft hatte es geschafft, die unerträgliche Sauna auf ungefähr dreißig Grad runterzukühlen. Ich schloss nachdrücklich die Tür und lehnte mich für einen Moment dagegen. Ich musste mich irgendwie sortieren, also holte ich meine Kamera aus ihrer Tasche, montierte das Stativ, setzte die Kamera drauf und drehte den kleinen Bildschirm in meine Richtung.

Ich sah zum Fürchten aus. Die Haare standen mir zu Berge, und die bröckelnde Algenmaske verlieh mir den Anschein eines alten, spröde gewordenen Ölgemäldes. Ich drückte auf Aufnahme. »Heute ist Tag eins meines Projekts. Dies ist ein inoffizielles Video. Nur für mich. Niemand wird es sehen. Niemand darf es sehen«, erklärte ich mit Bestimmtheit. »Man lebt hier äußerst gefährlich. Entweder ist es zu heiß oder zu kalt. Der Fluss bedroht mein Hab und Gut, was allerdings kein so großes Problem ist, weil ich eh kaum noch etwas besitze. Außerdem hat mich ein wildes Tier angegriffen, ich kann kein Feuer machen, und ganz besonders hervorheben möchte ich, dass ich mich selten so fehl am Platz gefühlt habe. Dazu gab es auch gleich noch ein wenig Blamage dazu.« Ich deutete auf mein Gesicht und das Outfit of the day und ließ die Kamera alles aufnehmen. »Allerdings muss ich als bekennender Morgenmuffel morgen nicht pünktlich in einer Redaktionssitzung auftauchen, danach den ganzen Tag von Termin zu Termin hetzen, am Ende noch einkaufen und meinem Ex erklären, dass tatsächlich jemand den Backofen reinigen muss und dass das nicht ich sein werde. Es könnte also durchaus schlimmer sein.« Ich runzelte die Stirn, und grüne Algenstücke rieselten herunter. »Bisher bestand mein Leben darin, auf alle Fragen eine Antwort zu finden. Hier kenne ich noch nicht mal die Frage. Aber das wird. Ich bin mir sicher. Das wird. Ich habe mir das immerhin gut überlegt. Und wer kann sich bitte ein Jahr Auszeit gönnen?«

»Ich«, beantwortete ich mir meine Frage selbst, als ich das Video beendete und sofort gewissenhaft korrekt abspeicherte. Das hier war ein großes Privileg, auch wenn sich der Start ein wenig holprig darstellte. Ich hatte den Neid in den Augen meiner Kollegen gesehen, als ich mein Projekt vorgestellt hatte. Nun galt es, noch 364 Tage gut zu füllen. Mit mir.

4

Ella und das Feuer

»Guten Morgen!« Ich legte all meine Freundlichkeit in mein Lächeln. So richtig. Mit Augeneinsatz, Lachfalten und innerlichen positiven Gefühlen. Die Frau hinter der Kasse war die erste Person, die ich seit vier Tagen zu Gesicht bekam. Sie war meine Freundin. Jetzt schon!

»Hallo«, sagte die allerdings nur knapp, würdigte mich keines Blickes und zog per Hand meine wenigen Waren an sich vorbei über das Beförderungsband, weil es offenbar nicht funktionierte. Dabei tippte sie die Preise in die Kasse. Das hatte ich seit zwanzig Jahren nicht mehr gesehen. Hier in Degenbrück war die Zeit scheinbar stehen geblieben.

»Heute kommt die Sonne ein wenig durch, ist das nicht toll?«, fragte ich, weiterhin bemüht, dieses Einkaufserlebnis zu einer wunderbaren Erfahrung für uns beide zu machen. Immerhin war ich zu Fuß mit einem Rucksack auf dem Rücken hierhergelaufen, dabei war es arschkalt. Zwischendurch hatte ich mir sogar den Schal um Mund und Nase wickeln müssen, weil die Kälte mir das Gesicht wegzufrieren drohte. Und das, wo ich letzte Nacht schon so unfassbar schlecht geschlafen hatte. Ich träumte seit meiner Ankunft ständig, ich hätte eine Deadline verpasst. Irgendetwas, worauf die Welt gewartet hatte, und ich ganz allein hatte es verschlampt. In meinem Traum rannte dann allerdings

Alex, mein Ex-Mann, hinter mir her und beschimpfte mich ob meines Vergehens. Keine Ahnung, was mein Gehirn sich da für wirres Zeug ausdachte. Ich hätte also heute Morgen noch mal eine Stunde länger im Bett bleiben können, stattdessen hatte ich mich wie für eine Mount-Everest-Besteigung gewappnet und war hierhergewandert. »Tja«, sagte die Kassiererin. War das die Antwort auf meine Frage? *Tja?* »Macht zwölf dreißig. Tüte?«

»Nein, danke, ich habe den Rucksack«, antwortete ich und zählte das Geld ab. Tüten? Gab es hier echt noch Plastikbeutel? Ich war per Fluxkompensator wohl tatsächlich in der Vergangenheit gelandet. »Kann man hier irgendwo einen Kaffee trinken?« Ich war meine selbst aufgebrühte Plörre leid, denn egal was ich tat, es schmeckte immer wie Spülwasser. Nur die Farbe variierte. Ich brauchte also dringend einen richtig starken Kaffee, einen, in dem der Löffel stehen konnte, und bestenfalls mit Hafermilchschaum. »Bei Hille«, kam die einsilbige Antwort. »Die hat im Winter aber nur montags und sonntags auf. Wird ihr sonst zu viel.«

Ich musste ernsthaft kurz nachdenken, welchen Wochentag wir hatten. »Heute ist Montag«, sagte ich dann erfreut, als ich zu einer Erkenntnis kam. »Sehr schön. Wo finde ich denn diese Hille?«

Das war das erste Mal, dass die Frau mich ansah. Vielleicht, weil sie nicht glauben konnte, dass jemand nicht wusste, wo Hille zu finden war. »Straße runter, dritter Hof. Hofladenschild. Kann man nicht verfehlen.«

»Vielen Dank. Es war sehr schön bei Ihnen«, sagte ich und merkte erst danach, dass das hatte zynisch klingen können. Ich zuckte entschuldigend die Schultern und beeilte mich, meinen Käse, die Sahne, den Lauch und den Joghurt in den Rucksack zu stopfen, dann schulterte ich ihn und marschierte hinaus in die klirrende Kälte. Degenbrück war ein ziemlich kleiner Ort. Ich musste das Wort »klein« dringend vorübergehend aus meinem

Wortschatz streichen. Alles war hier klein. Ich brauchte es nicht ständig zu betonen. Allerdings war es auch ein sehr hübsches Dorf. Die alte Dorfstraße wurde von urigen Höfen gesäumt, überall waren Mauern aus Kalksandstein, und in der Mitte fast jeden Hofes stand ein großer Baum. Das wirkte ein wenig wie Bullerbü, nur ohne Bewohner. Die Straßen waren nämlich wie leer gefegt. Zwischen den Häusern war viel Platz, und die Struktur der Gärten ließ für die Sommerbepflanzung Gemüse und Stauden vermuten. Ich lief durch den stillen Ort und fand den richtigen Hof auf Anhieb. Er war mit altem Kopfsteinpflaster ausgelegt, und riesige Rosen rankten sich winterlich kahl über das hellgrau gestrichene Fachwerk. »Hilles Hofladen«, stand über dem Eingang der alten Scheune. Ich schlüpfte durch den schmalen Spalt und öffnete dann noch mal eine nachträglich eingebaute Holztür, vermutlich um die Kälte draußen zu halten. Hilles Hofladen bestand aus einer großen Holztheke, einem Kühlschrank, in dem es Butter, Milch und Käse gab, und einigen Kisten mit Gemüse und Obst, das ein wenig welk aussah. In einem Kühlturm wurden zwei Kuchen zur Auswahl präsentiert. Der Gastraum war mit älterem Mobiliar bestückt, von dem nichts zueinanderpasste, was aber durchaus charmant war. Rechts von mir, unter dem großen schmiedeeisernen Fenster, stand ein rotes Sofa. Und auf dem Sofa saß mein Nachbar. Also der blonde Wikinger-Nachbar, der mit dem bösartigen Köter, von dem ich bisher noch nicht einmal den Namen kannte. Besagter gefährlicher Hund lag unter dem Tisch. Er, der Mann, nicht der Hund, trank einen Cappuccino und las Zeitung. Dem Format nach offenbar die ZEIT. Er brauchte nämlich den ganzen Tisch vor dem Sofa für den Papierberg.

»Hallo«, sagte ich überrascht. Der Mann hob den Kopf und sah mich regungslos an. Der Hund zu seinen Füßen wedelte mit der Rute. Eventuell eine Taktik, um mich in Sicherheit zu wiegen und dann doch gleich anzufallen. Vielleicht nur ein Plan, um zu vollenden, was er vor wenigen Tagen am Fluss begonnen hatte. »Ich bin Ihre neue Nachbarin«, erinnerte ich den Mann, der mich nicht zu erkennen schien. Ich war diesbezüglich nachsichtig. Es gab sehr viel mehr Menschen, die unter leichter Gesichtsblindheit litten, als man gemeinhin annahm.

»Hallo«, sagte er nach kurzem Zögern und nickte mir zu. Alles an dieser Haltung wirkte distanziert, und seine grauen Augen wollten eindeutig zurück zur Zeitung und dem aufgeschlagenen Artikel zum Thema Außenpolitik.

»Ist er heute friedlich?« Ich deutete auf das Tier unter dem Tisch.

»Er ist immer friedlich. Ich hab es Ihnen doch erklärt.« Er blickte mich einen Moment lang an, und ich war mir jetzt so sicher wie selten in meinem Leben, dass ich diesen Mann schon mal getroffen hatte. Ein kleiner Teil meines Gehirns, der für unbewusste Aktionen zuständig war, arbeitete fleißig und suchte irgendeine passende Erinnerung.

»Ich bin Ella Mohnbaum«, sagte ich schließlich, weil mein Nachbar sich so gar nicht rührte.

»Jakob«, erwiderte er und nickte. Vielleicht lächelte er auch leicht, was durch den Bart nur bedingt zu erkennen war. Ich fasste mir ein Herz. Es musste doch herauszufinden sein, woher ich diesen Menschen kannte. »Darf ich mich dazusetzen?«

»Äh … ich lese«, antwortete er schlicht, was mich ziemlich erstaunte und wohl eine klare Absage an meine Absicht der Zwangsvergesellschaftung darstellte. Ich konnte ja eigentlich hartnäckig sein, das gehört zu meinem Berufsbild, aber hier und heute gab ich es auf mit meiner Freundlichkeit.

»Ja, dann viel Spaß«, sagte ich, ging zu dem am weitesten entfernten Tisch und ließ mich nieder. So eine klare Abfuhr hatte ich bis jetzt selten erhalten.

Und dann kam Hille. Nahm ich zumindest an. Eine kleine, gedrungene Frau mit Ringellöckchen auf dem Kopf stürmte plötzlich geschäftig in den Raum. Sie trug eine hellblaue Schürze und wirkte dermaßen in Eile, dass ich kurz überlegte, einfach wieder zu gehen. Nicht, dass die nächste Person nichts mit mir zu tun haben wollte.

»Was darf es denn sein?«, fragte sie, räumte dabei diverse Dinge hinter der Theke hin und her und verschwand dann ganz unter dem hölzernen Ungetüm.

»Einen Cappuccino mit Hafermilch, bitte«, sagte ich zu ihr, ohne sie zu sehen. Hille tauchte schlagartig wieder auf. »Ich habe achtundneunzig Milchkühe im Stall. Hier gibt es keine verdammte Hafermilch«, schnaufte sie.

»Okay«, erwiderte ich verdutzt, während mir dämmerte, dass das natürlich einer gewissen Logik folgte.

»Wir sind biozertifiziert. Wir sind Vorreiter in der kuhgebundenen Kälberaufzucht. Im Sommer gibt es jeden Tag Weidegang. Keine Hafermilch.« Sie hob die Hände und blickte mich herausfordernd an. »Dann mit Ihrer Milch«, sagte ich schnell. »Und ein Stück Kuchen.«

»Haferkuchen habe ich ebenfalls nicht. Auch keinen Chiasamenkuchen«, erklärte Hille scharf.

»Was gibt es denn?«, fragte ich nun vorsichtig. Was waren denn heute alle so übellaunig? Lag es an mir?

»Apfelkuchen. Lageräpfel von Theo. Nicht bio. Kann der sich nicht leisten. Und Blaubeeren-Käse. Blaubeeren kommen aus Spanien. Mit dem Flugzeug. Auch nicht bio. Ich hätte Grünkohl. Der ist frisch, saisonal und bio.«

Ich kniff die Lippen zusammen. Da war es wieder, das blöde Gefühl. Es war völlig unmöglich, beim Essen alles richtig zu machen. Hille deutete mein Zögern allerdings falsch. »Ein Blatt Grünkohl für die Dame? Ja?«, fragte sie akzentuiert.

»Nein. Vielen Dank. Ich nehme den Apfelkuchen«, sagte ich und spürte förmlich, wie mein unhöflicher Nachbar Jakob das Ganze interessiert beobachtete. Die Zeitung raschelte nämlich überhaupt nicht. So lang war der Außenpolitikartikel jetzt auch nicht gewesen. »Chiasamen sind übrigens eklig«, rief ich über den Lärm der Kaffeemaschine hinweg, an der Hille gerade die Milch aufschäumte. Sie hantierte weiter und stellte mir kurz darauf einen perfekt aufgeschäumten Cappuccino und den Teller mit dem Apfelkuchen vor die Nase. »Chiasamen sind tatsächlich eklig«, meinte sie.

»Erstaunlich glibberig«, sagte ich.

»Ja, wie so kleine Insekteneier. Sind Sie die Reporterin?«, fragte sie und klang schon nicht mehr ganz so unfreundlich.

»Ja, ich werde ein Jahr bei Theo in der Tiny-House-Siedlung leben. Und darüber eine Doku machen«, bestätigte ich.

»Aha.« Hille nickte bedächtig. »Sie machen aber sonst so landwirtschaftsfeindliche Sachen. Immerhin holen wir das Essen der Menschen von unseren Feldern.« Sie verschränkte die Arme, und ich seufzte leise. Noch ein Grund für meine Auszeit. Ich ertrug es nicht, ständig angefeindet zu werden. Entweder von den einen oder von den anderen. Irgendjemand fand mich immer scheiße.

»Nein, überhaupt nicht. Mein Ziel ist eine nachhaltige Landwirtschaft, von der Landwirte auch leben können, ohne dass sie riesige Betriebe leiten müssen. In den letzten Jahrzehnten haben wir in Deutschland viele Höfe verloren, und immer weniger Menschen wählen diesen Beruf. Diese Arbeit ist fast nicht mehr rentabel und die Bürokratie erdrückend.«

Sobald man sich vorwagte, hatte man Feinde. Das ging äußerst schnell. Ich verstand das, erwartete aber auch, dass die Leute meine Dokus sahen und erkannten, dass ich ihre Stimme war. Ich kämpfte dafür, die Landwirtschaft zu unterstützen und einen Wandel zu ermöglichen, statt sie dem Kapitalismus zu opfern. Manche versuchten alles, andere schredderten männliche Küken. Einige ließen die Kälber bei den Müttern, was allen half, aber den Bauern Milch kostete, womit wir wieder bei der Rentabilität wären.

»Kuhgebundene Kälberaufzucht finde ich absolut prima. Ich bin übrigens Ella Mohnbaum«, sagte ich und reichte der Wirtin über den Kuchen hinweg die Hand, die diese ohne zu zögern ergriff.

»Hille Johanson. Und was wollen Sie ausgerechnet hier?«, fragte sie.

»Weniger«, sagte ich. »Ich will weniger.«

Hille kniff die Augen zusammen, und dann bekam ich ein kleines Lächeln geschenkt. »Lassen Sie sich den Kuchen schmecken. Ist das Rezept meiner Oma.« Sie eilte wieder zurück zur Theke, räumte noch ein wenig hin und her und verschwand dann in den hinteren Räumen des Cafés. Ich verschlang den Kuchen, der wirklich köstlich war. Der Cappuccino hingegen war schwierig. Die Milch war zu heiß, außerdem mochte ich keine Kuhmilch, ich trank lieber Hafermilch, ganz ohne ökologischen Hintergrund, einfach weil sie mir schmeckte. Aber alles war besser als die durchsichtige Plörre, die ich in meinem Minihaus herzustellen vermochte. Mein Nachbar schwieg weiterhin und tat so, als würde er lesen. Tat er aber nicht. Er starrte einfach minutenlang auf eine Seite. Ich wusste das, weil ich ihn genau beobachtete. Also aus dem Augenwinkel, darin war ich Profi. Als ich fertig war, stellte ich fest, dass es hier gutes Internet gab, dementsprechend gönnte ich mir ein paar Minuten Onlinezeit, aber das war nur deprimierend. Überflutungen, Starkregen, politische Verwerfungen, Grabenkämpfe, Katastrophen. Bis vor wenigen Tagen hätte ich mir das ganze Drama noch vor dem Frühstück direkt nach dem Aufwachen gegönnt. Natürlich gehörte zum Projekt

»Ella reduziert sich« auch eine Nachrichtenabstinenz, die ich allerdings niemals eingehalten hätte, hätte ich Internet. Seien wir ehrlich: Ich war süchtig nach Nachrichten. Egal, ob sie mir guttaten oder nicht. Jakob schob irgendwann die Zeitung zur Seite, faltete sie ordentlich zusammen, stellte seine Tasse auf die Theke und kam dann erstaunlicherweise zu mir an den Tisch. Ich hätte erwartet, dass er nach so viel Schweigsamkeit auch ohne ein weiteres Wort verschwand. Aber das tat er nicht. Er sagte stattdessen: »Ich bin mit Theos Auto hier. Willst du mit?« Sicherlich diktierte ihm nur ein gewisses Maß an Anstand diese Worte, aber ich nickte eifrig. Ich wollte unbedingt mit! Weil ich auf die klirrende Kälte draußen mal so gar keine Lust hatte. »Ich hab noch nicht bezahlt.«

»Leg Hille das Geld einfach auf die Theke.«

Skeptisch betrachtete ich ihn. »Sie würde mich sicherlich suchen, teeren und federn.«

»Nope. Das passt.«

Ich trug also alles zurück zur Theke und fand dahinter einen Notizzettel. Darauf schrieb ich in Schönschrift: »Vielen Dank.« Dann rechnete ich schnell aus, was ich Hille schuldete – die Preise standen auf der großen Tafel über der Theke – und legte das Geld hin.

Theos Auto war ein alter Passat in Grau, der irgendwann mal weiß gewesen sein könnte. Der Hund sprang auf die umgeklappte Rückbank, und ich nahm neben Jakob Platz. Das Auto wurde von Theo offenbar als mobiles Labor zur Entwicklung von neuen bakteriellen Kampfstoffen benutzt. Überall lag verstaubter, verdreckter Kram, das ein oder andere Zeug könnte theoretisch schon allein nach Hause laufen, weil ihm eventuell Beinchen gewachsen waren. So roch es auch. Ich klappte alle Körperteile ein, um nichts zu berühren, und schnallte mich vorsichtig an. »Der Schlüssel hängt immer im Ziegenstall neben der

Heuraufe. Du kannst das Auto jederzeit benutzen. Wenn Theo nicht grad selbst unterwegs ist«, sagte Jakob und lenkte den Wagen rückwärts auf die Straße. Sein Hund lehnte sich zwischen den Sitzen zu uns. Ich rückte unmerklich zum Fenster. Der Hund hatte einen riesigen Schädel und sicherlich säbelartige Zähne. »Wie heißt er?«, fragte ich, nickte ruckartig in Richtung Hundeschädel und gab mich cool.

»Ackermann.«

»Hallo, Ackermann«, sagte ich und lächelte dem Hund zu.

»Er ist nett. Du kannst ihn anfassen. Aber er sieht schlecht, und du bist wie eine Irre am Flussufer auf ihn zugerannt«, sagte Jakob, wohingegen wir uns gerade im Schneckentempo über die leer gefegte Hauptstraße zu dem kleinen Weg bewegten, der zu Theos Hof führte. »Ackermann fährt nicht so gerne Auto. Ihm wird manchmal schlecht. Er will sich aber auch nie hinlegen, deswegen muss ich langsam fahren«, erklärte Jakob, während er in den dritten Gang schaltete und ihm die Kiste fast absoff.

Ich nickte. »Ich will Ackermann nicht so gerne anfassen, weil ich mich mit Hunden gar nicht auskenne. Aber das andere kenne ich. Mein Sohn Jasper hat früher grundsätzlich im Auto gekotzt, wenn ich schneller als fünfzig gefahren bin.«

Jakob sah mich das erste Mal mit einem gewissen Interesse in den Augen von der Seite an. »Ist das besser geworden oder bewegt er sich immer noch so langsam durchs Leben?«, fragte er.

»Hat sich gebessert.« Ich grinste. »Aber ich war lange als Verkehrshindernis unterwegs.« Ich hätte mich gerne noch länger mit Jakob unterhalten. Er schien Humor zu haben, und er war freundlich zu seinem komischen Hund. Beides gefiel mir, aber der Rest des Weges verlief in Stille. Leider fiel mir auch kein fulminanter Gesprächsauftakt ein, und so verstrich die Gelegenheit herauszufinden, ob ich meinen neuen Nachbarn nun kannte oder nicht.

Jakob stellte den Wagen auf Theos Hof ab und hob seinen Hund aus dem Auto. Dann lief er mit dem Schlüssel zu den geduckten Remisen, die die Rückseite des Hofes bildeten. Sie bestanden nicht aus Fachwerk, sondern waren komplett aus altem Backstein gemauert. Als er eine der Türen öffnete, hörte ich energisches Meckern. Neugierig setzte ich mich ebenfalls in Bewegung. Jakob hängte den Schlüssel an einen Haken an der Wand und wandte sich schon zum Gehen, während ich noch um die Ecke spähte. Im Stall befanden sich Ziegen. Ganz viele! Sie sahen uns an und wirkten empört.

»Oh, wow!«, sagte ich beeindruckt und betrachtete die schwarz-weißen und braunen Geschöpfe.

»Die beweiden zurzeit die Flächen unter den älteren Bäumen. Sie sind nur vorübergehend hier und kommen von einem Freund von Theo, der einen Ziegenhof hat. Der hat Platzmangel, deswegen wohnen die Tiere grad hier. Tschüss.« Sprach's und verschwand. Ohne auf mich zu warten. Er ging einfach, und Ackermann folgte ihm in einem leicht humpelnden Trab.

»Ja, tschüss auch«, murmelte ich und streckte eine Hand aus, um eine der Ziegen hinter der hölzernen Abtrennung zu berühren, doch das Tier wich aus und meckerte mich energisch an. Auch sie wollte offensichtlich nicht meine Freundin sein. Ich machte mich gerade daran, zurück zu meinem Häuschen zu laufen, als ein alter Kombi neben Theos Auto einparkte. Familie Meyer. Zumindest Katha Meyer mit ihren beiden Kindern. Ich war sehr froh, heute korrekt gekleidet zu sein und keine dunkelgrüne, bröckelnde Masse im Gesicht zu haben. Eins der Kinder heulte. Das andere stand kurz vor einem emotionalen Ausbruch, unzweifelhaft an der zitternden Unterlippe zu erkennen, selbst durch die Fensterscheibe.

»Moin«, sagte Katha Meyer, als sie aus dem Auto stieg und zum Kofferraum eilte. Sie riss die Klappe auf, in der sich diverse dick gepackte Jutebeutel und ein Einkaufskorb befanden.

»Soll ich dir tragen helfen?«, fragte ich. Katha Meyer hob den Blick und sah dabei furchtbar gehetzt aus. Vermutlich genau wie ich damals, als meine eigenen Kinder noch so klein gewesen waren. »Oh, das wäre so nett. Ich bin heute mit allem zu spät. Zu spät zur Kita, zu spät zur Arbeit, zu spät die Kinder wieder abgeholt«, erklärte sie atemlos. Ich nickte, weil ich das nur zu gut kannte, schnallte mir meinen Rucksack auf den Rücken und hob ihre Einkäufe aus dem Kofferraum, während Katha ihr weinendes Kind aus dem Auto zerrte. Im wahrsten Sinne des Wortes, denn es wehrte sich und verteilte mit seinen kleinen Schühchen heftige Tritte in alle Richtungen. Finn war immer ein unauffälliges Kind gewesen, aber Jasper war schon wütend auf die Welt gekommen. Der hatte auch solche Box- und Tretanfälle gehabt. Katha umklammerte ihr sich windendes Kind, und ich öffnete kurzerhand die andere Tür des Kombis, aus der wortlos ihre größere Tochter kletterte. Ich lächelte. »Ich habe heute kein grünes Gesicht«, sagte ich, aber das Mädchen wandte schnell den Blick ab, folgte mir allerdings, ohne in Tränen auszubrechen. Ich wiederum folgte ihrer Mutter, die echt Mühe hatte, den kleinen Jungen auf ihrem Arm zu bändigen. Ungerührt von dem ganzen Szenario ließ sich das Mädchen neben mir dann doch zu einem Kommentar herab, es sagte nämlich: »Und du hast eine Hose an.«

»Ja, genau. Habe ich übrigens meistens. Und ich habe auch zwei Kinder. Zwei Jungs, die sind aber schon groß«, redete ich munter drauflos. Gemeinsam liefen wir an allen Minihäusern vorbei, bis zu dem holzverschalten Bau ganz am Ende des Geländes, kurz vor der weitläufigen Pferdewiese, die von einem weißen Zaun umgeben war. Da sich Katha draußen die Schuhe auszog, tat ich das auch, dann trug ich ihre Einkäufe ins Haus und stellte sie auf den Küchentresen. Es war ein richtiges Haus, nur eben in klein. Durch die L-Form war hier aber tatsächlich sehr viel mehr Platz als in meinem Minimängelexemplar. Alles war wohnlich in Holztönen und Weiß gehalten, mit großen Fenstern, die viel Licht ins Innere ließen. Durch den gesamten Wohnraum zog sich allerdings eine Chaosspur an Dingen, als wäre eine Kram-Lawine abgegangen. Kathas Sohn hatte aufgehört zu weinen und stopfte jetzt, auf dem Boden sitzend, Gemüsechips in sich hinein.

»Erst ein Trotzanfall im Supermarkt und dann die ganze Autofahrt über Geschrei«, sagte Katha und atmete tief durch. »Danke fürs Tragen. Hände waschen, Bente«, sagte sie zu ihrer Tochter, die die Augen verdrehte, aber gehorsam im Bad verschwand. »Sorry. Hier sieht es chaotisch aus. Aber nächste Woche wird es hoffentlich etwas ruhiger.«

Ab nächste Woche wird es ruhiger. Nur noch diese Tage überstehen. Das war das Opium der berufstätigen Mütter. »Willst du einen Kaffee?«, schob Katha mit einem etwas knittrigen Lächeln hinterher, doch tief in ihrem Innersten hoffte sie, dass ich schnell wieder verschwand, das spürte ich ganz genau. Ich winkte ab, denn ich würde den Teufel tun, Kathas Zeitplan noch mehr durcheinanderzubringen, auch wenn ich mich gerne bei einem zweiten anständigen Kaffee noch ein wenig unterhalten hätte. »Alles gut. Ich hab noch zu tun. Wir sehen uns hier ja eh.«

Ich winkte den Kindern, ging zur Tür, schlüpfte in meine Schuhe und lief hinüber zu meinem kleinen Haus. Ich war gerade auf dem Weg zwischen den Fliederbüschen durch, als mir die Sonne ganz unerwartet ein paar vereinzelte Strahlen hinunterschickte. Ich blieb einen Moment mitten auf dem Weg stehen und drehte das Gesicht in die Wärme. Ich beneidete Katha nicht. Stattdessen spürte ich plötzlich den Hauch einer unbekannten Leichtigkeit. Ich war das erste Mal seit sehr, sehr langer Zeit für niemanden verantwortlich. Nur für mich. Das war wunderbar und schmerzhaft zugleich, denn die Last der Verantwortung spürte ich immer noch auf meinen Schultern, wie einen leichten

Phantomschmerz. Ich hatte sie lange getragen und diesbezüglich leider eine ungünstige Disposition. Als einziges Kind einer alleinerziehenden Mutter hatte ich früh alles selbst machen müssen. Ich hatte Verantwortung getragen, auch für sie, wenn es notwendig gewesen war. Bis heute war es so, dass man mir etwas in die Hand drückte und ich mich umgehend zuständig fühlte, auch wenn ich gar nichts damit zu tun hatte. Da konnte kommen, was wollte. »Ella kümmert sich schon.« Eine knifflige Nachrecherche? »Macht Ella!« Gerne noch um Mitternacht, wenn es eilte. Vorstellung der Feedback-Analyse? Ella kann das aus dem Stegreif, auch wenn sie nicht vorbereitet ist, weil es eigentlich eine andere Kollegin machen sollte. Und sobald ich – häufig viel zu spät – zu Hause angekommen war, hatte ich mich um die Jungs, Alex und zwischendurch auch noch um meine Schwiegermutter gekümmert. Jede meiner beruflichen Reisen war mit tagelangem Organisationsdrama im Vorfeld versehen. Akribische Betreuungspläne mussten von mir erstellt werden, und trotzdem rief mich Finn mal weinend in Südamerika an, weil er sich beim Spielen einen Zahn ausgeschlagen hatte und sein Vater nicht zu erreichen war. Ich hatte dann mit zwei anderen Handys versucht, jemanden zur Rettung zu ordern, während ich mein hysterisch kreischendes Kind beruhigt hatte. Danach hatte ich wohl mindestens eine Woche lang Bluthochdruck.

Über all diesen Herausforderungen hatten Alex und ich uns aus den Augen verloren. Der Alltag hatte unsere Liebe aufgefressen und uns voneinander entfernt. So hatte es angefangen, mit Distanz. Dann kamen die Vorwürfe. Er hatte ständig das Gefühl gehabt, zu kurz zu kommen. Ich hatte mich nicht gesehen gefühlt. Und am Ende waren da nur noch zerstörerische Streitereien und unüberwindbare Gräben gewesen. Während er am liebsten vier Mal im Jahr in den Urlaub fliegt, Wert auf dicke Autos und teure Armbanduhren legt, hatte ich im Laufe der Zeit immer weniger gewollt. Durch meinen Beruf hatte ich zu oft mit eigenen Augen gesehen, was wir Menschen mit unserem Verhalten anrichteten. Ich konnte nicht mehr wegschauen und so tun, als ginge mich das alles nichts an. Wir hatten uns schließlich einvernehmlich und ohne Groll getrennt. Es war einfach das Beste, und seitdem verstanden wir uns wieder ganz gut. Beide konnten wir nun endlich tun und lassen, was wir wollten.

In meinem eigenen Häuschen angekommen, packte ich meine Einkäufe aus, wusch mir an dem kleinen Waschbecken im Bad die Hände, staunte kurz, dass ich einfach nicht in der Lage war, den Wasserhahn zu benutzen, ohne eine mittlere Überschwemmung herbeizuführen, und machte mich dann ans Kochen. Jahrelang hatte ich männerfreundlich gekocht, denn während Alex mehr für die Wäsche und die professionelle Bodenreinigung zuständig war, war ich die Nahrungsmittelbeschafferin im Haus gewesen. Nur leider mochte meine Familie mein Essen nicht. Leicht geröstetes Dinkelbrot mit Burrata und gegrilltem Gemüse hatte meine Jungs in Schockstarre fallen lassen. Und meine geliebte Käse-Lauch-Suppe war für sie nur mit kiloweise Hackeinlage zu ertragen. Ich mochte sie aber ohne Fleisch viel lieber.

Jetzt suchte ich nach dem großen Topf, fand ihn unten aber nicht und kroch dann auf allen vieren in das Miniatur-Obergeschoss. Ich hasste diese Treppe, weswegen ich beschlossen hatte, die zehn Quadratmeter dort oben einfach als Lagerfläche zu nutzen. Da stand jetzt alles, was noch keinen Platz gefunden hatte, also fast alles, was ich besaß. Eine Minute später kroch ich rückwärts die schmale Stiege wieder herunter, den Kochtopf fest an mich gedrückt. Unten angekommen, breitete ich meine Zutaten aus (schwierig auf zwanzig Zentimetern Arbeitsfläche), stellte die Kamera auf und begann zu filmen. »Endlich koche ich mal wieder!«, sagte ich, dann machte ich noch einige allgemeine

Videos, sogenannte B-Roll-Aufnahmen von den Zwiebeln auf dem Schneidebrett, der Kaffeetasse und einem Buch auf der Ablage vom Bett. Unterstützende visuelle Elemente, wie sie im Fachjargon hießen. Ein paar Eindrücke, die den Hintergrund der Reportage stützten und die man immer gebrauchen konnte. Und dann begann ich endlich zu kochen.

Ich kam nicht weit. Kaum brutzelte der Lauch im Öl, rief Jasper an. »Sohn«, meldete ich mich und klemmte mir das Handy zwischen Schulter und Ohr, damit ich weiterarbeiten konnte. Die Sahne musste jetzt in den Topf, aber wenn eins der Kinder anrief, ging ich immer ran. Ich konnte nicht anders. »Hallo, Mama. Ich habe ein Schreiben von der Krankenkasse bekommen. Ich versteh gar nichts!«

Ich rührte im Topf, während die Sahne aufkochte. Eigentlich hatte ich den Vorgang filmen wollen. Kochen mit Minimal-Ausstattung. Die Herausforderung schlechthin.

»Was steht denn da?«, fragte ich und versuchte, den genervten Unterton in meiner Stimme zu unterdrücken.

Jasper schnaufte. »Mann, weiß ich nicht. Es fehlen Unterlagen. Irgendwas kostet Geld.«

»Kann Papa sich nicht darum kümmern? Frag doch ihn«, erwiderte ich. Jasper schnaufte noch mal. »Papa ist im Urlaub, schon vergessen?«

»Papa ist immer im Urlaub, aber ich bin in der Wildnis«, erklärte ich fest. Einen Moment schwieg Jasper, vielleicht musste er kurz nachdenken, wo ich war und was ich tat, dann endlich fiel es ihm ein. Er hatte manchmal die Aufmerksamkeitsspanne eines Goldfisches. »Ja, aber kannst du das trotzdem mal lesen?«, fragte er schließlich.

Ich atmete tief durch. Nein. Keinesfalls wollte ich irgendein bürokratisches Schreiben lesen. »Ja, klar«, sagte ich. »Schick es mir.«

»Danke, Mama.« Ich kippte den Käse in den Topf, rührte noch einmal um und entschied, dass ich meine Suppe ein paar Minuten allein lassen könnte. Also stiefelte ich raus zur Eiche, hielt mein Handy über Kopf in Richtung Südost und hüpfte ein wenig hoch und runter. Ich bildete mir ein, dass ich dann besseren Empfang hatte. Das Handy meldete brav den Eingang einer Nachricht, und ich rief sie auf. Ich vergrößerte das Anschreiben der Krankenkasse und kniff die Augen zusammen, um die winzigen Buchstaben lesen zu können. Irgendwelche Unterlagen fehlten, das hatte mein Sohn richtig erkannt. Die musste Jasper aber in seinem Ordner haben, ich hatte sie zumindest nicht. Und dann ging plötzlich ein ohrenbetäubender Alarm los. Erschrocken riss ich den Kopf hoch. Das schrille Piepen kam aus meinem Haus. Zusammen mit Rauch.

»Oh mein Gott!«, rief ich und rannte los. Geduckt stürzte ich durch die Haustür und entdeckte hinter dem Topf lodernde Flammen. Mit dem Kochlöffel beförderte ich alles quer über die kleine Arbeitsfläche in die Spüle und riss den Hebel des Wasserhahns hoch. Es zischte und qualmte noch mehr.

»Brennt es?« Jack Off kam durch die Tür gerannt, nur mit einer knappen Unterhose bekleidet, in der Hand einen riesigen Feuerlöscher. Ich riss das andere Fenster auf und hob abwehrend die Hände.

»Hab's schon gelöscht«, rief ich über den Alarmton hinweg, der ungerührt weiter sämtliche Bewohner darüber in Kenntnis setzte, dass ich hier beinahe alles abgefackelt hätte. So aber kamen die restlichen Nachbarn auch noch angerannt. Pia trug ebenfalls einen Feuerlöscher.

»Alles unter Kontrolle!«, rief ich. »Papier, hinter dem Topf, zu wenig Platz, unaufmerksam«, erklärte ich atemlos, allerdings erntete ich nur einige sehr skeptische Blicke. Pia ließ mit einem tiefen Seufzer den Feuerlöscher sinken. Jack Off raufte sich die

Haare, und Margarete verdrehte völlig ungeniert die Augen, während Manu den Kopf schüttelte. Offenbar hielt man mich nicht für geeignet, in einem Tiny House zu leben, ohne direkt und ohne Umschweife den ganzen Ort abzufackeln. Ich konnte ihnen ihr Misstrauen nicht verdenken. Ich hatte mittlerweile selbst große Zweifel, ob das hier wirklich so eine gute Idee gewesen war.

5

Alles gar nicht so schön wie gedacht

Die Zweifel blieben auch die nächsten Tage. Der Feueralarm hatte uns noch eine ganze Stunde lang erfreut, und ich hatte natürlich meine Noise-Cancelling-Kopfhörer an Finn verschenkt. Ich war nicht davon ausgegangen, dass ich sie hier brauchen würde. Irgendwann hatte Hannes eine Leiter vom Hof geholt, während Pia sich genervt Ohropax in die Ohren gestopft hatte, dann war sie bis hoch ins Gebälk meiner kleinen, aber hohen Behausung geklettert, um endlich den Knopf am Rauchmelder zu drücken. »Fackelst du häufiger Dinge ab?«, hatte sie danach gefragt.

»Nein. Es ist nur so wenig Platz. Das Papier ist irgendwie zur Flamme geraten.« Vermutlich durch den Windstoß, als ich die Tür geöffnet hatte. Schließlich hatte ich nachdenklich die mit Holz verkleideten Wände betrachtet und sie dann vorsichtig gefragt: »Brennen diese Häuser gut? Sie sind immerhin aus Holz.« Pia hatte die Schultern gezuckt und dann, offenbar sehr fachkundig, zum Besten gegeben: »Eigentlich nicht. Kommt halt auf die brennbare Masse drum herum an. Holz brennt nicht zwingend schneller als Stein.«

»Das ist eine schöne Information«, erwiderte ich.

»Kokel halt nichts an«, hatte sie daraufhin ernst gesagt, und ich hatte geschwiegen und gedacht: Ja, danke, Mama.

Die Tage vergingen. Ich war immer noch damit beschäftigt, meinen ganzen Kram zu verstauen, oder hatte es doch zumindest versucht. Das Ergebnis war leider Chaos und ständig suchte ich etwas. Manchmal fiel mir dann ein, dass ich das Gesuchte verschenkt hatte, und das waren betrübliche Momente. Offenbar brauchte ich doch mehr in meinem Leben, als ich angenommen hatte. Aber es gab auch Positives zu vermelden. Meine Söhne hatten mir ein Überlebenspaket für die Wildnis geschickt, bestehend aus dicken Socken, drei Tafeln Schokolade, einer Flasche Weißwein und Kondomen. Letztere waren ein Running Gag in unserer Familie, weil ich seit dem Moment, als meine Söhne in die Pubertät kamen und ihr Interesse an Mädchen erwacht war, große Angst vor einer zu frühen Großmutterschaft hatte. Ganz ernsthaft. Schlaflose Nächte hatte mir das bereitet, und deswegen hatte ich meine Söhne immer sehr großzügig und zu allen potenziellen Gelegenheiten mit Kondomen versorgt. Anfangs war das Geschrei groß gewesen, die Peinlichkeit meiner Person wurde hervorgehoben, und sie rangen die Hände, später wurden die milden Gaben allerdings gerne genommen. Geschah mir also nur recht, dass ich jetzt eine Packung gefühlsechter Kondome in meinem Survival-Paket hatte. Vielleicht konnte ich aus den Dingern ja irgendetwas basteln. Eine intime Zusammenkunft mit einem Mann war hier nämlich nicht vorgesehen.

Für die weitere Lebensplanung schloss ich das nicht grundsätzlich aus, aber in diesem Jahr ging es um mich. Ich musste einfach mal ganz allein leben, keine Verantwortung für irgendjemanden tragen, außer mich selbst.

Der Appetit auf Käse-Lauch-Suppe war mir gründlich vergangen, nachdem ich die Bude an dem Tag beinahe abgefackelt hatte, deshalb schmierte ich mir jetzt meistens Brote. Einmal hatte ich mir Nudeln mit Fertigpesto gemacht, dabei allerdings den Topf akribisch überwacht. Sicher war sicher. Ansonsten hatte ich keine Lust, für mich allein zu kochen.

Hin und wieder filmte ich ein paar Sequenzen, aber so richtig einen roten Faden konnte ich nicht entdecken, etwas, was mir sonst ganz leichtfiel. Es gab hier irgendwie keine Geschichte, die dringend erzählt werden musste. Oder ich hatte sie einfach noch nicht gefunden.

Internet gab es weiterhin nur an der alten Eiche, und ich gönnte mir jeden Tag fünf Minuten dort, um wenigstens meine Mails zu checken. Doch da kam nicht viel, was für mich völlig ungewohnt, aber schlicht eine Folge meiner eigenen Handlung war: Das Büro hatte mich auf eigenen Wunsch hin aus dem allgemeinen Verteiler geworfen …

Wenn es nicht regnete, sah ich auch ganz kurz auf den üblichen Social-Media-Kanälen vorbei, um ein bisschen auf dem Laufenden zu bleiben. Und sagen wir es so: Die Zeiten waren schwierig, und sie hatten offenbar nicht vor, sich dem Guten zuzuwenden. Es machte also keinen großen Unterschied, ob ich nachsah oder nicht. Mein Nachrichtenkonsum hatte sich von 24/7 auf 300 Sekunden verringert. Wenigstens das war doch etwas Positives.

Der Einzige, der in dieser Einöde etwas von mir wollte, war Edgar. Er wollte Holz und Feuer. Wenn ich all die komplizierten Handgriffe, die zum Entzünden seiner Kräfte notwendig waren, nicht genau nach seiner Vorstellung ausführte, bestrafte er mich mit Kälte. Wenn ich ihn allerdings zufriedenstellte, verwandelte er die kleine Hütte bereits in der ersten Stunde seiner Tätigkeit in eine Sauna. So auch jetzt. Edgar bollerte herum, und mir stand der Schweiß auf der Stirn. Außerdem hatte ich mich seit fast zwei Wochen nicht bewegt. Seitdem ich bei meiner ersten Joggingrunde erst fast ertrunken und dann gefressen worden war, hatte ich meine Laufschuhe nicht mehr angerührt. Das Leben hier war anstrengend und langweilig, beides gleichzeitig. Und weil das Anstrengende ein klein wenig überwog, waren die Hausarbeiten auch einfach liegen geblieben. Wer hätte denn bitte gedacht, dass ein kleines Haus so viel Zuwendung brauchte? Ich nicht! Ich war wirklich der Ansicht gewesen, das mache sich bei einer Person und keinen dreißig Quadratmetern nebenbei. Vor drei Tagen hatte ich gewaschen, auch das Ersatzlaken der riesigen Matratze, weil es furchtbar muffig gerochen hatte, als ich es aus dem Schubfach unter dem Bett gezogen hatte. Mein Bett brauchte außerordentlich dringlich einen neuen Bezug. Mittlerweile erinnerte mich der Geruch leicht an die Ausdünstungen aus den Zimmern meiner Jungs, als sie voll in der Pubertät waren und es in ihren Räumen nach Moschus und Käsefuß roch. Nun hing also das zweite Laken seit Tagen zum Trocknen auf der Leine, und heute endlich konnte ich unter vollem Körpereinsatz über das Bett kriechen und den Bezug herunterklauben. Was echt schwierig war. Während ich ächzend auf der Matratze hockte, überlegte ich schon, wie ich es schaffen sollte, dieses riesige und tonnenschwere Teil jemals wieder zu beziehen.

Als ich fertig war, schnappte ich mir meinen Sack mit Schmutzwäsche und lief rüber zu Theos Hof. In einem der ehemaligen Stallgebäude stand die Waschmaschine, die für alle Bewohner zur freien Nutzung war, genau wie die gespannten Wäscheleinen. Dort traf ich aber erst mal auf meinen direkten Nachbarn, Jack Off, das Telefonsex-Sternchen. Das strähnige Haar hing ihm über die Kapuze eines Wacken-Hoodies. Er war gerade dabei, seine trockene Wäsche von der Leine zu pflücken. Eine weitere Ladung Wäsche drehte sich in der Trommel.

»Moin!«, begrüßte er mich launig. »Leider belegt.« Er deutete zur eifrig arbeitenden Maschine.

»Macht nichts. Komme ich halt später wieder«, erklärte ich. Es war mir eh suspekt, dass hier jeder der Minidorf-Bewohner meine Unterwäsche auf der Leine betrachten konnte. Aber eine Waschmaschine passte nun beim besten Willen nicht auch noch in mein Häuschen, deswegen war die Waschküche für die Allgemeinheit natürlich eine zu begrüßende Einrichtung.

»Glückwunsch, bisher hast du nichts mehr abgefackelt!« Jack Off strahlte mich fröhlich an und wirkte so gar nicht wie ein Telefonsex-Star, wobei ich allerdings auch keine Ahnung von dieser Branche hatte. Vielleicht war sie schon vor Jahren der Digitalisierung oder KI zum Opfer gefallen, nur was genau tat mein Nachbar dann in regelmäßigen Abständen und lautstark? Er stöhnte weiterhin mehrmals täglich, und das war ziemlich befremdlich. Telefonsex war wirklich das Einzige, was mir dazu eingefallen war. Auch eine durchaus spannende Doku-Idee, dachte ich, und schlagartig überkam mich meine berufliche Neugierde. Ich hatte Menschen schon mit ganz anderen Dingen konfrontiert. Und schon legte ich los. Alles auf Anfang.

»Ich bin übrigens Ella, wir haben uns noch gar nicht bekannt gemacht«, sagte ich deswegen und nickte meinem Nachbarn zu.

»Hannes«, erklärte der.

»Du, sag mal«, sagte ich ganz unverfänglich. »Ich war letztens unterwegs, und als ich zurückgekommen bin, da war die Tür deines Häuschens auf.« Ich machte eine Pause, damit er vielleicht von allein draufkam, aber es schien nicht Klick zu machen. Er sah mich einfach weiter freundlich abwartend an. »Okay«, fuhr ich fort. »Also wenn du«, ich bewegte die Hände in einer Geste, die man durchaus als eindeutig identifizieren konnte, »dann mach doch die Tür zu. Bitte.«

Hannes verstand die Geste einwandfrei, denn er fragte irritiert: »Mit wem sollte ich denn Sex haben?«

»Ja, du, das weiß ich ja nicht. Und ich will es auch gar nicht wissen.« Abwehrend hob ich beide Hände.

»Ah!« Plötzlich schien Hannes ein Licht aufzugehen. »Das hier hast du gehört.« Er stellte den Wäschekorb auf den Boden, reckte die Arme nach oben, atmete tief ein und ließ dann ruckartig den Oberkörper vornübersinken, dazu stieß er den Atem geräuschvoll aus. Als er wieder hochkam, sagte er: »Das ist der Feueratem. Musst du mal probieren. Tut gut.«

Entsetzt starrte ich ihn an. Vorher würde die Hölle zufrieren. Das stand mal fest. Geräuschloses Yoga war das höchste der Gefühle, und das auch nur, weil ich mit fünfzig die Treppen noch hochkommen wollte.

»Versuch es mal! Das macht den Kopf frei!« Hannes schien sehr enthusiastisch zu sein. Ich lächelte. »Nein, lass mal. Aber danke.«

Schnell pflückte ich das trockene Laken von der Leine und deponierte dann meine dreckige Wäsche neben der Maschine, um somit meinen Warteplatz einzunehmen. Mittlerweile hatte ich verstanden, dass Familie Meyer die Waschküche sehr häufig frequentierte und man manchmal den ganzen Tag auf einen Slot warten musste. Ich verabschiedete mich von Hannes alias Jack Off und verließ das alte Gebäude, um noch kurz bei den Ziegen vorbeizuschauen. Das hatte ich bisher jeden Tag getan, aber die Tiere meckerten mich nach wie vor nur missmutig an. Danach machte ich einen Abstecher zum Eingangsbereich des großen Bauernhauses, in dem Theo lebte.

Alles hatte sich irgendwie eingespielt. Nicht, dass ich nicht weiter skeptisch blieb, aber trotzdem hatte sich eine Form von Alltag eingestellt. Unsere Häuschen hatten allesamt keine Briefkästen, weswegen die Post direkt bei Theo ankam, der sie feinsäuberlich bündelte und mit Namensschildern auf das kleine Tischchen in seinem Flur legte. Ich schnappte mir meine Rechnungen und schlenderte durch den trüben Novembertag zurück zu Edgar, der schon auf mich wartete und extra für mich eine

Saunatemperatur von ungefähr 35 Grad vorbereitet hatte. Ich öffnete also wieder mal alle Fenster und Türen und wartete einen Moment, bis es erträglich wurde, was bescheuert war, weil ich so direkt zum Fenster hinausheizte. Das war nicht ökologisch, das war Mist. Aber entweder ich fror oder ich erlag der inneren Kernschmelze. Ganz oder gar nicht. Heiß oder kalt. Keine halben Sachen. Theoretisch passte diese Vorgehensweise ja sogar zu mir.

Ich warf die Briefe auf den kleinen Tisch und kletterte auf das Bett, um endlich das Laken aufzuziehen. Nach einigen Minuten stellte ich allerdings fest, dass ich dafür einen Lastenkran benötigte. Wer war denn in der Lage, die 2,20-Meter-Matratze so hochzuheben, dass man sie beziehen konnte? Ich schaffte es noch nicht mal, den Stoff in die Ecken zu bekommen, denn das Polster war nicht nur riesig, sondern auch dick und außerdem so perfekt in den Holzrahmen eingefasst, dass man mit den Fingern kaum dazwischenkam. Leise Verwünschungen ausstoßend robbte ich über mein Schlaflager, das zwar herrlich gemütlich, aber offenbar unfassbar wartungsintensiv war. Ich hasste unpraktische Gegenstände. Alex hatte ständig irgendwelche Küchengeräte angeschleppt, die zwar tolle Dinge konnten, aber deren Reinigung länger dauerte als die Zeit der Nutzung. Nachdem Alex damit Obst entsaftet oder Teig geknetet hatte, fiel mir die ehrenvolle Aufgabe zu, den ganzen Krempel zu putzen. Zum Glück vergaß er seine Errungenschaften recht schnell, und so hatte ich sämtliche Geräte irgendwann heimlich in der Nachbarschaft oder unter den Kolleginnen verschenkt. Alex war das nicht aufgefallen, weil er in der Zwischenzeit schon die nächste Anschaffung getätigt hatte. So war es wahrscheinlich auch zu der gehäuften Ansammlung von Tupperschüsseln gekommen.

Ich gab den gefühlt 27. Versuch auf, irgendwie mit den Fingern zwischen Bettlaken und Holzrahmen zu kommen, und legte mich stattdessen bäuchlings auf die Matratze. Runter mit dem Laken war schon schwierig, rauf stellte sich als völlig unmöglich dar.

»Hey, Ella! Deine Tür war sperrangelweit auf! Ich dachte, ich gucke mal rein«, rief eine Frauenstimme. Ich drehte mich zur Seite und spähte vom Bettpodest herunter.

»Hey, Pia«, sagte ich dann erfreut. Nach dem Kokel-Debakel hatte ich kaum jemanden aus unserem Minidorf zu Gesicht bekommen. »Komm rein. Die Tür muss auf sein, sonst werde ich gebraten.«

»Ah. Du hast das mit dem Feuer an der richtigen Stelle jetzt hinbekommen«, erwiderte Pia und betrachtete Edgar, der fröhlich Hitze produzierte. Sie sah schick aus mit ihren dicken Socken in den goldschimmernden Birkenstocks und hochgekrempelter Jeans.

Ich gab nur ein unverständliches Brummen von mir. Ich wollte nicht an diesen katastrophalen Tag erinnert werden. Und zum Thema Edgar war auch alles gesagt.

»Was machst du da?«, wollte Pia wissen. Es klang beiläufig. So als wäre sie tatsächlich zufällig vorbeigekommen und hätte sich gedacht: »Ach, ich hätte Bock auf eine Unterhaltung. Oh. Sieht so aus, als wäre Ella da und hätte Zeit.« Und dann – schwupps – durch die offene Tür hinein in die warme Stube.

In meinem alten Leben hatte man sich aufwendig verabreden müssen und dann doch oft kurzfristig abgesagt, weil irgendetwas dazwischengekommen war. »Ich versuche, das Bettlaken zu bezwingen. Du bist nicht zufällig auch die Bettlaken-Göttin?«, fragte ich, während ich mich zurück auf den Rücken rollte. Pia lachte auf und schüttelte den Kopf so beherzt, dass ihr blonder Pferdeschwanz flog.

»Krass«, sagte sie, schlüpfte aus ihren Sandalen und kletterte zu mir aufs Bett. Und dann kämpften wir gemeinsam mit dem Ungetüm. Unter vollem Körpereinsatz. Ich stieß mir zwei Mal schmerzhaft das Knie, Pia rammte sich den Kopf an der linken Seitenwand. Es war spektakulär, aber am Ende saß das verdammte Laken an Ort und Stelle und wir beide atemlos auf dem Bettrand.

»Sag halt was!«, sagte sie trocken.

Auf den Gedanken, einfach um Hilfe zu bitten, war ich gar nicht gekommen. Das war definitiv nicht meine Paradedisziplin. »Danke. Du hast mich schon das dritte Mal gerettet«, stellte ich fest.

Sie grinste und deutete auf den Stapel mit Briefen. »Warum bekommst du so viel Post? Ich bekomme nie Post. Also richtige Briefe.«

Ich sah sie von der Seite an und schluckte die Bemerkung, die mir auf der Zunge lag, herunter. Stattdessen sagte ich: »Ich mache uns mal einen Kaffee!« Zügig kletterte ich vom Bett und setzte Wasser auf. Mir hatte auf den Lippen gelegen, dass erwachsene Menschen häufiger Post bekamen, aber das wäre gemein gewesen. Meine Söhne gewöhnten sich doch auch gerade erst daran, dass sie irgendwelche Schreiben von offiziellen Behörden bekamen, auf denen ihr Name stand. Womit auch tatsächlich sie gemeint waren. Um den Inhalt dann doch an mich weiterzuleiten, aber das war ein anderes Thema. »Dank Nachsendeantrag kommt meine Post jetzt hierher«, sagte ich.

Pia runzelte die Stirn. »Ich mache alles online.«

»Ich nicht. Ich muss wegkommen vom Stoff«, erklärte ich düster, woraufhin Pia amüsiert schnaubte. Ich goss die erste Tasse Kaffee auf. Mittlerweile hatte ich eine Mischung, die akzeptabel war. Also nicht direkt gut, aber nicht mehr Spülwasser mit Farbe.

»Du hast demzufolge immer noch keinen Internet-Router«, konstatierte sie.

»Ach, ich gehe jeden Tag einmal zur Eiche. Theo hat mir eine kleine Klappleiter überlassen. Weiter oben ist der Empfang besser.«

Pia grinste. »Ganz klar, weiter oben fängt die Eiche die Internetstrahlen besser ein. Nee, also ich liebe mein Internet und bleibe online …«

»Weil du vielleicht gar nicht anders kannst«, unterbrach ich sie und reichte ihr eine Tasse.

»Stimmt«, erwiderte Pia langsam. »Kann ich auch nicht. Muss ich aber auch nicht. Es gibt eine Online-Community und dann die echten Freunde aus dem Real Life. Ich finde beides wichtig, aber mein übriges Leben bestreite ich online. Außerdem weiß ich doch sonst gar nicht, welchem neuen Trend ich nun hinterherhecheln muss.«

Ich lachte, goss mir auch einen Kaffee ein und setzte mich auf die Treppenstufe zum Obergeschoss. »Ich war ein Nachrichten-Junkie«, erzählte ich. »Weniger Social-Media, mehr Katastrophe. Und das hat mir nicht gutgetan.«

»Kann ja aber das Internet nichts für, dass du da kein gutes Konsumverhalten hast.« Pia zuckte die Schultern.

»Äh«, machte ich ein wenig erstaunt.

»Das Internet ist so groß. Geh halt nicht dahin, wo es immer brennt. Baue dir eine gute Bubble auf. Tiny-Häuser, Katzenbabys, Kochen. Ich habe erst vor ein paar Tagen diese supertoxischen Lifestyle-Influencerinnen aus meinem Feed eliminiert. Die haben mir richtig Druck gemacht. Alle sind blond, extrem dünn und durchtrainiert, alle haben die gleiche Lippenform, und ständig terrorisieren sie dich mit diesen anstrengenden Morgenroutinen. Verstehst du, was ich meine?«

»Nein. Ich bin Journalistin«, erwiderte ich und zuckte mit den Schultern.

»Hä? Wie meinst du das?«, fragte Pia.

»Ich gucke im Internet keine Katzenbabys oder Lifestyle-Influencerinnen an. Ich informiere mich über die Weltlage. Und die ist schwierig«, sagte ich sehr viel ernster, als ich vorgehabt hatte. Zu meiner Überraschung lachte Pia aber bei meinen Worten auf.

»Kennst du den Negativity Bias? Wir werden immer von den negativen Informationen angezogen und behalten die auch länger im Kopf. Negatives hat außerdem eine höhere Reichweite, weil der Algorithmus das präferiert. Negative Schlagzeilen laufen gut. Aber das weißt du als Journalistin ja selbst.«

Ich nickte, dabei hatte ich das so genau nicht gewusst. Jedenfalls nicht, dass es einen Begriff dafür gab. Verdammt, ich hatte immer gedacht, es lag an meinen nicht sonderlich gut ausgeprägten Selbstregulationsfähigkeiten.

»Ich hatte eine schlimme Phase der Handysucht«, gestand Pia, nippte kurz an ihrem Kaffee und fuhr fort: »Ich habe das Gefühl, dass alle in meinem Alter süchtig sind. Die Lösung ist aber nicht, überhaupt nicht mehr online zu sein. Ich hatte früher Tage, da habe ich drei Stunden bei TikTok vergeudet, das Handy weggelegt, um zwei Minuten später Instagram zu öffnen. Jetzt schaue ich nur noch abends rein, das ist dann wie Fernsehen.« Sie machte eine kurze Pause. »Und was macht dein Projekt? Die Doku?«

Ich zuckte die Schultern. »Bisher war ich mit Überleben beschäftigt. Und damit, nicht noch mal etwas unbeabsichtigt anzuzünden.«

Wieder lachte Pia. Offenbar fand sie mich amüsant. Zumindest für so eine mittelalte Frau.

Draußen bellte ein Hund, und wir guckten automatisch in Richtung der immer noch offenen Haustür. Dort kam im selben Moment unser Nachbar Jakob vorbei. Seinen Hund hatte er wie immer im Schlepptau, und der bellte gerade etwas unmotiviert herum. Erstaunlich, dass wir beide, Pia und ich, uns gleichzeitig nach hinten beugten, um somit aus Jakobs Gesichtsfeld zu verschwinden. Vermutlich beide mit der Absicht, ihn heimlich zu beobachten. Er ging um die Ecke meines Hauses, um dahinter an der alten Eiche entlang zum Fluss zu laufen.

»Was machen wir hier?«, fragte ich, erstaunt wegen der schnellen und so synchronen Bewegung.

»Ihn heimlich beobachten, würde ich sagen«, flüsterte Pia und sah weiter aus dem Fenster.

Ich grinste. »Ach, komm.«

»Ja, nun. Man neigt hier dazu«, erklärte sie achselzuckend und beugte sich wieder nach vorne. Der Nachbar war am Fluss abgebogen.

»Das beruhigt mich«, meinte ich. »Ich dachte schon, es geht nur mir so. Sein Hund hätte mich übrigens fast gefressen.«

»Echt? Das war wahrscheinlich keine Absicht. Ackermann sieht mittlerweile sehr schlecht. Er ist richtig alt. Jakob hat erzählt, du hättest ihn fast über den Haufen gerannt.«

»Ach.« Der Buschfunk funktionierte also.

»Ackermann ist aber eigentlich sehr nett. Jakob übrigens auch. Irgendwie.«

»Wie genau?«, erkundigte ich mich interessiert, und Pia kniff die Augen zusammen.

»Er ist schon scharf«, sagte sie dann mit gesenkter Stimme. »Also mehr deine Altersklasse als meine. Und er macht irgendwas mit Unternehmensberatung. Das hat Theo mir erzählt. Er hat zwei Töchter, die ihn manchmal besuchen kommen. Mehr weiß ich allerdings nicht. Dafür, dass ich Hannes' Schuhgröße kenne und darüber im Bilde bin, dass Margarete jeden Tag exakt fünfzig Gramm dunkle Schokolade zu sich nimmt, weil sie glaubt, dass Schokolade das Herz schützt, ist die Informationslage mager.«

»Das sehe ich genauso. Er ist fast ein wenig mysteriös«, erklärte ich und dachte daran, dass ich mir so unfassbar sicher war, Jakob von irgendwoher zu kennen.

Von dem allerdings mittlerweile nichts mehr zu sehen war, trotzdem schaute ich weiter aus dem Fenster, während Pias Handy ein leises Klingeln von sich gab. Sie zog es aus der Tasche, warf einen Blick auf das wild blinkende Display und steckte es wieder weg.

»Nichts Wichtiges?«, fragte ich, woraufhin sie eine Augenbraue hochzog. »Unbekannte Nummer«, raunte sie.

»Sag nicht, dass du nachher erst mal die Nummer googelst, um herauszufinden, wer dich angerufen hat?« Das machten meine Söhne immer, und ich raufte mir jedes Mal die Haare. Sie wüssten nämlich, wer anruft, wenn sie einfach rangehen würden.

»Genau so«, sagte Pia. »Ich muss jetzt gehen. Mein Freund kommt heute Abend.« Sie erhob sich von der Bettkante und stellte ihren leeren Becher auf die kleine Küchenzeile.

»Oh, wie schön«, sagte ich munter, dabei war mir gar nicht so munter zumute. Wenn sie ging, wäre ich nämlich wieder allein.

»Ja. Nein. Ich weiß nicht«, murmelte Pia, und ich sah sie überrascht an. »Ich mache heute Abend eine kleine Party. Meine Freunde sind überall verstreut, aber wir versuchen, uns alle drei Monate zu treffen. Und mein neuer Freund kennt die noch nicht, der kommt aus Bad Berbingen, der ist von hier. Und manchmal ist er ein bisschen komisch. So mit anderen Menschen.«

»Dein Freund ist komisch?«, fragte ich vorsichtig nach. Sie kniff die Lippen zusammen und schüttelte den Kopf. »Nee«, erwiderte sie, allerdings meinte ich einen Zweifel in ihrem Gesicht zu sehen. »Er funktioniert da anders als ich.«

»Okay«, sagte ich gedehnt. Erfahrungsgemäß war das nicht der beste Start in eine Beziehung. Frauen dachten meistens, dass sich Männer im Laufe der Zeit schon noch ändern würden, wenn man ihnen nur dabei half. Das klappte allerdings nicht. Wenn der Anfang schwierig war, blieb der Rest es auch.

Pia verabschiedete sich, und ich machte mich daran, mir ein Brot zu schmieren. Ich würde bald wieder einkaufen gehen müssen, meine Vorräte verschwanden wie durch Geisterhand. Was womöglich daran lag, dass ich hier endlich mal Zeit hatte zu essen. Was ich im nicht unerheblichen Maße tat, womit meine Lieblingsjeans langsam anfing, im Bund zu kneifen, denn leider waren meine Einkäufe immer ungesünder geworden. Ich stand kurz vor Chips zum Frühstück. Kulinarisch verwahrloste ich zusehends. Mir fehlte die Energie für mehr als Brot belegen oder eine Tüte aufreißen, und das sah mir eigentlich gar nicht ähnlich. Kaum hatte ich den ersten Bissen vom Käsebrot im Mund, rief Merle an. Wir hatten in den vergangenen Tagen erfolgreich aneinander vorbeitelefoniert. Also ich an ihr, weil wieder mal ein Abgabetermin vor der Tür stand und sie deswegen ihr Handy nahezu ständig auf lautlos hatte.

»Wie weit bist du?«, fragte ich kauend und statt einer Begrüßung.

»Ich möchte nicht darüber reden«, erwiderte sie knapp. »Ich gehe zum jetzigen Zeitpunkt davon aus, dass dieses Buch niemals fertig wird. Und damit meine ich tatsächlich nie.«

»Hm«, sagte ich unbestimmt und freundlich. Merle behauptete das immer. Sie schrieb als eine der wenigen Autorinnen in Deutschland Science-Fiction-Romane, die sich wohl ganz anständig verkauften, von denen Merle aber trotzdem nur bedingt leben konnte, weswegen sie ständig irgendwelche Schreibseminare anbot. Dabei gehörte Zeit wirklich zu den Dingen, die sie nicht hatte.

»Lass uns über dich sprechen. Hast du schon Yoga gemacht, bist tiefenentspannt und schaust den ganzen Tag verträumt in die wunderschöne Natur?«

»Ja. Äh, so ähnlich«, sagte ich. »Ich wäre allerdings auch fast im Fluss ertrunken, ein blutrünstiger Hund hätte mich fast gefressen, und dann hätte ich fast noch dieses Häuschen abgefackelt.«

»Das klingt nach Spaß«, meinte Merle trocken. »Also, wie geht es dir?«

Ich starrte hinaus in den anbrechenden Abend. Der Nebel zog langsam wieder herauf und begann die majestätischen Bäume hinten am Fluss zu verhüllen. »Ich bin momentan etwas ratlos. Mit der Doku habe ich bis auf ein paar Fragmente nicht angefangen. Ich dachte, die Ruhe würde mir guttun, aber irgendwie … ist es sehr ruhig.«

Merle gab einen brummenden Laut von sich, dann sagte sie: »Hör mal, du bist die letzten zwanzig Jahre auf einhundertfünfzig Prozent gelaufen. Da ist es doch normal, dass das erst mal befremdlich ist.«

»Es fühlt sich nicht so gut an, wie ich es mir vorgestellt hatte«, erwiderte ich leise und seufzte.

»Ella«, sagte Merle ernst. »Du hast dich selbst von voller Pulle auf null abgebremst. Du hast gerade eine Scheidung hinter dir. Und du warst nur Millimeter von einem fulminanten Burn-out entfernt. Das klingt jetzt vielleicht abgedroschen, aber du musst jetzt erst mal lernen, Stille auszuhalten. Dir selbst zuhören.«

»Würde ich ja gerne. Aber meine Seele gibt noch nicht mal ein Flüstern von sich. Also meine innere Stimme brüllt rum, und meine Seele macht keinen Piep«, gab ich schließlich zu und seufzte so schwer, dass mir fast der Knopf der Jeans absprang. Ich aß diesen ganzen ungesunden Mist doch nur, weil ich nicht wusste, worauf ich wirklich Appetit hatte. Das hatte ich mir mit meinen rudimentären Fähigkeiten der Küchentischpsychologie schon attestiert. Rechts tauchte plötzlich Hannes, der Feueratmer, in meinem Fensterausschnitt auf. Er war nackt.

»Ach du heiliger Hollerbusch«, sagte ich leise und beobachtete ihn.

»Was?«, fragte Merle alarmiert.

»Ich, äh, mein Nachbar ist gerade nackt bei acht Grad in den Ententümpel gesprungen«, erklärte ich fassungslos und reckte den Hals.

»Bitte was?«

»Nee, er ist schon wieder draußen«, sagte ich. Jack Off war wie das Bondgirl ab- und aufgetaucht und kletterte gerade zurück ans Ufer. Nun trug er über der linken Schulter ein klitzekleines Handtuch und im rechten Arm eine Ente. Er eilte mit gesenktem Blick an meinem Haus vorbei. »Er ist in den Tümpel gesprungen und direkt danach wieder rausgekommen. Mit einer Ente unter dem Arm«, berichtete ich Merle, was ich gesehen hatte.

»Eine neue Jagdtechnik?«, fragte sie verwirrt.

»Hm, er wirkte eher besorgt als hungrig. Übrigens hat er in beiden Brustwarzen Piercings, und in einem hing Entengrütze. Ein bisschen wie eine lebende Blumenampel.« Ich klebte förmlich an der Scheibe, aber Jack Off war verschwunden.

»Ich brauche ein Foto! Mach ein Foto!«, kreischte Merle mir ins Ohr, und ich musste lachen. »Er ist schon wieder weg.«

»Wo bist du da eigentlich gelandet?« Merle lachte weiter, sie konnte sich gar nicht beruhigen.

Und ich konnte mich noch nicht so richtig entscheiden, was ich tun sollte. Lachen oder weinen. Und irgendwie hatte ich plötzlich Heimweh. Nur wusste ich gar nicht genau, wonach.

6

Spaziergang mit Jakob

Ich tigerte durch meine zweiundzwanzig Quadratmeter. Es war mittlerweile Dezember. Eigentlich ein Monat, in dem ich meist aus dem letzten Loch gepfiffen hatte. Eine Weihnachtsfeier nach der nächsten, Besuche auf dem Weihnachtsmarkt, sämtliche Projekte mussten endlich abgeschlossen werden, und kurz vor Weihnachten fielen unzähligen Leuten weitere Dinge ein, die sie dringend noch im alten Jahr erledigt haben wollten. Dazu mussten Geschenke besorgt und der Baum aufgestellt werden. Wir hatten seit Jahren einen Plastikbaum – den Alex nach der Trennung mitgenommen hatte –, der aber genauso geschmückt wurde wie ein herkömmlicher Baum. Außerdem hatte ich immer eine Menge damit zu tun gehabt, das ganze Haus weihnachtlich zu dekorieren. Jedes Jahr hatte ich pünktlich zum ersten Advent den Inhalt unzähliger Kisten und Kästen auf jeder ebenen Fläche verteilt. Als die Kinder klein gewesen waren, hatte das alles Sinn ergeben, aber in den letzten Jahren hatte es eigentlich niemanden mehr so richtig interessiert. Ich hatte das Haus aus einem urtümlichen Gefühl der Nostalgie geschmückt, und meistens war ich spätestens Mitte Dezember maximal genervt von allem gewesen. Trotzdem hatte ich das Programm Jahr für Jahr durchgezogen.

Im Rahmen meiner Reduzierung hatte ich es jedoch geschafft, den ganzen Krempel zu entsorgen oder zu verschenken, und wirklich nur die schönsten Kugeln eingepackt. Für jemanden, der nur noch zwei Kugelschreiber und sieben Paar Socken besaß, waren fünfzehn Weihnachtskugeln ziemlicher Luxus. So verteilt auf meinem kleinen Esstisch sahen sie allerdings irgendwie mickrig aus, und ich wusste nicht, was ich mit ihnen anstellen sollte. Daher blieben sie erst mal dort liegen.

Ansonsten war nicht viel passiert. Ich hatte immer noch kein Internet, deswegen ging ich jeden Tag einmal zur alten Eiche, bestieg die kleine Klappleiter und hielt mein Smartphone in Richtung der mächtigen Krone. Bei der Gelegenheit speicherte ich auch meine dürftigen Videotagebücher in der Cloud. Zumindest versuchte ich es, meistens scheiterte es an der miserablen Internetverbindung, weswegen ich meine externe Festplatte hervorgekramt hatte. Die Installation eines Internetrouters erwies sich als schwierig, weil mein Häuschen zwar einen Anschluss hatte, hier aber bisher noch nichts angeschlossen gewesen war. Der einzige Internet-Anbieter musste erst irgendwelche Leitungen prüfen, was offenbar mindestens zehn Jahre in Anspruch nehmen würde. Ich war zwar weiterhin gezwungenermaßen offline, aber meine innere Unruhe war trotz Nachrichtenentzugs nicht besser geworden. Ich tingelte durch den Tag und kam ganz und gar nicht gut klar mit mir. Und ebenso wenig mit dem Kaffee, den ich kochte. Die Mischung wurde besser, aber es schmeckte weiterhin irgendwie nach Abwaschwasser. Mir fehlte eine richtige Kaffeemaschine. Meine Siebträgermaschine hatten die Jungs mit in ihre neue WG genommen.

Ich stand am Fenster, umklammerte meine Kaffeetasse, gab mich meiner üblichen Morgenmuffeligkeit hin und starrte hinaus in den düsteren Dezember, die einsamen Weihnachtskugeln ignorierte ich bestmöglich.

Meine Familie war verstreut. Das erste Mal. Alex war mit seiner neuen Freundin im zehnten Urlaub des Jahres, und die

Jungs und ich hatten abgemacht, dass wir getrennt voneinander feiern würden. Die beiden befanden sich mitten im Abnabelungsprozess, und ich hatte mich ja schließlich reduzieren wollen. Außerdem war mir doch Weihnachten eh auf den Keks gegangen.

So lange hatte ich mir gewünscht, endlich mal meine Ruhe zu haben. Jetzt hatte ich sie und sehnte mich nach dem Gegenteil. Ich sehnte mich nach Menschen. Irgendjemand, der nicht bloß am Ende eines Telefons war. So ein richtiges Lebewesen, das atmete und mit mir sprach und dabei Mimik hatte, auf die ich reagieren konnte.

Ich hätte ja auch gedacht, dass ich mit Yoga, Bananenbrot backen, dem riesigen Stapel ungelesener Bücher und meiner Doku ausreichend beschäftigt wäre. Es gab doch so viele Dinge zu tun und zu entdecken. Ich tat allerdings nichts davon, ich tat einfach überhaupt nichts. Und die Menschen, die hier lebten, waren anscheinend alle beschäftigt. Jack Off rannte den ganzen Tag mit einem Headset auf dem Kopf durch sein Häuschen – ich hatte immer noch keine Ahnung, warum er das tat – und sprang hin und wieder in den Ententümpel. Gegen die Kälte schien er immun zu sein. Pia arbeitete bei Theo auf dem Hof, Margarete und Manu blieben für sich, und die Familie von Katha verließ morgens das kleine Dorf und kam erst abends zurück. Der Einzige, von dem ich nicht wusste, was er den ganzen Tag so trieb, war Jakob. Und genau der kam gerade über den Weg gelaufen, dick eingepackt in eine rote Outdoorjacke, an seiner Seite sein großer Hund mit den vielen Kaffeeflecken. Er bog auf den kleinen Weg neben meinem Haus ein, und als er gerade an der alten Internet-Eiche war, blieb sein Hund stehen und drehte sich zu mir um. Einen Moment schien es, als würde er mich durch die Scheibe direkt ansehen, und dann fing er erstaunlicherweise an, mit der Rute zu wedeln. So richtig dolle, denn sein großer Körper bewegte sich im Takt des Wedelns. Ich fühlte mich ertappt, immerhin starrte ich den ganzen Tag die wenigen Menschen an, die hier vorbeiliefen. Mein Nachbar blieb nun ebenfalls stehen, schaute seinen Hund verwundert an, entdeckte mich hinter der Scheibe und hob zögernd die Hand zum Gruß. Ich winkte zurück, und der Hund hüpfte. Das Tier schien sich ganzkörper zu freuen. Dabei kannten wir uns ja gar nicht, und er hätte mich bei meiner Ankunft fast zum Frühstück verspeist. Das hatte ich keinesfalls vergessen. Jakob überlegte offenbar einen Moment, dann sagte er etwas zu seinem Hund, der sich immer weiter darüber freute, mich entdeckt zu haben. Schließlich drehte mein Nachbar um und verschwand um die Ecke in Richtung meiner Haustür, die heute ausnahmsweise geschlossen war. Edgar hatte sein Höllenfeuer schon abgebrannt und glühte nur noch sanft vor sich hin, womit endlich mal normale Temperaturen in meinem Haus herrschten. Es klopfte. Ich sah kurz an mir runter. Die vergangenen Tage hatte ich zur Verwahrlosung geneigt, aber heute war ich frisch geduscht, trug eine saubere Jeans und einen von Finn geerbten Hoodie. Ich stellte den Becher auf den Klapptisch, machte die zwei Schritte zur Tür und öffnete sie. Jakob hob wieder zögernd eine Hand.

»Hi. Er wollte dich wohl doch näher kennenlernen.« Er deutete auf seinen Hund, der hinter ihm stand und weiter mit der Rute wedelte, dazu schien er mich anzugrinsen. Also der Hund, Jakob hingegen betrachtete mich mit zusammengekniffenen Augenbrauen. »Auf deinem Pulli sind zwei kopulierende Hasen«, sagte er schließlich, und falls ihn das irritierte, ließ er es sich nicht anmerken.

»Der gehört meinem Sohn«, erklärte ich. »Der hat einen skurrilen Geschmack. Woher der plötzliche Sinneswandel bei deinem Hund?«, fragte ich skeptisch.

»Er war sich am Fluss nicht sicher, ob du sinnvolle Beute oder ein Angreifer bist. Er sieht wie gesagt schlecht. Und er mag keine

Veränderungen. Im Café hatte er noch nicht verstanden, dass du jetzt auch hier wohnst. Die Erkenntnis ereilte ihn soeben. Er hat eine recht lange Leitung.«

»Er mag alle, die hier wohnen? So aus Prinzip?«, fragte ich verdutzt, was Jakob ein Lächeln entlockte. Ein etwas unerwarteter Gesichtsausdruck.

»Ja. Ist vermutlich so ein Rudelding.« Für einen Moment sah es so aus, als wollte Jakob wieder gehen, denn er schob den Hund zur Seite und machte einen Schritt nach hinten.

»Kann ich mitkommen?« Die Frage sprang mir ziemlich spontan von den Lippen. Ich wollte nämlich weiter mit Jakob plaudern. Mehr über ihn erfahren. Und seinen Hund. Ich wollte keinesfalls allein in meinem kleinen, langsam auskühlenden Haus zurückbleiben. Ich hatte da offenbar auch so ein Rudelding. Meine Frage überrumpelte Jakob, das war unschwer an seiner erstarrten Haltung zu erkennen. Er schien darüber nachdenken.

»Okay«, sagte er schließlich zögerlich, als der langwierige und ungeplante Denkprozess beendet war. »Ich habe eigentlich nichts gegen Gesellschaft.«

»Prima!« Ich hob die Hand, um anzudeuten, dass er kurz warten sollte. Zügig schlüpfte ich in meine Wanderschuhe, die dicke Jacke und wickelte mir den Schal quer über den Kopf. Dann warf ich Edgar schnell noch ein Holzscheit in den Bauch, damit er etwas zu tun hatte und das Häuschen nicht auskühlte, und trat hinaus in den klirrend kalten Tag. Der Hund machte ein paar Hüpfer und wedelte mit seiner zu kurz geratenen Rute, dann lief er voran in Richtung Fluss.

Ich lief neben Jakob her, und wir bogen in den kleinen Weg ein, der am Ufer entlangführte. Wir schwiegen, und ich durchforstete mein kommunikativ leicht eingerostetes Gehirn nach einem passenden Gesprächseinstieg, als mein Nachbar mir zuvorkam: »Hast du dich mittlerweile hier eingelebt?«

»Ja, klar«, antwortete ich sofort und rein aus Gewohnheit. Jahrelang hatte ich standardgemäß behauptet, es ginge mir gut, dabei hatte das oft nicht gestimmt. »Na ja, es ist schon eine ziemliche Umstellung«, fügte ich deshalb hinzu.

»Wie bist du denn hier gelandet? Also in diesem Projekt«, schob ich direkt noch eine Frage hinterher.

»Projekt?« Jakob hob eine Augenbraue. »So, wie du es sagst, klingt es ein wenig, als wäre das hier eine sonderbare Anstalt, in die nur sehr spezielle Persönlichkeiten kommen.«

»Projekt Wohnglück.« Ich hob entschuldigend die Hände. »So hat Theo es getauft. Und ich finde schon, dass es ein Projekt ist, weil es eine unübliche Wohnform ist. Bei YouTube findest du immerhin mehrere Hunderttausend Videos darüber, wie es ist, in einem Tiny House zu leben. Für die Menschen ist das neu«, erklärte ich, und Jakob warf mir einen definitiv belustigten Seitenblick zu. »Also für mich ist das jedenfalls sehr anders als vorher. Alles ist so klitzeklein und komprimiert. Ich finde schon, dass man Abstriche machen muss. Kann ich dich übrigens für meine Doku interviewen?«, fragte ich direkt weiter, aber wieder gab es nur einen Seitenblick.

Er wäre ein guter Interviewpartner. Ich würde den Hund dazwischenschneiden, Tiere waren immer prima, genau wie gut aussehende Männer. Mochte sexistisch klingen, entsprach in meiner Branche aber den Tatsachen.

»Ganz bestimmt nicht«, erwiderte er freundlich und ohne Umschweife. Seine Absage löste direkt noch mehr Fragen in mir aus. Mein Gehirn kam bei so was richtig in Schwung. Wo kam Jakob eigentlich her? Wie hatte er vorher gelebt? War er mal verheiratet gewesen? War er seinen Kindern ein guter Vater? Was machte er beruflich?

»Fühlst du dich wohl hier?«, fragte ich, und jetzt war Jakobs Blick mehr irritiert als belustigt.

»Entschuldige. Fragen gehört zu meinem Job.« Ich zuckte die Schultern. »Das legt man nicht einfach so ab.« Ich nervte ihn, das konnte ich jetzt klar erkennen. Alex nannte es meine penetrante Art, ich nannte es Zielstrebigkeit, die mir beruflich immer geholfen hatte. Und wo wir schon dabei waren … »Und ich muss dich direkt noch was fragen: Kann es sein, dass wir uns kennen? Ich habe so das Gefühl.«

»Nein«, sagte Jakob sehr schnell und sehr knapp, dann sah er zu seinem Hund, der begonnen hatte, ein Loch neben dem Weg zu buddeln. Nein? Wie jetzt? Einfach nein? Und das auch noch wie aus der Pistole geschossen? Konnte man das nicht in einem ganzen Satz formulieren?

Jakob ging nicht weiter auf meinen Fragemarathon ein, sondern drehte den Spieß kurzerhand um: »Und weil es schon hunderttausend Videoformate zu dem Thema gibt, machst du jetzt auch noch eins? Ich lebe hier seit zwei Jahren, und ich musste bisher keine Abstriche machen«, erklärte er schließlich, und so bekam ich doch noch eine Antwort auf meine Frage. »Wahrscheinlich habe ich geringe Ansprüche«, fügte er mit sarkastischem Unterton hinzu. »Für mich passt das hier zu meiner aktuellen Lebenssituation. Ackermann ist damals gemeinsam mit mir eingezogen. Er kommt aus dem Tierheim. Ich fühle mich sehr wohl in dieser Wohnform für spezielle Persönlichkeiten.«

»Okay, gut«, sagte ich, und dann schwiegen wir eine ganze Weile und spazierten weiter zügig durch die winterliche Landschaft. So lange, bis Jakob irgendwann abrupt stehen blieb. »Ella!«, sagte er. Ich blieb auch stehen und drehte mich zu ihm um.

»Warum rennst du so?« Sein Blick hatte plötzlich etwas Eindringliches.

»Ich renne doch nicht«, erwiderte ich verwundert. »Das ist ein normales Tempo.«

Jakob schüttelte den Kopf. »Du bist schneller als der Hund. Der ist zwar schon älter, hat aber immerhin auch vier Beine.« Mein Nachbar grinste. »Bist du vielleicht auf der Flucht?«, fragte er schließlich, und ich lachte verwirrt auf. Verwirrt von seinen Worten und dem intensiven Blick aus seinen grauen Augen – und weil ich mich auf eine nicht greifbare Art und Weise ertappt fühlte. Lief ich etwa vor irgendetwas davon?

»Und was machst du hier? Abgesehen von deiner Doku?«, fragte Jakob, dabei setzte er sich wieder in Bewegung, weil der Hund uns überholt hatte und nun vorantrabte, um neben einer hochaufragenden Pappel aufgeregt zu schnüffeln.

»Ich mache hier besagte Doku, darum geht es«, sagte ich. »Von der du kein Teil sein wirst.« In gespieltem Bedauern hob ich die Hände.

»Du bist nicht wegen dieser Doku hier. Nicht nur«, sagte er, und es klang erstaunlicherweise wie eine Feststellung.

»Doch, die wird heißen ›Ella reduziert sich‹ und ist eingekauft. Ich habe vor einigen Wochen meinen Bungalow in der Nähe von Hamburg verkauft und finde es ziemlich sinnvoll, eine neue Wohnform auszuprobieren. Nachhaltigkeit und Klimaschutz sind zu meinem Thema geworden. Ich habe etliche Dokus dazu gedreht, und wenn man die Realität, was wir unserem Planeten antun, immer wieder in bewegten Bildern präsentiert, muss man irgendwann auch für sich selbst eine Entscheidung treffen, wie man weitermachen möchte.«

»Das kann ich so unterschreiben«, erwiderte Jakob ernst. »Aber du willst weniger«, sagte er dann zu meinem Erstaunen. »Ganz konkret weniger, das hast du zumindest zu Hille gesagt.«

Erstaunt sah ich ihn an. »Stimmt.«

»Das ist der wirklich spannende Teil deiner Geschichte«, meinte Jakob kryptisch, doch bevor ich dazu kam, darauf einzugehen, machte sein Hund plötzlich eine Kehrtwende, rannte auf uns zu, zwischen uns hindurch und lief den Weg zurück.

»Wo will er hin?«, fragte ich und sah ihm hinterher.

»Nach Hause. Er ist ein älterer Herr. Wenn er genug hat, dreht er um. Er ist da im Alter kompromisslos.« Jakob warf einen Blick auf seine Armbanduhr. »Ich muss eh zurück. Meine Kinder kommen noch. Sie zwingen mich, mit ihnen ›Siedler‹ zu spielen. Ich verliere immer. Ihre Rache dafür, dass ich sie jahrelang im Monopoly abgezockt habe.«

Ich musste herzhaft lachen, und kurz darauf waren wir schon wieder an meinem Häuschen. »Tschüss, Jakob. Tschüss, Ackermann. Das war nett«, erklärte ich, aber der Hund ging weiter, ohne mich noch eines Blickes zu würdigen, nur Jakob war stehen geblieben. »Tschüss, Ella. Ja, das fand ich auch. Es war … interessant.«

Dieser zwischenmenschliche Kontakt hatte mich verwirrt, doch wenigstens wieder so weit aufgerichtet, dass ich mir den restlichen Nachmittag mit dem Filmen weiterer Videos die Zeit vertrieb. Die allerdings nur aus schönen Stimmungsbildern bestanden. Es gab keine Klammer, keinen übergeordneten Storybogen, was sollte ich denn bitte schreiben oder sagen? Alles ist schlimm? Anders als erwartet? Ich habe mich geirrt? Ella reduziert sich nicht, Ella verliert sich mal komplett?

Merkwürdig war übrigens auch, dass die Produktionsfirma sich noch gar nicht gemeldet hatte, wobei das durchaus daran liegen könnte, dass ich so schlecht erreichbar war. Während ich also herumtüddelte, hübsche kleine Videosequenzen von Kaffeetassen, aufgeschlagenen Büchern und der Sicht auf den Fluss filmte, gönnte ich meinem Geist davonzuspazieren. Das hatte ich in einem Meditationskurs gelernt, der mir eigentlich dabei hatte helfen sollen, meine innere Unruhe in Tiefenentspannung zu verwandeln, was ja nun nachweislich nicht geklappt hatte. Nur die Formulierung: »Es ist okay, wenn dein Geist davonspaziert!«, war irgendwie hängen geblieben. Und darin war mein Geist offenbar ein Meister. Er spazierte ständig herum und davon. Heute spazierte er immer wieder zu Jakob. Pias Formulierung »scharf« fand ich jetzt ein wenig überzogen, aber er war schon interessant. Und während mein Geist durch die Gegend stolperte, beschäftigte sich ein anderer Teil meines Unterbewusstseins immer noch mit der Frage, woher ich Jakob kannte. Denn das tat ich. Ich hatte Jakob schon mal getroffen, nur schien auch er sich nicht daran zu erinnern, womit weiterhin die Möglichkeit bestand, dass ich mich doch irrte.

Als der Abend sich über die kleine Siedlung am Fluss senkte, steckte ich mir eine Tiefkühlpizza in den Backofen. Ich hätte endlich Zeit zum Kochen und tat es einfach nicht. Ich lebte von Nudeln mit fertigem Pesto, Pellkartoffeln mit Quark, belegten Broten und Fertiggerichten. Mir fehlte die Energie für mehr, als einen Topf mit Wasser aufzusetzen. Nachdem ich die labberige und keinesfalls wohlschmeckende Pizza vertilgt hatte, kroch ich gegen halb elf in mein Bett und zog mir die Decke bis zur Nasenspitze.

Ich musste mich neuerdings beeilen einzuschlafen. Mein unterfordertes Gehirn fing sonst an, sich Horrorszenarien auszumalen. In denen kamen immer völlige Einsamkeit, sommerliche Temperaturen von fünfzig Grad und der Weltuntergang vor. Alles wenig erquickend, aber offenbar war ich in meinem früheren Leben ständig so erschöpft gewesen, dass ich gar nicht dazu gekommen war, über all diese Dinge ausführlicher nachzudenken. Nun, das holte ich hier aber voller Elan nach. Keine halben Sachen.

Ich schloss die Augen, ruckelte ein wenig auf dem Kopfkissen hin und her, als ich lautes Gelächter hörte. Irritiert öffnete ich die Augen wieder. Noch mehr Gelächter und im nächsten Moment auch Musik. War das wirklich Deutschrap? Ich lauschte einen Moment. Ja, wie entsetzlich! Wer hörte denn so etwas? Ich kroch aus meinem Bett und lief zum vorderen Fenster, von dem aus ich einige der anderen Häuser sehen konnte. Die Lärmquelle konnte ich allerdings nicht ausmachen. Ich meinte nur, bei Pias Bauwagen einen Lichtschein zu entdecken, der Rest war dunkel. Prima, und meine Noise-Cancelling-Kopfhörer hatte Finn. Die brauchte ich dringend zurück. Daran ging mal gar kein Weg vorbei.

Früher hatten mir Geräusche nichts ausgemacht. Ich war ins Bett gegangen, und mir hätte der Himmel auf den Kopf fallen können, ich hätte geschlafen. Dass mich Musik mal so stören würde, hätte ich auch nicht gedacht. Doch in den letzten Jahren hatte ich ein nicht unerhebliches Ruhebedürfnis entwickelt. Aber Deutschrap war nun mal wirklich schlimm. Ich hatte Pia im Verdacht. Sie feierte immer wieder kleine Partys, die allerdings bisher nicht durch so schlechte und so laute Musik aufgefallen waren.

Ich ging nicht zurück ins Bett, sondern schlüpfte in meine Winterstiefel und zog mir einen dicken Pullover über. Dann öffnete ich die Tür und lief um die Ecke zur alten Eiche, klappte die kleine Leiter auf, die am Stamm lehnte, kletterte hoch und hielt mein Handy zum Himmel. Brav vermeldete es Kommunikationsversuche aus der Außenwelt. Zwei Nachrichten von meinem Ex und meinem älteren Sohn. Ich öffnete beide, damit sie vollständig geladen wurden, und eilte dann zurück ins Haus und direkt wieder ins Bett. Jasper hatte Liebeskummer. Er neigte dazu, und er machte sich ständig zu viele Sorgen um alles. Ich hörte seine lange Sprachnachricht auf doppelter Geschwindigkeit ab, es waren immerhin fast zehn Minuten. Auch wenn Jasper sich über fremde Frauen sehr viele Gedanken machte, hatte er nicht einmal gefragt, wie es mir eigentlich ging. Ich tippte eine Antwort. »Jasper. Hör auf, alles Mögliche in diese kurzen Textnachrichten von deiner neuen Freundin hineinzuinterpretieren. Mir geht es übrigens ganz gut.« Den letzten Satz löschte ich wieder. Mir ging es nicht gut. Dann widmete ich mich Alex' Nachricht. »Hey Ella, die Hotelanlage auf den Kanaren ist großartig. Absolut ökologisch. Ich dachte, ich schicke dir mal ein paar Fotos von der Broschüre, weil du doch immer den Weltuntergang heraufbeschwörst. Du siehst, es geht auch anders. Die haben sogar eine Brauchwasseranlage. Und wir konnten dem furchtbaren Wetter in Deutschland entkommen.«

In vielen Teilen von Spanien liefen seit dem Frühjahr die Springbrunnen nicht mehr, und die Bevölkerung war angehalten, Wasser zu sparen. Für Touristen galt das oft nicht. Das Land ächzte unter der Wasserknappheit und konnte eigentlich nicht noch mehr Menschen wie Alex verkraften. Ich sah mir die Fotos an, die er geschickt hatte. Alex auf der Liege, seine neue Freundin Melanie mit einem bunten Drink in der Hand, Alex an der Strandbar, im Pool, vor dem Buffet. Mein Ex-Mann machte gerne solche Urlaube, in denen er nur zwischen Pool und Liege wechselte. Gerne auch an exotischen Orten, zu denen man mindestens zehn Stunden lang fliegen musste, die er dann jedoch gar nicht zu Gesicht bekam, weil er die Anlagen nicht verließ. Früher hatte ich das auch gemacht – hauptsächlich Alex zuliebe. Aber ich war Journalistin; wenn ich in einem fremden Land war, wollte ich es entdecken, Abenteuer erleben, und vom Liegestuhl aus war das schwierig. Was nicht hieß, dass ich nicht auch mal gerne ein paar Tage faul am Pool herumlag. Aber gleich zwei Wochen lang? Ich hatte es probiert und war vor Langeweile fast gestorben. Allerdings war ich aktuell auch nicht sehr weit davon entfernt, vor Langeweile zu sterben. Hier war faktisch nur das Wetter schlechter.

Plötzlich brüllte jemand. Fast direkt vor meinem Häuschen. Oha! Vielleicht starb ich doch nicht an Langeweile. Hier passierte gerade etwas. Ich sprang erneut auf und eilte wieder zum Fenster. Ein paar Meter hinter meinem Haus stand die dunkle Silhouette eines Mannes. Der Mond schien hell, und die Wolken hatten sich wenigstens für den Moment verzogen. Deswegen konnte ich auch ziemlich gut erkennen, wie der Typ sich gewaltig aufplusterte. Vor ihm stand eine Frau. Ich runzelte die Stirn. Das war eindeutig Pia. Vorsichtig schlich ich zur Tür und öffnete sie einen Spalt.

»Jetzt hör mir doch mal zu«, sagte Pia gerade in einem äußerst beschwichtigenden Tonfall.

»Die haben mich wie einen Idioten behandelt«, fauchte er sie an. »Das lasse ich mir nicht bieten von den Arschlöchern.« Er klang betrunken.

Pia atmete tief durch. »Die Arschlöcher sind meine Freunde. Und die Musik war einfach zu laut. Hier leben doch auch noch andere Menschen.«

Ich ging zurück zu meinem Bett und schlüpfte erneut in meine Winterstiefel, dann zog ich mir meine Jacke über und steckte das Handy ein. Für den Notfall. Auf Theos Hof hatte man Handyempfang. Es würde also keinesfalls nutzlos sein.

»Die haben über mich gelacht«, knurrte der Kerl gerade, als ich leise die Haustür hinter mir schloss. Eindeutig ein Fall von gekränkter männlicher Eitelkeit. Verständlicherweise unangenehm, aber sein Auftreten war dennoch total drüber. »Niemand hat über dich gelacht. Aber du solltest nicht mehr fahren«, sagte Pia, ihre Stimme klang dabei ganz fest, trotzdem meinte ich, einen Unterton von Angst herauszuhören. Dem Kerl war gar nicht klar, was er hier gerade tat. Und wie unangemessen das war. Ich ging in die Richtung der beiden. »Hallo, Pia«, rief ich. »Alles klar bei dir?«

Sie fuhr zu mir herum, und ich konnte im fahlen Mondlicht Erleichterung in ihren Augen sehen.

»Und wer sind Sie? Die Mutti?«, schnauzte der Kerl mich an.

»Jetzt halt doch mal die Klappe!«, sagte Pia zu ihm, woraufhin er sich noch größer machte. Er murmelte irgendetwas Unverständliches und machte auf dem Absatz kehrt, um Richtung Hof zu laufen.

»Er ist voll. Und gekifft hat er auch. Er darf nicht mehr fahren.« Panisch sah Pia mich an.

»Er darf aber so auch nicht mit anderen Menschen sprechen«, erwiderte ich.

»Ja«, sagte Pia und klang matt.

Mit einem Schritt war ich bei ihr und legte ihr einen Arm um die Schultern. »Du hast gesagt, er sei speziell, nicht, dass er sich benimmt wie ein hormonübersteuerter Supermacho.«

Sie zuckte hilflos die Schultern.

»Können wir ihm ein Taxi rufen?«, fragte ich.

»Das ist viel zu teuer«, sagte sie. »Ich will aber auch nicht, dass er bei mir schläft«, fügte sie etwas leiser hinzu.

»Das will niemand!«, gab ich zurück. »Wir eskortieren den jetzt erst mal zum Parkplatz, und dann sehen wir weiter«, sagte ich, nahm Pia am Arm, und wir liefen dem Typen hinterher.

»Der ganze Abend war eine Katastrophe. Er findet meine Freunde alle total überheblich. Ich dachte, es wäre gut, wenn man sich einfach mal treffen kann. Zum Kennenlernen. Meine Freunde sind überhaupt nicht überheblich.« Pia klang verzweifelt.

»Pia«, sagte ich leise. »Wenn er das nicht erkennt, ist das sein Problem. Nicht deins.«

Sie seufzte. »Er flippt immer gleich so aus.«

Besorgt sah ich zu dem Typen, der leicht schwankend vor uns über den Weg lief. Ausflippende Männer waren eigentlich eine Red Flag erster Güte. Mangelnde Impulskontrolle wurde auch im Alter nicht besser. Pia umfasste meinen Arm fester. Ihr war gar nicht wohl mit der Situation, und das tat mir leid. Sie konnte schließlich nichts dafür, dass ihr Freund offenbar ein Arschloch erster Güte war, aber wir Frauen dachten immer erst mal, dass wir ein Problem verursacht hätten. »Er darf nicht fahren. Er ist echt zu.«

»Hm. Aber irgendwie ist er auch erwachsen, oder?« Keinesfalls würde ich einen besoffenen Jungmann ans Steuer lassen. Trotzdem war es unerhört, dass der Typ offenbar davon ausging, dass jemand anders die Verantwortung übernahm.

»Alles Arschlöcher«, grölte besagter Jungmann gerade in die Dunkelheit. Schön. So schön.

»Hannes ist nicht da, sonst hätte ich bei ihm geklopft. Der ist mit Theo in Hamburg«, flüsterte Pia, und jetzt konnte ich ihre Angst förmlich spüren.

Der bekiffte, besoffene und stinkwütende Mann blieb im nächsten Moment auf Theos Hof stehen und drehte sich zu uns um. »Deine Freunde sind Arschlöcher«, wiederholte er sich.

»Das hatten wir jetzt schon. Gib mir deinen Autoschlüssel«, sagte ich fest. Theo hatte eine recht leistungsstarke Außenleuchte, die den Knaben beschien. Er war so jung wie meine Söhne. Und er glaubte tatsächlich, sich einfach benehmen zu können, wie er wollte.

»Und wer bist du? Mutti Teresa?«, fragte er mich, lachte höhnisch und machte einen Schritt in unsere Richtung.

Ich ließ Pia los und trat ebenfalls einen Schritt vor. »Es ist tiefe Nacht. Ich will schlafen. Du hinderst mich daran, weil du dich aufführst, als wärest du nicht von dieser Welt. Du bedrohst Pia.«

»Ich bedrohe sie doch nicht!« Er schnappte kurz nach Luft.

Manchmal rafften sie es wirklich nicht. »Doch, genau das tust du«, erwiderte ich und spürte meinen eigenen Herzschlag heftig in meiner Brust. Ich hatte Angst. Er war größer und stärker als ich, aber ich würde Pia das hier nicht allein ausfechten lassen. Ich richtete mich zu meiner vollen Größe von ungefähr 1,65 Meter auf und starrte ihm ins Gesicht. »Zwei Möglichkeiten: Entweder du nimmst dir ein Taxi oder du läufst.«

»Was ist hier los? Pia, hat er dir etwas getan?« Aus dem Nichts war Margarete aufgetaucht. Sie trug trotz der Kälte nur einen seidenen Schlafanzug und rosafarbene Pantoffeln an den Füßen.

»Er ist ausgeflippt. Und betrunken.« Pias Stimme klang erstickt.

Margaretes Anwesenheit beruhigte mich etwas. Sie war größer als ich und strahlte eine stahlharte Kälte aus, zu der ich niemals fähig wäre. Außerdem waren wir jetzt schon zu dritt.

»Er kann nicht mehr fahren«, erklärte ich.

»Du kannst bei den Ziegen schlafen. Da wirst du zumindest nicht erfrieren. Und deinen Autoschlüssel gibst du mir. Den kannst du dir morgen bei mir abholen. Ich wohne in dem hellgelben Haus.« Margarete machte kurzen Prozess und schoss auf ihn zu wie eine Viper im Angriff. Sie packte ihn und hatte wenige Sekunden später seinen Autoschlüssel in der Hand.

»Gib den zurück!«, jaulte Pias Ex-Freund. Ich hoffte zumindest, dass er nach dieser Aktion ihr Ex-Freund sein würde. »Was ist denn das hier für eine Scheißweiberversammlung?« Er baute sich vor uns auf. Einen Moment standen wir uns alle gegenüber, Pia in unserer Mitte.

Sie atmete tief durch. »Das war's«, sagte sie dann, und in ihrer Stimme schwang nicht der Hauch eines Zweifels mit. »Du schläfst bei den Ziegen. Da hängen alte Decken auf der Leine. Mit denen kannst du dich zudecken. Oder du läufst. Bis nach Degenbrück sind es drei Kilometer, bis Bad Borbingen fünfundzwanzig. Ich will dich nicht mehr sehen. Meine Freunde sind nicht überheblich. Sie sind großartig. Du bist das Problem«, erklärte Pia.

Margarete machte einen Schritt vor und deutete auf den Boden. »Hier ist übrigens eine unsichtbare Grenze. Du bleibst dort beim Stall. Wenn du dich den Häusern noch einmal näherst, warne ich dich: Ich habe eine Schrotflinte, die ich gerne auch benutze. Los, gehen wir«, sagte sie an Pia und mich gewandt, und wir gingen. Erhobenen Hauptes.

Der Mann im Hof schnappte nach Luft, und dann brüllte er aus voller Lunge: »Du Schlampe!«

Da fuhr Pia zu ihm herum und brüllte zurück: »Du Arschloch! Du bist so mies zu den Menschen, niemand kann dich leiden, weil du alle immer beleidigst. Und dann gibst du mir die Schuld? Das ist *dein* Problem! Nicht meins. HAU ENDLICH AB! Geh zu den Ziegen! Und es ist übrigens vorbei. Aus. Schluss. So lasse ich mich nicht behandeln!« Sie atmete tief durch und drehte sich wieder um.

»So ist es recht!«, murmelte Margarete.

»Wie heißt der eigentlich?«, fragte ich leise. Ich war mir seines Blicks im Rücken deutlich bewusst.

»Jonas«, antwortete Pia mit bebender Stimme. »Wollt ihr noch einen Baileys auf Eis bei mir trinken?«, fragte sie dann. »Bitte! Und Margarete, hast du wirklich eine Schrotflinte?«

»Ich habe ein Küchenmesser«, gab die zurück. »Und zur Not eine gusseiserne Bratpfanne. Aber ich muss ins Bett.«

»Hast du uns gehört? Wie bist du einfach so aufgetaucht?«, wollte ich von Margarete wissen.

»Es war unmöglich, euch nicht zu hören. Und ich war eh noch wach. Manu ist bei ihrer Tochter in Berlin, da schlafe ich immer schlecht.«

»Tut mir leid«, sagte Pia.

»Nichts muss dir leidtun, Pia. Die größte Angst der Männer ist, dass man über sie lacht. Die größte Angst von Frauen, dass man sie umbringt. Das muss frau immer im Kopf haben. Gut gebrüllt übrigens. Das können viele Frauen gar nicht«, sagte sie, bog kurz vor Pias Bauwagen zu ihrem eigenen Zuhause ab und winkte uns noch knapp zu.

»Kannst du mitkommen, Ella?«, flüsterte Pia, nachdem Margarete in der Dunkelheit verschwunden war.

»Logo«, erwiderte ich, und so kam es, dass wir in ihrem Bauwagen gemeinsam eine ganze Flasche Baileys auf Eis wegtranken. Genau wie in den 90ern. Offenbar war das Zeug wieder in. Und wir dann nach kürzester Zeit ziemlich betrunken. Was der Situation angemessen war, wie ich fand.

7

Alles etwas salzarm

Nach dieser Aktion hatte ich den Kater meines Lebens und eine Woche lang einen steifen Nacken, weil ich zusammengerollt wie eine Katze auf dem kleinen Sessel neben Pias Bett geschlafen hatte. Am nächsten Morgen war Jonas mit gesenktem Kopf quer durch die Siedlung gestiefelt. Er sah noch schlechter aus als wir, wie ich anmerken möchte. Verkatert und voller Stroh. Vermutlich roch er auch ein wenig unangenehm, aber er bat Margarete kleinlaut um den Autoschlüssel, die ihm diesen hoheitsvoll und mit ernster Miene übergab und ihm dann noch ein paar Takte erzählte.

Pia und ich beobachteten das Ganze beim ersten Kaffee aus Pias Bauwagen heraus. Wir schämten uns auch gar nicht, dass wir schon wieder gemeinsam herumstalkten.

»Es tut mir leid, dass du das erleben musstest«, sagte ich, als der Typ endlich auf dem Parkplatz verschwunden war und wir hörten, wie er sein Auto anließ und davonfuhr. Pia seufzte bleischwer. »Ich hätte früher merken müssen, dass der nicht ganz rundläuft.« Sie klang bitter, und ich sah sie von der Seite an.

»Es stand doch nicht drauf«, erwiderte ich nachdrücklich.

»Aber es war alles voller Red Flags. Er wollte ständig wissen, mit wem ich was wann tue. Und entweder war er total lieb und hat mir Blumen mitgebracht«, sie machte eine kleine Pause, »oder er hat mit mir herumdiskutiert. Eigentlich hielt er alles für dumm, was ich gemacht habe. Besonders hier zu wohnen und zu arbeiten. Er ist der Meinung, hier leben nur Freaks.«

»Ach du grüne Neune«, murmelte ich entsetzt und fand unseren gemeinschaftlichen weiblichen Abwehrauftritt vom gestrigen Abend gleich noch viel toller.

Pia trank einen Schluck Kaffee. »Das war toxisch. Und ich bin ja nicht doof und habe das irgendwann selbst gemerkt. Aber ich …« Wieder machte sie eine Pause. »Ich bin nicht gerne Single. Wenn ich ehrlich bin, war ich die letzten vier Jahre nie allein.«

»Ich war mal ein ganzes Jahr mit einem Mann zusammen, der mir jeden Tag gesagt hat, ich sei fett und dumm. Das Wort toxisch gab es damals noch nicht, aber ich habe ein Jahr lang jeden Tag überlegt, ob und wie ich die Beziehung beenden könnte. Ich dachte ernsthaft, ich könnte ohne diesen Freund nicht existieren, obwohl der offenbar nur seine Bösartigkeit an mir abgearbeitet hatte«, erzählte ich.

»Wie alt warst du da?«, fragte Pia.

»Sechzehn«, antwortete ich. »Ich war so unsicher, und nirgends habe ich gesehen, dass es anders sein kann. Alle Mädchen haben immer gesagt, Jungs sind halt so. Als sei das Arschlochsein gottgegeben. Mittlerweile weiß ich, dass frau mehr erwarten kann von einem Partner«, erklärte ich.

»Bist du jetzt Single?«, fragte Pia, und ich nickte nachdrücklich.

»Nach zwanzig Jahren Ehe«, fügte ich hinzu.

»Wow! Und wie ist das?« Pia hatte die Augen zusammengekniffen und betrachtete mich.

»Gut«, erwiderte ich langsam. Mir fehlte Alex nicht. Ich fehlte mir selbst. »Ich habe sehr für meinen Ex mitdenken müssen. Letzten Endes haben wir uns einfach auseinanderentwickelt. Aber wir verstehen uns weiterhin gut.«

»Ich habe das Gefühl, dass man immer danach bewertet wird, ob man einen Freund hat«, sagte Pia nachdenklich. »Für Männer ist es kein Problem, allein zu sein, bei Frauen wirkt das immer gleich komisch. Ich denke immer, ich schaffe das schon allein, aber dann sehne ich mich doch nach Nähe. Fehlt dir das nicht?«, fragte sie und seufzte wieder bleischwer.

Ich gab ein undefinierbares Brummen von mir und schob den Gedanken an Nähe schnell zur Seite. Für so was hatte ich jetzt gar keine Kapazitäten. Ich mochte Nähe nämlich außerordentlich gerne. Körperliche Zuwendung, zärtliche Berührungen, die Hand des anderen streicheln, das volle Programm. Aber bei Alex war in dieser Hinsicht nicht viel zu holen gewesen. Er fand es romantisch, mit mir die Fernbedienung zu teilen.

»Irgendwie kann man es doch eh nur falsch machen«, schimpfte Pia los. »Datet man oft Männer, ist man eine Schlampe. Trifft man sich nicht, ist man verklemmt. Soll man früh oder spät Kinder bekommen? Oder lieber gar keine? Kinder trotz der Weltlage oder gerade deswegen? Ich habe einfach keine Lust mehr. Es ist alles so kompliziert.«

»Oha«, murmelte ich. »Die gleichen Gedanken hatte ich in deinem Alter auch. Einige Dinge ändern sich wohl leider nie«, sagte ich und beobachtete, wie Margarete den Weg entlang zum Hof lief. Sie trug feste Stiefel und ein kariertes Holzfällerhemd. Fehlte nur noch die Schrotflinte.

»Außerdem: Wo soll ich denn hier jemanden kennenlernen?«, fragte sie mich und reckte den Kopf. Sie hatte Margarete auch entdeckt. »Na ja, wenn die Marktsaison wieder losgeht, wird das hoffentlich anders. Ich glaube, Margarete checkt, ob er weg ist.«

Ich grinste. »Wehe, wenn nicht. Hat Margarete eigentlich einen Partner?«, fragte ich, und als Pia nicht antwortete, sah ich wieder zu ihr rüber.

»Sie ist mit Manu verheiratet«, erklärte sie, und es klang eindeutig so, als wäre das ziemlich offensichtlich.

»Ach, klar, Mensch«, erwiderte ich schnell und nickte, dabei schoss mir das Blut ins Gesicht. Wie hatte mir das entgehen können? Wieso hatte ich angenommen, dass Margarete und Manu Freundinnen seien, die in einer WG lebten? Wobei, das hatte ich noch nicht mal aktiv gedacht, das hatte mein Gehirn einfach so vorausgesetzt. Ich erinnerte mich gerade sehr an meine eigene Mutter, die jede Abweichung ihrer ganz persönlichen Norm mit den Worten kommentiert hatte: »Das muss doch nicht sein.«

Wir blieben noch eine Weile schweigend auf unserem Beobachtungsposten am Fenster sitzen. Heute war viel los, was vermutlich daran lag, dass in wenigen Tagen Weihnachten ins Haus stand, und so hatten wir richtig was zu gucken. Alle waren schon in Feiertagsstimmung. Familie Meyer trabte geschlossen an Pias Bauwagen vorbei, das eine Kind hüpfte vorweg, das kleine Kind trottete schmollend hinterher, Katha und ihr Mann trugen beide eine rote Weihnachtsmannmütze. Hannes lief mit wippendem Schritt und einer großen Sporttasche über der Schulter zum Hof, und Jakob kam mit Ackermann vorbei, blieb aber eine ganze Weile in unserer Sichtweite stehen, weil sein Hund ausgiebig an einem Grasbüschel schnüffeln musste. So lange, bis Jakob zu ihm ging und ihn an die Schulter tippte. Ackermann sah daraufhin zu ihm hoch, erinnerte sich wohl daran, dass sie einen Spaziergang machen wollten, und die beiden verschwanden aus unserem Blickfeld.

»Mysteriöser Typ. Du hast recht«, raunte Pia. »Ist mir vorher gar nicht aufgefallen.«

»Sag ich doch«, erklärte ich. »Ist übrigens schön bei dir.«

Sie lachte. »Wir sollten das hauptberuflich machen. Leute beobachten.«

Ich nickte und trank meinen dritten Kaffee aus. Und dann brachte ich den Kater nach Hause, kochte ihm und mir eine Kanne Tee, fütterte Edgar mit einem Holzscheit und legte mich schließlich aufs Bett. Ich hatte YouTube abonniert, damit ich mir einzelne Dokus herunterladen und offline schauen konnte. In Pias Bauwagen gab es exzellentes Internet, und das hatte ich direkt angezapft, um mir gleich zehn brandneue Reportagen auf das Tablet zu laden. Ich sah für mein Leben gern jegliche Formen von Dokumentationen. Man lernte immer etwas, und ich liebte es, dass die meisten Dokus »langweilig« geschnitten waren. Keine Blenden, keine Effekte, das bewegte Bild sprach für sich, ganz anders als bei allen aktuellen Unterhaltungsfilmen. Ich vertiefte mich also in einen Bericht über Agroforstwirtschaft. Thematisch total interessant, aber mir fehlte für meinen Geschmack ein Blick auf die Arbeit der Landwirte. Das Konzept war gut, aber es gab natürlich Gründe dafür, warum es nicht umgehend alle Landwirte umsetzten: Wertvolle Ackerfläche ging verloren, diese Arbeitsweise war schwierig zu finanzieren, und die bürokratischen Hürden hingen extrem hoch. Nur wurde das fast gar nicht thematisiert, und am Ende fragte sich die geneigte Zuschauerin, warum denn nicht bereits jetzt auf jedem Acker Bäume standen. Ich las die Kommentare unter dem Video. Sie waren böse. Arschlochmäßig. Man war grundsätzlich gegen alles und jeden. Die Landwirte, die Klimaschützer, Menschen. Ich legte das Handy zur Seite und schloss die Augen. Die anderen Dokus würde ich mir heute sicherlich nicht mehr anschauen.

Ich wusste, wie viel Arbeit in dieser halben Stunde steckte. Wie viel Lebenszeit in die Recherchen investiert wurde und was dafür auf der Strecke blieb. Und am Ende gab es kollektiv Dresche in den Kommentarspalten. Alles bewegte die Gemüter, und jeder schrie immer sofort los. Es war erschöpfend. Ich war erschöpft. Genau davon. Mir war oft schon während der Dreharbeiten klar, wie die Menschen darüber urteilen würden. Ich konnte zu bestimmten Themen wirklich den exakten Wortlaut vorhersagen; auch eine besondere Gabe. Die leider nicht wirklich hilfreich war, schon gar nicht bei meinem aktuellen Projekt, mit dem ich langsam mal in die Puschen kommen musste.

Trotzdem lag ich eine ganze Weile einfach so da und starrte an die Decke, bis ich knirschende Schritte vor meiner Tür hörte. Ich öffnete die Augen. Es klopfte. Raketenartig sprang ich vom Bett. Vielleicht wollte Pia noch einen Kaffee trinken. Oder Theo wollte mir irgendetwas erklären. Egal, wer es wäre, ich hatte Lust auf Gesellschaft. Sonst würde ich noch länger über Kommentarspalten und Cutter und mein Leben nachdenken. Ich riss die Tür auf, und davor stand Jakob. Neben ihm Ackermann, der mich mit einem pflichtschuldigen Wedeln der Rute begrüßte.

»Ich war bei Theo und hab dir deine Post mitgebracht.« Jakob hielt mir einen Stapel Briefe entgegen. Auf den ersten Blick Krankenkasse, Finanzamt und Werbung.

»Das ist nett«, erwiderte ich und schob schnell hinterher: »Wollt ihr reinkommen?«

»Oh«, sagte mein Nachbar daraufhin. »Nein, ich gehe jetzt die Abendrunde mit Ackermann.«

»Kann ich mitkommen?« Das war ein wenig anbiedernd, das war mir klar, aber ich wollte nicht allein sein und weiter in diesem Zustand aus innerer Unruhe und Stille und Grübelei herumsitzen. Jakob blickte mich regungslos an. Ich konnte förmlich sehen, wie es hinter seiner Stirn arbeitete. Ackermann neben ihm seufzte, hörte auf zu wedeln und lief einfach schon mal vor. Er trabte um die Ecke, und ich sah seiner entschwindenden Rute nach.

»Ich möchte heute lieber für mich sein. Beim nächsten Mal vielleicht«, sagte Jakob, schenkte mir aber immerhin ein freundliches Lächeln. Dann folgte er seinem Hund und verschwand.

»Klar!«, rief ich ihm nach einem kleinen Schockmoment hinterher und schloss schnell die Tür. Er wollte lieber für sich sein? Ich fühlte mich im wahrsten Sinne des Wortes vor den Kopf gestoßen und setzte mich auf die Bettkante. Von hier aus konnte ich Hund und Herrchen beobachten, wie sie unten am Fluss einbogen.

Hatte ich so was jemals zu irgendjemandem gesagt? Ganz bestimmt nicht! Hätte ich es manchmal tun wollen? Unbedingt. Ich hatte jahrelang eine tolle Friseuse gehabt, die wunderbar mit meinen strohigen Haaren umgehen konnte. Leider redete sie sehr viel. Um genau zu sein, plapperte sie los, sobald ich auf dem Stuhl Platz nahm, und hörte auch nicht auf, wenn ich bezahlte. Ich kannte ihre komplette Lebensgeschichte. Ich wusste durch sie außerdem, wie man einer Katze Tabletten verabreichte, wie man Rosen richtig schnitt und dass ihr Auto einen Elektronikfehler vermeldete, den die Werkstatt aber seit zwei Jahren nicht fand. Auch mein Zahnarzt redete durchgehend mit mir, wenn er wieder mal eine Füllung in einen meiner löchrigen Zähne hineinmanövrierte. Da entfiel sogar mein gelegentliches »Hm«, was ich bei meiner Friseurin immer aus Höflichkeit von mir gegeben hatte.

Bahn fuhr ich deswegen grundsätzlich nur noch mit Kopfhörern, weil jede Gelegenheit, mal seine Ruhe zu haben, von Menschen torpediert wurde, die mir ihre Lebensgeschichte erzählen wollten. Ich hatte das als unabwendbares Schicksal hingenommen, in meinem Job war es ja auch durchaus hilfreich gewesen, im Privaten manchmal ein Fluch.

»Ich möchte lieber für mich sein.« Nie im Leben wäre ich darauf gekommen, das laut auszusprechen. Dabei hatte es eine bestechende Wirkung, denn Jakob hatte nun seine gewünschte Ruhe. Das Konzept funktionierte, und ich kam nicht umhin, ihn dafür ein klein wenig zu bewundern. Vielleicht sollte ich das auch mal ausprobieren. Vorausgesetzt, ich traf jemals wieder Menschen, die mir ungefragt ihre Lebensgeschichte erzählen wollten. Aktuell litt ich ja eher unter Kommunikationsmangel.

Und dann rückte Weihnachten bedenklich nah. Man merkte das sehr deutlich, weil man, sobald man das Häuschen verließ, gefragt wurde, was man denn über die Feiertage Schönes vorhatte. Alle waren verplant, und ich hatte ja eigentlich auch etwas Schönes vor, nur fühlte es sich mittlerweile eher beängstigend an. Ich hatte mir vorgenommen, meine geliebte Käse-Lauch-Suppe zu kochen, dazu wollte ich ein feines Brot backen und eine Flasche Weißwein aufmachen. Außerdem waren als Dessert eine Tafel Schokolade und ein Butterstollen in Planung, falls ich das in dem kleinen Laden in Degenbrück bekam. Sonst würde es halt auf schnöde Gummibärchen hinauslaufen.

Kulinarisch so ausgestattet, wollte ich mich in Kuschelklamotten ins Bett legen und mir die Filme anschauen, die ich bei Pia heruntergeladen hatte. Mal keine Dokus, einfach schöne Filme. Komödien, was fürs Herz, so Zeug halt. So der Plan. Es war immerhin mein erstes Weihnachten allein, und ich wollte sozusagen mit mir selbst anstoßen. Auf mein Projekt und mein neues, unabhängiges, ballastfreies Leben. So weit, so gut.

Der Heiligabend begann allerdings schon mit einem düsteren Nebelmorgen und heftigen Unterleibskrämpfen. Es wurde draußen einfach nicht hell, stattdessen waberten graue Wolkenwände, in denen kleine Nebelfetzen schwebten, vor meinem Panoramafenster herum. Das passte hervorragend zu meiner Stimmung. Optisch erinnerte mich das eher an einen Gruselfilm.

Um neun traf dann meine Menstruation ein, und ich schluckte zwei Schmerztabletten auf einmal. Man wusste ja meist beim ersten Zucken, ob es sich um eine friedliche Periode handelte oder eine, die direkt aus der Hölle kam. Diese hier hatte vorher noch ein Date mit dem Teufel gehabt. Trotz Ibu musste ich zwischendurch innehalten und tief durchatmen. Da aber das Feuerholz zur Neige ging, musste ich mich obgleich meines desolaten Zustands auf den Weg machen, um mit der Schubkarre neue Holzscheite heranzukarren. Auf dem Hof traf ich Pia, die beladen mit einem riesigen Rucksack und diversen Geschenken über den Weg zum Parkplatz wankte.

»Theo nimmt mich mit zum Bahnhof. Er fährt zu seinem Bruder«, erklärte sie mir. »Und was machst du heute?«, fragte sie auch direkt.

»Ich machte es mir hier nett!«, erklärte ich, während ich mich wegen der Unterleibsschmerzen ein wenig krümmte, und stellte im selben Moment fest, dass ich Weihnachten offenbar mutterseelenallein in unserer kleinen Siedlung war. Alle waren schon weg oder in Abreise begriffen. Pia deutete meinen Gesichtsausdruck richtig.

»Dann ist ja nur Jakob hier! Du kannst gern mit zu mir kommen. Meine Eltern haben da nichts gegen! Unsere Nachbarin kommt auch immer, die wäre sonst allein«, sagte sie voller Inbrunst.

»Was? Nein!«, rief ich und schickte ein beruhigendes Lächeln hinterher. »Ich habe wirklich etwas Schönes vor«, bekräftigte ich. Keinesfalls konnte ich einfach so mit zu fremden Menschen fahren, das wäre ja furchtbar gewesen. Als hätte Pia mich wie so eine verlorene Seele von der Straße aufgelesen.

Ganz unerwartet warf Pia daraufhin ihren Krempel von sich und nahm mich kurz und heftig in den Arm. »Du machst es dir aber nett, ja?«, erkundigte sie sich noch einmal, und ich nickte bekräftigend. Dann winkte ich ihr zum Abschied, veratmete dabei ein paar Krämpfe und räumte schließlich das Holz weg. Danach hängte ich endlich alle meine Kugeln auf, schob das Brot in den Ofen und hockte mich auf die Holzdielen davor, um den

Backvorgang zu beobachten. Hätte mir früher jemand gesagt, dass ich es mal spannend finden würde, Backwaren zu belauern, ich hätte ihn für verrückt erklärt. Eine ganze Weile starrte ich in das helle Licht im Backofen, bis mein Handy in meiner Hosentasche klingelte. Zum Glück hockte ich gerade am einzigen Ort der Hütte, wo ich Empfang hatte. Auf dem Display stand »Finn«, und ich ging ran.

»Finni«, begrüßte ich ihn mit seinem verhassten Spitznamen.

»Mama, du musst mal mit Jasper reden. Der spinnt.«

Ich seufzte und sah dem Brot weiter zu. Es bekam langsam eine zarte Bräune. Das ging schneller als erwartet.

»Dann gib ihn mir«, erwiderte ich.

»Hallo, Mama«, sagte mein Kleiner einen Atemzug später. »Ich spinne nicht, ich habe nur darauf bestanden, dass wir einen Weihnachtsbaum haben. Wenigstens einen klitzekleinen.«

»Ey, wir haben das geklärt!«, brüllte Finn aus dem Hintergrund. »Wir brauchen keinen Baum, weil wir eh unterwegs sind. Heute Abend ist Planade. Musst du das jetzt echt mit Mama besprechen?«

»Kann ich kommen?«, fragte Jasper mich im nächsten Augenblick ohne Vorwarnung.

»Äh«, gab ich überrumpelt von mir, und mein Mutterherz machte einen Satz. »Wir hatten uns doch alle geeinigt. Ihr wolltet es euch in Berlin nett machen und auf die Party gehen«, erwiderte ich schwach, aber das Muttertier hatte sich schon erhoben. Zweiundzwanzig Jahre lang war ich gesprungen, losgerast und hatte die Brut aus jeder Lebenslage gerettet. Diesen Reflex wurde man vermutlich nicht mehr los.

»Jetzt vermisse ich dich aber. Und einen Baum. Und alles.« Das »Zuhause« verkniff er sich, aber ich konnte es trotzdem zwischen den Zeilen hören. Wir alle hatten einen ziemlich großen Schritt auf einen Schlag gemacht.

»Ach, Jasper«, murmelte ich. »Ich habe kein Auto. Ich komme hier gar nicht weg. Und wenn du an Heiligabend spontan mit dem Zug fährst, kostet das Unsummen. Zumal man nicht davon ausgehen kann, dass du überhaupt ankommst. Heute Abend ist auch noch Schnee angesagt. Wir wissen alle, dass die Bahn dann sofort überfordert ist«, erklärte ich mit fester Stimme, musste mich dabei aber sehr zusammenreißen. Muttersein war lebenslänglich. Aus der Nummer kam man nicht raus. Ich vermisste meine Söhne schrecklich.

»Kacke«, sagte mein eigentlich so sanftmütiges Kind im nächsten Moment beherzt.

»Ja, Kacke«, stimmte ich ihm zu und rückte dichter an das Backofenfenster heran. Im restlichen Haus wurde es nämlich schon wieder kühl, Edgar schickte sich an, seinen Dienst einzustellen. Ich musste dringend nachfeuern. »Papa ist übrigens in irgendeinem Wellnesshotel ohne Handy. Digital Detox an Weihnachten. Völlig bescheuert. Was machst du?«, fragte er.

»Ich schaue einem Brot beim Backen zu und habe ein paar Kugeln aufgehängt. Nachher gibt es noch Weißwein und Suppe.« Klang toll. Musste ich selbst zugeben. Ich sah mich um. Überall lagen angefangene Dinge, es herrschte ganz untypisches Chaos. Wenig besinnlich. Ich hatte alles Mögliche begonnen und nichts zu Ende gebracht.

»Vermisst du uns?«, fragte Jasper plötzlich mit seiner Kleinjungenstimme. Manchmal kam die noch ganz unerwartet aus ihm heraus, dabei war er offiziell seit vier Jahren volljährig.

»Nein, wir vermissen uns nicht, weil wir uns bald sehen«, sagte ich streng und mit zuckendem Herzen. Wenn ich jetzt auch emotional wurde, fing Jasper an zu weinen. Ich kannte ihn. Und dann würde ich auch anfangen und nicht mehr aufhören können. Ich kannte mich ebenfalls. »Ich besuche euch in der ersten Woche im Januar, und das wird super«, erklärte ich und spürte meine

Stimme langsam wegbrechen. Es wurde Zeit, das Gespräch zu beenden. Jasper war nicht nur sanftmütig, sondern neigte auch zu heftigen Reaktionen. Nicht dass er noch ein Auto klauen ging, wenn er befand, dass seine Mama in der niedersächsischen Depressionsebene gerettet werden musste. »Mach es dir nett, Jasper«, sagte ich schnell. Ich musste jetzt auflegen. »Geh feiern. Feiern ist toll! Aber trink nicht so viel.«

»Ich fahre. Ich trinke nicht«, sagte mein Sohn ernst. »Hab dich lieb.« Und nach einer Pause fügte er hinzu: »Frohe Weihnachten!«

»Ja, frohe Weihnachten, mein Herz«, rief ich und quietschte dabei leider in den höchsten Tönen, um zu kaschieren, dass mir eine Träne über das Gesicht lief. Ich drückte das Gespräch weg, legte das Handy neben mich und heulte los. Es schüttelte mich förmlich, ich konnte rein gar nichts gegen diese Tränenflut tun. Ich war ganz und gar allein. Meine Kinder weit weg, mein Zuhause verkauft. Da lag ich nun mit meinen fünfundvierzig Jahren weinend vor einem Backofen und tat mir selbst leid – bis besagter Ofen irgendwann zu piepen begann und mich mit größter Mühe aus meiner Verzweiflung riss. Etwas eingerostet erhob ich mich schniefend und stellte fest, dass wohl während der Tränenflut der Abend hereingebrochen sein musste, denn es war dunkel geworden. Der Schmerz in meinem Uterus hatte sich jetzt auch in meinem Rücken eingenistet. Ich hasste meine Tage. Jedes Mal wieder. Mit den dicken Ofenhandschuhen holte ich das Brot heraus und platzierte es auf dem Brett auf der kleinen Arbeitsfläche. Dann stellte ich fest, dass Edgar tatsächlich aufgegeben hatte. Ich war zu langsam gewesen und zu sehr mit meinem Gefühlsausbruch beschäftigt, nun würde ich komplett neu einheizen müssen. Dreißig Grad waren mir gewiss. Verdammt! Unschlüssig stand ich einen Augenblick herum und rieb mir die Tränen von den Wangen, dann ging ich zum Bett, wo seit Tagen meine Kamera auf dem Stativ herumstand. Ich hatte sie bisher gekonnt ignoriert, jetzt zog ich sie hervor, stellte alles ein und setzte mich auf die mittlere Stufe meiner Treppe. Direkt hinter mir hing meine Lieblingschristbaumkugel an einem Nagel. Sie war dunkelrot und hatte weiße, seit Jahren immer mehr abblätternde Schneeflocken rundherum.

Ich musste mich sortieren. Irgendwie. Andere Leute schrieben Tagebuch. Ich drehte Videos. »Frohe Weihnachten!«, sagte ich mit vom Weinen geröteten Augen in die Kamera und zog die Nase hoch. »Ich sitze hier vor einer exklusiven Weihnachtskugel, die ich gekauft habe, als ich mit meinem ersten Sohn schwanger war. Es war so aufregend, plötzlich all diese erwachsenen Sachen zu tun. Und es war auch wichtig, weil meine Mutter kurz vor Finns Geburt an einem Herzinfarkt gestorben ist.« Ich machte eine Pause, weil mir jetzt wieder die Tränen kamen, die Erinnerung daran schmerzte auch heute noch. Als ich drei Jahre alt war, verließ mein Vater uns. Das gebrochene Herz meiner Mutter war nie ganz geheilt, und sie hatte leider nie meine eigenen Kinder kennenlernen dürfen. »Ich habe mich so verloren gefühlt, bis ich begonnen habe, meine eigene kleine Familie aufzubauen. Das war wunderbar. Es war toll, neue Rituale zu etablieren, doch irgendwann wurde es anstrengend. Weihnachten wurde zu Stress, der Zauber war verflogen, denn nun erwarteten alle von mir, dass ich Geborgenheit auf Knopfdruck herstellte. Dass es gutes Essen gab, Geschenke, dass es heimelig war. Ich konnte es immer für andere schön machen, aber … für mich kann ich es nicht. Es ist hier nämlich nicht heimelig und schön.«

Ich hielt inne und rieb mir die Stirn. »Mir fehlt das passende Gefühl. Es ist weg, wobei es vielleicht schon seit Jahren verschwunden ist und ich es nur nicht bemerkt habe. Was daran liegen könnte, dass jede Sekunde meiner Tage damit ausgefüllt war, es für andere schön zu machen. Den richtigen Pitch zu finden, darauf zu achten, dass mein Kameramann immer ausreichend zu trinken hatte, dass das ganze Team sich wohlfühlt … Und dabei immer zu sehen, was wir der Erde antun, ohne etwas dagegen tun zu können, hat nichts besser gemacht.«

Ich blickte einen Moment lang in die Kamera. Auf dem gedrehten Display sah ich mich selbst. Ich sah so müde aus, dabei hatte ich keinen Stress. Nichts auszustehen. Es war alles friedlich. Und endlich begriff ich, was mit mir los war. »Ich habe mir solche Mühe gegeben, dass alle sich gut aufgehoben fühlen. Und dabei fühle ich mich selbst komplett einsam und ungeborgen«, sagte ich leise, und dann knipste ich die Kamera aus. Gab es das Wort überhaupt? Ungeborgen? Das Gegenteil von geborgen? Ich war weder behütet noch beschützt. Ich war auch nicht gut aufgehoben. »Und meine Tage habe ich auch noch«, sagte ich und stieß einen tiefen Seufzer aus.

Mein Plan war gewesen, endlich herauszufinden, was meine Bedürfnisse sind. Ich war seit meiner Ankunft daran gescheitert – und dann ebendiese Erkenntnis. Ich hatte es für alle schön gemacht, um mich selbst geborgen zu fühlen.

Geborgenheit gab es nun mal leider nicht an jeder Straßenecke, aber einfach weiter hier herumsitzen konnte ich auch nicht. Also beschloss ich, dass menschliche Nähe vorerst reichen musste. Irgendjemand, der sich mit mir unterhielt, der zuhörte, dem ich zuhören konnte. Und da blieb in der aktuellen Situation nur einer. Ich hatte nichts zu verlieren.

Ich schlüpfte in meine Winterboots, schmiss mir die dicke Jacke über und wickelte das frische Brot in seiner Kastenform in ein Küchenhandtuch. Dann warf ich Edgar vier Holzscheite in den Bauch, feuerte sie an, versicherte mich, dass sie brannten, und verließ das Haus. Es ging nicht anders. Ich musste das tun.

Feuchtigkeit hing in der Luft und füllte meine Lungen an. Der Mond hatte sich zwischen den Wolken des Tages vorgearbeitet und versah die alten Bäume mit einem fahlen Schein. Die Stille war allumfassend. Jeder meiner Schritte klang überlaut, als ich den schmalen Pfad neben Hannes' Haus einschlug und zum Fluss ging.

Jakobs Häuschen war das einzige des ganzen Tiny-House-Ensembles, das nicht bunt bemalt war. Es wirkte bei Tageslicht fast unscheinbar, aber heute brannte hinter jedem Fenster ein warmer Lichtschein. Wie ein kleiner Leuchtturm in dunkler Nacht. Wenn Jakob keine Lust auf Gesellschaft hatte, würde ich einfach direkt ins Bett gehen, mir die Decke über den Kopf ziehen und auf den nächsten Morgen warten.

Mein Herz schlug mir bis zum Hals, als ich zaghaft klopfte. Ackermann bellte einmal laut auf, und nur einen Atemzug später öffnete Jakob mir.

»Hallo«, sagte ich beklommen. Wenigstens freute der Hund sich bei meinem Anblick. Er drängte sich an Jakob vorbei und begrüßte mich mit einem Nasenstüber.

»Hallo«, erwiderte Jakob und klang erstaunt. Ich räusperte mich.

»Glaubst du, unsere jeweiligen Bedürfnislagen könnten mal für einen kurzen Moment aufeinanderpassen?«, fragte ich. Mein Herz hörte gar nicht mehr auf zu rumpeln. »Ich habe frisches Brot mitgebracht. Vielleicht können wir einen Tee zusammen trinken?« Und dann sagte ich einfach die Wahrheit. »Ich hatte gedacht, dass ich Weihnachten allein gewachsen bin. Bin ich aber nicht.«

»Komm rein«, sagte Jakob, nahm mich überraschend fest bei der Schulter und dirigierte mich energisch in sein Haus. Nichts deutete darauf hin, dass ich ungelegen kam. Eher im Gegenteil. »Gut. Also gut. Ich … dachte auch, dass ich das heute besser hinbekomme. Ich habe Glühwein. Und Hummus. Für das Brot.« Er blinzelte mich etwas unbeholfen an, und schlagartig entspannte sich mein ganzer Körper, während Ackermann um mich herumhüpfte und Jakob mir das Brot abnahm. »Ich habe oben ein Feuer vorbereitet. Lass die Jacke an. Dann gehen wir auf die Terrasse.«

Ich sah mich um. In Jakobs Häuschen herrschte Chaos. Ich war hier noch nie drin gewesen, und auch wenn der Grundriss größer und die Einrichtung moderner war, ähnelte es meinem doch stark. Viele angefangene Handgriffe, keiner vollendet. Und Jakob wirkte genauso matt, wie ich mich fühlte.

Er schnitt das Brot auf, sah hoch und grinste mich schief an. »Das war ein doofer Tag«, sagte er dann mit entwaffnender Ehrlichkeit.

»Ja«, sagte ich und spürte Erleichterung durch meinen Körper perlen. »Heute war ein Kacktag. Kann also nur besser werden.«

Wir stiegen die Treppe bis zu seinem geschmackvoll eingerichteten Schlafzimmer hoch, von wo aus man hinaus auf die Dachterrasse gehen konnte. Über uns erhoben sich die mächtigen Äste eines alten Ahorns, und auf dem Holzdeck standen zwei bequeme Sessel. Jakob reichte mir einen Armvoll Decken. »Setz dich schon mal«, sagte er, dann ging er wieder hinunter.

Ich stand einen Augenblick in luftiger Höhe und lauschte der Stille. Aus dem Erdgeschoss hörte ich entfernt das Klappern von Besteck, was behaglich klang. Wenige Minuten später war Jakob mit seinem Hund im Schlepptau wieder da. Er stellte ein Tablett mit zwei dampfenden Tassen mit Glühwein, dem aufgeschnittenen Brot und einer Schale Hummus auf den kleinen Tisch. »Ich wollte kochen«, erklärte er achselzuckend. »Und dann hat mich die Lust verlassen. Der Hummus ist aus der Dose.«

»Ich bin begeistert«, erwiderte ich, und Jakob legte auch Ackermann eine Decke auf den Boden, die der Hund aber nur betrachtete, um sich dann wieder zu Jakob umzudrehen. »Liegt falsch. Klar«, sagte der, zog das Hundebett dichter an seinen Sessel, und endlich legte Ackermann sich hin. »Wäre er ein Mensch, würde er beim Ordnungsamt arbeiten«, erklärte er trocken, und ich musste lachen.

Wir tranken unseren Glühwein und schauten in den mit Sternen übersäten Himmel. »Keine Lichtverschmutzung. Ich habe so ein Himmelsfirmament bisher nur in Brasilien gesehen«, sagte ich.

»Du bist viel rumgekommen mit deinem Job«, stellte Jakob fest.

Ich trank einen Schluck Glühwein. »Ja. Und jetzt bin ich hier.«

»Und so kommt es, dass Ella und Jakob zusammen Weihnachten verbringen«, murmelte mein Nachbar und prostete mir mit seiner Tasse zu.

»Die Jungs wollten allein feiern. Party machen ist wohl die richtige Bezeichnung. Vorhin ruft mein Sohn an und sagt, ihm fehlt der Weihnachtsbaum. Ich fehle ihm. Ich war schon vorher nicht gut drauf, aber danach war's einfach vorbei …«, erklärte ich leise.

»Meine Kinder feiern wie jedes Jahr bei meiner Ex-Frau. Sie kommen übermorgen. Das erste Mal Weihnachten allein kann ziemlich furchtbar sein.«

Es hörte sich an, als spräche er aus Erfahrung. Ich fragte nicht nach. »Ich finde im Moment eigentlich alles ziemlich furchtbar«, sagte ich stattdessen. Die Dunkelheit machte das Reden leicht. »Man muss schon extrem eigenbrötlerisch sein, um das hier gut zu überstehen.«

»Ich bin ein ganz klassischer Eigenbrötler«, erwiderte Jakob. »Geworden«, fügte er dann hinzu. »Na ja, eigentlich bin ich es schon immer, ich hab es nur lange nicht gemerkt. Oder die Bedürfnislage ändert sich im Laufe des Lebens. Ich genüge mir meist selbst. Komme gut mit mir klar und bin gern allein. Heute allerdings nicht.«

»Wie bist du ein Eigenbrötler geworden? Was ist das überhaupt für ein seltsames Wort?«, fragte ich und versuchte, in der Dunkelheit etwas auf Jakobs Gesicht zu lesen.

»Das Wort ist von dir.« Er grinste, das konnte ich im Schein der Kerze erkennen. »Man kann es lange kompensieren, entgegen seiner Persönlichkeit zu leben, aber irgendwann bricht das System zusammen.«

Ich spürte seinen Worten nach und wollte schon fragen, was passiert war, tat es dann aber doch nicht. Es erschien mir unpassend.

Jakob nahm einen der Teller, legte zwei Scheiben Brot darauf und gab einen großen Löffel Hummus daneben. Zusammen mit Besteck und einer Serviette reichte er mir das Arrangement.

»Danke«, sagte ich.

»Danke für das Brot. Und deinen Besuch«, erwiderte er.

»Ich bin sehr froh, dass wir heute das gleiche Bedürfnis hatten«, murmelte ich.

Jakob dachte einen Moment lang nach, dann grinste er mich wieder an. »Ach, das meinst du. Weil ich allein spazieren gehen wollte.«

»Genau das. Was machst du denn so? Als Eigenbrötler?«, fragte ich, während ich Hummus auf mein Brot tupfte. Er zuckte die Schultern. »Spielt das jetzt eine Rolle?«

»Macht uns das, was wir tun, nicht aus?«, fragte ich zurück.

»Das glaube ich nicht mehr«, sagte er, und ich blickte ihn erstaunt an. »Du kannst zum Beispiel jeden Abend auf einer Bühne stehen und trotzdem ein einsamer Mensch sein. Und wie sieht's bei dir aus? Bist du denn auf dem Weg, eine Eigenbrötlerin zu werden?«

Ich steckte mir den ersten Bissen Brot in den Mund. Es war weit weniger schmackhaft als angenommen. »Mist, ich habe beim Brot das Salz vergessen«, sagte ich, nachdem ich heruntergeschluckt hatte.

Jakob winkte ab. »Im Glühwein sind so viele Umdrehungen, das fällt nicht auf«, sagte er, sah mich dabei aber so aufmerksam an, dass sich das Licht der Kerzen in seinen grauen Augen spiegelte. »Also? Wirst du jetzt zur Eigenbrötlerin?«

»Ich weiß es nicht. Ich weiß gar nichts«, stellte ich fest. »Ich weiß gar nicht, wer ich eigentlich bin.« Die Dunkelheit verleitete mich dazu, mein Herz zu öffnen. Und vielleicht die unsäglich vielen Umdrehungen im Glühwein. Oder die prachtvollen Sterne über uns.

»Aber du bist noch hier. Das kann nur ein gutes Zeichen sein. Vielleicht musst du aufhören, so zu rennen, und es einfach aushalten. Irgendwann wirst du wissen, wer du bist. Die Stille hier wird dir dabei helfen. Wenn du nicht vorher abhaust.«

»Ich habe nicht vor abzuhauen. Ganz oder gar nicht. Ein Jahr«, antwortete ich.

Er hob die Tasse, beugte sich zu mir, und ich stieß mit seinem Becher gegen meinen. »Darauf, dass du noch hier bist. In der Gemeinschaft der Sonderlinge und Eigenbrötler. Ist dir kalt? Ich kann dir noch eine Decke holen, oder wir gehen rein.«

Ich schüttelte energisch den Kopf. »Mir ist nicht kalt. Ich muss einfach nur weiter in die Sterne schauen und salzloses Brot essen.«

Jakob sah mich einen Atemzug lang an, und es wirkte, als wollte er noch etwas hinzufügen, doch dann beließ er es bei einem Nicken und Lächeln. Und ich schwöre, das war der erste Augenblick, in dem ein kleiner Funken Geborgenheit durch die Luft schwirrte. Wir saßen schweigend und in stiller Eintracht auf der Dachterrasse. Ich zeigte Jakob die Himmelsbilder, die er alle nicht kannte. Er war ganz aufgeregt, als er die Milchstraße entdeckte, und irgendwie glich es das ein wenig aus, dass ich so bedürftig vor seiner Tür gestanden hatte. Ackermann rückte im Verlauf des Abends näher zu uns heran und bekam eine dicke Decke über den eingerollten Körper gelegt.

»Hunde mögen Nähe, oder?«, fragte ich und betrachtete das zufriedene Tier, das fast auf meinen Füßen lag.

»Ja, das ist so ein Rudelding. Er schläft auch in meinem Bett, weil das für ihn total normal ist. Es gibt Hundeschulen, die sagen, man müsse das unterbinden. Aber ich spare so Heizkosten.«

Ich lachte, und dann brüllte plötzlich jemand so laut: »MAMA, wo bist du?«, dass wir alle kollektiv zusammenzuckten. Ackermann sprang auf und bellte aufgebracht in die vermutete Richtung. »Heiliger Hollerbusch!«, rief ich.

»Ich habe noch einen Stuhl. Und jemand muss uns eh bei dem Hummus helfen. Ich habe viel zu viel gekauft«, erklärte Jakob, der die Situation offenbar schneller begriffen hatte als ich.

Ich stand also auf, lief nach unten und fing meinen Sohn ein, der auf der Suche nach seiner Mama über die dunkle Wiese stolperte.

Und so kam es, dass drei sehr zusammengewürfelte Menschen und ein alter Hund gemeinsam Weihnachten verbrachten. Völlig unerwartet und ganz wunderbar.

8

Neustart

Eigenbrötler – Person, die sich absondert, ihre Angelegenheiten für sich allein und auf ihre Weise erledigt und anderen in ihrem Verhalten merkwürdig erscheint. Das sagte der Duden zum Thema Eigenbrötler. Vielleicht musste ich Abbitte bei Jakob leisten, denn Jakob schien die Dinge zwar auf seine Art und Weise zu erledigen, aber merkwürdig kam er mir nicht vor. Eher wie jemand, der ziemlich in seiner Mitte war. Also der Ort, an dem ich schon sehr lange nicht mehr gewesen bin.

Jasper hatte an Weihnachten, direkt nach unserem Telefonat und ohne große Hoffnung, in der Mitfahrzentrale nachgesehen und tatsächlich jemanden gefunden, der in diese Richtung wollte. Der freundliche Mensch fuhr meinen Sohn sogar bis zum Obsthof. Jasper verbrachte nicht nur einen netten Abend mit uns, er blieb auch gleich noch drei weitere Tage, was auf zweiundzwanzig Quadratmetern durchaus eine Herausforderung darstellte. Für mich. Nicht für ihn. Als ich ihn dann schließlich mit Theos Auto zum Bahnhof in den übernächsten Ort brachte, war ich traurig und erleichtert zugleich.

Und dann war auch schon der 31. Dezember, der letzte Tag des Jahres. Eigentlich hatte Merle vorgehabt, über Silvester zu kommen, aber ihr Manuskript war immer noch nicht fertig. Sie dafür schon, innerlich und äußerlich, wie sie mir mitgeteilt hatte.

Sie hatte mir auch noch ein Selfie geschickt, und es schien mir nach dem Stand ihrer Augenringe ratsam, dass sie erst mal dieses verdammte Buch fertig schrieb, bevor sie irgendetwas außerhalb ihres Büros unternahm.

Ich würde heute Abend trotzdem nicht allein sein. Theo schmiss offenbar traditionell jedes Jahr eine Silvesterparty in seiner Küche, und ich war eingeladen. Um kurz vor sechs klopfte es, was mich aus meiner Lethargie riss. Ich hatte den ganzen Tag vertrödelt und nichts Sinnvolles zustande gebracht. Mein Highlight hatte darin bestanden, dass ich meine Socken endlich wiedergefunden hatte. Sie waren in einer der vielen Schubladen gewesen, ich konnte mich aber nicht erinnern, sie dort hineingelegt zu haben. Ich eilte zur Tür und hoffte irgendwie auf Jakob. In den letzten Tagen hatte ich immer wieder überlegt, ihn zu besuchen, aber dann doch davon abgesehen. Er wanderte den ganzen Tag mit Ackermann durch die stille Natur und schien dabei keine Gesellschaft zu brauchen.

Kein Jakob. Jack Off stand vor mir. Ich musste mir irgendwann diesen dummen internen Spitznamen abgewöhnen, sonst würde ich ihn in einem unbedachten Moment so nennen. »Hi, ich wollte dich abholen«, verkündete Hannes alias Jack Off fröhlich. Er trug nur ein dünnes, aber doch wenigstens langärmliges Shirt.

»Ich bin gleich fertig, komm rein«, sagte ich und erkundigte mich dann: »Frierst du eigentlich nie?«

Hannes zuckte die Schultern.

»Es ist doch nicht kalt draußen!« Er kam herein, sah sich einmal um und stellte sich dann neben das Bett. »Ich wollte mal aus deinem Fenster gucken«, erklärte er mir mit vertraulich gesenkter Stimme. Ich schlüpfte derweil in meinen schwarzen Pullover und betrachtete kurz mein blasses Gesicht in dem kleinen Spiegel über der Spüle. »Du hast eigene Fenster«, erwiderte ich. »Guck da raus!«

Hannes sagte ernst: »Du kannst den Ententümpel sehen.«

Erstaunt drehte ich mich zu ihm um. »Jeder kann den Ententümpel sehen.« Fragend hob ich die Hände.

»Ja, aber du hast ihn von hier voll im Blick. Was bedeutet, dass du siehst, wenn ich eisbade.«

»Das ist korrekt«, stimmte ich zu.

»Ich muss mich entschuldigen.« Er drehte sich ruckartig zu mir um und sagte todernst: »Ich bade nackt, weil der Tümpel zwar perfekt zum Eisbaden ist, aber doch ein wenig streng riecht. Und bei mir im Haus ist es nicht so warm, daher braucht die Badehose ewig zum Trocknen.« Ich nickte leicht verwirrt. »Dadurch stinkt es dann die ganze Zeit in meinem Haus nach Ententümpel; wenn ich die Badehose aber in der Wäscheremise aufhänge, riecht es dort unangenehm. Das stört Katha. Im Übrigen wollte ich dir anbieten, dass du mich filmen kannst.« Ich stellte mein Gesicht in eine neutrale Stellung und versuchte, ihm geistig zu folgen. Er deutete meine gerunzelte Stirn richtig und fügte hinzu: »Für deine Dokumentation. Ich würde es dann allerdings vorziehen, Kleidung zu tragen.« Er grinste, und ich musste auch lachen.

»Warum springst du nicht stattdessen in den Fluss? Der ist doch direkt vor unserer Haustür.«

»Zu viel Strömung. Das ist mir zu gefährlich.«

»Hm, verstehe. Aber warum springst du überhaupt mitten im Winter in eiskaltes Wasser? Ist das so eine Art Mutprobe?«

Ich hatte von dem neuen Trend des Eisbadens gehört, mich aber noch nie damit beschäftigt.

Hannes lachte. »Ein bisschen Mut gehört tatsächlich dazu. Oder besser gesagt Überwindung. Ich mache das für den Kreislauf. Einmal rein und wieder raus. Solltest du auch versuchen.«

Unbedingt. Nichts wollte ich lieber versuchen, als bei klirrender Kälte in einen Tümpel voller Entengrütze zu springen. Ich lächelte unverbindlich.

»Hannes, was genau machst du eigentlich, wenn du nicht eisbadest?«, fragte ich schließlich. »Du rennst ständig mit einem Headset durch die Gegend. Und was hattest du mit der Ente vor, die du letztens aus dem Tümpel weggetragen hast?« Nicht, dass er sie doch gebraten hatte. Hannes war schon irgendwie ein verrückter Typ, ich wusste nicht, was ihm so zuzutrauen war.

»Mir war nicht klar, dass du hier alles so genau mitbekommst«, erwiderte er langsam und beugte sich ein wenig nach vorne, um zu seinem Tiny House hinüberzublicken. Vielleicht um zu checken, was ich noch alles sehen konnte. »Dein Haus stand lange leer, deswegen bin ich es nicht gewohnt, dass mich jemand sieht. Ich mache nebenbei Telefonseelsorge. Hauptberuflich betreibe ich allerdings eine Online-Coaching-Praxis. Schwerpunkt Persönlichkeitsentwicklung und Identitätsfindung, Stressbewältigung und berufliche Weiterentwicklung. Ich bin auf Tierärzte spezialisiert, weil ich selbst mal einer war. Die Ente hatte sich mit dem Fuß in irgendeinem Plastikteil verheddert. Die musste ich mit der Nagelschere erst mal befreien und die Wunde versorgen.«

»Ach nee. Tierarzt und Online-Coach!«, rief ich fasziniert.

»Doch.« Er nickte bekräftigend.

»Das ist ja spannend.« Deswegen rannte er den ganzen Tag mit dem Headset durch sein Häuschen. Nichts mit Telefonsex-Sternchen. Auf diese Variante wäre ich im Leben nicht gekommen. Wir wurden unterbrochen, weil es wieder an der Tür klopfte. Ich öffnete sie, und diesmal war es zu meiner Freude tatsächlich Jakob.

»Hey, hey«, sagte er zur Begrüßung. Er trug ein weißes Hemd und darüber eine graue Strickjacke. Das sah zusammen mit seinem sandblonden Bart todschick aus. Wie ein Wikinger im Ausgehdress. »Ich wollte dich abholen«, erklärte er und lächelte. Auch das gefiel mir außerordentlich, ich schnappte mir also schnell meine Kameratasche, und wir zogen zu dritt los.

Theos Küche bestand aus zusammengewürfelten Möbeln, die allesamt den Eindruck machten, als hätten sie endlich ein Zuhause auf dem Möbel-Gnadenhof gefunden. Sein Herd war bestimmt fünfzig Jahre alt, das antike Küchenbuffet trug stolz mindestens zweiunddreißig verschiedene Farbschichten, die alle abblätterten, und die Vorhänge vor den Fenstern waren sicherlich mal durch eine stilbewusste Hausherrin im letzten Jahrhundert angeschafft worden. Das ganze Ensemble wirkte ein wenig wild und verwegen. Auf dem Herd dampften zwei große Töpfe vor sich hin, und es waren fast alle Hofbewohner anwesend. Margarete und Manu, Familie Meyer, Pia und erstaunlicherweise auch Hille, die Milchbäuerin aus dem Ort, an ihrer Seite ein düster dreinblickender Mann, von dem ich nicht sicher war, ob ich ihn bei meinen Besuchen im Dorf schon mal gesehen hatte, deswegen nickte ich ihm freundlich zu, bevor ich »Hallo« in die große Runde sagte. Es war erstaunlich, aber ich hatte echt lange Zeit nie mit mehr als zwei Personen gleichzeitig gesprochen. Theo sprang erhitzt auf mich zu und drückte mir eine Tasse Tee in die Hand. »Willkommen!«, rief er und sprang weiter. Manu ging an mir vorbei und nickte mir zu, zog beim Anblick meiner Kameratasche jedoch eine Augenbraue hoch. Ich schenkte ihr ein möglichst entwaffnendes Lächeln, was allerdings keinerlei Resonanz brachte, also gesellte ich mich zu den anderen Dorfbewohnern. Da alle Plätze besetzt waren, schnappte ich mir aus einer Ecke einen hellblauen Holzstuhl, und Pia rutschte ein Stück auf, damit ich meine Sitzgelegenheit an den großen Tisch schieben konnte.

»Äh, ist es für euch okay, wenn ich später ein paar Aufnahmen mache?«, fragte ich in die Runde und deutete mit der Teetasse auf meine immer noch umgehängte Kameratasche. Ich musste wirklich mit meiner Arbeit weiterkommen. Mittlerweile träumte ich nachts schon davon.

»Nein!«, sagte Margarete und sah mich streng an. Auch das restliche Gemurmel am Tisch schien nicht auf einen positiven Bescheid für mein Anliegen schließen zu lassen.

»Na gut«, brummte ich, erhob mich noch einmal, stellte die Tasche auf das Küchenbuffet hinter mir und setzte mich wieder zu Pia. Die Gelegenheit wäre einfach günstig gewesen, wobei ich, wenn ich ehrlich war, überhaupt keine Lust gehabt hätte, die Kamera rauszuholen und loszulegen. Jedes Mal, wenn ich an meine Doku dachte oder sie in Angriff nehmen wollte, überkam mich eine erschreckende Lustlosigkeit. Was nicht wirklich zu dem Zeitdruck passte, den ich allmählich spürte.

»Mich darfst du immer filmen«, sagte Pia und grinste mich an. Sie trug eine Flechtfrisur, die sehr kompliziert aussah. Alles schien irgendwie miteinander verflochten und verschlungen. Das war keine Frisur, das war ein Kunstwerk. »Das sieht ja toll aus!«, sagte ich und deutete auf ihren Kopf.

»Hab ich selbst gemacht.« Sie drehte sich ein wenig, damit ich alles gebührend bewundern konnte. »War echt Arbeit. Dafür bin ich jetzt filmfein.« Hannes, der sich neben Pia gesetzt hatte, hob die Hand. »Bin auch dabei. Und ich trage Klamotten.«

»Vielleicht machen wir nachher eine kleine Aufnahme. Draußen. Unter den Sternen«, erklärte ich. Es wäre schön gewesen, auch die Gemeinschaft zu zeigen, aber ich konnte niemanden zwingen. Bei Margarete musste man außerdem davon ausgehen, dass sie sich umgehend mit ihrer imaginären Schrotflinte zur Wehr setzen würde.

»Hast du schöne Weihnachten gehabt?«, fragte Pia mich. Ich nickte und wechselte einen Blick mit Jakob, der mir gegenübersaß.

»Anders als erwartet«, sagte ich schließlich, und in Jakobs Augen blitzte etwas auf. Einen Augenblick sahen wir uns intensiv an, dann wandte ich mich schnell wieder Pia zu.

»Und wie war's bei dir?«, fragte ich sie rasch, um mich davon abzulenken, dass mein Herz plötzlich schneller schlug.

Pia winkte ab. »Ach, das Übliche. Ich habe jetzt auch erst mal einen Family-Overload. Alle haben sich gestritten, und ich wurde ungefähr einmal pro Stunde gefragt, wann ich endlich wieder in der Bank anfange. Meine Eltern verstehen einfach nicht, dass es nicht mein Lebenstraum ist, jeden Tag acht Stunden etwas zu tun, was mich nicht interessiert. Ich möchte lieber etwas mit meinen Händen tun und das Ergebnis sehen … Versteht ihr das?« Sie schwieg, sichtlich aufgewühlt. So kannte ich Pia gar nicht.

»Klar, das verstehe ich«, sagte ich langsam, obwohl ich aus Muttersicht durchaus nachvollziehen konnte, dass man sich einen sicheren Job für sein Kind wünschte. Ich dachte an meine Jungs, die so erfrischend orientierungslos mit zwölf Jahren erst YouTube-Stars, dann Schäfer in der Lüneburger Heide und dann NASA-Ingenieure hatten werden wollen. Dass sie sich jetzt beide für ein Studium entschieden hatten, machte mich schon irgendwie froh und stolz.

Auf der anderen Seite war ich trotz Traumjob ziemlich ausgebrannt. Meine Work-Life-Balance war seit Jahren im Eimer. Sich wie Pia gar nicht erst in dieses Hamsterrad zu begeben, schien mir mittlerweile nicht ganz abwegig zu sein. Ein ungewohnter Gedankengang, aber doch irgendwie nachvollziehbar. Zumindest wenn Pia es sagte und nicht meine Jungs. Da kam dann doch das Muttertier in mir zum Vorschein. Ich zuckte ob dieser Selbsterkenntnis die Schultern und seufzte.

»Ich versteh das auch«, sagte Jakob. »Wenn man alles dem Job unterordnet, zahlt man dafür immer einen Preis. Vielleicht nicht gleich, aber irgendwann.« Er stand auf, verschwand kurz und kam mit einer Flasche Rotwein zurück. Er entkorkte sie fachmännisch und goss dann Wein in die einzigen verfügbaren

Behältnisse. In diesem Fall Wassergläser, die in grauer Vorzeit wohl mal Senfgläser gewesen sein mussten. Ich kannte die Dinger noch aus meiner Kindheit. Er reichte uns allen ein Glas. »Trinken wir auf die Freiheit«, sagte er.

»Ja, Freiheit! Und darauf, all die vielen Möglichkeiten des Lebens voll auszuschöpfen!«, rief Pia laut. Hannes beugte sich nach vorne und hob sein Glas. »Auf ein selbstbestimmtes Leben!«

»Auf 'ne gute Ernte!«, meinte Theo und kam zu uns rüber. Er hielt tapfer weiter seine Teetasse in der Hand. Margarete und Manu gesellten sich ebenfalls zu uns.

»Auf dass wir den Weltuntergang doch noch abwenden!«, sagte Manu und nahm auch ein Glas mit Wein entgegen.

»Auf die Liebe!«, sagte Hille und lachte dem übellaunig wirkenden Mann zu, der ihr daraufhin, völlig überraschend, eine Kusshand zuwarf. Familie Meyer war gerade abgelenkt. Eins der Kinder brüllte wie verrückt. Deswegen sahen jetzt alle mich an. Ratlos blickte ich zurück.

»Worauf willst du trinken, Ella?«, versuchte Hannes mir auf die Sprünge zu helfen, nur leider hatte ich keine Ahnung. Selbstfindung? Mich von den Erwartungen der Gesellschaft lösen? Mir fielen nur solche ichbezogenen Sachen ein. Na ja, und die Weltrettung hatten wir schon. Also sagte ich trocken: »Nicht lang schnacken, Kopp in Nacken!«

Alle brachen in Gelächter aus und stießen mit ihren Gläsern und der einen Tasse an. Dann stellte Theo schwungvoll die beiden großen Töpfe auf den Tisch, weil das Essen fertig war. Theo und Hannes reichten jedem der Anwesenden einen vollen Teller, und ich beäugte die graue Substanz misstrauisch.

Theos Essen war interessant. Es handelte sich offenbar um einen Eintopf, der hauptsächlich geschmacklos war und darüber hinaus noch mit einer breiartigen Konsistenz und kleinen knubbeligen Einlagen glänzte. Angestrengt kaute ich darauf herum.

Irgendwann reichte Jakob mir seine geschlossene Faust über den Tisch rüber. Verwirrt sah ich ihn an. War das eine neue Form der Kontaktaufnahme? Ich glaube, ich wurde sogar rot, weil mich das so wunderte und gleichzeitig auch ein klein wenig freute. Also auf irgendeiner mir unbekannten Ebene, denn dass ich rot wurde, wenn ein Mann mit mir interagierte, lag ungefähr dreißig Jahre zurück. Allerdings hatte ich keine Ahnung, was Jakob von mir wollte.

»Gib mir mal deine Hand«, flüsterte er, da ich ihn immer noch so dämlich anstarrte und nicht wusste, was ich tun sollte. Er sprach so leise, dass seine Worte im allgemeinen Tischgespräch fast untergegangen wären. Ich reichte ihm also meine geöffnete Handfläche über den Tisch, und er legte etwas hinein. Ich schloss die Finger, zog den Arm zurück und beäugte heimlich den klitzekleinen Minisalzstreuer auf meiner Hand. Jakob legte einen Finger über die Lippen, und schnell würzte ich nach, woraufhin Pia mich anstupste und auf den Salzstreuer deutete. Verstohlen reichte ich ihn an sie weiter.

»Theo kocht echt gerne. Er kann es nur nicht. Vielleicht hat er übersensible Geschmacksnerven, aber er ist immer sehr betrübt, wenn man es dann nicht mag«, flüsterte sie. Theo, Bruder im Geiste, dachte ich mir. Ich vergesse neuerdings auch das Salz im Brot. Offenbar fehlte uns beiden die Würze im Leben.

Inzwischen hatte Bente sich beruhigt, und Familie Meyer gesellte sich endlich zu uns. Und dann wurde es einfach ein schöner Abend. Ausgelassen, ein bisschen ungewürzt, aber der schwere Rotwein, den Jakob aus dem Ärmel gezaubert hatte und von dem er schier unerschöpflichen Nachschub zu haben schien, tat seine Wirkung. Ich vergaß jeden Gedanken daran, noch einen Clip zu drehen, und auf einmal war es auch schon halb zwölf.

Nachdem die Kinder von Familie Meyer den ganzen Abend quengelig gewesen waren, schliefen sie jetzt zusammengerollt auf

Theos Küchensofa. Katha und ihr Mann überlegten flüsternd, ob sie sie wecken sollten. Pia hörte ihnen zu, und ich konnte ihr ihre Gedanken zu diesem Thema im Gesicht ablesen. Sie verstand die elterlichen Diskussionen so rein gar nicht, aber sie wusste auch nicht, was ich wusste. Weckte man die Kinder, weil man es fest und hochheilig versprochen hatte, dass sie Silvester mitmachen durften, bestand die Gefahr, dass sie durchgehend mies gelaunt waren. Außerdem gab es noch die Möglichkeit, dass sie danach, wenn die Eltern die Augen nur noch mit aller Macht aufhalten konnten, die Party allein weiterrockten. Ließ man sie schlafen, konnte das Unheil am nächsten Tag über einen hereinbrechen. Weil man es doch versprochen hatte! Das Potenzial der falschen Entscheidungen war zu diesem Zeitpunkt also enorm, aber die beiden waren mutig und weckten ihre Kinder sanft auf, die tatsächlich nicht herumbrüllten wie am Spieß. Finn hätte das getan. Und Jasper hätte dann auch geheult, weil er immer weinen musste, wenn Finn geweint hat. Und ich hätte mich um beide gekümmert und alles verpasst. So über Jahre der Kleinkindzeit erfahren.

Wir sammelten alle unsere Sachen zusammen und gingen hinaus auf den Hof, wo Pia, die Feuergöttin, den Feuerkorb in Windeseile lichterloh zum Brennen brachte. Theo verteilte Wunderkerzen, wegen der aktuell noch hier lebenden Ziegen und aus Prinzip wurde hier nicht geknallt, trotzdem hörten wir aus weiter Ferne bereits jetzt einige Feuerwerksknaller explodieren.

»Hat Ackermann keine Angst?«, fragte ich Jakob.

»Nicht mehr, seitdem er schlecht hört. Und ich habe ihm den Shoppingkanal im Fernsehen angemacht. Das mag er.«

Ich sah ihn an. Er sah mich an. »Aha«, sagte ich, und Jakob grinste. So breit, dass ich ebenfalls grinsen musste. Er stand dicht bei mir. Nicht so dicht, dass es auffällig gewesen wäre, aber doch so nah, dass ich seine Wärme spüren konnte. Hannes rief plötzlich: »Noch fünf Minuten!«, was in mir große Hektik hervorrief.

Ich weiß auch nicht, warum das so war. Jedes Jahr ging es mir so. In den letzten Minuten des Jahres bekam ich immer Stress. Ich wollte schnell mit Dankbarkeit an alles Gute denken, was geschehen war, und mich gleichzeitig auf das konzentrieren, was im nächsten Jahr alles Wunderbares passieren konnte.

»Hannes, es sind immer noch achtzehn Minuten«, rief Katha empört, und Hannes hob den Arm mit seiner Uhr in den Schein des Feuers. »Ups, verguckt«, sagte er dann. »'tschuldigung.«

Pia alberte mit Bente herum, Margarete und Manu hielten sich im Arm und sahen verträumt ins Feuer. Hannes unterhielt sich angeregt mit Theo und Hille. Und Jakob und ich waren in dieser Situation plötzlich zu einer kleinen Einheit geworden. Wir hielten uns ein wenig abseits, und ich sah möglichst unauffällig zu ihm hoch. Jakob blickte ins Feuer, die Flammen spiegelten sich in seinen grauen Augen und versahen sie mit tanzenden Lichtpunkten.

»Hattest du ein gutes Jahr?«, fragte ich spontan. Er blinzelte, als hätte ich ihn geweckt, dann drehte er den Kopf zu mir.

»Ja«, sagte er langsam. »Es hatte einige ereignisreiche Wendungen, aber Ja. Insgesamt ein gutes Jahr. Und du?«

Die Frage war abzusehen gewesen, aber ich hatte keine richtige Antwort. Ich steckte die Hände in meine Manteltasche. Es war kalt, und da half auch das Feuer nur bedingt.

»Es war ein durchwachsenes Jahr«, sagte ich schließlich, zuckte die Schultern und zog den Kopf etwas tiefer in den Schal um meinen Hals. »Fast genau vor einem Jahr haben mir meine Jungs überraschend gesagt, dass sie ausziehen werden. Mein Ex-Mann ist mit seiner neuen Freundin zusammengezogen, und ich habe das Haus viel schneller verkauft, als ich es erwartet hatte. Und dann hat die Produktionsfirma mir auch noch mein Konzept abgekauft. Dreimal umgedreht, viermal durchgeatmet, und schon war ich hier.«

»Manchmal wird man von den Ereignissen mitgerissen«, meinte Jakob.

»Genau«, sagte ich. »Es überrollt einen. Aber ich habe mir das alles hier viel einfacher vorgestellt.« Aus irgendeinem Grund konnte ich Jakob gegenüber so abgrundtief ehrlich sein. Er wirkte kompetent. Ich hatte schon die ganze Zeit das Gefühl, dass er einer war, der irgendetwas überlebt hatte. Etwas Schlimmes. Ich konnte das an nichts festmachen außer an dieser Lebenskompetenz, die ich wahrnahm. Menschen, die Schlimmes erlebt hatten, umgab manchmal diese Aura des Wissens. Wissen darüber, wie das Leben funktioniert. Oder doch wenigstens funktionieren könnte, denn in Bezug auf unsere Existenz und ihren Verlauf war ja nichts sicher. Es gab immer nur die Frage, wie wir den Stürmen des Lebens entgegentraten.

»Ich glaube fest, dass du findest, was du suchst, Ella«, sagte Jakob leise. »Du hast dich immerhin getraut, alle Zelte abzubrechen. Alles zu verändern. Ganz oder gar nicht, das ist doch dein Motto.«

»Meine Freundin Merle hält das nur bedingt für ein gutes Lebensmotto. Sie sagt, ich würde dadurch die Grautöne des Lebens ignorieren«, erklärte ich.

Jakob räusperte sich. »Aber befindest du dich nicht gerade in genau diesen Grautönen? Es ist nicht ganz und nicht gar nicht. Irgendwo in der Mitte. Eine Übergangszeit.«

Ich schwieg und dachte über seine Worte nach.

»Alle wollen Übergänge schnell hinter sich bringen. Dabei sind sie wichtig. Wir müssen sie gebührend begehen und ihnen Raum geben. Es geschehen lassen. Ankommen dauert seine Zeit.«

Ich ließ seine Worte einsinken. Sie waren wie ein unerwartetes Geschenk. Leise sagte ich: »Danke.« Und dann fing Theo an zu zählen.

»Zehn!«, rief er in die dunkle Nacht.

»Neun«, sagte Hannes, und mir stiegen ganz unerwartet die Tränen in die Augen.

»Acht!«, sagte Margarete mit Nachdruck.

»Sieben«, rief Katharina.

»Sechs!«, kam es etwas leiser von Hille.

»Fünf.«

»Vier.«

»Drei.«

»Zwei.«

»Eins«, sagte Jakob, und ich konnte nicht anders, als näher an ihn heranzurücken. Nur einen ganz kleinen Moment wollte ich mich anlehnen. Er legte den Arm um mich und zog mich an sich.

»Frohes neues Jahr, Jakob«, flüsterte ich.

»Frohes neues Jahr, Ella.«

9

Absage, neu denken und Selbstfürsorge

Der Januar begann mit einem Besuch bei den Jungs in ihrer leicht versifften WG mit vielen schimmeligen Paketen geöffnetem Feta im Kühlschrank. Ich blieb tapfer drei Tage, widerstand dem Drang, mal richtig durchzuwischen, und genoss die Zeit mit meinen Söhnen. Trotzdem war ich danach froh, zurück in mein Häuschen zu kommen.

In unserem Minidorf ging es dann mit sintflutartigem Regen weiter, der schon in Hamburg eingesetzt hatte und sich über Wochen hielt. Das Wasser kam nicht nur von oben, sondern auch von den Seiten, weswegen der Regen es schaffte, in mein Häuschen einzudringen. Edgar arbeitete verbissen daran, die Feuchtigkeit zu verbannen, während ich in jede noch so kleine Ritze zwischen den Fenstern und den Wänden Füllmaterial stopfte. Zweimal am Tag kam Theo in einem gelben Regenmantel an meinem Haus vorbeigestapft, stand minutenlang am Fluss und starrte ihn an, um dann wieder zurück zum Hof zu laufen. Manchmal wanderte auch Jakob an meinem Haus vorbei, und jedes Mal hatte ich das Bedürfnis, sofort in meine Schuhe zu schlüpfen und ihm hinterherzulaufen. Wie so eine Vierzehnjährige, die einen Crush hatte. Jedes Mal schüttelte ich den Kopf über mich selbst, weil ich so etwas gar nicht von mir kannte. Vielleicht lag es an der chronischen Unterbeschäftigung, so ganz ohne Job, dass mein

Gehirn sich einfach ganz selbstständig eine neue Aufgabe ausgedacht hatte. Ich war so viele Jahre mit Alex verheiratet gewesen, die aktive Phase des Verliebtseins hatten wir allerdings schon in den ersten zwölf Monaten hinter uns gelassen. Ich hätte mir so viel mehr körperliche Nähe und guten Sex gewünscht, aber Alex war nicht der Typ dafür. Ihm ging diese »Kuschelei« auf die Nerven, was wiederum mir auf die Nerven ging, denn ich hasste das Gefühl, um Zuneigung betteln zu müssen. Jede Umarmung musste langwierig angebahnt werden, bis ich irgendwann so ausgehungert war, dass ich sogar über einen kleinen Seitensprung nachgedacht hatte. Aber selbst für eine außereheliche Beziehung hatte ich keine Zeit gehabt. Und ganz ehrlich? Die einzige Option wäre ein Kollege gewesen, und das war natürlich ganz und gar ausgeschlossen. Es schien einfach so zu sein, dass mein Körper ein Defizit an Nähe hatte, und jetzt, wo ich das erste Mal Zeit hatte, kletterte dieses Bedürfnis auch direkt sehr energisch an die Oberfläche. Und offenbar projizierte ich das alles auf Jakob, was ein bisschen verstörend war. Genau wie die Tatsache, dass ich so viel nachdachte. Heute fragte ich mich mal wieder, warum ich meine Doku immer noch nicht richtig angefangen hatte. Alles bestand nur aus Fragmenten, Ideen, kleineren Skizzen. Das, was mir jahrelang so leicht von der Hand gegangen war, der Bereich, in dem ich mich so sicher bewegt hatte, schien plötzlich meilenweit entfernt zu sein. Das Klingeln meines Handys riss mich zum Glück aus einer weiteren Runde Hirnzermarterung. Ich legte es mittlerweile immer dorthin, wo ich die zwei kleinen Balken Handyempfang hatte, also direkt auf den Boden vor dem Backofen. Begeistert von der Abwechslung stürzte ich mich auf die alten Dielen, hockte mich hin und sah aufs Display. »Dr. Maren Kitsch« stand darauf, was mir ein leicht mulmiges Gefühl im Magen bescherte. Maren war quasi meine Chefin bei der Produktionsfirma. Ich hätte eigentlich erwartet, dass sie sich früher bei mir meldete, denn meistens hielt sie den Draht zu den laufenden Produktionen. Zumindest war sie das Sprachrohr der Geschäftsführung, was auch gut war. Jeder kommunizierte lieber mit ihr als mit den beiden etwas bärbeißigen Chefs, die neuerdings ständig irgendeinen jovialen Beratertyp an ihrer Seite hatten.

»Hallo, Maren«, begrüßte ich sie und bemühte mich um einen betont lockeren Tonfall. Ich hatte kein Rohmaterial, keinen Plan und aktuell noch nicht mal eine Hose an, weil Edgar gegen die Luftfeuchtigkeit anheizte und gefühlt dreißig Grad in der Bude waren. »Ella, wie schön, dass ich dich erreiche! Frohes neues Jahr erst mal!«, rief sie.

»Das wünsche ich dir auch«, erwiderte ich.

»Und wie ist es bei dir? Hast du schon den heißen Bauern klargemacht? Was?«, fragte sie und lachte dann herzhaft über ihren eigenen Scherz. Marens Hobby war Daten. Ich wusste nicht, ob sie sich wirklich eine Partnerschaft wünschte oder einfach süchtig danach war, neue Männer kennenzulernen, jedenfalls drehte sich bei ihr im Leben alles um Männersuche. Genauer, um die Suche nach dem richtigen Mann.

»Öh, nee. Der Theo ist, äh, nicht mein Typ«, antwortete ich etwas lahm.

»Na, da wird sich doch sicherlich noch einer finden, was?«, fragte sie. Sie benutzte nicht nur Männer, sondern auch das Wort »was« sehr inflationär. Passenderweise ging im selben Moment Jakob vorbei und drehte sich an der alten Eiche kurz um. Es war offensichtlich, dass er zu meinem Häuschen spähte. Und mich natürlich – dank des bodentiefen Fensters – auf dem Boden hockend entdeckte. Ich glaube, er zuckte ganz leicht erschrocken zusammen, damit hatte er nun nicht gerechnet, aber mich freute das. Immerhin hatte er sich umgedreht. Ja, mir war durchaus bewusst, dass das die Gedankengänge einer Vierzehnjährigen waren. Aber gerade interessierte es mich nicht die Bohne. Ich checkte zur Sicherheit kurz den Winkel meiner Sitzposition, aber man konnte nicht sehen, dass ich keine Hose anhatte. Punkt für mich.

»Was machst du denn den lieben langen Tag?«, fragte Maren gerade, diesmal ohne ihr obligatorisches »was« am Ende. Männer stalken, Maren, dachte ich. Ganz besonders einen, was? Stattdessen sagte ich: »Arbeiten und mich weiter in der Kunst des Pure Life üben.«

»Das wäre ja nichts für mich, was?«, meinte Maren mit vertraulich gesenkter Stimme. »Ich würde irre werden.«

Nun ja, es fühlte sich durchaus an, als würde ich langsam irre werden, was?

»Das tut mir hier gut«, sagte ich fest und beobachtete die Regentropfen an der Scheibe. Kleine Rinnsale liefen eifrig das Glas hinunter, und über dem Fluss im Hintergrund lag ein dunkelblauer Schimmer. Die großen Bäume wirkten vor dieser Kulisse wie Scherenschnitte. »Es ist schön hier«, sagte ich. Ich hatte zwar keinen Plan, aber schön war es tatsächlich.

»Du, pass mal auf, Ella«, wurde Maren plötzlich geschäftlich. »Das tut mir jetzt leid, aber dein Projekt wurde vorerst gestrichen. Das Thema ist irgendwie durch. Vielleicht machen wir das als YouTube-Format. Wir sprechen da noch intern. Das sehen wir dann. Aktuell geht es nicht. Sorry.«

Oh. Ich schwieg und ließ ihre Worte wirken. Mein Projekt war gerade gestorben. Das verdammte Ding, das mich so unter Druck gesetzt hatte.

»Wann bist du denn wieder da? Im Dezember, hatte ich mir aufgeschrieben. Wir sprechen dann noch mal, was? Ich muss jetzt los zum nächsten Termin. Tschüss!«, rief sie und legte auf. Ich ließ das Handy sinken und starrte weiter auf die Fensterscheibe und die kleinen Wasserläufe darauf.

»Was mache ich denn jetzt?«, fragte ich Edgar, aber der hatte auch keine Antwort. »Zumindest nicht akut verhungern«, erklärte ich ihm. Das Geld aus dem Verkauf des Bungalows war auf meinem Konto eingegangen. Der Geldsegen hatte mich unerwartet fröhlich gestimmt. Von wegen, Geld macht nicht glücklich. In meinem unsicheren Job begrüßte ich jeden Euro geradezu enthusiastisch. Ich zuckte die Schultern und starrte weiter hinaus. Und dann, wie aus dem Nichts, kam die Sonne hinter dem Wolkenberg, der den ganzen Regen mitgebracht hatte, hervor. Nur einen kleinen Moment ließ sie plötzlich die düstere Welt erstrahlen. Ich schloss die Augen und spürte einen Atemzug lang ihre Wärme in meinem Gesicht. Dann schlüpfte ich ein bisschen schlafwandlerisch in meine Hose und in die Laufschuhe, zog mir die Softshelljacke über und ging hinaus. Ohne AirPods. Die Tür lehnte ich nur an, damit Edgars Hitze ein wenig entweichen konnte. Ich atmete tief durch und genoss die kalte Klarheit der Luft, während ich in meinem gewohnten Tempo loslief. Schließlich ließ ich mich in eine normale Gangart zurückfallen. Ich musste einfach das Tempo rausnehmen. Mein Körper wollte nicht laufen. Statt zu rennen, ging ich also.

Ich passierte den Fluss und die Badestelle, zwischendurch steckte immer mal wieder die Sonne den Kopf aus den Wolken. Links von mir erhoben sich die Obstbaumwiesen von Theo, die kleinen Bäume reckten ihre Äste kahl in den trüben Himmel, und es war kaum zu glauben, dass sie diesen Sommer wieder Früchte tragen würden. Die ewigen Kreisläufe der Natur – das Einzige, worauf in dieser Welt Verlass war. Das Schilf bog sich sanft im leichten Wind, und kleine Nebelschwaden zogen über das Wasser. Ich atmete tief ein und aus. Einfach so hatte sich mein Projekt in Luft aufgelöst. Das war mir schon lange nicht mehr passiert. »Das Thema ist durch.« So hatte Maren es formuliert, was bedeutete, dass die Leute satt waren vom Reduzieren und nachhaltigen Leben.

Ich wanderte weiter und fühlte irgendwie nichts. Mein Konto war gut gefüllt, ich konnte das Jahr ohne Arbeit durchaus überbrücken. Das beruhigte mich.

So lange war alles zu viel gewesen. Ich hatte nie Zeit für mich gehabt, und nun hatte ich diese Zeit und sie war mir auch zu viel. Ich seufzte und wich einer Pfütze auf dem Weg aus.

Ich hatte immer gedacht, mein Leben würde sich um meine Familie drehen. Dabei hatte ich außer Acht gelassen, dass ständig alles im Wandel war. Die Kinder verloren ihren Fokus auf mich als Mutter und brauchten mich nicht mehr in der gleichen Weise. Mein Ex-Mann und ich hatten uns auseinandergelebt. Nun, da ich all die Zeit für mich hatte, die ich mir immer gewünscht hatte, fühlte ich mich paradoxerweise verlorener denn je. Womit mir also nichts anderes übrig blieb, als zu akzeptieren, dass ich, Ella Mohnbaum, die einzige Konstante in meinem Leben war und es notwendig war, diese Konstante neu zu definieren.

Schließlich bog ich hinter Pias Bauwagen wieder in unsere kleine Siedlung ein. Die Frage, was ich jetzt tun sollte, hatte sich bei meinem kleinen Spaziergang nicht geklärt. Ich wollte noch nicht zurück zu Edgar, so viel stand mal fest. Also ging ich weiter, an meinem Haus vorbei, um bei Theo meine Post zu holen. Der kam ausgerechnet in den Flur geschossen, als ich gerade den dünnen Stapel Briefumschläge einsammelte. Er wirkte gestresst, was so gar nicht zu seinem grundsätzlichen Gemüt passte.

»In der Küche steht frischer Kuchen. Von Hille. Sie hatte was über. Nimm dir bitte mindestens fünf Stück mit, den schaffe ich nie«, ratterte er herunter und eilte an mir vorbei aus dem Haus. Ich sah ihm überrascht hinterher. So schnell hatte er noch nie gesprochen. Oder sich bewegt. Irgendetwas stimmte nicht mit ihm. Wie hatte meine Mutter immer gesagt? »Unter jedem Dach ein Ach.« Selten war mir der Spruch passender vorgekommen, und dabei waren mir diese mütterlichen Sprüche verhasst.

In der Küche stand auf dem alten Tisch eine Kuchenplatte mit einer Haube darüber. Darunter befand sich derartig köstlich aussehender Kuchen, dass mir direkt das Wasser im Mund zusammenlief. Käsekuchen mit Blaubeerentopping. Genau das, was ich jetzt brauchte. Mein Magen knurrte bei diesem Anblick zustimmend. Ich nahm mir einen großen Teller aus dem Buffet, schaufelte erst ein Stück und dann – von plötzlichem Übermut erfüllt – noch vier weitere Stücke darauf, bei Kuchen war ich durchaus mal etwas maßlos. Anschließend lief ich, die Post unter den Arm geklemmt, zurück in mein Häuschen. Als Allererstes verstaute ich meine Kamera, das Mahnmal meines beruflichen Absturzes, in meinem Badezimmer. Und dann stand ich in meinem kleinen Tiny House und sah mich um. Es gab nichts zu tun. Draußen teilte sich die Sonne den Himmel mit fast schwarzen Wolken, die monumental und streng über den Fluss und die Bäume hinwegzogen.

Ich lehnte mich gegen die kleine Küchenspüle und versuchte, das Gefühl zu ergründen, das auf einmal Besitz von mir ergriffen hatte. Es dauerte tatsächlich einige Minuten, bis es mir klar wurde: Der Druck, den das Projekt gemacht hatte, war weg. Und damit war, erstaunlicherweise, zumindest für den Moment, auch die innere Unruhe verschwunden. Nun gab es nämlich nur noch das Leben im Hier und Jetzt. Kein Film musste gedreht werden, keine Storyline geschrieben, kein neuer Pitch erdacht werden. Ich drehte mich um, goss Wasser in den Topf, kochte es auf und brühte mir dann einen Kaffee auf. Mittlerweile hatte ich den Dreh raus. Mein Kaffee wurde immer genießbarer.

Es war schon fast eins, und ich hatte bis jetzt nur eine Scheibe Brot mit Butter im Magen. Ich war damit beschäftigt gewesen, den Wassereinbruch zu bekämpfen und dann die Absage meines Projekts zu verarbeiten. Jetzt zog ich die Schuhe aus, gab zwei Löffel Zucker in den Kaffee, schob mir ein Stück Kuchen auf einen meiner Teller (ich hatte genau zwei) und kletterte damit …

in meine Betthöhle. Wohin auch sonst? Ins Obergeschoss kam ich über die steile Treppe aufgrund meiner Höhenangst nur auf allen vieren, womit der Kuchen unten bleiben müsste.

Einen Augenblick lag ich mit dem Kaffee und dem Teller auf dem Rücken und starrte die Decke an. Wann hatte ich das letzte Mal tagsüber im Bett gelegen? Ich konnte mich nicht erinnern. Dann stellte ich kurzerhand Teller und Tasse zur Seite auf die Umrandung und kletterte noch einmal heraus. In einer meiner Kisten entdeckte ich eine hübsche gelbe Kerze und steckte sie in die leere Weißweinflasche, die ich längst zum Müll hatte bringen wollen. Ich zündete sie an und platzierte sie so auf dem Tisch, dass ich sie vom Bett aus sehen konnte. Dann startete ich eine Playlist mit dem skurrilen Namen »Sonntagmorgen dem Nichtstun frönen« und machte die kleine Bluetooth-Box an. Es war Dienstag und nicht Sonntag, aber das spielte hier alles eh keine Rolle. Die Musik war jazzig, die Kerze brannte, der Kaffee duftete, und der Kuchen lachte mich an. Ich türmte zwei Kissen auf, legte mich darauf und atmete tief durch. Sollte mich die Welt doch mal am Allerwertesten lecken. Ich nahm ein Stück Kuchen und schloss genießerisch die Augen. Er war perfekt. Sahnig und süß. Und ich gab mir ganz viel Mühe, meine innere Stimme zu ignorieren, die anfing herumzuplärren.

Was liegst du hier rum? Du musst etwas tun!

Von nichts kommt nichts.

So geht es immer los, und am Ende lebst du mit 3000 Pizzakartons und einem Geschwader Schimmelpilzen zusammen.

Ich ignorierte das Geplärre in meinem Hirn und aß tapfer meinen Kuchen, bis es unerwartet an meiner Tür klopfte.

»Ist offen«, rief ich mit vollem Mund, und schon steckte Pia ihren Kopf um die Ecke. Sie trug heute eine Jogginghose und ein schlichtes Langarmshirt. Das war sehr casual für Pia.

»Was machst du?«, fragte sie.

»Nichts«, antwortete ich ehrlich und unterdrückte den Drang, sofort aufzuspringen und Geschäftigkeit vorzutäuschen. Das hatte ich manchmal sogar gemacht, wenn Alex nach Hause gekommen war, ich bereits die Kinder ins Bett gebracht, das Haus aufgeräumt und meinen Job erledigt hatte. Und trotzdem musste ich zwanghaft so tun, als hätte ich nicht gerade eine Serie geguckt. Das war nicht gesund, das war mir klar, aber es lag nun mal an dieser anstrengenden inneren Stimme. Um mir selbst zu beweisen, wie megagut ich mittlerweile in Selbstfürsorge war, blieb ich also eisern liegen. »Meine Produktionsfirma hat mein Projekt gecancelt«, sagte ich mit vollem Mund.

»Ach du Scheiße!«, rief Pia und sah mich entsetzt an. »Deswegen liegst du im Bett und isst Kuchen«, stellte sie fest. Schnell schob ich mir die nächste Gabel Kuchen in den Mund. Pia sah auf meinen Stapel mit Briefen neben der Kaffeetasse und fragte: »Und warum hast du schon wieder so viel Post?« Sie hatte offenbar keine Ahnung, was »viel Post« wirklich bedeutete. Das war mir in ihrem Alter auch nicht bewusst gewesen. Man konnte sich nicht ansatzweise vorstellen, wie viele Briefe man so bekam, wenn man älter wurde.

»Ach, so viele sind das gar nicht, aber ich bin schon recht beliebt. Am meisten lieben mich Versicherungen. Sie wollen, dass ich ihnen Geld überweise«, erwiderte ich mit vollem Mund. Ich kaute und schluckte endlich runter. »Und was machst du?«

»Ich flüchte vor Theo. Der ist furchtbar gestresst. Er holt nächste Woche neue Apfelbäume ab, und es ist noch nichts vorbereitet. Das Wetter ist so schlecht, und er hat einen Erdbohrer geliehen, der nicht funktioniert.« Sie seufzte, und ich stellte den Kuchen zur Seite.

»Dass Theo gestresst ist, habe ich auch gemerkt. Bis vorhin wusste ich gar nicht, dass er überhaupt gestresst sein kann. Er wirkt sonst immer so gechillt.«

Pia zog eine Augenbraue hoch. »Du hast hier noch keine Ernte erlebt«, erklärte sie mit ernster Miene. »Theo kämpft ständig ums finanzielle Überleben. Kann ich auch ein Stück Kuchen haben?«

Ich nickte. »Natürlich! Greif zu.« Das ließ Pia sich nicht zweimal sagen. Sie nahm sich meinen zweiten Teller und schob sich ein Stück darauf, dann schien sie einen Augenblick zu überlegen, ehe sie sagte: »Kann ich mich zu dir legen? Das sieht sehr gemütlich aus.«

Damit hatte ich jetzt nicht gerechnet. »Äh … klar«, sagte ich, dabei hatte ich bisher außer mit Alex und meinen Kindern noch nie mit jemandem in meinem Bett gelegen. Noch nicht mal mit Merle. Das war wirklich ein ungewöhnliches Ansinnen. Und selbst mit Alex hatte ich in den letzten Jahren meine Matratze nicht mehr geteilt, weil er schnarchte wie ein Gnu. Pia kletterte aber ungerührt zu mir und verspeiste das Stück Kuchen in unter einer Minute.

»Schmeckt das genial!«, seufzte sie und stellte den Teller auf die Bettumrandung. »Ich habe übrigens letzte Nacht alle deine Dokus weggesuchtet«, erklärte sie dann.

»Alle?«, fragte ich erstaunt.

»So ziemlich.« Sie nickte. »Darf ich dich was fragen?«

Ich zuckte die Schultern. Sonst fragte Pia doch auch einfach. Sie kannte da eigentlich nichts.

»Wenn du das alles weißt, wie kannst du so entspannt sein?« Sie wirkte plötzlich ein wenig angefasst und hatte die Hände vor dem Bauch gefaltet.

»Bin ich nicht. Ich bin hier«, erwiderte ich. In Bezug auf den Zustand unserer Welt war ich das Gegenteil von entspannt, aber das sah man mir natürlich nicht an.

»Ja, aber … du befasst dich mit all diesen Themen und … ich würde jemanden umbringen wollen. Menschen kippen Gift in die Flüsse, töten Küken und produzieren ihre Sachen mit Palmöl, für dessen Produktion der Regenwald abgeholzt wird. Nur weil es billiger ist«, rief sie entrüstet.

Ich zuckte die Schultern und dachte einen Moment nach. »Diese Gedankengänge sind mir natürlich nicht fremd«, sagte ich schließlich. Wie oft schon hatte ich diese Fragen gestellt. Wie oft schon war ich mit Menschen aneinandergeraten, die die ganze Welt, die Natur und alle Tiere als einen frei verfügbaren Rohstoff betrachteten. Vielleicht war das auch einer der Gründe, warum ich mich erholen musste. Auseinandersetzungen kosteten immer Kraft, und sie gehörten nicht zu meinem natürlichen Wesen. Ich war sehr friedliebend, manchmal sogar ein wenig konfliktscheu, dafür hatte ich mir aber definitiv die falsche Branche ausgesucht. Ich hatte Kolleginnen, die standen morgens auf und freuten sich allen Ernstes darauf, jemanden verbal kurz und klein zu schlagen. »Aber ich habe halt auch festgestellt, dass es wenig bringt, emotional zu werden. Du musst strukturiert Fakten sammeln, sie bündeln, damit arbeiten und die Behörden einschalten. Was nicht zum Ziel führt, ist, sämtliche Mitmenschen anklagen zu wollen. Einzelpersonen zur Rede stellen. Das bringt nur Abwehr, dann ändert sich nichts.«

Pia nickte langsam. »Du berichtest sehr ausgewogen«, meinte sie. »Du lässt jeden zu Wort kommen, aber wir müssten sofort alles anders machen.«

Ich seufzte. »Tun wir aber nicht. Und ich habe für mich persönlich beschlossen, dass die Welt so schnell nicht untergeht.«

Jetzt wurde Pia laut, sie schien sich richtig in Rage zu reden. »Aber das ist doch alles irre. Wir beuten diesen Planeten aus, als hätten wir einen zweiten irgendwo im Abstellraum gelagert.«

»Das stimmt. Und es ist frustrierend, dass man als einzelner Mensch so wenig ausrichten kann. Jedenfalls nur bis zu einem gewissen Maß.«

»Ich glaube, ich wäre an deiner Stelle schon verrückt geworden.«

Ich zuckte die Schultern. Allzu weit davon entfernt durchzudrehen war ich nicht. Ich verstand Pias Wut und Verzweiflung. Ich konnte sie fühlen. Beides hatte mich jahrelang begleitet, vielleicht lag der Ursprung meiner inneren Unruhe auch dort. »Weißt du, Pia, das mag jetzt etwas abgedroschen klingen, aber wir können immer nur bei uns selbst anfangen. Und das tue ich, indem ich in dieses Tiny House gezogen bin.«

»Schön, das hilft aber auch nur bedingt.« Pia schnaubte. »Es wären wirklich große politische Entscheidungen notwendig!«

»Da hast du recht.« Was sollte ich noch groß sagen, ich hatte das alles schon durch, ich war müde von all den Kämpfen.

»Es gibt Leute in meinem Alter, die klipp und klar sagen, dass sie keine Kinder in diese Welt setzen werden«, fuhr Pia fort.

»Wer aber Kinder in diese Welt setzt, wird hoffentlich alles daransetzen, dass sie Bestand hat. Mehr kann ich nicht machen, Pia. Auch du nicht. Es wird irgendwie weitergehen. Da bin ich mir sicher. Nur vielleicht anders.«

»Ella!«, sagte Pia, und sie klang jetzt eindeutig empört.

»Doch, es geht immer weiter«, erklärte ich entschieden. »Es geht mir besser, seitdem ich nicht mehr jeden Tag Nachrichten bis zum Abwinken konsumiere.«

»Dann verschließt du die Augen vor der Realität«, erwiderte sie düster.

»Ich bin älter als du, ich hatte schon lange sehr viel mehr Realität«, brummte ich.

Sie seufzte abgrundtief. »Theo hat schon überlegt, ob er in seinem kleinen Südhang bald Wein anbauen sollte.«

»Hm, vorübergehend mag das gehen, aber richtig gut sind ja nur alte Weinstöcke, und kaum hat man Wein gepflanzt, kommt die nächste Anpassungsnotwendigkeit.«

Pia sah mich schweigend an, dann schnaubte sie. »Du bist schon ein bisschen cringe«, sagte sie. »Das ist doch alles wie in dem Film ›Don't Look Up‹.«

Ich musste grinsen. »Der Film ist brillant«, erklärte ich. Es half ja alles nichts. »Ich zumindest habe mich reduziert, und das ist gut so. Und ich attestiere, dass du akuten Weltschmerz hast. Deswegen sollten wir unbedingt noch ein Stück Kuchen essen. Meine Freundin Merle sagt immer: *Wo Kuchen ist, ist Hoffnung*.«

Und so schnappten wir uns jede das nächste Stück Kuchen und gaben uns der Hoffnung hin, während wir gemeinsam herumlagen und in das wechselhafte Wetter hinausschauten.

»Ach, guck. Hannes hat doch eine Badehose«, sagte Pia irgendwann und robbte an den Rand des Bettes. Ich beugte mich ebenfalls vor. Hannes kam direkt aus dem Tümpel. Es musste eiskalt sein, aber statt in sein Häuschen zu laufen und sich aufzuwärmen, riss er die Arme hoch, stieß einen merkwürdigen Laut aus und ließ sich ruckartig nach vorne fallen.

»Feueratem«, sagte ich, stolz auf mein Wissen. »Wenn das alles so weitergeht, werde ich den auch noch ausprobieren.«

»Aber erst, wenn der Weltuntergang unmittelbar bevorsteht«, meinte Pia. Wir stalkten Hannes noch ein bisschen, dann raffte Pia sich auf, entstieg ihrem Weltschmerz und meinem Bett und lief zu Theo auf den Hof, um ihm zu helfen, den Erdbohrer klarzumachen. Und ich blieb einfach liegen. Mit der Kerze, der jazzigen Playlist mit dem sonderbaren Namen, der schrillen inneren Stimme und mir. Der Person, mit der ich für den Rest meines Lebens zusammen sein würde.

10

Keinerlei Romantik an diesem Ort

Merle hatte mir geschrieben. Sie sehnte sich nach einer Auszeit. Stattdessen hockte sie gedanklich weiterhin in einem Raumschiff, das offenbar in die falsche Richtung flog. Ihren Abgabetermin hatte sie gerissen, und seitdem sprach sie nur noch in abgehackten Sätzen mit mir. Oder sie schrieb in abgehackten Sätzen und fantasierte von romantischen Orten in der Natur. Hier war allerdings mal gar nichts romantisch.

Ich stand neben Jakob auf dem Hof und blinzelte in die ersten Strahlen der Frühlingssonne. Vor uns war Theo gerade dabei, einen fulminanten Nervenzusammenbruch zu bekommen.

»Atme mal, Theo«, sagte Jakob. Es war mittlerweile Mitte Februar geworden. Die Tage waren einfach so verflogen, ohne dass ich hätte sagen können, was ich konkret getan hatte. Ich ging ab und zu mit Jakob und Ackermann spazieren, kaufte im Dorfladen und bei Hille ein, trank mit Pia Kaffee und stalkte die wenigen Bewohner unseres Minidorfes. Man konnte den herannahenden Frühling hin und wieder bereits riechen, trotzdem waren die Nächte noch eisig, dafür hatte aber der Regen Mitte Januar schlagartig aufgehört, und seitdem war es trocken. Viel zu trocken für die Jahreszeit, was für Theo oder besser seinen Baumbestand ein Problem darstellte.

»Ich habe fünfzig Wellant. Und nur zweiunddreißig Löcher. Und der Krebs in der Gala-Plantage muss rausgeschnitten werden. Die Erntekisten müssen umgestapelt werden. Und …« Der Rest seiner Worte ging in einem Hustenanfall unter. Jakob zog eine Augenbraue hoch, und wir wechselten einen Blick.

»Du gehörst ins Bett«, sagte er dann. Theo sah aus wie der sprichwörtliche Tod auf Latschen. Möglichst unauffällig machte ich einen Schritt nach hinten. Auf einen grippalen Infekt oder Covid oder irgendein anderes bösartiges Virus hatte ich mal so gar keine Lust. Ich war in den vergangenen Jahren jeden Winter zuverlässig krank gewesen. Meistens im Urlaub. Da ich hier ständig Urlaub hatte, war ich bisher nicht krank geworden. Das war nur bedingt logisch, aber ich wollte daran nicht rütteln.

»Was sind Wellant?«, fragte ich, um Licht in das Dunkel von Theos unverständlichem und ganz und gar ungewohntem Redeschwall zu bringen.

»Eine Apfelsorte. Die müssten hier gut wachsen, ideale Bedingungen, auch wenn sie in einer Mischbepflanzung stehen«, erklärte Theo langsam und röchelte dabei ein wenig.

»Löcher können wir buddeln«, sagte ich schließlich. »Können wir doch, oder?«, wandte ich mich an Jakob, weil ich mir nicht ganz sicher war. Löcher buddeln gehörte nicht zu meiner Kernkompetenz.

»Das bekommen wir hin«, sagte Jakob, aber Theo betrachtete uns zweifelnd.

»Wir reden hier von Handarbeit. Der verdammte Erdbohrer funktioniert nicht«, erwiderte er. »Leider müssen die Bäume jetzt in die Erde. Sie stehen im Ballen hinter der Scheune.«

»Wir erledigen das«, sagte Jakob. »Aber du musst ins Bett.«

Theo schüttelte den Kopf. »Das geht nicht. Letzte Woche wollte Bartel kommen. Der hilft mir in der Saison, doch er sagt meistens, dass er kommt, und dann taucht er erst drei Wochen später hier auf. Diese Arbeiten müssen aber jetzt gemacht werden. Nicht morgen oder übermorgen …« Ich unterbrach ihn. »Jetzt! Haben wir verstanden«, sagte ich, woraufhin Theo blinzelte. Er hatte ganz rote Augen. Irgendwie war es an mir vorbeigegangen, dass es ihn so erwischt hatte. »Habt ihr denn Zeit?«, fragte er krächzend, und ich nickte energisch. Zeit war bei mir gerade im Überfluss vorhanden, und neuerdings hatte sich ein unermesslicher Tatendrang hinzugesellt. Ich hatte vor lauter Tatendrang in den letzten vier Tagen mein gesamtes Häuschen perfekt organisiert. Die Schlüpfer in einen Hängebeutel, die Socken in einen anderen, die Schubladen sortiert, die obere Etage aufgeräumt und sämtliche Dinge verstaut. Alles, was ich besaß, hatte jetzt einen Platz. Den ich drei Minuten später zwar wieder vergessen hatte, aber das würde sich legen. Irgendwann musste ich mir doch merken, dass die Putzutensilien und Handtücher jetzt in der kleinen Schublade unter dem Bettungetüm lagerten.

»Ab ins Bett. Spaten finden wir in der Scheune?«, fragte ich.

»Es ist das Feld ganz hinten links. Da ist lockerer Boden, man kommt mit dem Spaten gut rein.« Mit diesen Worten gab Theo sich geschlagen, ließ die Schultern sinken, drehte sich um und wankte ins Haus.

»Okay. Lass uns achtzehn Löcher buddeln«, sagte Jakob, der offenbar auch Tatendrang hatte. Wir holten die Spaten, warfen einen Blick auf die armen Bäumchen, die tatsächlich schon ein wenig mickrig aussahen, was die Dringlichkeit unseres Vorhabens unterstrich, und marschierten los. Erst mal ohne Bäumchen, denn für deren Transport würden wir den Trecker benötigen.

»Jedes Jahr das Gleiche«, sagte Jakob, als wir durch die Obstbaumwiesen wanderten, die zu Theos Hof gehörten. »Er findet keine Leute, und wenn, sind sie nicht verlässlich. Seitdem ich ihn kenne, hat er Angst, bankrott zu gehen.«

»Wo ist eigentlich Pia?«, fragte ich.

»Bei ihren Eltern. Irgendeine dringliche Familienangelegenheit«, erklärte Jakob.

»Oha«, erwiderte ich. »Hoffentlich nichts Schlimmes. Und wo ist Ackermann?«

»Der schläft. Der braucht zurzeit viel Schlaf.« Ich sah Jakob kurz von der Seite an. Er hatte das ganz beiläufig gesagt, aber in seinen Worten schwang doch ein klein wenig Sorge mit. Als wir endlich das Feld erreichten, reihten sich zweiunddreißig Löcher in einer schnurgeraden Linie. Dahinter waren Stöcke in die Erde getrieben, wohl um anzuzeigen, wo die gerade Reihe weiterverlaufen sollte. Gegenüber befand sich eine ebenfalls saubere Armada von Apfelbäumen im Winterschlaf, die ungefähr meine Größe hatten.

»Hier herrscht ja Ordnung«, sagte ich überrascht. Die Obstbaumwiesen bei unserer kleinen Siedlung waren kunterbunt und wild.

Jakob stellte seinen Spaten vor sich auf den Boden und legte die Hände auf den Griff. »Darauf wird Theo wohl über kurz oder lang komplett umstellen. Damit er überall mit dem Trecker durchfahren kann. Zur Ernte oder wenn er spritzt.«

Ach, da war ja was. Selbst der beste Biobetrieb kam nicht ohne Chemie aus, und besonders im Obstbau wurde viel mit Pestiziden gearbeitet. Jakob schien sich auszukennen. Ich seufzte und stellte den Spaten neben mich, lehnte mich ebenfalls auf den Griff und betrachtete die Obstbaumplantage. Jede Menge Pflege steckte in diesen kleinen Bäumen, damit sie perfekte Äpfel produzierten, die der Handel kaufte. Alle gleich groß, mit der gleichen Farbe, ohne Macken. »Hilfst du Theo oft?«, wollte ich wissen, und Jakob zuckte die Schultern. »Manchmal zur Ernte. Bevor er einen Nervenzusammenbruch bekommt.«

»Was machst du eigentlich beruflich, dass du jetzt Zeit hast, Löcher zu buddeln?«, fragte ich weiter.

»Hast du mich das nicht schon mal gefragt?«, gab er zurück und sah mich an. »Du fragst immer so viel, dass ich mich nicht mehr erinnern kann.«

»Wenn, hast du mir keine Antwort gegeben«, erwiderte ich und lächelte. Jakob überlegte offenbar einen Moment lang, ob er mich in das große Geheimnis seiner beruflichen Tätigkeit einweihen sollte, und entschied sich schließlich dafür.

»Unternehmensberatung«, sagte er knapp. Ach! Darauf wäre ich nun wirklich nicht gekommen.

»Du bist gar nicht so der Unternehmensberatungstyp«, meinte ich. Die sahen definitiv anders aus. Geschniegelt, mit Porsche, in gut sitzenden Anzügen. Und nein, das war kein Vorurteil. Ich kannte diese Vögel. Mein Ex-Mann war immerhin einer von ihnen.

»In erster Linie bin ich jetzt der Typ, der mit dir achtzehn Löcher buddeln wird«, verkündete Jakob trocken und grinste.

»Okay. Tun wir, was getan werden muss«, sagte ich, und nun lachte Jakob amüsiert auf.

Also taten wir, was getan werden musste.

Nach dem zweiten Loch lief mir der Schweiß den Rücken runter.

»Lockerer Boden«, ächzte ich. »Ich lach mich tot.« Die Muskeln in meinem Arm schmerzten jetzt schon, und ich hatte mir bereits fünf Mal das Schienbein gestoßen, weil ich ständig mit der Fußspitze vom Spaten abrutschte. Jakob stand schwer atmend neben mir. Wir hatten jeweils ungefähr einen Quadratmeter ausgehoben, nachdem er gegoogelt hatte, welche Größe Pflanzlöcher für Obstbäume haben müssen.

Jakob schüttelte den Kopf. »Ich hatte mir unter lockerem Boden auch etwas anderes vorgestellt. Lockerer irgendwie.«

Schweigend machten wir weiter. Da Jakob mehr Kraft hatte als ich, stach er die oberen, sehr festen Schichten des Erdreiches für mich ab. Ich schaufelte dann in die Tiefe. Bereits nach einer halben Stunde war ich dankbar für die Arbeitshandschuhe, die neben den Spaten in einem Regal gelegen hatten und die ich eigentlich nur pro forma mitgenommen hatte. Nun stellten sie sich als sehr hilfreich heraus. Wir arbeiteten uns voran, und irgendwann blieb Jakob stehen, kniete sich hin, kniff die Augen zusammen und sagte: »Ich glaube, die Linie ist nicht gerade.«

Ich hockte mich zu ihm auf den Boden und sah in dieselbe Richtung. »Wir haben einen Linksdrall.«

»Wie konnte das passieren?«, fragte Jakob stirnrunzelnd. Ich sah ihn an. Dabei fiel mir auf, wie schön seine Augen waren. Mandelförmig und mit langen Wimpern. Sie hatten heute die Farbe des Himmels. »Du hast Erde im Bart«, sagte ich, weil mich meine Feststellung irritierte. Seit wann interessierte ich mich denn für Jakobs Augen?

»Oh.« Er stand ruckartig auf und rubbelte sich in einer unbeholfenen Bewegung mit dem Handrücken über das Gesicht. Mit dem Resultat, dass er die dunkle und feuchte Erde noch großzügiger verteilte. Ich erhob mich ebenfalls und schüttelte den Kopf.

»Das war nicht hilfreich«, erklärte ich. Jakob nahm die andere Hand mit dem gleichen Ergebnis.

»Darf ich?« Ohne groß darüber nachzudenken, hatte ich mir schon einen Handschuh abgestreift. Jakob beugte sich zu mir. Ich steckte mir den Handschuh in den Hosenbund, dann fuhr ich ihm mit den Fingerspitzen durch den dichten Bart. Ich roch sein After Shave. Irgendetwas mit Sandelholz. Würzig und frisch. Ich spürte die Wärme seiner Haut, während Jakob ganz stillhielt. Meine Finger glitten über die Konturen seiner Wangen, und sanft befreite ich ihn von den Erdkrümeln. Aus irgendeinem

Grund wurde mir dabei ganz warm, und meine Fingerkuppen begannen zu prickeln. Ich hatte noch nie einen Männerbart berührt, und er war viel weicher als erwartet.

Schließlich gab es keine Erde mehr, und ich musste die Hände sinken lassen. Es gab keinen Grund, Jakob weiter anzufassen, trotzdem blieb er leicht in meine Richtung gebeugt stehen und sah mich an. Er wirkte verwundert. Vielleicht über diese beiläufige Berührung, die irgendetwas verändert hatte. Es war etwas geschehen, und dafür hatte ich keinen Namen, keine Worte, aber meine Fingerspitzen kribbelten weiter, und vielleicht kribbelte es Jakob auch, denn er rührte sich nicht vom Fleck. Stattdessen sah er mich mit seinen himmelgrauen Augen an, in denen ich dunkle Satelliten um die Pupille herum entdeckte. Auf eine mir völlig fremde Art und Weise zog es irgendwo in meiner Mitte, und mein Herz, das sich gerade von der ungewohnten Anstrengung des Lochbuddelns erholt hatte, fing wieder an, in einem schnelleren Takt zu schlagen. Wir standen einfach so da. Regungslos, bis Jakob irgendwann mit rauer Stimme sagte: »Danke.«

Ich nickte nur, schwieg aber. Ich traute meiner eigenen Stimme gerade nicht über den Weg, in meinem Innersten war irgendein Aufruhr ausgebrochen. Jakobs großer Körper zog mich an, elektrisierte mich förmlich, und ich widerstand dem Drang, ihm auch noch in das dichte Haar zu fassen, nur mit Mühe.

Himmel, was war hier gerade passiert? Er hatte doch nur Erde im Gesicht gehabt. »Wir müssen noch zwölf Löcher buddeln. Und vermutlich auch die Bäume pflanzen«, sagte Jakob, ohne seinen Blick von mir zu wenden. Ich räusperte mich, um meine Stimme wiederzufinden.

»Ja, wir sollten weitermachen«, erklärte ich dann.

Jakob sah mich weiter einfach an. »Einer von uns muss sich bewegen«, sagte er leise.

Es geschah nichts, bis wir uns beide gleichzeitig bewegten, weil nämlich Pia wie vom Himmel gefallen neben uns auftauchte. Sie hatte einen Spaten geschultert, machte den Eindruck, als wäre sie bereit, die Welt in die Luft zu jagen, und strahlte düstere Stimmung aus wie eine Mikrowelle Strahlung.

»Hallo«, sagte ich, und meine Stimme kickste, so überrumpelt war ich. Als hätte sie mich aus einer Trance gerissen.

»Ich buddle mit«, sagte sie nur und fing umgehend an, ihren Worten Taten folgen zu lassen. Ich warf Jakob einen letzten Blick zu, der nicht minder verwirrt aussah, wie ich mich fühlte, und bei dem wohl nur der Bart verhinderte, die Röte in seinem Gesicht zu zeigen. Er schüttelte kurz den Kopf, wie um zurück in der Realität zu landen, dann schnappte auch er sich wieder den Spaten.

Schweigend gruben wir weiter. Pia buddelte zwei Löcher in Rekordzeit, bis Theo in seinem kleinen, schmalen Trecker auftauchte und über den schmalen Weg zwischen den Bäumen auf uns zurumpelte. Er hatte sich in mehrere Schichten Klamotten gehüllt, trug eine Pudelmütze und war offenbar genug erholt, denn er hatte auf dem Anhänger einen Teil seiner Jungbäume und Pflanzpfähle.

Jakob half ihm, alles herunterzuheben und die ersten Babybäume in die ausgehobenen Pflanzlöcher zu stellen. Pia und ich buddelten weiter.

»Es ist nicht vorgesehen, dass das in Handarbeit passiert«, ächzte Pia, während sie wie ein kleiner Duracell-Hase immer mehr Erde aus dem Loch schippte. Ich war irgendwie langsamer als sie, aber ich hatte ja auch schon mehr Erdbewegung auf dem Buckel. Und außerdem hatte ich wirklich noch nie in meinem Leben eine derartig schwere körperliche Arbeit verrichtet. Mir brannten sämtliche Muskeln, ich meinte sogar, dass mein Beckenboden zwischendurch einen Krampf hatte.

Abgesehen davon war ich wegen der Bartsache verwirrt, aber das verbarg ich gekonnt hinter einer regungslosen Miene.

»Was genau ist passiert, dass du hier wie Popeye auf Spinat wütest?«, fragte ich Pia und stützte mich auf dem Spatengriff ab, um Luft zu holen.

»Wer ist Popeye?«, fragte Pia zurück, ohne aufzusehen.

»Ein Seemann. Der immer stark wurde, wenn er Spinat gegessen hat«, erklärte ich und fühlte mich schlagartig alt. Ich richtete mich auf und ließ die Schultern kreisen, und endlich hielt auch Pia einmal inne.

»Ich kenne keinen Popeye. Meine Eltern möchten, dass ich zum ersten April in der ortsansässigen Sparkassenfiliale anfange. Als Sachbearbeiterin.« Sie nickte nachdrücklich. »Sie unterstützen mich monatlich noch mit zweihundert Euro. Das stellen sie jetzt ein.«

»Oh«, sagte ich. Und: »Puh.« Das war aber verzwickt. Ich verstand sie, konnte aber auch ihre Eltern verstehen, immerhin hatte ich mir monatelang das Hirn zermartert, wie ich meinen älteren Sohn dazu bekommen sollte, etwas Sinnvolles mit seinem Leben anzufangen und nicht bloß den ganzen Tag YouTube zu schauen. Also dem Leben nicht einfach zuzugucken, sondern selbst Dinge zu tun. Aber bei Pia war es anders. Sie sah nicht nur zu, sondern bewegte eine Menge. Aktuell Erde zum Beispiel.

»Ich kann nicht acht Stunden in Kunstlicht hocken und Zahlen in einen Computer tippen.« Sie räusperte sich, und ich nickte langsam. Für mich wäre das auch nichts. Nichtsdestotrotz hatte ich mich ziemlich hart durch mein Studium beißen müssen. »Ich habe diese Ausbildung damals nicht gewollt. Mein Vater hat mich gezwungen. Ihm gehört das Autohaus im Ort, und er hatte einfach mit dem Filialleiter der Bank einen Deal gemacht und mich quasi genötigt, Bankkauffrau zu werden. Was Handfestes, wie er es genannt hat. Ich habe jeden verdammten Tag dieser drei Jahre gehasst. Und ja, ich habe mir Mühe gegeben. Weil es ein guter Beruf ist, in dem man Geld verdienen kann. Heute schon für die Rente vorsorgen«, ächzte sie und malte Gänsefüßchen in die Luft. »Ich werde gar keine Rente bekommen. Dieser Job dient keinem tieferen Zweck. Ich habe Zahlen eingegeben und Formulare ausgefüllt. Menschen Dinge aufgequatscht und ihnen Produkte verkauft, damit noch mehr Ressourcen und Energie verbraucht werden.« Sie klang aufgebracht und hatte vermutlich recht mit dem, was sie sagte. Trotzdem funktionierte unsere Wirtschaft auf diese Art und Weise. »Die Leute opfern sich auf für ihr Unternehmen, und am Ende werden sie entlassen. Einfach so. Ich muss etwas mit meinen Händen machen. Etwas Sinnvolles. Letzte Woche haben wir mit dem Strauchschnitt eine Benjeshecke gebaut. Solche Sachen, verstehst du, was ich meine?«

Ich nickte, obwohl ich keine Ahnung hatte, was eine Benjeshecke sein mochte. »Und nun?«

»Ich hab meinen Eltern gesagt, dass ich nicht faul bin. Dass ich nur nicht in der Bank arbeiten werde«, erklärte sie. »Ich habe die Schnauze voll davon, dass meiner Generation ständig Faulheit vorgeworfen wird. Vielleicht haben wir nur eine andere Einstellung?«

»Und wie willst du das mit dem Geld machen?«, fragte ich vorsichtig.

»Ich suche mir halt noch einen Job. Ein Freund von mir arbeitet bei einem Supermarkt in der Nähe, die brauchen Leute für den Getränkemarkt.« Und mit diesen Worten stürzte sie sich auf das nächste Loch.

Jakob verschwand irgendwann und kam mit Ackermann und einem Korb mit belegten Broten zurück, die wir erst mal in trauter Eintracht verspeisten. Dann legte er Ackermann eine Decke auf den Boden, und wir buddelten und pflanzten weiter, bis der

Abend begann, dem Tag die Farben zu klauen. Die Luft wurde frischer, und unser Atem fing an zu dampfen. Meine Muskeln brannten. Alle sechshundert Stück. Ich wusste, dass es so viele waren, weil ich am Anfang meiner Laufbahn mal eine Reportage über Schmerzen und ihre muskulären Zusammenhänge gemacht hatte. In meinem Job häufte man enorm viel unnützes Wissen an. Ich streckte mich und war mir sicher, dass ich morgen den Muskelkater meines Lebens haben würde. Dann drehte ich mich um und zählte die Löcher. Es waren achtzehn. Und in zwölf davon waren schon die jungen Apfelbäume gepflanzt. Akkurat standen sie festgebunden an den Pfosten und breiteten ihre zarten Äste aus. Ich betrachtete stolz unser Werk und spürte einen klitzekleinen Funken von Vorfreude auf diese Arbeit.

Was gab es eigentlich Besseres, als Bäume zu pflanzen? Auch Pia hatte sich ein wenig beruhigt, stellte sich neben mich und deutete auf die Pflanzreihe.

»Es tut so gut zu sehen, was man geschafft hat. Diese Bäume werden alle irgendwann Äpfel tragen«, fasste sie meine Gedanken in Worte.

Theo hustete ordentlich, hielt aber brav Abstand und sagte: »Leute. Ich kann euch nichts dafür zahlen. Also nur Pia.« Er wirkte, als wollte er sich die Pudelmütze raufen, doch Jakob klopfte ihm freundschaftlich auf die Schulter. »Das macht nichts, Theo. Und morgen machen wir weiter«, erklärte er, dabei sah er mich fragend an.

Unmerklich nickte ich. Er hatte schon wieder Erde im Bart. Und sein Anblick ließ doch glatt mein Herz höherschlagen. Das hatte ich bis jetzt nur für eine Redewendung gehalten. Da musste ich so alt werden, um festzustellen, dass ein Herz ganz wortwörtlich höherschlagen konnte.

»Gib mir die Treckerschlüssel. Ich wässere noch alles«, sagte Pia, und Theo legte ihr den Schlüssel in die Hand. »Und du gehst wieder ins Bett, ich nehme dich mit zum Hof«, sagte sie dann energisch.

Theo nickte nur matt. »Da warten noch die dreißig Blaubeeren. Da muss aber vor dem Pflanzen noch der Boden vorbereitet werden. Die müssen sauer stehen.«

Ich nickte. Jakob nickte. Pia schwang sich auf den Trecker, und Theo hockte sich auf die Ladefläche des Anhängers.

»Sauer stehen?«, fragte ich, als die beiden abgefahren waren.

»Wir werden das wohl herausfinden müssen«, sagte Jakob. »Komm, Ackermann«, rief er dann seinen Hund. Ackermann erhob sich und kam angetrabt.

Gemeinsam wankten wir erschöpft zurück zum Hof und reinigten die Spaten. Als wir uns endlich auf den Heimweg machten, war es bereits dunkel. Außerdem war es mittlerweile kalt, und ich fror, weil ich den Tag über nicht unerheblich geschwitzt hatte. Selten hatte ich mich so auf eine heiße Dusche gefreut.

»Ich sage es nur ungern, aber du hast schon wieder Erde im Bart«, erklärte ich, als wir vor meiner Haustür stoppten. Das Licht reichte nicht mehr aus, um Jakobs Gesichtsausdruck richtig deuten zu können. Er sah mich an, dann sah er weg. »Gute Nacht, Ella«, sagte er etwas überstürzt und verschwand. Er lief so schnell um die Hausecke, dass es wirkte, als wäre er auf der Flucht. Ein wenig bestürzt schaute ich ihm hinterher. Dann betrat ich mein ausgekühltes Häuschen, feuerte Edgar an und ging ins Badezimmer. Ich hatte auch Erde im Gesicht, wie ich beim Blick in den Spiegel feststellte. Und zwar nicht unerheblich viel. Was war das bitte für ein Tag gewesen? Und was für ein Moment mit Jakob? Ich betrachtete mein blasses Wintergesicht mit den braunen Erdkrumen, die ich mir großzügig auf den Wangen und unter der Nase verteilt hatte. Mein Handy steckte noch in meiner Hosentasche, deswegen hörte ich das Piepen. Das tat es in letzter Zeit selten genug, aber ich hatte eine SMS bekommen. Die gingen meistens durch, auch bei schlechtem Empfang. Theo hatte mir nach dem Einzug eine Telefonliste aller Bewohner übergeben, und ich hatte brav die Nummern in mein Handy gespeichert, deswegen sah ich, dass die SMS von Jakob kam. Zögernd schwebte mein Finger über dem Nachrichtensymbol auf dem Sperrbildschirm. Ich kniff die Lippen zusammen. Vielleicht hatte nur ich diese Nähe empfunden, mich bis auf die Knochen blamiert, und Jakob bat mich jetzt schriftlich, von weiteren Annäherungsversuchen abzusehen. In meinem Magen setzte ein schamhaftes Glühen ein. Das war nicht unmöglich. Ich neigte dazu, Menschen zu überrumpeln, und von diesem ganzen Kribbeln im Bauch hatte ich auch keine Ahnung. Ich konnte ganz gut flirten und hatte das immer gerne getan, aber dabei fasste man Menschen ja nicht an. »Argh«, murmelte ich und tippte schnell auf das Icon.

»Hey. Hast du schon die gute Nachricht des Tages gehört? Die USA hat das erste Mal eine Geldstrafe wegen Weltraumschrott verhängt. Es gibt eine App, die schickt dir jeden Tag die gute Nachricht des Tages. Du hattest doch erzählt, dass du dich von schlechten Nachrichten fernhältst. Vielleicht hilft das. Bis morgen. Gruß J.«

Erstaunt las ich den Text erneut. Ich hatte das mit meiner Nachrichten-Sucht nur einmal erwähnt, aber Jakob hatte es sich offenbar gemerkt. Abgesehen davon hatte ich von so einer App noch nie etwas gehört.

Die heiße Dusche konnte noch ein paar Minuten warten. Ich schlüpfte erneut in meine Schuhe, schnappte mir das Handy, eilte zur alten Eiche und kletterte auf die Klappleiter. Dann wartete ich, bis ich Empfang hatte, und tippte auf das Laden der App der guten Nachrichten. Das konnte keinesfalls schaden.

11

Schneiden, wässern und dramatische Entwicklungen

Muskelkater sollte ja angeblich nach vier Tagen besser werden. Bei mir wurde er jeden Tag schlimmer. Kein Wunder, denn ich pflanzte ja auch jeden Tag Bäume und Sträucher, grub Löcher, schob Schubkarren, schwang die Hacke oder setzte Erdbeeren neu. Besonders Letzteres erstaunte mich doch sehr, weil ich bisher gedacht hatte, dass Erdbeerpflanzen ewig leben würden. Was durchaus stimmte, aber sie verloren Jahr für Jahr ihre Ertragsfähigkeit, weswegen sie immer wieder ersetzt werden mussten. Das könnte der Grund dafür gewesen sein, dass ich nach zehn Jahren in meinem Wildgarten nur noch minikleine Erdbeeren geerntet hatte. Es hatte gar nicht an mir gelegen.

Theo fehlten weiterhin zwei Leute, die einfach nicht erschienen waren, der Rest seiner Helfer kam erst zur Ernte, von der wir aber noch gefühlt Lichtjahre entfernt waren, und Pia hatte mittlerweile einen zusätzlichen Job im Getränkemarkt.

Ich hingegen hatte Zeit. Muskelkater und Zeit. Und ich war dankbar für jede Ablenkung. Jakob schien das mit den schmerzenden Muskeln nicht so sehr zu belasten, aber auch er hatte offenbar Urlaub oder einfach einen Job, in dem er nicht von neun bis siebzehn Uhr arbeiten musste. Er war diesbezüglich nach wie vor ein wenig verschwiegen. Heute wollten wir uns um neun treffen. Ich lag um acht frisch geduscht wieder im Bett. Ich hatte mir nur einen Kaffee gekocht, Edgar gefüttert und war behaglich noch mal zurück unter die Decke geschlüpft. Draußen war es erstaunlich sonnig und leider auch weiterhin sehr trocken, was die Arbeitsaufgaben nicht unerheblich erweiterte, denn die jungen Pflanzen mussten gegossen werden, was das Zeug hielt. Ich sah hinaus in den anbrechenden Tag und nippte am Kaffee, als mein Handy klingelte. Es lag wie immer auf dem Boden vor dem Ofen, und ich lauschte einige Sekunden erstaunt dem Geräusch. Seit ich hier wohnte, war mein Handy nämlich meistens sehr schweigsam. Umgehend siegte die Neugierde, und ich raffte mich auf.

»Oh«, sagte ich, als ich auf dem Boden hockend den Namen auf dem Display sah. »Nayla!«, ging ich hocherfreut ran.

»Ella, du Weltenbummlerin!«, rief Nayla Kodin mir ins Ohr. Nayla war eine der besten Cutterinnen gewesen, ehe sie vor vier Jahren ausgestiegen und ins Hörbuchgewerbe abgewandert war. Sie hatte sich mit einem Hörbuchverlag selbstständig gemacht und produzierte jetzt Liebesromane und Vampirschnulzen. »Wir müssen unbedingt mal wieder einen Kaffee trinken gehen!«, erklärte Nayla energisch. Ich grinste. Das hatten wir früher oft getan. »Gerne, aber aktuell habe ich leider keine Zeit«, sagte ich.

»Ella-Schatz. Wenn das so ist, läuft in deiner Auszeit aber was schief.« Sie lachte ihr raues Lachen. »Und, datest du schon fleißig?«

»Bitte was?«, fragte ich verdutzt und konnte nicht verhindern, gleichzeitig an Jakob zu denken.

»Melde dich bei Tinder an. So habe ich Luis kennengelernt«, erklärte Nayla, als wäre es das Normalste der Welt. Ich räusperte mich. »Hier ist niemand, den ich bei Tinder treffen könnte.«

»Bist du nicht einsam? Für mich war das Singleleben nichts. Ich fühlte mich immer unkomplett.«

Darüber hatte ich noch nie nachgedacht. Brauchte ich etwa einen Mann? War ich ohne Partner nicht komplett? Dieser Gedanke war mir noch gar nicht gekommen.

»Ach, es gibt so viele Fische im Teich, du musst nur den richtigen finden. Und das wirst du, ich bin mir sicher. Das ist nur eine Phase«, meinte Nayla entschlossen, als würde es sich um ein Naturgesetz handeln, das ich einfach nur nicht kannte. Was hatte ich denn jetzt schon wieder verpasst? Wir plauderten eine ganze Weile und verabredeten uns in Hamburg oder der Nähe, sobald hier alles in der Erde war. Was nach dem aktuellen Stand nur noch ungefähr sieben Jahre dauern würde. Und dann musste ich auflegen, weil Jakob über die Wiese hinter meinem Haus herbeigeschlendert kam. Ackermann begleitete ihn wie jeden Tag. Durch die Scheibe sah ich, dass Jakob mit seinem Hund sprach und dabei lächelte. Ich beobachtete ihn einen Augenblick und hörte auf, das Kribbeln in meinem Bauch zu ignorieren. Ich brauchte definitiv keinen Mann, um ein vollständiges Wesen zu sein. Aber dann war da nun mal Jakob. Ganz eindeutig ein Mann, zu dem zumindest mein Körper sich auf eine magische Art und Weise hingezogen fühlte. Jedenfalls signalisierte er mir das schon seit Tagen sehr deutlich, und zwar mit zunehmender Intensität.

Ich hörte, wie Jakobs Schritte sich meinem Häuschen näherten, daher erhob ich mich ächzend vom Boden, schlüpfte in meine Wanderschuhe, die ich zu Arbeitsschuhen umfunktioniert hatte, und öffnete die Tür.

»Moin«, begrüßte Jakob mich und lächelte. Ich hatte vor einiger Zeit »Vikings« weggesuchtet, und je länger Jakobs Bart nun wurde, desto mehr erinnerte er mich an Ragnar Lothbrok. Das gefiel mir herausragend.

»Auf zum fröhlichen Erdbeerhacken«, begrüßte er mich launig. »Wusstest du, dass in Berlins Wäldern fünfhunderttausend neue Bäume gepflanzt werden?«

»Nee, ich war heute noch nicht auf meinem Eichenfunkturm. Ich bin vollkommen ahnungslos, was in der Welt passiert. Das ist aber wirklich eine sehr gute Nachricht«, erwiderte ich, kraulte Ackermann kurz am Kopf und schnappte mir meine Fleecejacke.

Das war unsere Routine geworden. Jakob und sein Hund holten mich morgens ab, Jakob berichtete mir von der guten Nachricht des Tages, und wir gingen gemeinsam zu Theo, um Erdbeeren von Unkraut zu befreien, zu wässern und zu pflanzen. Es war ein angenehmer Arbeitsalltag, und er war bestens geeignet, nicht über die Absage meines Projekts zu grübeln. Oder überhaupt nachzudenken. Es gab so viel zu tun, was die innere Stimme sehr erfolgreich besänftigte.

Im strahlenden Sonnenschein liefen wir durch unsere kleine, langsam frühlingserwachende Siedlung. Die Büsche hatten sich bereits einen zarten grünen Flaum übergeworfen, und auch an den großen Bäumen konnte man die ersten Knospen erkennen. Dies war meine allerliebste Jahreszeit. Sie brachte mich in Schwung und erhellte mein Leben. Theo und Pia erwarteten uns schon.

Mir war nicht klar gewesen, dass so ein Obsthof überhaupt nur funktionierte, weil überall aus der Welt Menschen herbeigekarrt wurden, die mit anpackten. Und sicher war das alles erst, sobald die Helfer auch tatsächlich auf dem Hof standen. Wenn das nicht der Fall war, brach Panik aus, wie wir eindrucksvoll bei Theo hatten miterleben können. Heute war sogar Margarete dabei, die etwas missmutig aus der Wäsche blickte und erstaunlicherweise mit roten Flecken übersät war. Im ersten Moment dachte ich, sie hätte vielleicht einen furchtbaren Ausschlag, aber es schien sich um Farbe zu handeln.

»Was ist mit Margarete los?«, raunte ich Pia zu, die sich gerade die Haare zu einem geflochtenen Kunstwerk hochsteckte. Sie zog die Augenbrauen zusammen und hielt kurz inne. »Sie ist kein Fan von Gartenarbeit und macht das nur Theo zuliebe«, erklärte sie, doch ich schüttelte den Kopf. »Die Farbe!«

»Ach, das.« Pia warf Margarete einen Blick zu. »Keine Ahnung. Vielleicht hat sie was gestrichen? Stühle? Einen Tisch? Ich glaube, sie macht Kunsthandwerk oder so«, erwiderte sie mit gesenkter Stimme und zuckte die Schultern. Sie bekam offenbar genauso wenig mit wie ich.

Wir liefen gemeinsam zum Erdbeerfeld. Theo ging neben mir her und trug ein kleines Körbchen mit einer Thermoskanne Kaffee und Tassen. Er hustete immer noch ein wenig, hatte sich aber ansonsten erholt. »Danke, Ella. Du musst das hier nicht tun«, sagte er leise, als wir das Fliederdickicht hinter uns gelassen hatten. Ich lächelte ihm zu und überlegte, ob ich ihm sagen sollte, dass mir das durchaus gelegen kam. Damit er endlich aufhörte, so ein schlechtes Gewissen zu haben, aber bis jetzt hatte ich außer Pia niemandem erzählt, dass meine Reportage auf Eis lag. Irgendwie scheute ich mich davor.

»Das mache ich gerne«, sagte ich stattdessen, weil es absolut stimmte. Ich hatte noch nie in meinem Leben wirklich harte körperliche Arbeit verrichtet und fand das ziemlich gut. Der Muskelkater war ja nur ein Aspekt, ein Nebeneffekt war, dass diese ganzen Handgriffe in der Natur meinen Kopf freimachten und keinen Raum mehr ließen, über mein Leben zu grübeln.

Wir erreichten das Erdbeerfeld, Margarete seufzte tief und vernehmlich, krempelte ihre Hemdsärmel hoch, zog sich Arbeitshandschuhe über und stürzte sich ins Gefecht. Es galt, die Vogelmiere davon zu überzeugen, die frisch ausgetriebenen Erdbeerpflänzchen nicht weiter zu bedrängen. Und das über eine Länge von gefühlt tausend Kilometern. Ich kniete mich zu Margarete auf den Boden, zückte meine ganz persönliche Hacke, die Theo mir geschenkt hatte, und machte mich ans Werk. Das Zeug war überall, und man musste irgendwie die kleine Wurzel erwischen, sonst trieb die Vogelmiere einfach munter weiter ihr Unwesen. Nach wenigen Minuten war mir warm. Irgendwann rutschte mir bei so viel körperlicher Tätigkeit mein Handy aus der Hosentasche und plumpste hinter mir ins Gras. Bevor ich reagieren konnte, hatte Margarete sich zu mir umgedreht und sah mich strafend an.

»Hast du vor, noch zu filmen?«, fragte sie streng.

Ich hockte mich auf die Fersen. »Ich weiß, dass du mich verklagst, wenn ich das wagen würde!«, erwiderte ich, und Margarete hob äußerst elegant eine Augenbraue.

»Tss«, zischte sie, und mir war nicht ganz klar, was dieser Laut bedeuten konnte.

»Du weißt das offensichtlich nicht, deswegen erkläre ich es dir kurz«, sagte sie und legt ihr Arbeitswerkzeug zur Seite. »Als du damals diese Dokumentation gedreht hast, über unsere kleine Siedlung, sind wir hinterher quasi überrannt worden. Man konnte keinen Schritt hinaussetzen, ohne dass irgendjemand auf einen zugestürzt kam, um einen mit Fragen zu löchern. Das war äußerst unangenehm.«

Entschuldigend hob ich die Hände. »Es ist aber doch so, dass so eine Tiny-House-Siedlung die Menschen auf einer ganz tiefen Ebene berührt. Die Leute verstehen, dass riesige Betonbunker nicht die Zukunft sind. Wir können die Fläche nicht noch mehr versiegeln, und trotzdem wollen wir schön leben, und das hier«, ich deutete hinter mich zum Fluss und zu unseren kleinen Häuschen, »ist ein wirklicher Sehnsuchtsort.«

»Dieser Sehnsuchtsort«, Margarete versah das Wort mit getupften Gänsefüßchen in der Luft, »ist aber zufällig das Zuhause von meiner Frau und mir.«

»Das verstehe ich«, erwiderte ich. »Aber es ist eben mein Beruf, den Menschen die Welt außerhalb ihrer eigenen Komfortzone zu zeigen. Was sie dann mit dieser Information machen, kann ich nicht beeinflussen.«

Margarete seufzte, sah mich weiterhin unverwandt an und deutete auf mein Handy. »Ich stehe dieser Technik nach wie vor kritisch gegenüber.«

Dazu sagte ich lieber gar nichts, denn diese Technik gab es ja nun seit einigen Jahrzehnten, und Margarete machte nicht den Eindruck, als ob sie kürzlich ihren Hundertsten gefeiert hätte. Es nervte mich, wenn Menschen jegliche Form von Digitalisierung als den Untergang des Abendlands betrachteten. Immer dieses Schwarz-Weiß-Denken. »Smartphones haben die Art und Weise, Reportagen und Dokumentationen zu erstellen, revolutioniert. Vorher konnten das nur Profis. Die auch entschieden haben, worüber gesprochen wurde, mittlerweile kann jeder einen Film drehen und über die Dinge sprechen, die er für relevant hält. Ich finde das gut.«

»Es führt dazu, dass die Menschen sich zu wichtig nehmen. Über jeden Pups, der einem quer sitzt, wird ein ellenlanges Video gedreht. Wen interessiert das? Die jungen Leute kreisen immer mehr um sich selbst und verstehen immer weniger, was in der Welt passiert. Das sehe ich kritisch.«

»Okay«, sagte ich daraufhin nur. Formate wie YouTube hatten die gesamte Themenauswahl liberalisiert. Kaum jemand hatte eine Vorstellung davon, wie Stoff-Vorschläge, die erwartbar nicht den Geschmack des breiten Publikums treffen würden, bei Auswahlkonferenzen gnadenlos durchfielen, egal, wie wichtig oder interessant sie waren.

»Also ich möchte nicht in deinem Filmchen auftauchen«, erklärte Margarete nachdrücklich.

»Ich habe das verstanden«, erwiderte ich genauso nachdrücklich und konnte nicht verhindern, dass ich leicht pampig klang.

Theo tauchte plötzlich neben uns auf und sah besorgt zwischen uns hin und her.

»Streitet ihr euch etwa?«, fragte er, woraufhin Margarete energisch den Kopf schüttelte. »Wir führen eine angeregte Diskussion«, meinte sie.

»Wir haben nur unterschiedliche Ansichten«, fügte ich hinzu.

»Unterschiedliche Ansichten würde ich das nicht nennen, liebe Ella«, sagte Margarete spitz. »So viele Jobs sind durch die Entwicklung der vergangenen Jahre verloren gegangen. Der Lokalfotograf ist nur noch eine Legende. Das macht heute jeder Praktikant mit seinem Handy.«

Ich schwieg und stellte mein Gesicht auf Nullstellung. Meine Herren! Natürlich hatte Margarete in Teilen recht, ich war ja auch nur noch in reduzierter Form unterwegs. Früher waren die Teams viel größer gewesen. Es gab jemanden für den Ton und die Kamera, heute war da oft nur ich. Mit Glück und Budget noch ein Kameramann oder eine Kamerafrau.

»Möchte vielleicht jemand Kaffee?«, fragte Theo dazwischen. »Das war schon wild damals, nachdem deine Doku zur besten Sendezeit im öffentlich-rechtlichen Fernsehen gelaufen ist«, erzählte er und hantierte mit der Thermoskanne. »Aber es hat uns immerhin Jakob eingebracht, der hätte uns sonst nicht gefunden.«

»Wie meinst du das?«, fragte ich und runzelte die Stirn.

»Er hat deine Dokumentation gesehen und sich direkt bei Theo gemeldet, um das letzte Häuschen zu ergattern«, erklärte Margarete, erhob sich und nahm eine dampfende Tasse entgegen. Damit hatte ich nun nicht gerechnet. Ich nickte Theo als Dank für den Kaffee freundlich zu und trank erst mal einen Schluck. Dann kam ich vorsichtig mit dem Becher in der Hand auf die Beine, denn es wurde jetzt empfindlich kalt da unten auf dem Boden. Jakob wusste also sehr genau, wer ich war. Er hatte die Reportage damals gesehen, was er allerdings bisher mit keinem Sterbenswörtchen erwähnt hatte. Und das erschien mir äußerst verdächtig. Mein journalistischer Spürsinn erwachte. Lag hier etwa ein ungelüftetes Geheimnis vor mir? Irgendetwas hielt Jakob zurück – aber was?

Ich räusperte mich, doch bevor ich dazu kam, weitere Fragen zu stellen, klingelte Theos Telefon. Er nahm das Gespräch entgegen, schien aber der Meinung zu sein, dass es nur kurz dauern würde, denn er sah mich weiterhin an, weswegen ich einen direkten Blick auf das hatte, was in diesem Moment in seinem Innersten passieren musste. Theo sagte ein paar Worte, dann hörte er zu und wurde im nächsten Augenblick kreideweiß im Gesicht. Ungelenk setzte er sich einfach auf den kalten Boden und legte das Handy vor sich, aus dem aber hörbar jemand weitersprach. Ich stellte die Tasse ab und ging neben ihm in die Knie. Vorsichtig berührte ich ihn mit der Hand an der Schulter. Auf der anderen Seite tauchte Margarete auf. Geistesgegenwärtig nahm sie das Handy hoch und übernahm kurzerhand das Gespräch. Sie nickte mir zu, und ich legte Theo einen Arm um die Schulter. Er drehte den Kopf und sah mich an.

»Mein Vater ist tot«, sagte er tonlos. »Ich hab gestern Morgen noch mit ihm telefoniert. Ist das wahr? Kann doch gar nicht sein, oder? Ella?«

Ich blickte Margarete an, die das Gespräch beendet hatte.

»Leider ist es so, Theo«, sagte sie leise. »Er hatte heute Morgen einen Herzinfarkt.«

»Verdammt«, keuchte Theo. Absolute Fassungslosigkeit stand in seinen Zügen. Ich blinzelte, weil mir plötzlich selbst die Tränen in die Augen schossen, und lehnte mich dichter an ihn. Mir hatte der Tod meiner Mutter vor einigen Jahren sprichwörtlich den Boden unter den Füßen weggezogen. Über eine sehr lange Zeit war ich haltlos umhergetrudelt, und es hatte gedauert, diesen Schmerz zu überwinden.

»Hey, was ist passiert?« Jakob war plötzlich vor uns aufgetaucht und ebenfalls direkt vor Theo auf die Knie gegangen.

»Mein Vater ist gestorben«, antwortete der mit belegter Stimme, und auch Jakob wurde ganz blass.

»Lass uns erst mal reingehen. Hier ist es so kalt«, sagte er schließlich leise, und gemeinsam halfen wir Theo hoch und begleiteten ihn in seine Küche. »Möchtest du hinfahren? Deine Eltern leben in Kassel, nicht?«, fragte Jakob, nachdem er uns alle mit heißem Tee versorgt hatte.

»Ich kann hier jetzt nicht weg. Wenn ich Ernte haben will, muss ich jetzt wässern und zurückschneiden und pflanzen.« Theo wirkte immer noch wie erstarrt.

»Wir sind hier«, entgegnete Jakob sanft und beugte sich zu Theo hinüber, um ihm eine Hand auf den Arm zu legen.

»Das kann ich nicht von euch erwarten«, sagte Theo erstickt.

»Doch. Das kannst du«, warf ich ein. »Wir bekommen das hin.« Ich sah Jakob an, der meinen Blick erwiderte. In seinen Augen lag eine tiefe Berührtheit. Sie waren ganz dunkel geworden. Langsam nickte er mir zu.

»Wir schaffen das«, sagte er, und seine Stimme klang fest. »Und Pia ist doch auch noch da. Sie weiß gut über die nächsten Arbeitsschritte Bescheid«, erklärte Margarete energisch.

Ruckartig erhob Theo sich und blieb vor dem Tisch stehen. »Ich muss packen«, verkündete er, sah dabei aber aus, als hätte er bereits in der nächsten Sekunde vergessen, warum er aufgestanden war. Er stand sichtlich unter Schock, und es schnürte mir das Herz zu, ihn so zu sehen. Jakob ging zu Theo und legte ihm einen Arm um die Schulter. »Komm, ich helfe dir beim Packen. Und dann überlegen wir, wie du nach Kassel kommst.«

»Wieso? Ich fahre mit dem Auto«, sagte Theo, worauf ein einstimmiger Chor ihm entgegenschallte: »Auf keinen Fall!«

Theo und Jakob waren fast dreißig Minuten im Obergeschoss verschwunden. In dieser Zeit war Pia bei uns aufgetaucht, wir hatten sie über die traurige Entwicklung in Kenntnis gesetzt, woraufhin sie erst mal in Tränen ausgebrochen war. Dann hatten wir uns beratschlagt, und Margarete hatte entschieden, dass sie Theo fahren würde. Daraufhin war sie losgeeilt, weil sie irgendwelche Termine verschieben musste. Ich hätte natürlich auch fahren können, aber Margarete hatte erklärt, dass sie jede Autobahn dem Umgang mit Blaubeeren und Apfelbäumen vorzog. Widerspruch zwecklos.

Als Theo und Jakob wieder herunterkamen, hatte Theo eine verhältnismäßig kleine Sporttasche geschultert, zumindest in Anbetracht der Zeit, die die beiden oben verbracht hatten. Ich lehnte an der Küchenzeile und trank meinen dritten Kaffee, den Pia aus einer Verzweiflung heraus gekocht und ich aus der gleichen Verzweiflung heraus weggetrunken hatte. Ich würde wohl nie wieder schlafen, aber mich hatte Theos Schmerz in meine eigene Vergangenheit zurückkatapultiert, und dagegen konnte ich einfach nichts machen. Da saß jetzt ein Brennen auf meiner Seele, das unangenehm spannte und ein Stechen verursachte.

»Ich mache euch unterwegs eine Liste und schicke sie, ja?«, sagte Theo mit roten Augen und klang atemlos. »Die Ziegen werden in ein paar Tagen abgeholt, aber das macht mein Kumpel selbst. Da müsst ihr gar nichts tun. Dafür müssen aber die Erdbeeren entkrautet werden, und die Blaubeeren brauchen dringend Wasser. Alle, die dieses Jahr gepflanzt wurden, brauchen Wasser. Und dann müssen die Galas geschnitten werden.« Panisch ließ er die Tasche sinken. »Das ist eine Wissenschaft für sich. Pia, kannst du das schon?«

Pia zuckte hilflos die Schultern. »Äh«, krächzte sie und warf uns einen fragenden Blick zu.

Jakob und ich nickten. Unisono und sehr überzeugend. Ich bezweifelte, dass Jakob jemals in seinem Leben Galas beschnitten hatte. Und ich wusste noch nicht mal, was das war. Doch das spielte keine Rolle. Es zählte nur eins: Theo musste zu seiner Mutter fahren. Man konnte nach so einem Schlag nicht einfach weitermachen, man musste innehalten, denn die Welt stand in diesem Moment still und man selbst ebenso. Und dann musste man den Schmerz zulassen. Trauern. Bis in die letzte Faser der eigenen Existenz. Ich wusste das so genau, weil ich es selbst nie getan hatte. Ich schluckte trocken, und im nächsten Augenblick kam zum Glück Margarete um die Ecke geschossen. »Wir können los. Ich habe alles geregelt«, erklärte sie.

Theo blinzelte. »Fährst du mich?«

»Selbstverständlich«, erwiderte sie und legte die Stirn in Falten. »Du kannst jetzt nicht allein fahren. Ich bringe dich hin, und einer von uns holt dich auch wieder ab.«

»Oh«, machte Theo bloß und zog die Nase hoch. Ihm standen die Tränen in den Augen, aber er riss sich sichtlich zusammen. »Okay«, sagte er mit erstickter Stimme.

Er nahm uns alle der Reihe nach in den Arm, während Margarete sich den Autoschlüssel schnappte, seine Tasche schulterte und ihn dann sehr bestimmt aus der Tür dirigierte. Pia, Jakob und ich blieben zurück. Pia räusperte sich mehrmals und rieb sich dann die Augen.

»Ich gehe wieder zu den Erdbeeren«, sagte sie mit brüchiger Stimme und verschwand aus der Tür. Ich wollte ihr schon hinterherlaufen, aber Jakob hielt mich behutsam am Handgelenk zurück. Ich musste blinzeln. Am liebsten würde ich mich spontan in Luft auflösen. Meine Mutter war vor so vielen Jahren gestorben. Seit damals war verdammt viel Zeit vergangen, aber bis heute war das Fehlen eines wichtigen Puzzleteils in meinem Herzen spürbar, auch wenn meine Mutter nach heutigen Maßstäben eine sehr schwierige Persönlichkeit gewesen war. Aber ich hatte nun mal nicht viel Familie, und wenn ich ehrlich war, hatten sich meine restlichen Familienmitglieder mittlerweile auch in Luft aufgelöst. Alle waren irgendwie verstreut. Ich blinzelte erneut, denn der Gedanke daran trieb mir die Tränen in die Augen.

»Oh nein«, sagte ich leise. Damit hatte ich nun gar nicht gerechnet. Ich wollte nicht weinen. Jakob ließ mich nicht los. Stattdessen zog er mich an sich, und ich legte meinen Kopf an seine Brust. Weil es naheliegend erschien. Die erste Träne rollte. Weitere folgten. Ich hatte keine Ahnung, wo sie herkamen. Offenbar tief aus meinem Inneren, die ganzen ungeweinten Tränen, die sich immer wieder brav hinten angestellt hatten.

»'tschuldigung«, sagte ich an Jakobs Brust schluchzend, weil ich doch gar nicht der Typ für Gefühlsausbrüche außerhalb meiner eigenen vier Wände war.

»Trauer braucht Zeit. Wenn man die Zeit nicht hat, bleibt die Trauer irgendwie hängen«, sagte er leise. Seine Brust vibrierte beim Sprechen, und das hatte etwas furchtbar Beruhigendes. »Man denkt irgendwann, man sei darüber hinweg, aber Trauer ist wie über Eis laufen. Manche Stellen sehen instabil aus, und doch schafft man es, darüber zu gehen, ohne einzubrechen. Und dann kommt das dicke Eis, dort, wo du dich eigentlich sicher bewegst, und du brichst ein, ohne zu wissen, warum.« Er zuckte die Schultern, was meinen Kopf leicht bewegte. Ich spürte die Wärme seines Körpers. Vielleicht hatte noch nie jemand dieses Gefühl so derartig gut beschrieben. Mit einer Hand wischte ich mir über das Gesicht, um der Tränenflut Herrin zu werden, und Jakob legte sanft seine Finger um meinen Kopf. Dort ließ er sie liegen. Wärmend und beschützend.

Ich seufzte tief und fühlte mich einen Herzschlag lang unfassbar geborgen und gehalten.

12

Frühling

»Haben wir eine Ahnung, wie wir das hinbekommen?«, fragte Jakob irgendwann, nachdem ich mich schweren Herzens von ihm gelöst hatte.

»Wo ist denn Pia?«, fragte ich zurück. »Sie ist doch die Einzige, die Licht ins Dunkel bringen könnte.«

Aber Pia blieb erst mal verschwunden, und so saßen wir noch eine ganze Weile in der Küche und tranken noch mehr Kaffee – ungünstig, ich würde vielleicht auch nächste Woche noch wach sein, aber es war mir in dem Moment egal. Wir saßen einfach da und schauten schweigend hinaus auf den sonnigen Hof. Irgendwann tauchte Pia wieder auf. Sie hatte ganz rote Augen, und bevor sie erneut verschwinden konnte, fragte ich schnell: »Was bedeutet ›Galas schneiden‹«?

»Kennst du nicht die Apfelsorte Gala?«, fragte sie zurück. »Ich habe aber keine Ahnung von Obstbaumschnitt. Das hat Theo immer zusammen mit seinen Männern aus Polen gemacht. Das ist die wichtigste Arbeit des Jahres, sagt er.« Sie zuckte mit den Schultern. »Wenn ich mir vorstelle, dass mein Vater einfach so sterben würde, ich würde verrückt werden«, sagte sie auf einmal. »Manchmal ist der so doof. Er hat so veraltete Ansichten, und ich reg mich ständig über ihn auf, aber er ist doch mein Papa.« Sie blinzelte und rieb sich dann über die Augen.

»Vielleicht redest du noch mal mit ihm und versuchst, dich mit ihm auszusprechen«, erwiderte ich vorsichtig. »Wenn die eigenen Eltern sterben, ist das eine ziemliche Zäsur. Dann bist du nicht mehr das Kind von jemandem.« Ich räusperte mich. Das hatte ich gar nicht sagen wollen. Es war einfach aus mir rausgekommen, und Pia sah mich dementsprechend erschrocken an. »Entschuldige bitte«, sagte ich schnell.

Jakob legte mir vorsichtig eine Hand auf den Rücken. Es war eine weitere unerwartete Berührung, die eigentlich nicht zu dem Status passte, den wir beide hatten. Wir waren immerhin nur Nachbarn. Zwei Menschen, die ganz gut miteinander klarkamen und hier eine gemeinsame Aufgabe zu bewältigen hatten, trotzdem fühlte sich die Berührung richtig an. Pia bekam von meinen Gedanken nichts mit. Sie nahm sich eine Flasche Wasser aus dem Kühlschrank und ging zur Tür. »Ich geh weiter wässern. Es ist alles so trocken draußen, und wenn die Jungpflanzen jetzt nicht ihre Wurzeln tief ausbilden und nach unten wachsen, bekommen sie im Sommer ein Problem.«

»Und was machen wir beide jetzt?«, fragte Jakob mich, nachdem Pia wieder weg war. Ich wusste, dass keinerlei Zweideutigkeit in seinen Worten lag, das hätte nicht zu ihm gepasst, aber mein Gehirn bastelte sich die Zweideutigkeit, trotz der traurigen Stimmung, einfach hinein. Deswegen biss ich mir auf die Lippen und verbot mir jeden weiteren Gedanken an Nähe und Körperkontakt. Stattdessen sagte ich, wesentlich energischer, als mir zumute war: »Wir werden YouTube konsultieren. Irgendjemand dort wird wissen, wie man Obstbäume schneidet.« Jakob sah mich zweifelnd von der Seite an.

»YouTube?«, wiederholte er dann langsam.

Ich nickte. »Ich frage immer erst mal YouTube«, erklärte ich. »Irgendjemand dort hat das Problem schon mal gehabt, es gelöst und ein Video dazu gemacht.«

»Du bist definitiv notfalltauglich«, sagte Jakob daraufhin grinsend.

»Klar, das ist mein zweiter Vorname«, erwiderte ich. Dann stand ich auf, nahm Jakobs Hand und zog ihn ebenfalls hoch, mir sehr bewusst darüber, dass auch das nicht zu unserem Status passte. Aber es war mir egal.

Aus einer netten kleinen Beschäftigungstherapie zur Ablenkung war nun also Ernst geworden. Wir hatten uns in Jakobs Häuschen zurückgezogen, saßen an seinem Tisch und schauten gefühlt das zweihundertste Video zum Thema Rückschnitt von Apfelbäumen. Pia hatte recht gehabt. Obstbaumschnitt war offensichtlich eine Disziplin für sich, und sie war das A und O für den Ertrag im laufenden Jahr, der wiederum Theos Lebensgrundlage begründete. Das war verdammt viel Verantwortung.

»Wie bitte sollen wir alle diese Bäume beschneiden?«, fragte ich irgendwann mutlos, nachdem ich einem freundlichen österreichischen Apfelbauern zehn Minuten beim Schneiden zugesehen hatte. Es schien so leicht zu sein. Er schnitt hier, sägte da und wirkte rundum sicher in dem, was er da tat. Aber der Mann machte nun mal seit Jahrzehnten nichts anderes, und er hielt sich wirklich lange mit jedem einzelnen Baum auf. Er trat immer wieder zurück und prüfte sein Werk, ruckelte an verschiedenen Ästen herum und war ganz vertieft in sein Tun, während die Kamera ihn begleitete. Aber wir hatten gefühlt hundert Bäume, weder Erfahrung noch Übung und dazu Zeitdruck. Denn die Apfelbäume mussten jetzt beschnitten werden. Natürlich spielte auch die Unterlage eine Rolle, also worauf die Sorte veredelt war (ja, man lernte viel bei YouTube), das Wetter und der Standort und das Ergebnis sah man eigentlich erst, wenn der Baum Früchte trug. Oder eben nicht.

»Wir fangen einfach an. Beim ersten Gala-Baum. Und wir hören auf, wenn wir den letzten auch geschnitten haben. Hinter der Gala-Plantage gibt es noch fünf weitere Felder«, erklärte Jakob nachdenklich, und ich sah ihn entsetzt an.

»Die hat Theo aber schon bearbeitet«, schob er schnell hinterher. »Er hatte sogar einen Berater da. Das Problem in der Landwirtschaft ist, dass alles zu einem bestimmten Zeitpunkt stattfinden muss. Es gibt nur ein Jetzt und selten ein Morgen.«

»Gut«, sagte ich und schob den Stuhl zurück. »Dann also jetzt.«

Wir suchten uns die Gerätschaften aus dem Schuppen heraus, schnappten uns die Arbeitshandschuhe, beluden den kleinen ratternden Trecker mit den Scheinwerferaugen und der abblätternden Farbe und fuhren los zur Gala-Plantage. Zum Glück kannte Jakob den Weg, denn für mich sahen die struppigen und noch blattlosen Bäume alle gleich aus. Wir legten unsere Utensilien in den schnurgeraden Weg, der zwischen den Bäumen entlangführte, und betrachteten den ersten Gala ganz links in der Reihe.

»Ist das jetzt ein Leitstamm?«, fragte Jakob mich und starrte den Baum mit schräg gelegtem Kopf an.

Ich antwortete nicht, weil ich selbst versuchte zu ergründen, welches der Leitstamm sein könnte. Wir hätten das iPad mitnehmen sollen, um den freundlichen österreichischen Bauern noch mal anzuschauen.

»Na ja, Leitstämme sind wohl die größten, was?«, beantwortete er sich schließlich seine Frage selbst. »Drei bis vier gleichmäßig verteilte Leitäste sollte ein Baum haben. Und wir sägen immer entlang eines Astringes, nicht zu nah am Stamm«, fuhr er fort. »Vom Groben ins Feine. Alles, was steil nach oben geht, muss raus. Flach abzweigende Äste bleiben und tragen dann auch. Überzählige Seitenäste werden entfernt. Wasserschosse raus. Grundsätzlich gilt es, Licht in die Krone zu bringen. Besonders beim Gala, weil der zum kompakten Kronenwuchs neigt.«

Ich hörte auf, den Baum anzustarren, und blickte stattdessen zu Jakob. »Hast du das alles auswendig gelernt?«, fragte ich verwirrt. Er zuckte die Schultern. »Es gibt ein Konzept«, erklärte er. »Jetzt müssen wir das nur noch übertragen.«

»Wenn wir das allerdings in diesem Tempo übertragen, sind die Bäume nicht geschnitten, bis sie die ersten Äpfel haben. Der patente österreichische Bauer hat gesagt, so viel kann man nicht falsch machen«, sagte ich energisch und machte einen Schritt vor, dann zählte ich die Leitstämme an Baum Nummer eins ab, beschloss, dass der in der Mitte unserem Konzept nicht zuträglich war, schnappte mir die Säge und ging ihm an den Kragen.

»Äh«, sagte Jakob. »Wollen wir nicht erst mal besprechen, wie wir vorgehen?«

»Ja, gerne. Ich sage dir, dass ich jetzt auf diese Klappleiter klettere und die ganzen Wasserschosse rausschneide. Die machen nämlich, wie wir gerade gelernt haben, nur Blätter, keine Früchte.« Gesagt, getan. Ich machte mich beherzt ans Werk und stieg auf die Leiter. Jakob fuchtelte erst etwas hilflos mit den Händen, als ich auf der obersten Stufe stand, dann umfasste er schließlich meine Hüften und hielt mich fest. Nicht, dass das nötig gewesen wäre. Sämtliche Bäume waren maximal zwei Meter hoch, aber festgehalten zu werden war nichts das Schlechteste. Auf einer Leiter und im Leben und überhaupt. Und so arbeiteten wir uns voran. Wir schnitten, sägten und räumten den Baumschnitt zur Seite, den Pia zwischendurch mehrmals mit dem Trecker abholte. Sonst blieb sie aber beim Wässern und Hacken der Erdbeeren, und so waren Jakob und ich allein. Irgendwann holte er Ackermann, der um uns herumtrabte, alles beschnüffelte und uns mit seiner freundlichen Zugewandtheit Gesellschaft leistete. Wir arbeiteten, bis es anfing, dunkel zu werden. Mit der Dunkelheit kam die Kälte, die mir langsam in die Knochen kroch, dagegen kam auch die schwere körperliche Arbeit nicht an.

Margarete schickte eine Nachricht, dass sie Theo sicher nach Hause gebracht hatte und erst am nächsten Tag zurückkommen würde. Die Autobahn war zu voll, und sie hatte sich kurzerhand eine Pension genommen. Es war dann Hannes, der bis jetzt unterwegs gewesen war und von dem ganzen Drama nichts mitbekommen hatte, der uns allen einen riesigen Topf Nudeln kochte, die wir gemeinsam verschlangen wie ausgehungerte Teenager. Danach ging ich unter die heiße Dusche und direkt ins Bett.

Ich schlief wie ein Stein. Am nächsten Morgen waren wir direkt nach Sonnenaufgang wieder auf den Beinen und trafen erst mal Theos Kumpel, der seine kleine Ziegenherde auf einen Hänger verlud und mit ihnen abreiste. Es war ein bisschen traurig, weil die kleinen meckernden Tiere irgendwie zum Hof gehört hatten.

Dann schufteten wir weiter. Wir lernten Hannes mit unseren mickrigen Kenntnissen an, und am Nachmittag tauchte auch Margarete auf, diesmal mit blauen Farbflecken an den Fingern und sogar auf der Nasenspitze. Mit so viel Unterstützung kamen wir natürlich viel schneller voran, und das war ganz wunderbar. Wir arbeiteten uns ein, das meiste ging Hand in Hand, nur Margarete war ein wenig störrisch und schnitt gerne die falschen Triebe ab. Jakob und ich beratschlagten uns bei jedem neuen Baum, wie wir vorgehen würden. Wir hatten still und heimlich ein kleines Team gebildet.

Ich fand es so aufregend, etwas ganz Neues zu tun. Etwas, von dem ich keine Ahnung hatte, wo jeder Handgriff erst geübt und ausprobiert werden musste. Ich war immerhin so alt, dass ich sogar perfekt Fenster putzen konnte. Das hier war jedoch ein wenig wie ein Flug zum Mars, nur in schön. Außerdem hatte ich eine Erkenntnis: Jakob war der Held der Seitenblicke. Ganz oft ertappte ich ihn, wie er mich aus dem Augenwinkel verstohlen ansah. Was mir ganz und gar nicht unangenehm war, im Gegenteil. Denn würde er nicht immer gucken, hätte ich es getan.

Wir brauchten sechs Tage für den Schnitt der Gala-Apfelbäume, danach widmeten wir uns dem Entfernen des Unkrauts auf den Erdbeerfeldern und der Anpflanzung der jungen Blaubeeren. Und mit jedem Tag wurde mir bewusster, wie sehr ich Jakobs Gesellschaft genoss. Wie viel Freude es mir bereitete, die Erdkrümel aus seinem Bart zu reiben, die sich dort zuverlässig nach Ende unserer Arbeit jeden Abend wiederfanden.

Und dann war Theo auf einmal wieder da. Fast sieben Tage waren vergangen, und er war blass, übernächtigt und voller Trauer.

»Ihr habt mich gerettet«, sagte er an diesem Abend ein ums andere Mal. Jakob hatte einen Kartoffelauflauf gemacht, und Margarete und ihre Frau hatten samtigen Rotwein mitgebracht. Katharina, die den ganzen Tag hatte arbeiten müssen und uns nicht helfen konnte, steuerte einen perfekten Käsekuchen bei, und so saßen wir zusammen und feierten Theos Heimkehr, der erzählte, wie es ihm ergangen war. Seine Eltern hatten einen Milchviehbetrieb, und dementsprechend gab es viel zu organisieren, denn während die Menschen trauerten, mussten trotzdem die Kühe gemolken und versorgt werden.

Die Arbeit wurde auch nach Theos Rückkehr nicht weniger, und da seine Aushilfen immer noch nicht aufgetaucht waren, ging es am nächsten Morgen direkt weiter. So arbeiteten wir in den beginnenden Frühling hinein, der mit jedem Tag angenehmere Temperaturen mit sich brachte. Mein ganzes Leben lang hatte ich diese Jahreszeit zwar sehr genossen, aber noch nie so hautnah miterlebt. Von morgens bis abends war ich an der frischen Luft. Und immer noch hatte ich niemandem von der Absage der Produktionsfirma erzählt. Ich hätte allerdings auch gar keine Zeit gehabt, mich mit irgendwelchen Storylines, Konzepten und Drehs zu beschäftigen. Meinem Gehirn standen zwischen Schneiden, Wässern und Hacken einfach keinerlei Kapazitäten mehr zur Verfügung. Es klang verrückt, aber ich war irgendwie erleichtert. Ich war nämlich frei. Das erste Mal in meinem Leben. Und ich musste diese Freiheit nicht umständlich und krampfhaft selbst mit Inhalt füllen. Es gab täglich so viel zu tun, und irgendwann hatte auch der furchtbare Muskelkater nachgelassen.

Ich war so beschäftigt, dass ich sogar vergaß, die Jungs zurückzurufen. Jasper wollte wieder irgendwas wegen seiner Krankenkasse wissen, und auch Finn hatte wohl diverse Fragen zu den bürokratischen Dingen des Erwachsenenlebens. Als wäre ich ihr ausgelagertes Hirn. Eine personifizierte To-do-App mit Sprachfunktion. Sogar an Merle hatte ich in dem ganzen Trubel nicht mehr gedacht. Die brachte sich aber zum Glück selbst in Erinnerung, sie rief nämlich gerade an, als ich mich frisch geduscht und völlig erledigt in meinen Schlafsachen aufs Bett gelegt hatte.

»Fertig«, krächzte sie ins Telefon.

»Du kannst stolz auf dich sein«, rief ich. Sie hatte noch nie eine Deadline dermaßen verrissen.

»In erster Linie bin *ich* fertig«, antwortete sie. »Erzähl mir etwas aus dem normalen Leben, in dem keine Raumschiffe, Spaceflotten und Plasmawaffen vorkommen«, bat sie, und ich berichtete von Theos Vater, den Galas, Leitstämmen, Wasserschossen und Apfelbaumkrebs. Und zu guter Letzt teilte ich ihr auch mit, dass mein Projekt »Ella reduziert sich« einfach gecancelt worden war.

»Und da rufst du nicht an?«, rief sie entsetzt.

Ich lachte auf. »Du warst im All.«

»Du kannst solche elementaren Entwicklungen in deinem

Leben nicht nicht erzählen«, rügte sie mich ernst. »Wie geht es dir damit?«, fragte sie dann vorsichtig. »Ay, ay«, antwortete ich. »Ich werde solche Entwicklungen nie wieder verschweigen. Auch wenn du gerade epische Weltraumschlachten schreibst. Ich weiß nicht genau, wie es mir damit geht. Komisch. Ich bin irgendwie …«, ich räusperte mich, »erleichtert?«, fragte ich mich dann selbst. »Mein Projekt liegt auf Eis, der Grund, warum ich überhaupt hier bin, aber es fühlt sich gut an, mal so ganz ohne Druck zu existieren. Schätze ich.«

Merle schnaubte. »Du hast in den letzten Jahren immer an irgendeinem Projekt gearbeitet.«

»Jep.«

»Da werden ja richtig Kapazitäten frei«, sinnierte sie, und ich musste grinsen. »Ich schneide den ganzen Tag Apfelbäume«, erklärte ich.

»Du klingst, als würde dir das gefallen.«

»Tut es«, sagte ich langsam. »Und ich muss dir noch was erzählen.«

»Hau raus«, nuschelte sie. Es klang, als hätte sie just in diesem Moment in eine Tafel Schokolade gebissen. Ich setzte an und klappte den Mund dann doch wieder zu. Ich wusste gar nicht, wie ich anfangen sollte. »Warte«, sagte Merle mit vollem Mund. »Ich hole mir noch Wein. Oder brauche ich Gin?«

»Wein sollte reichen«, antwortete ich grinsend. Merle kannte mich gut. Ich war ja selten um Worte verlegen, und wenn das doch mal passierte, war in meinem Leben richtig was los. Das wusste sie. Es raschelte und knackte in der Leitung. Schließlich sagte Merle: »Weißwein ist da. Also, schieß los.«

»Äh …«

»Ella. Was ist passiert?«, fragte Merle und hörte sich nun ein wenig lauernd an. Wenn mir so vehement die Worte fehlten, wusste sie aus Erfahrung, es war ernst.

»Ich habe jemanden … äh … getroffen, der mir sehr gefällt«, sagte ich deshalb schnell. Merle schien einen großen Schluck Wein genommen zu haben, es dauerte einen Augenblick, bis sie fragte: »Wo hast du jemanden getroffen? In der niedersächsischen Depressionsebene?«

»Er ist mein Nachbar. Er wohnt ein Häuschen weiter. Und nun habe ich viele Fragen. Eine davon ist: Was soll das denn jetzt? War ich auf der Suche nach einem Mann? Und kann das überhaupt etwas werden? Will ich das? Will er das? Und warum ist es so schön mit ihm?«, schoss es aus mir raus. Nach diesem ausufernden Wortmarathon musste ich erst mal Luft holen.

»Habt ihr euch geküsst?« Merle kam direkt zur Sache.

»Wir sind keine sechzehn«, antwortete ich empört.

»Hm. Verstehe. Also das Männer-Thema war bei dir ja nun nicht so akut. Ich kenne Frauen, die haben die Scheidungspapiere noch nicht mal unterzeichnet, und schon haben sie wie verrückt angefangen zu daten. Was das Zeug hält. Als ob das ein ungeschriebenes Gesetz wäre, dass Frau sofort wieder einen Mann finden muss.« Ich dachte an Nayla, die das ebenso zu sehen schien. »Ich schreibe keine Liebesromane, aus gutem Grund, aber ich könnte mir jetzt Schlimmeres vorstellen, als eine männliche Bekanntschaft zu machen. Du musst den ja nicht gleich heiraten. Vielleicht ein bisschen Sex? Ich kann dazu nur Cher zitieren. ›Einen Mann zu haben ist keine Notwendigkeit, es ist ein Luxus – wie Nachtisch‹.«

Ich bekam einen Lachanfall. »Ist das dein Ernst?«, fragte ich, als ich wieder Luft bekam.

»Absolut«, meinte sie knochentrocken. »Erzähl mir von ihm«, forderte sie mich dann auf.

»Sein Name ist Jakob.« Dabei fiel mir ein, dass ich noch nicht mal seinen Nachnamen kannte. »Er lebt hier zusammen mit seinem Hund Ackermann.«

»Guter Hundename«, sagte Merle anerkennend. »Und weiter?«

»Er macht irgendwas mit Consulting. Und er ist groß und sieht gut aus.«

»Das schadet ja schon mal nicht bei Männern«, erklärte Merle, und ich konnte ihr nur zustimmen.

»Er hat einen Bart«, fügte ich hinzu. »Ich habe das erste Mal in meinem Leben einen Männerbart angefasst. Abgesehen davon, als Finn mit siebzehn die ganze Nacht wegen zu viel Jägermeister gekotzt hat und ich ihm das Gesicht gewaschen habe … Da hatte er gerade seine ›Ich-rasier-mich-nicht‹-Phase.«

»Argh«, stöhnte Merle. »Wie könnte ich das vergessen. Furchtbar war das. Er sah aus wie ein gerupfter Dackel.«

»Und ich habe das Gefühl, dass ich Jakob von irgendwoher kenne. Aber du weißt ja, wie schlecht ich mich an Gesichter erinnern kann«, fuhr ich fort.

»Woher solltest du ihn kennen?«, fragte Merle auch prompt zurück.

»Was weiß denn ich?«, erwiderte ich und lehnte mich etwas zur Seite, um an Hannes' Haus vorbeizuspähen. Bei Jakob brannte noch Licht.

»Jetzt denk nach. Beruflich, oder wie?«, fragte Merle streng, und ich seufzte. Merle vergaß nie ein Gesicht. Sie konnte jemanden ein einziges Mal im Vorbeigehen im Supermarkt sehen und würde ihn in jeder Menschenmenge wiedererkennen. Eine unglaubliche Fähigkeit. Mit der ich leider nicht gesegnet war. »Na, hoffentlich *nicht* beruflich. Er ist wohl hier, weil er meine Doku damals gesehen hat. Was er allerdings mir gegenüber nie erwähnt hat«, erzählte ich.

Merle zog die Luft durch die Zähne ein. »Okay. Ist er so der geheimnisvolle Typ, ja? Davon rate ich ab. Das ist meistens mit Problemen verbunden.«

»Quatsch«, sagte ich. »Ich will das nicht überbewerten. Es ist nur so …« Einen Moment dachte ich nach und beschwor das Gefühl der Geborgenheit herauf, das Jakob in mir ausgelöst hatte. »Ich habe nicht vor, mich zu verlieben«, erklärte ich schließlich fest. »Aber es fühlt sich gut an. Ich will gar nicht so viel wissen. Etwas herausfinden. Ich möchte das einfach nur … fühlen.«

»Ich komme demnächst vorbei und gucke mir den mal an. Ich werde jetzt zwei Wochen durchschlafen, die Steuer machen und dann besuche ich dich.«

Ich grinste. »Wunderbarer Plan.«

Es klopfte. »Es hat geklopft«, sagte ich mit gedämpfter Stimme.

»Vielleicht ist es Jakob? Er kommt bestimmt zum Knutschen vorbei. Selbst wenn ihr angeblich nicht geknutscht habt, hast du immerhin seinen Bart angefasst. Das ist fast wie knutschen.«

»Haha«, machte ich und verspürte trotzdem kurz ein sonderbares Flackern in meiner Magengegend. Ich verabschiedete mich von Merle, identifizierte das Gefühl als Vorfreude und öffnete die Tür. Manu, Margaretes Frau, stand vor mir. Ich versuchte, nicht allzu enttäuscht auszusehen.

»Hi!«, begrüßte sie mich. »Ich muss dich etwas fragen«, fiel sie direkt mit der Tür in mein kleines Haus.

»Komm rein«, sagte ich und machte Platz. Manu trat ein, blieb einen Augenblick unschlüssig stehen, setzte sich dann aber ziemlich abrupt auf eine der Stufen nach oben. So viele Sitzgelegenheiten hatte ich schließlich nicht. »Du hast Margarete ja kennengelernt. Sie ist ein bisschen eigen. Deswegen frage ich dich«, fing sie an. Gespannt wartete ich ab und ließ mich auf meinem einzelnen Küchenstuhl nieder. »Margarete hat nächste Woche eine große Ausstellungseröffnung. Und ich habe mir gedacht, also eigentlich hat sie sich das gedacht, aber sie kann dich ja nicht fragen, weil sie nun mal so eigen ist, deswegen frage ich dich, ob du vielleicht ein bisschen filmen würdest. Margarete hat einen YouTube-Channel, den sie endlich mal bespielen muss. Überhaupt müsste sie sich mal für Social Media interessieren.«

»Was denn für eine Ausstellungseröffnung? Und sie hat einen YouTube-Kanal? Ich dachte, Margarete hasst das Internet!«, erklärte ich verwirrt.

»Margarete hasst das Internet voller Inbrunst, aber sie malt und sollte es halt für ihre Zwecke nutzen«, erwiderte Manu.

»Was malt sie denn?« Ich wurde nicht recht schlau aus Manus Worten.

»Na, Bilder.« Manu hob die Schultern und grinste mich schief an.

»Ah! Die Farbflecke an ihren Händen hätten mich auf die richtige Fährte bringen können«, sagte ich langsam und erinnerte mich, dass auch Pia etwas in der Richtung gesagt hatte. Manu nickte lachend.

»Sie hat ständig irgendwo Farbe kleben. Den Kanal bei YouTube habe ich ihr eingerichtet. Du kommst heute als Künstlerin nicht mehr um die sozialen Medien herum. Sie ist mittlerweile eine durchaus beachtete Künstlerin der abstrakten Malerei. Sie hatte letztens sogar eine Ausstellung in einer Galerie in Basel. Wobei Margarete das vermutlich anders formulieren würde. Der gesamte Kunstbetrieb ist schwierig, und Erfolg zu haben ist kompliziert. Ich finde aber, sie hat großen Erfolg, weil ihre Bilder einfach einmalig sind.« Manu strahlte mich richtig beseelt an. Als Künstlerin konnte mal wohl kaum glücklicher sein, wenn man so einen dermaßen begeisterten Fan hatte.

»Wow«, sagte ich deshalb tief beeindruckt. »Das mache ich sehr gerne. Was stellt sie sich denn vor? Ein Künstlerinnenporträt? Oder ein Bericht über ein spezielles Bild? Was soll der rote Faden sein?«

»Das sind vermutlich professionelle Fragen«, sagte Manu und runzelte die Stirn. »So genau weiß ich das auch nicht. Sie hat sich gedacht, dass du sie an dem Tag ein wenig begleiten könntest. Und daraus dann einen Film machen, also das irgendwie schneiden. Ich habe davon keine Ahnung. Sie zahlt dir das auch.«

Ich winkte ab. »Das mache ich gern so«, antwortete ich wie aus der Pistole geschossen. Dafür, dass Margarete ein Video von mir wollte, würde ich bestimmt kein Geld nehmen. Der Schnitt war zwar üblicherweise keine Arbeit, die ich selbst machte, ich hatte aber ein Bearbeitungsprogramm auf dem Rechner, mit dem ich ganz gut umgehen konnte. »Toll!«, sagte Manu. »Die Ausstellung ist nächste Woche Samstag. Darf ich dich noch was fragen?«

»Hau raus«, sagte ich, bemühte direkt Merles Worte und nickte dabei nachdrücklich, wobei ich jeden Muskel in meinem Nacken spürte. Der Muskelkater war grundsätzlich besser geworden, aber immer mal wieder tauchte ein neuer auf. Dieser entstammte wohl dem Herankarren von bester Komposterde mit der Schubkarre. Es war fast ein erhebendes Gefühl. Mir war vorher nicht klar gewesen, dass man Muskelkater mögen konnte. »Wann ist mit deiner Kamerainvasion zu rechnen?«, fragte Manu schließlich, und ich hob eine Augenbraue.

»Hä?«, fragte ich dann wenig eloquent. Manu senkte die Stimme. »Wegen deiner Doku. Wenn du hier die Gegend filmen möchtest, wollen wir wegfahren. Vielleicht kommt ja auch ein Filmteam. Uns ist sehr an unserer Privatsphäre gelegen.«

»Ich filme doch niemanden gegen seinen Willen«, erwiderte ich empört, doch Manu zuckte die Schultern.

»Man kann ja aus Versehen aufgenommen werden«, erklärte sie.

»Manu«, sagte ich. »So etwas passiert nicht. Es gibt Regeln, an die ich mich immer halte. Das Recht am eigenen Bild zum

Beispiel. Und ich kann dich beruhigen, meine Doku wurde eh auf Eis gelegt.«

Erstaunt sah sie mich an. »Oh. Das … äh …« Sie hielt inne. »Tut mir leid.«

»Mir auch«, erwiderte ich. Aber stimmte das überhaupt? Ich hatte in letzter Zeit zumindest nichts vermisst.

»Weißt du, Margarete hat mal eine wirklich unschöne Erfahrung gemacht. Das ist schon Jahre her, aber es war schrecklich. Und sie misstraut Journalisten grundsätzlich«, erklärte Manu.

»Was ist passiert?«, fragte ich und stützte die Hände auf dem Tisch ab.

»Etwas, das ihr Leben verändert hat. Das soll sie dir aber lieber selbst erzählen. Tut mir echt leid mit deiner Doku. Du könntest vielleicht auf Obstbäuerin umsatteln. Margarete hat erzählt, dass du ziemlich gut mit der Baumschere umgehen kannst.« Sie grinste und war mir einfach nur sympathisch. Bisher hatten wir kaum miteinander gesprochen. Ich sollte die Gunst der Stunde nutzen, deswegen fragte ich direkt: »Machst du auch Kunst?«

»Ich bin Handwerkerin«, erzählte Manu. »Zahnärztin«, fügte sie hinzu. »Manchmal hat das auch mit Kunsthandwerk zu tun.«

»Ach du heiliger Hollerbusch. Ich mag dich, aber dein Berufsstand ist mir suspekt.«

»Höre ich nicht zum ersten Mal.« Sie winkte ab. »Samstag in zwei Wochen?«

Ich nickte, und Manu verabschiedete sich. Etwas verwirrt blieb ich zurück. Das waren ja alles wilde Entwicklungen. Aber ich freute mich, denn ich würde ein tolles Video über eine spannende Person drehen. Mit Kunst hatte ich nicht viel am Hut, und so gab es wieder eine neue Welt, in die ich eintauchen konnte. Das liebte ich. Ich hatte ja nicht umsonst diesen Beruf ergriffen.

13

Ausstellung und herzberührt

Ich hasste einkaufen. Ich hasste auch Supermärkte, aber trotzdem musste man sie manchmal aufsuchen, nämlich immer dann, wenn das Toilettenpapier, das Spülmittel und der Kaffee aufgebraucht waren. All die Dinge, die ich nicht bei Hille bekam. Jedes Mal nahm ich mir vor, einen großen Vorrat anzulegen, und jedes Mal reichte der große Vorrat gerade mal zwei Wochen. Heute war es wieder so weit. Ich lieh mir Kathas Auto, weil Theo selbst unterwegs war, und fuhr die zwanzig Minuten nach Bad Berbingen zu dem riesigen Supermarkt auf der grünen Wiese. Ich hatte schon gestern fahren wollen, aber es gab hier einfach immer so viel zu tun, weshalb ich jetzt unter Zeitdruck war. Heute Abend würden wir gemeinsam Margaretes Ausstellung besuchen, und vorher sollte ich noch irgendetwas mit meinen Haaren machen. Blonde Strohlocken verziehen keine einzige Wäsche ohne Conditioner, aber meiner war schon zwei Wochen lang alle, daher trug ich trotz der angenehmen Temperaturen eine Mütze. Außerdem hatte ich Erdflecken auf der Jeans. Man könnte wohl sagen, ich sah ein klein wenig verlottert aus.

Der Supermarkt in Bad Berbingen war gefühlt so groß wie ganz Hamburg. Er war immer und zu jeder Tageszeit gerappelt voll, und nie fand ich auf Anhieb das, was ich suchte. Desorientiert irrte ich von Regalreihe zu Regalreihe, um dann festzustellen, dass der Kaffee am anderen Ende war und die Sucherei von vorne anfing. Es gab zu viel Auswahl, und ich brauchte ewig, bis ich alles zusammenhatte. Wenn es nach mir ginge, bräuchte so ein Supermarkt nur ein einziges Produkt von jeder Sorte. Wie bei Hille. Butter, zwei Käsesorten, Quark, fertig. Damit kam ich besser klar. Einigermaßen genervt räumte ich nach einer halben Stunde das Klopapier und die übrigen Einkäufe in Kathas Familienauto und fuhr in Windeseile zurück. Zu Hause sprang ich unter die Dusche und betüddelte meine Locken mit einer Spülung, die seidigen Glanz versprach. Meine Haare blieben strohig. Aber sie dufteten zumindest gut, war ja auch etwas.

Und dann starteten wir gemeinsam zur Ausstellung von Margarete. Ich hatte vorsorglich meine gesamte Ausrüstung in den Kofferraum von Theos altem Passat gestopft. Stativ, Kamera, sogar eine kleine Lichtbox hatte ich dabei. Seitdem Manu mich nach dem Video gefragt hatte, hatte ich ein aufgeregtes Kribbeln verspürt. Ich liebte die Suche nach dem roten Faden, ganz besonders in einem Bereich, von dem ich keine Ahnung hatte. Natürlich besuchte ich gerne mal eine Ausstellung, aber sobald es zu abstrakt wurde, stand ich meist etwas ratlos vor der Kunst.

Hannes saß vorne bei Theo, der in den vergangenen Tagen seine Arbeit erledigt hatte, aber schweigsam geblieben war. Dafür aß er wie ein Scheunendrescher, das taten wir allerdings alle. Irgendwie mussten die vielen verbrauchten Kalorien ja wieder reinkommen, die wir tagsüber bei den Obstbäumen, Erdbeeren und Blaubeeren verbrannten. Ich hockte hinten, eingekeilt zwischen Pia und Jakob. Es war sehr eng. Jakob war nun mal sehr groß, und auch Pia überragte mich fast um eine Kopflänge. Körperlich war ich die Hofkleinste, deswegen hatte man mich in die Mitte gesteckt. Mir war die Nähe zu meinem Obstbaumschnitt-

Buddy nur zu bewusst. Es war herrlich warm, und mein Kopf hatte große Lust, auf Jakobs Schulter zu sinken, ich hielt ihn aber davon ab. Meine Schwärmerei musste wirklich niemand mitbekommen, das sollte mein Geheimnis bleiben. Ich bemühte mich, nicht zu viel darüber nachzudenken, immerhin hatte ich weder vor, mich zu verlieben, noch war ich auf Partnersuche. Ich mochte Jakob einfach. Sehr.

Die Ausstellung fand auf einem abgelegenen Anwesen statt, von dem ich bisher nichts gehört hatte. Schloss Schulenrode. In Privathand gelegen, galt es als Versailles des Nordens und war für die Öffentlichkeit die meiste Zeit nicht zugänglich, hatte Google mir verraten. Die lange Auffahrt war mit Fackeln gesäumt, und das Schloss erstrahlte im Licht unzähliger Scheinwerfer. Das ehrwürdige Gebäude war in Bestform und wirkte wie aus der Zeit gefallen. Alter Kalksandstein schraubte sich sauber und hell in die Höhe und umgab schützend den mit Kopfsteinpflaster ausgelegten Schlosshof, in dem sich eine Kletterrose zum schwindenden Abendlicht wand. Bestimmt würde die Rose im Sommer verschwenderische Blüten tragen.

Margarete erwartete uns schon. Sie stand in einem rot leuchtenden Gewand auf dem romantischen Innenhof und wirkte, als ob sie zu einhundert Prozent hierhergehörte. Die Schlossherrin höchstpersönlich sozusagen. Dass sie aufgeregt war, sah ich nur an ihrer hektisch schlagenden Halsschlagader, als sie uns alle mit einem Küsschen links und rechts begrüßte. »Danke, Ella«, raunte sie mir zu, während Jakob meinen ganzen Kram aus dem Kofferraum holte. Fix brachte ich die Kamera an den Start und machte ein paar Probeaufnahmen, um das Licht zu checken.

»Kann ich deine Kunstwerke vorab sehen? Und von ihnen auch schon Aufnahmen machen? Bevor die anderen Gäste kommen«, fragte ich schnell, weil Margarete so abgelenkt war und ständig hierhin und dorthin flatterte.

»Klar, seht euch einfach um«, erwiderte sie und reckte den Hals. »Ah, da kommt das Catering, und meine Agentin parkt auch gerade.«

Mit Jakob im Schlepptau ging ich auf den Eingang des Schlosses zu. »Sie hat eine Agentin? Wusstest du das?«, flüsterte ich. »Haben nicht nur berühmte Menschen eine Agentin?«

»Ich weiß offenbar gar nichts«, erwiderte Jakob, der mein Stativ und die Lichttasche geschultert hatte, als sei er mein Assistent. »Ich hatte keine Ahnung, dass sie so bekannt ist.«

Hinter dem großen Eingangsportal tat sich eine Halle auf, von der aus eine Freitreppe nach oben führte. Dort waren zwei riesige Flügeltüren geöffnet, auf die wir neugierig zusteuerten.

Wir betraten einen großen Saal, und ich musste erst mal innehalten und mich staunend umsehen. Jetzt wusste ich, warum Margarete in den letzten Wochen immer mit roter Farbe an den Händen herumgelaufen war. Rot war ihr Metier. Jakob, der neben mir stehen geblieben war, ließ die Taschen sinken. Wortlos betrachteten wir den riesigen Ausstellungsraum. Die Wände waren strahlend weiß, und über uns erhob sich eine gewölbte und mit prächtigem Stuck geschmückte Decke. Auf dem Boden lag ein glänzendes, honigfarbenes Parkett. Alle Bilder waren fein säuberlich an Hängesystemen an den Wänden montiert und wurden mit einzelnen Strahlern erhellt, dabei passte diese Struktur und Ordnung gar nicht zu Margaretes Kunst. Alles war exquisit und wunderschön, doch für Margaretes Werke brauchte man nur ein Wort, um sie zu beschreiben: wild. Die Farben waren knallig, prägnant und klar. Erst auf den zweiten Blick erkannte man die darunterliegende Bedeutung der augenscheinlich so kühnen Pinselstriche. Die wirbelnden Farben lösten etwas in mir aus, das Rot kroch mir tief in den Körper, belebte mich und ließ nur einen Rückschluss zu.

»Ich glaube, das ist eine Geburt«, sagte ich leise und deutete auf das größte Bild. Es hatte das Ausmaß von Theos Auto und beanspruchte eine ganze Wand für sich allein. »Der Moment, in dem das Kind zur Welt kommt. Ich bin mir sicher«, erklärte ich und ging schnellen Schrittes näher an das Kunstwerk heran, um es genauer zu betrachten. »Das ist unglaublich!« Ich drehte mich zu Jakob um, der immer noch regungslos in der Mitte des Raums stand, nur eine Augenbraue hochgezogen. Im Gegensatz zu mir schien er Margaretes Kunst nicht direkt zu verstehen. »Guck doch, diese Farben. Das ist pures Leben!«, sagte ich und deutete nachdrücklich auf das riesige Gemälde. Die Bilder gehörten nicht sauber an Schnüre aufgespannt. Das war ein Zähmen, das ihnen gar nicht gut stand.

»Wenn du es sagst«, meinte er mit einem schiefen Grinsen.

»Ist nicht dein Ernst. Kannst du das nicht fühlen? Und da!« Ich deutete auf ein Bild in Dunkelblau und Schwarz. Auch ein Übergang. Ein anderer. Das Bild hatte etwas Schweres, eine tiefe Traurigkeit, und ich musste bei diesem Anblick schlucken. Ich schnappte mir die Kamera und zog den Deckel ab. Dann kniete ich mich hin und fotografierte einige der Bilder in Großaufnahme. Das Licht setzte sie perfekt in Szene.

Im Burghof hörte ich Stimmen, Autotüren wurden zugeschlagen, doch ich ignorierte die Geräusche der ankommenden Gäste und machte weitere Aufnahmen, auch von den kleineren Kunstwerken, aus denen so viel Leben mitten in den Saal hereinsprang.

»Stell dich mal vor eins der Bilder und schau es an«, wies ich Jakob an.

»Bin ich jetzt dein Protagonist?«, fragte er mich mit großen Augen und steckte die Hände in die Taschen seiner Jeans.

»Genau«, erwiderte ich und veränderte die Einstellung der Kamera. Es würde wunderbar werden, wenn Margarete auftauchte und ich sie in Verbindung mit ihren Bildern setzte. Jakob tat einen offenbar beklommenen Schritt nach vorne, was gar nicht zu ihm passte, und ich hob die Kamera.

»Was soll ich machen?«, fragte er und klang jetzt tatsächlich unsicher. Das erste Mal, dass ich das bei ihm erlebte.

»Ganz natürlich sein«, sagte ich und musste dann lachen, weil das einfach nie klappte. Sogar die selbstsicherste Person wurde befangen, sobald eine Kameralinse auf sie gerichtet war. Dann musste man sie austricksen und immer weiter draufhalten, bis man ein Bild erwischte, auf dem der Mensch die Kamera vergessen hatte.

Ich lief auf Jakob zu. Erst fotografierte ich ihn von der Seite, wie er dastand, vertieft in die Betrachtung der Kunstwerke, dann ging ich immer näher heran, bis ich ihn komplett im Profil hatte. Jakob sah mich mit einem seiner berühmten Seitenblicke an, und nach einem Moment lächelte er. Ich drückte den Auslöser, senkte die Kamera und prüfte das Bild auf dem Display. Ich hatte ihn ziemlich gut getroffen. Er lächelte direkt in die Kamera, von der Unsicherheit war nichts mehr in seinem Gesicht zu entdecken. Seine Wangenknochen waren hoch und ausgeprägt, vielleicht hatte er slawische Vorfahren, oder er entstammte tatsächlich irgendeiner Wikingerlinie. Jakobs Lippen zumindest waren voll und schön geschwungen. Ich senkte die Kamera wieder und sah Jakob an. Der akkurat gestutzte, dichte Bart bildete zusammen mit dem blonden Haar den perfekten Kontrast zu dem urtümlichen Rot von Margaretes Bild im Hintergrund. Er hatte den Blick ebenfalls nicht abgewendet, und ich versank im tiefen Grau seiner Augen. In mir brodelte eine ungewohnte Hitze. Ich wollte etwas sagen, etwas tun, aber ich regte mich nicht und war wie gefangen in diesem Augenblick. Was sich eben noch leicht und unbekümmert angefühlt hatte, war auf einmal wie elektrisch aufgeladen. Ich spürte es im ganzen Körper.

Und dann strömten plötzlich die restlichen Gäste wie ein kleiner Tsunami in den Saal und umspülten uns mit ihren Gesprächen und bewundernden Ausrufen beim Anblick von Margaretes Bildern. Jakob und ich blieben weiter stehen, dicht beisammen, als kleine Einheit. So lange, bis auch Margarete als rot wehender Tornado bei uns einschlug.

»Ich muss jetzt eine Rede halten. Ich hasse das. Kannst du mich dabei filmen? Damit wir die Schmach schön auf Video bannen?«, fragte sie mit vor Aufregung vibrierender Stimme, und ich erwachte aus meiner Starre.

»Klar«, sagte ich schnell und hätte mich fast geschüttelt, um das Gefühl der Benommenheit des Augenblicks wieder loszuwerden. »Ich bin mir sicher, dass du das wunderbar machen wirst«, fügte ich hinzu und trat dann einen unbedachten Schritt zur Seite, um Margarete mehr Platz zu geben und sie von vorne gut drauf zu bekommen. Dabei stieß ich gegen Jakobs Brust, der sich keinen Millimeter rührte. Er blieb einfach stehen wie der sprichwörtliche Fels in der Brandung, und ich atmete tief durch, um meine Nerven zu beruhigen, dann ignorierte ich die Nähe und hob die Kamera. Jakob besaß doch tatsächlich die Dreistigkeit, noch ein kleines Stück näher zu rücken, was eigentlich kaum möglich war. Seine Hand senkte sich sanft zwischen meine Schulterblätter, seine Fingerspitze wanderte über meine Wirbelsäule, und ein heißer Schauer durchlief mich.

»Es gibt in der Kunst keine Wunderkinder«, sagte Margarete, und ich startete schnell die Kamera und riss mich jetzt ernsthaft zusammen. »Und wenn, dann wäre ich wohl auch eher eine Wunderoma.« Damit hatte sie die Lacher auf ihrer Seite, wurde aber umgehend wieder ernst. »Malen ist mein Leben. Mich durch Farben und Formen auszudrücken war lange die einzige Möglichkeit, überhaupt in den Kontakt zu gehen. In der Kunstbranche gibt es grundsätzlich zwei Wege, berühmt zu werden. Entweder man geht über die Galerien und Ausstellungen und hofft, von irgendjemandem entdeckt zu werden, was meistens nicht passiert«, sagte sie, und die Leute lauschten interessiert. »Oder man wird zu einer Marke.« Sie versah das letzte Wort mit Anführungszeichen. »Dann muss man auf Social Media sein, sich gekonnt in Szene setzen und aktive Selbstvermarktung betreiben.« Sie grinste kurz. »Wer mich kennt, weiß, dass das nicht meine allergrößte Stärke ist.« Einige Leute lachten. »Ich habe aber noch einen dritten Weg entdeckt, den ich jetzt ganz energisch gehe.« Sie machte eine kleine Pause. »Ich durchdringe den Markt einfach durch penetrante Anwesenheit«, vollendete sie ihren Satz. Dabei grinste sie ein wenig schief, und einige Leute johlten vor Lachen. Als der Lärmpegel etwas nachließ, fügte sie hinzu: »Ich bin da und berühre die Menschen mit meinen Bildern. Also hoffentlich tue ich das und erschrecke sie nicht. Wobei das vielleicht auch nicht schlecht wäre.« Abermals Gelächter. »Ich verdanke diese große Ausstellung der wunderbaren Agnes Montesan, meiner Agentin, die einiges für mich auf die Beine gestellt hat, weil sie an meine Kunst glaubt. Und ansonsten verdanke ich alles in meinem Leben meiner wunderbaren Frau Manu.« Sie nickte Manu zu, die ein paarmal blinzelte und schließlich einmal zaghaft winkte. »Habt alle einen schönen Abend! Genießt die Farben, das köstliche Essen, und fragt mich, wenn ihr etwas wissen wollt.« Sie machte eine angedeutete Verbeugung und eilte dann in meine Richtung, während sich das Stimmengemurmel wieder erhob und die Leute langsam losschlenderten, um die Bilder zu betrachten.

»Das war super«, sagte ich zu Margarete, die vor uns stehen geblieben war. Jakob machte nun doch einen unauffälligen Schritt zur Seite, weg von mir, und trotzdem entging es Margarete offenbar nicht, dass wir viel zu dicht beieinandergestanden hatten, denn in ihrem Mundwinkel erschien ganz kurz ein kleines Lächeln. Ich ignorierte das und deutete neben mich zu der roten Farbexplosion, die mich so berührt hatte. »Ich mag deine Kunst. So sehr.«

Margarete sah zu ihrem eigenen Bild. »Meistens ist es das Format, das die Leute beeindruckt.«

»Ist das eine Geburt?«, fragte ich. Margarete hob, sichtlich erstaunt, eine Augenbraue. »Ja«, sagte sie dann langsam. »Zwei Geburten, um genau zu sein. Alles geht kaputt und setzt sich neu zusammen. Die Mutter wird auch durch das Kind geboren. Es ist die Geburt meines Sohnes. Und dann meine neue Geburt als alte Frau«, erklärte sie leise. Es war genau das, was ich bei dem Anblick der Farben gespürt hatte. Ein Neuanfang. »Ich habe mir dicke harte Pinsel aus dem Baumarkt geholt und hätte bei der Arbeit fast die Leinwand zerstört.« Sie grinste und deutete auf ein kleines Schild neben dem Bild, das ich bisher noch nicht gesehen hatte. Ich trat näher und kniff die Augen zusammen, um es lesen zu können.

»Neubeginn«, stand da, und »5890 Euro«.

»Passender Name«, sagte ich. »Wo malst du diese riesigen Kunstwerke überhaupt? Doch sicher nicht in unseren klitzekleinen Häusern. Und verkaufst du viele Bilder, wenn ich so neugierig fragen darf?«

Margarete lachte freudlos auf. »Nein, Kunst verkauft sich meistens schlecht, es sei denn, man gehört zu dem einen Künstler, der auch faule Eier auf eine Leinwand werfen könnte und dafür eine Million Dollar bekommen würde. Ich lebe in meiner eigenen Kunstwelt und kann froh sein, wenn sich dann doch mal jemand findet, der Geld bezahlen möchte. Ich habe hier hinter dem Schloss einen Raum der alten Remise gemietet. Da ist viel Platz. Ich habe lange davon gelebt, Kunstkurse zu geben. Aber«, sie wiegte den Kopf, »nach fast fünfzehn Jahren in der Branche werde ich zwar vom Kunstmarkt noch immer nicht ernst genommen, habe aber mittlerweile einige Stammkunden. Womit wir beim Thema sind: Machst du nachher ein Interview mit mir? Ich sollte das mit der Selbstvermarktung wohl etwas intensiver betreiben. Ich kann das nur nicht so gut.«

»Mache ich sehr gerne«, erwiderte ich. »Deine Bilder verdienen es, gesehen zu werden.«

Einen Moment lang sah Margarete mich an, und dann tat sie etwas sehr Überraschendes. Sie nahm mich in den Arm. »Danke«, flüsterte sie mir ins Ohr. »Und entschuldige, dass ich manchmal komisch bin. Dass ich dich so angegriffen habe. Ich … habe da ein echtes Problem mit deinem Berufsstand.«

»Macht nichts. Bin ich auch, also komisch«, flüsterte ich zurück.

Der Abend nahm seinen Lauf, und das kunstbegeisterte Publikum verfolgte Margarete wie eine Beaglemeute auf Fährte, um ständig irgendwelche Dinge zu fragen, was Margarete furchtbar nervte. Offenbar zuckte dann nämlich ihr linkes Augenlid, wie Manu mir todernst mitteilte, und bei Margarete zuckte es definitiv im gesamten Gesicht, als ein älterer Herr sie über zehn Minuten in ein Gespräch über Maltechniken zu verwickeln versuchte. Sie floh irgendwann ins Untergeschoss in die Schlossküche, wo sie aber von ihrer Agentin schnurstracks wieder nach oben befördert wurde, weil sie ja schließlich Socializing betreiben sollte. Langsam dämmerte mir, warum Margarete die Sache mit der Selbstvermarktung nicht so gut fand. Trotzdem machten wir noch ein exzellentes Interview, was vermutlich deshalb so wunderbar funktionierte, weil wir uns dafür in einem der Nebenräume der weitläufigen Gebäude versteckten und Margarete dankbar war, wenigstens für ein paar Minuten den Menschen zu entkommen.

Ich versprach ihr, in den kommenden Tagen das Material zu sichten und eine erste Auswahl zusammenzustellen. Dann sammelte ich meinen ganzen Kram zusammen. Was nicht weiter kompliziert war, denn Jakob hatte sich als perfekter Wasserträger herausgestellt. Er schien immer schon zu ahnen, in welche Richtung ich aufbrechen wollte, und folgte mir umgehend, wobei er stets die Taschen und das Stativ trug. Außerdem hatte er Leute weggeschickt, wenn sie im Bild standen, mein Mikro justiert und mich mit Sekt versorgt.

Den Rest der Dorfbewohner trafen wir erst, als wir uns kurz nach Mitternacht gemeinsam wieder auf den Rückweg machten. Aus irgendeinem Grund war mir furchtbar warm, als wir alle ins Auto kletterten. Also nicht nur warm, es ging mehr so in Richtung innere Kernschmelze mit Dampfentwicklung. Möglicherweise lag es daran, dass Jakob, der dicht neben mir auf der Rücksitzbank saß, genauso zu glühen schien. Ich tat so, als wäre nichts, schob die Ärmel meiner Jacke hoch und pustete mir unauffällig Luft gegen die Stirn.

Als wir dann bei Theo auf dem Hof angekommen waren, ließ Jakob sich mit dem Ausräumen meiner ganzen Utensilien aus dem Kofferraum sehr viel Zeit. So viel Zeit, dass Hannes und Pia schon verschwunden waren, als Jakob endlich alles geschultert hatte. Theo verabschiedeten wir an der Haustür des Hauptgebäudes, dann gingen wir schweigend durch die Frühlingsnacht zu unseren Häuschen. Beziehungsweise zu meinem Häuschen, denn das lag als Erstes auf dem Weg.

»Trägst du mir den Kram noch rein?«, fragte ich und wunderte mich über das leichte Zittern in meiner Stimme. Die Aufregung, die sich schon den ganzen Abend über aufgebaut hatte und die ich nur mit Mühe unter Kontrolle gehalten hatte, schien jetzt ihren Höhepunkt zu erreichen. Mein Herz bollerte, als hätte ich einen Sprint absolviert.

Stumm nickte Jakob und folgte mir über die Schwelle. Ich schloss die Tür hinter ihm, knipste die kleine Stehlampe an, ohne eine Ahnung zu haben, was ich jetzt wollte. Jakob ließ erst mal einfach die ganzen Taschen zu Boden gleiten. Er wusste es genauso wenig, das erkannte ich in seinen Augen, vielleicht schlug sein Herz ja genau so hektisch wie meins. Ich schob alle Gedanken beiseite. War es womöglich an der Zeit, überhaupt nicht mehr so viel nachzudenken? Das schien ohnehin schädlich zu sein. Das Leben war so kurz. Wir waren beide hier, jetzt, in diesem Augenblick, und es war offensichtlich, dass wir das hier beide wollten, zumindest mein Körper sprach eine ganz klare Sprache. Diese glühende Hitze kam nämlich aus meinem Bauch und schien auszustrahlen. Mein Kopf wollte kurz wieder mit dem Denken anfangen, Einwände erheben, logische Gedanken anregen, auf mögliche Konsequenzen hinweisen, doch ich machte schnell einen Schritt nach vorne, stieg über die Taschen am Boden und reckte mich zu Jakob nach oben. Ob es ein Fehler war? Ich würde es herausfinden.

Es war kein Fehler. Jakob seufzte und erwiderte den Kuss mit aller Vehemenz. Ich spürte das sanfte Kitzeln seines Bartes an meinen Wangen, stellte mich auf die Zehenspitzen und vergrub meine Hände in seinem dichten blonden Haar. Er beugte sich weiter zu mir, zog mich enger an sich, und ich holte tief Luft, denn bis jetzt hatte ich offenbar den Atem angehalten. Jakob roch einfach so gut, und das feuerte die Glut in mir noch mehr an. Ich hörte nicht auf ihn zu küssen und ließ es zu, dass mein Körper mir den Takt dessen diktierte, was hier passierte.

Die kleine Stehlampe neben der Tür badete uns in einem warmen Schein, und ich hob die Hände, um Jakobs blaues Hemd aufzuknöpfen. Fragend sah ich zu ihm hoch, und so entging mir nicht, dass er einmal trocken schluckte. Dann versuchte er sich an einem Lächeln, was aber irgendwie misslang. Er war eindeutig genauso aufgeregt wie ich selbst, denn mein Herz rumpelte mittlerweile in meiner Brust wie ein Presslufthammer.

»Ja?«, versicherte ich mich deshalb, und er nickte mit Nachdruck. Ja. Ich stellte endlich das Denken komplett ein und arbeitete mich die Knopfleiste hinunter, bis ich an seinem Hosenbund angekommen war. Das ließ Jakob, der bis jetzt nur aus unterdrückter Vibration zu bestehen schien, schließlich erwachen, er hob nämlich ebenfalls die Hände, fuhr mir damit ungestüm durch das Haar, zog mich an sich und küsste mich erneut. Diesmal hatte sein Kuss eine tiefe Dringlichkeit. Etwas Unwiderrufliches, und trotzdem meinte ich ein Zögern zu spüren.

Mit einer Seitwärtsbewegung landeten wir auf meinem Bett, und Jakob begann sehr systematisch, mich auszuziehen. Sein Mund senkte sich auf meine Brust, auf mein Schlüsselbein, meinen Bauch. Sein Bart kitzelte mich, und ich wölbte mich seinen Lippen entgegen. In mir war ein sehnsüchtiges Ziehen, das ich lange nicht mehr gespürt und schmerzlich vermisst hatte. Trotzdem gab es noch eine Sache zu erledigen. Ich gebot Jakob Einhalt, indem ich sein Gesicht für einen Moment fest in meine Hände nahm. Dann drehte ich mich zur Seite und sprang wie ein abgeschossener Pfeil aus dem Bett und eilte zu der Küchenschublade, wo ich das Überlebenspaket meiner Söhne aufbewahrte. Zumindest die kläglichen Reste. Wein und Schokolade waren natürlich längst weg, übrig waren die Kondome, von denen ich nicht geglaubt hätte, sie jemals zum Einsatz zu bringen. Jakob hatte sich auf den Bauch gedreht und beobachtete mich. Automatisch legte ich einen Arm vor meine Brüste und richtete mich schnell auf. Nach vorne gebeugt stehend war im nackten Zustand wahrlich unvorteilhaft.

»Du bist sehr schön«, sagte Jakob mit rauer Stimme, als hätte er meine Gedanken gelesen.

»Und ich habe Kondome«, erklärte ich, fand endlich die eingepackten Blister, schnappte sie mir und kletterte zurück auf mein Bett und zu Jakob. Im sanften Licht der kleinen Stehleuchte sah er mich einen Herzschlag lang an. Ich konnte seinen Gesichtsausdruck nicht deuten. Vielleicht war es Unglaube? Verwunderung?

»Ist das richtig, was wir tun?«, fragte er dann, und ich zuckte die Schultern.

»Mein Körper findet: Ja. Ich selbst habe keine Ahnung«, antwortete ich ehrlich und strich dabei mit dem Zeigefinger über sein linkes Schlüsselbein. Seine Schultern waren wohldefiniert. Sanft ließ ich meine Fingerspitzen über seine Rippen gleiten. Mir war nie aufgefallen, wie dünn Jakob war. Er aß definitiv zu wenig. Jakob hielt während meiner Musterung ganz still.

Seine Haut war warm und seidig, und gerade in dem Moment, wo ich mich ein Stück zurücksetzen wollte, weil ich Angst bekam, dass Jakob es sich anders überlegte, beugte er sich vor. Er umfasste meine Hände, zog mich dicht zu sich und küsste mich. Und in diesem Kuss lag keine Zurückhaltung, kein Zögern mehr. Es gab keine Distanz, kein Zurück. Es gab nur jetzt. Und wir kosteten dieses Jetzt mit jeder Faser unserer Körper aus.

Danach lagen wir dicht beisammen unter der Decke und sahen aus dem großen Fenster in den Sternenhimmel hinauf. Ich hatte jegliches Gefühl für Zeit verloren. Es könnte knapp vor dem Morgen sein, ich hatte keine Ahnung. Ich war einfach nur hier, in diesem Augenblick, und spürte Jakobs starken, warmen Körper dicht an meinem.

»Ella«, seufzte Jakob irgendwann leise. »Ich muss mit Ackermann an die Ecke gehen.«

»Oje, den habe ich völlig vergessen«, flüsterte ich und musste lachen, weil ich mich so entrückt von der Welt fühlte.

»Ich nicht.« Jakob lachte ebenfalls und hauchte mir einen Kuss auf die Haare, dann legte er sein Gesicht an meinen Hinterkopf. Ich wünschte mir, dass er mich nie wieder losließ.

»Kommst du mit?«, fragte Jakob in meine Haare.

»Nein«, sagte ich und biss mir dann erschrocken auf die Lippen. Da war meine Zunge schneller gewesen, aber es war unvorstellbar, dieses warme Nest zu verlassen, um in die Kälte der Frühlingsnacht hinauszugehen. Ich drehte mich zu ihm um. »Kommst du zurück?«, fragte ich, um meinem »Nein« die Schärfe zu nehmen. Jakob sah mich einen Herzschlag lang an, dann blinzelte er. »Möchtest du das denn?«

»Unbedingt.«

Er lächelte und zog dabei die Stirn kraus, wurde dann aber wieder ernst.

»Kann ich Ackermann mitbringen? Er ist nachts nicht gerne allein.«

»Wer ist das schon?«, fragte ich zurück. Jakob beugte sich leicht nach vorne in meine Richtung. Das sanfte Licht ließ seine grauen Augen glänzen.

»Ich hasse es manchmal auch, allein zu sein«, erwiderte er, vielleicht genauso unüberlegt, wie mir das »Nein« gerade über die Lippen gekommen war. »Dann kommt beide her«, sagte ich fest und strich ihm über die hohen Wangenknochen.

Jakob suchte seine Klamotten und zog sich an, dann fiel die Tür hinter ihm ins Schloss, und ich rollte mich wohlig auf der warmen Stelle im Bett zusammen.

Wie hatte das passieren können? Ich schüttelte leicht den Kopf, um meine herumspazierenden Gedanken zu klären. Ich hatte das erste Mal seit sehr langer Zeit Sex gehabt. Verdammt noch eins! Exquisiten Sex, um genau zu sein. Mit einem Mann, der den weiblichen Körper zu kennen schien. Ich seufzte leise und spürte der Wärme in mir nach. Und dann musste ich lachen. Weil es ausgerechnet meine Söhne gewesen waren, die mir Kondome geschenkt hatten. Was ein Scherz hatte sein sollen, hatte sich als Glückstreffer herausgestellt, denn ich nahm schließlich schon seit über zehn Jahren die Pille nicht mehr.

Eine halbe Stunde später wurde die Haustür leise wieder aufgeschoben, und Ackermann freute sich sehr, mich zu sehen. So sehr, dass er erst mal einen beherzten Hüpfer auf das Bett tätigte.

»Okay. Ich muss etwas gestehen«, sagte Jakob, der dabei ganz rot wurde und den Hund sofort am Halsband packte, um ihn zur Seite zu ziehen. »Also«, erklärte er atemlos. »Der Hund schläft normalerweise im Bett. Und ich weiß nicht, ob ich ihn heute vom Gegenteil überzeugen kann.« Er zog eine Grimasse und zuckte linkisch die Schultern. Ich betrachtete Ackermann, der mit der Rute wedelte und sich nicht aus Jakobs festem Griff entwinden konnte, was er zum Anlass nahm, Jakob beherzt über den Arm zu lecken.

»Ich weiß. Das hast du mir schon mal erzählt. Spart Heizkosten. Kompromiss? Decke drunter?«, erwiderte ich schläfrig und deutete auf die blaue Kuscheldecke, die zusammengefaltet über der Stuhllehne hing.

»Ja. Probieren wir«, sagte Jakob, breitete die Decke am Fußende aus und schickte seinen Hund vier Mal auf seinen Platz, ehe der gehorchte. Anscheinend wäre er sehr viel lieber direkt zu mir unter die Decke gekrochen.

Dann zog Jakob sich wieder aus. Zumindest zur Hälfte, auf einmal hielt er inne, denn offenbar hatte der Spaziergang an der kalten Luft sein Gehirn anspringen lassen. Etwas, was bei mir vielleicht erst morgen passieren würde.

»Stell dich nicht so an«, sagte ich deshalb und lachte. »Wir hatten gerade Sex.«

Jakob grinste und wiegte den Kopf. »Wo du recht hast …«, meinte er. Er entledigte sich seiner Klamotten bis auf die Shorts und kletterte neben mich. Vorsichtig legte er einen Arm um meine Schulter. Er hatte den köstlichen Duft der kalten Frühlingsnacht mitgebracht, und ich atmete tief durch. Und dann schloss ich die Augen und ließ mich umfangen von Jakobs Körper und seiner Wärme. Es war das erste Mal seit sehr langer Zeit, dass ich mit jemandem in einem Bett schlief. Es fühlte sich ungewohnt an, aber gut. Geborgen. Ich lauschte Jakobs tiefem Atem, seinem beständigen Herzschlag und ließ mich in die restliche Nacht fallen.

14

Ominöser Apfelfall

Ich befand, dass ich alt genug für einen One-Night-Stand war. Es war mein erster, wie ich ehrlicherweise zugeben musste. Ich fand aber auch, dass ich mittlerweile in einem Alter war, wo ich mir das durchaus erlauben konnte. Zumal mein One-Night-Stand-Partner ausgesprochen ansehnlich war, wie ich am nächsten Morgen, im Schein der aufgehenden Sonne, erneut feststellen durfte.

Menschen wirkten ja noch einmal anders, wenn sie nicht in der Welt herumspazierten, sondern ganz privat waren. Zum Beispiel in meinem Bett. Ich war relativ früh wach geworden und hatte abwechselnd den anbrechenden Tag und Jakob beobachtet. Der schlug irgendwann die Augen auf, blinzelte und wurde dann tatsächlich ein wenig rot.

»Guten Morgen«, murmelte er. Ich grinste und fuhr ihm zärtlich mit der Fingerspitze durch den dichten Bart. Ackermann döste noch und wärmte mir die Füße. Ein durch und durch angenehmer Zustand.

»Hast du gut geschlafen?«, fragte Jakob mit rauer Stimme.

Ich nickte. Ich hatte sogar hervorragend geschlafen. So gut wie lange nicht mehr. Und das, obwohl in meinem Bett nicht nur ein fremder Mann, sondern auch ein Hund gelegen hatten.

»Ella?«, sagte Jakob und sah mich plötzlich eindringlich an.

Er schien – im Gegensatz zu mir – eine verdammt kurze Aufwachphase zu haben.

»Ich möchte dich um etwas bitten«, sagte er ernst und beugte sich zu mir. Das war nun aber sehr viel Kommunikationsinteraktion für die frühe Stunde, trotzdem wartete ich geduldig ab. »Ich möchte nicht in deiner Dokumentation auftauchen«, erklärte er kurz und knapp.

Erstaunt betrachtete ich ihn. »Das sind die Sachen, die dir morgens direkt nach dem Aufwachen durch den Kopf gehen?« Jakob grinste schief.

»Ich habe irgendwie von deiner Doku geträumt. Weil du gestern so viel gefilmt hast. Deswegen war es das Erste, was mir eben eingefallen ist.«

Ich seufzte. Was waren hier alle kamerascheu! »Meine Doku wurde sowieso gecancelt. Oder auf unbestimmte Zeit verschoben oder auf ein YouTube-Format reduziert. Man weiß es nicht«, erklärte ich schließlich.

»Was?«, fragte Jakob und stützte den Kopf auf den Arm. »Wieso?«

»Das Thema ist durch«, sagte ich und zuckte mit den Schultern.

»Wie kann das Thema durch sein? Warum hast du das nicht erzählt? Das tut mir leid«, erwiderte Jakob und griff mit der freien Hand nach meinen Fingerspitzen.

»Es fühlt sich nicht ganz so schlecht an, wie es sich anhört«, entgegnete ich. Es fühlte sich eigentlich sogar ziemlich gut an. Ich war das erste Mal in meinem Leben frei. Und körperglücklich. Ein Wort, das mir heute Morgen eingefallen war. Es beschrieb mich perfekt. Leichter Muskelkater, befriedigt und ausgeschlafen. Das hatte es ewig nicht mehr gegeben. »Ich hatte mein Leben lang immer eine Aufgabe zu erfüllen. Meine Mutter war alleinerziehend und hatte sehr wenig Zeit für mich. Ich musste ständig irgendwelche Dinge im Haushalt erledigen, mich um die Schule ganz allein kümmern, dann mein Studium selbst finanzieren. Danach kamen relativ zügig meine Kinder. Der Job lief die komplette Zeit parallel. Es gab immer so viel zu tun, immer irgendwelche Dinge, die erledigt werden mussten. Jetzt ist das erste Mal, dass das nicht so ist.«

»Abgesehen davon, fünfhundert Apfelbäume zu schneiden, meinst du?« Jakob lachte auf und ließ sich zurück auf das Kissen sinken.

»Das ist irgendwie etwas anderes. Das ist eine Arbeit, die mir guttut. Es ist sinnvoll, und jemand muss es machen. Damit es Äpfel gibt. Und ich muss auch nicht besonders gut sein darin, es muss einfach erledigt werden.« Ich hielt kurz inne. »Ergibt das irgendeinen Sinn?«

»Absolut«, erwiderte Jakob ernst. »Ich war einen großen Teil meines Lebens selbstständig mit viel Personalverantwortung, dazu die Verantwortung für die Familie. Mein Leben bestand auch nur aus Aufgaben, die zwingend erledigt werden mussten. Es war kein Raum dafür, mal etwas nicht zu können oder zu schaffen.« Er nickte noch einmal nachdrücklich. »Ich versteh das also ziemlich gut.«

»Als ich hier angekommen bin, hatte ich Angst, völlig zu verlottern. Dass ich mit der vielen freien Zeit, die ich vermeintlich hatte, nicht umgehen könnte. Dass ich nur auf dem Sofa liegen würde. Nicht, dass ich ein Sofa hätte.«

Jakob hatte mit gerunzelter Stirn zugehört. Ein paar Sekunden lang schien er nachzudenken.

»Die Menschen misstrauen oft ihrer eigenen Lebenslust. Wenn man die nie wirklich gespürt hat, denkt man vielleicht, die einzige Sehnsucht ist, auf dem Sofa zu liegen und Chips zu essen. Das ist aber nicht so. Die Menschen haben eine tiefe Neugierde auf das Leben, und wenn wir Kapazitäten dafür haben, machen wir uns auf Entdeckungsreise zu uns selbst«, erklärte er leise. Erstaunt sah ich ihn an, und er hielt meinem Blick für einen kleinen Moment stand, dann blinzelte er. Über meine Schulter sah er jetzt hinaus in den anbrechenden Tag, fast so, als wären ihm seine eigenen Worte unangenehm. Als hätte er sehr viel von sich selbst offenbart. Aber da seine Hand immer noch mit meinen Fingern verschlungen war, strich ich sanft mit meinem Daumen über seinen Handrücken, bis er mich wieder ansah. Es wirkte fast, als läge ihm noch etwas auf der Zungenspitze, etwas, was er mir dringend sagen wollte, doch dann atmete er tief durch und fragte: »Die gute Nachricht des Tages schon gehört?« Ich lächelte und schüttelte den Kopf. »Ich erzähle sie dir: Ella und Jakob haben sich geküsst. Eine ziemlich gute Nachricht, oder?« Er beugte sich vor und gab mir vorsichtig einen Kuss auf die Stirn, dann drehte er sich zur Seite und kletterte mit einigen Verrenkungen aus dem Bett, um den schlafenden Ackermann nicht zu wecken. Letzteres gelang ihm nicht. Er berührte den Hund an der Flanke, der daraufhin die Augen aufschlug und sich wie verrückt freute, uns beide zu sehen. Da war nichts mehr zu machen mit »Geh auf die Decke«. Er stürzte sich zwischen uns, versuchte Jakob über das Gesicht zu lecken, schmiss sich in meine Arme und quer über Jakobs Beine. Mühsam bot ich diesen absoluten Liebesbeweisen am frühen Morgen Einhalt, indem ich vorsichtig meine Arme um Ackermann schloss und ihn festhielt, bis er aufhörte zu zappeln.

»Wir müssen rüber zum Hof, was?«, fragte ich.

»Wobei du noch Zeit für eine ausgiebige Dusche und einen Kaffee hast«, erwiderte Jakob. »Während mein Hund dringend einen kleinen Spaziergang braucht. Außerdem muss ich ein paar wichtige Mails beantworten. In einer Stunde bei Theo?«

Ich nickte, und Jakob schlüpfte in seine Klamotten, gab mir noch einen Kuss und verschwand mit seinem Hund im Schlepptau. Ich blieb zurück, rollte mich auf die Seite und sah hinaus in den anbrechenden Frühlingstag. Mein Leben hatte einige sehr unerwartete Wendungen genommen. Und das fühlte sich unglaublich gut an.

Um zehn trafen wir uns bei Theo auf dem Hof. Pia, Theo, Jakob, Ackermann und ich. Obwohl ich Jakob vor einer Stunde noch gesehen hatte, nämlich in meinem Bett, direkt neben mir, im nahezu nackten Zustand, hatte ich mich sehr darauf gefreut, ihn wiederzusehen. Das Sehnen hatte bereits eingesetzt, als Jakob die Tür meines Häuschens hinter sich geschlossen hatte. Und dann passierte etwas, das mich sehr überraschte: Jakob wurde bei meinem Anblick rot. Nicht nur ein bisschen, sondern ein sattes Tomatenrot zog sich plötzlich tief aus seinem Bart hinauf bis zu den Schläfen. Ich warf Pia einen Blick zu, die davon aber nichts zu bemerken schien, was mich erleichterte. In Jakobs Augen stand nämlich ganz eindeutig: Ich habe heute Nacht mit dieser Frau geschlafen. Ich musste ein wenig grinsen und sah schnell in die andere Richtung. Das war ja zauberhaft.

Die Tage vergingen, wir halfen Theo weiterhin bei allen möglichen anfallenden Arbeiten, und zwischendurch schnitt und bearbeitete ich das Material von Margaretes Ausstellung. Das war leicht, denn Margaretes Bilder waren in den Aufnahmen enorm präsent. Es war ein Kinderspiel, die Künstlerin neben ihren Werken vorzustellen und einen roten Faden zu ihrer Kunst zu spinnen. Ich stellte einige Rohfassungen fertig, die ich Margarete zeigen würde.

Und dann hielt auf einmal der Frühling Einzug. Die Luft bekam einen lauen Unterton. Aus dem hellen Flaum der Sträucher und Bäume wurden kleine Blätter. Die Apfelbäume fingen an zu blühen, überall zeigten sich die ersten Blüten der Pfingstrosen, und der himmlisch duftende Flieder strahlte in Hellblau, Weiß und Lila mit der Sonne um die Wette. Der Mai war im vollen

Gange, und es war der schönste Monat des Jahres, wie ich als Winterkind fand. Ich hatte im November Geburtstag, was ein wirklich ungünstiger Zeitpunkt war, um auf die Welt zu kommen.

Jakob und ich pendelten in der folgenden Zeit nachts zwischen seinem und meinem Häuschen hin und her. Womit ich auch aufhörte, über die One-Night-Stand-Thematik nachzudenken, es war nämlich jetzt keine mehr. Wir bildeten uns ein, dass niemand etwas von unseren Treffen mitbekam. Nicht, dass das schlimm gewesen wäre, aber irgendwie hatte diese Nähe einen kleinen Schutzmantel verdient. Sie war so unerwartet gekommen und machte mich so froh.

Wir redeten über vieles, aber nicht über die Zukunft. Die sparten wir beide fein säuberlich aus. Ich würde gehen, Jakob würde bleiben. Das war zumindest das, was ich annahm. Ich wollte nicht darüber sprechen, denn diese kleine Ella-und-Jakob-Blase war einfach zu wunderbar, was dazu führte, dass ich auch keine Fragen stellte. Ich nahm dieses unerwartete Geschenk des Lebens an.

»Ich bin gekommen, um mich an der zauberhaften Natur zu laben und innerlich aufzutanken«, erklärte Merle mir einen Tag später mit strahlenden Augen, nachdem sie aus meinem alten Mini geklettert war. Sie hatte sich endlich so weit erholt, dass sie die Stadt verlassen konnte. Leider konnte sie nicht lange bleiben, weil ihre Lektorin schon das überarbeitete Manuskript angekündigt hatte, aber bis dahin wollte sie den Besuch bei mir genießen.

»Perfekter Zeitpunkt«, rief ich und schloss sie in die Arme. »Die Apfelbäume blühen.« Sie blühten nicht nur, sie schienen der geheimen Vereinigung der Augenschmeichelei beigetreten zu sein. Es summte und blühte und duftete so intensiv, dass ich die letzten Abende mit Jakob und Ackermann ausgedehnte Spaziergänge durch die Baumplantagen unternommen hatte, weil ich einfach nicht genug davon bekommen konnte.

»Du musst mir alles haarklein erzählen«, sagte Merle, während sie ihren Rucksack aus dem Kofferraum hob. Sie bewunderte ausgiebig mein kleines Häuschen, schloss sofort Freundschaft mit Edgar, der wegen der angenehmen Temperaturen in seine Sommerpause geschickt worden war, und erklomm die erste Etage, um sich dort ihr Schlaflager auf einer Matratze zu richten, die Theo mir geliehen hatte. Ich war überrascht, wie geräumig mir meine zweiundzwanzig Quadratmeter mittlerweile vorkamen. Merle kam auf allen vieren die steile Treppe von oben heruntergeklettert und schnappte sich einen Kaffee. »Hoffentlich muss ich nicht aufs Klo«, erklärte sie dann.

»Zur Not schläfst du mit in meinem Bett«, erwiderte ich. »Sollten wir Wein trinken, musst du das tun. Ich habe großen Respekt vor dieser Treppe.«

»Echt jetzt? Das haben wir ja noch nie gemacht. Ich dachte, du bist bekennende Alleinschläferin!«, sagte sie offensichtlich erstaunt.

»Bevor du abstürzt!«, antwortete ich energisch.

»Aufregende Veränderungen. Können wir jetzt Apfelblüten gucken gehen?«, fragte sie dann und kippte den letzten Rest Kaffee hinunter.

Wir liefen an Hannes' Häuschen vorbei, der gerade wieder mal frisch dem Ententümpel entstiegen war, aber immerhin seine rote Badehose trug. Seitdem er herausgefunden hatte, dass ich ihn sehen konnte, ging er nicht mehr nackt baden, trotzdem war sein Anblick befremdlich, weil er mit irgendeinem Körperteil immer Entengrütze einfing. Ganz unbefangen winkte er uns, und Merle starrte ihn entsetzt an. Sie hatte schon immer Probleme damit gehabt, ihre Gefühle nicht bis in ihr Gesicht vordringen zu lassen. Sie war seit Jahren glücklicher Single und saß den ganzen

Tag allein in ihrem Büro. Das war auch ganz gut so, weil man ihr immer ansah, was sie fühlte und dachte. Ich war froh, dass Hannes seinen Feueratem erst machte, nachdem wir schon ein Stück weg waren, so entging ihm nämlich Merles erschrockener Hüpfer, als er anfing, lautstark zu stöhnen und zu prusten.

»Er war lange Tierarzt und hat jetzt eine gut gehende Online-Coaching-Praxis, mit der er sich auf Tierärzte spezialisiert hat. Wusstest du, dass es in diesem Berufsstand die höchste Suizidrate gibt?«, fragte ich sofort, um sie ein wenig von der ungewöhnlichen Geräuschkulisse abzulenken.

Sie blickte noch einmal mit gerunzelter Stirn zu Hannes hinüber, ehe sie erwiderte: »Ah, ja. Äh, nein, das ist sehr betrüblich. Möchtest du etwas über mein neues Projekt wissen? Wir könnten über Plasmawaffen sprechen.«

»Nein, danke«, entgegnete ich, und dann blieb Merle so abrupt stehen, dass ich sie aus Versehen anrempelte.

Wir waren auf der kleinen Anhöhe angekommen, von wo aus man die Streuobstwiese und die Johannisbeeren sehen konnte. Sie blühten alle verschwenderisch, und der Anblick war atemberaubend. »Hast du mir nicht gerade erzählt, dass ihr die Apfelbäume beschnitten habt? Wie können die jetzt blühen?«

Ich seufzte und legte Merle einen Arm um die Schulter. »Merle, Schatz, das war vor Wochen …« Sie drehte den Kopf, kniff die Augen zusammen und sagte: »Möglich, dass mir mein Zeitgefühl abhandengekommen ist. Ich dachte, du verarschst mich mit der Apfelblüte.«

»Das liegt am All. Mach dir keine Sorgen. Hier wird alles wieder an die richtige Stelle gerückt. Wir gehen jetzt eine Runde spazieren und danach zu Hille Torte essen. Und heute Abend gibt es Pasta.«

»Und wann kann ich Jakob begutachten?«, fragte sie ganz unverblümt, und ich grinste.

»Der ist beruflich unterwegs. Und wenn wir ihn heute Abend vielleicht treffen, wirst du mich nicht blamieren, ja?«

»Du kennst mich!«, erwiderte sie ernst.

»Deswegen!« Merle konnte nicht nur ihre Gefühle nicht verbergen, sie neigte auch dazu, alles zu sagen, was ihr durch den Kopf schoss, und das konnte sehr viel auf einmal sein und war dann oft recht ungefiltert.

Wir spazierten durch die Obstbäume und bewunderten die perfekt geformten Apfelblüten, die in der Sonne auf fast magische Art zu leuchten schienen. Am Rand der Wiese standen die Bienenkörbe, bei denen eine rege Flugtätigkeit zu vermelden war. Die Damen waren außerordentlich fleißig.

»Die habe ich alle beschnitten«, erklärte ich, als wir zu den langen Reihen der kleinen Gala-Bäume kamen.

»Die leben aber ein zivilisiertes Leben«, sagte Merle und betrachtete die schnurgeraden Wege, die von den Apfelbäumen gesäumt waren.

»Nur so kann Theo mit dem Trecker durchfahren. Und sie behandeln, wenn sie krank sind. Oder die Ernte begleiten.«

»Du klingst wie eine Apfelbäuerin in siebter Generation«, entgegnete sie, und ich lachte auf.

»Verdammt, so fühle ich mich auch. Guck dir die an! Ich habe die alle beschnitten!«

Merle blieb an einem Baum stehen und beugte sich dichter zu einem der überhängenden Äste. »Und sie blühen«, murmelte sie und drehte sich dann zu mir um. »Da hast du wohl alles richtig gemacht.«

Wir wanderten am Flussufer entlang in den Ort und direkt weiter zum Hofcafé von Hille. Ich hatte sogar einen Tisch reserviert, worüber sich Hille fast schlapp gelacht hatte. Aber sie hatte tatsächlich ein Schild geschrieben und den schönsten Tisch unter einem Sonnenschirm auf dem Hof ausgesucht, auf dem sie das

Schild an einer Blumenvase mit weißen Pfingstrosen platziert hatte. Sie eilte um die Ecke und hatte bereits ihr Notizblöckchen gezückt. Sie schrieb sich sonst nie etwas auf, aber das hatte vermutlich mit meiner Reservierung zu tun. Ich glaube, sie machte sich ein wenig über mich lustig. »Was darf ich den beiden hübschen Damen denn bringen?«, fragte sie mit gezücktem Kuli und sah uns von oben herab an.

»Torte, Hille«, erwiderte ich. Einmal die Woche, immer mittwochs, gab es Torte. Heute war Mittwoch. Merle hatte ihren Besuch perfekt getimt. Hilles Torte war ein Gedicht!

Merle nickte. »Und einen Cappuccino, bitte.« Bevor ich eingreifen konnte, fügte sie hinzu: »Mit Hafermilch!«

Hille fror ihre Gesichtszüge ein, und ich wedelte möglichst unauffällig mit den Händen. »Was hast du?«, fragte Merle arglos.

»Gibt keine Hafermilch«, sagte ich schnell.

»Es gibt überall Hafermilch«, entgegnete Merle, und Hille atmete tief durch. Dann hob sie die Hand und deutete mit einem Finger zu ihrer Speisekarte auf dem Tisch. Ganz groß neben ihrem Logo stand dort neuerdings: »Nein, auch wenn Sie es nicht glauben, hier gibt es KEINE Hafermilch.«

Merle sah erst Hille an und dann mich, schließlich sagte sie: »Okay, dann Espresso. Ich muss von Milch pupsen. Und das möchte niemand.«

Ich schüttelte schnell den Kopf, und Hille verschwand. »Heikles Thema. Sie hat selbst fast hundert Milchkühe«, raunte ich.

»Kühe sind nicht mehr zeitgemäß«, flüsterte Merle zurück. »Das weiß jeder.«

Ich seufzte. »So einfach ist es nicht.« Ich setzte gerade an, noch mehr zu sagen, als aus dem Nichts Ackermann auftauchte. Er entdeckte mich ebenfalls und war außer sich vor Freude. »Wo kommst du denn her?«, fragte ich ihn verdutzt, aber er war nicht gewillt, mir diese Frage zu beantworten. Stattdessen tauchte plötzlich Jakob auf. Mit der ZEIT unter dem Arm kam er aus dem kleinen Café geschlendert. Erstaunt starrte ich ihn an – von wegen beruflich unterwegs. Aber auch Jakob sah überrascht aus.

»Ah. Dann ist das wohl Jakob«, murmelte Merle, die geschickt die Geschehnisse kombiniert hatte. Und mit: »Der gerade bei der Arbeit ist«, zu einem weiteren Schluss gekommen war. Ich wusste nicht, ob ich aufstehen oder sitzen bleiben sollte, und es war möglich, dass ich rot wurde. Hatte ich mich etwa verhört, als Jakob gesagt hatte, dass er den ganzen Tag unterwegs sein würde?

»Hallo, ihr zwei«, sagte er und blieb vor unserem Tisch stehen. Er nahm mir meine Entscheidung ab, irgendetwas zu tun, denn er drückte mir kurz die Schulter. »Du musst Merle sein«, wandte er sich an meine Freundin, die den Kopf schräg legte und ihn mit zusammengekniffenen Augen anlächelte. So verhalten, wie nur sie es perfekt beherrschte. Immer dann nämlich, wenn sie argwöhnisch war.

»Und du bist also Jakob«, sagte sie.

»Ich bin mit dem Auto da. Soll ich euch mitnehmen?«, fragte Jakob und klang unbefangen, aber ich bemerkte sehr wohl die steile Falte zwischen seinen Augen, die dort sonst nicht war.

»Setz dich doch zu uns«, sagte Merle stattdessen, und überraschenderweise zögerte Jakob nicht eine Sekunde, legte die Zeitung auf den Tisch und ließ sich auf einen Stuhl fallen. Er fing an, mit Merle zu plaudern. Richtiges Plaudern, nette Gespräche über ihren Beruf, ihr Leben in der Großstadt, Science-Fiction-Romane und über die Tatsache, dass sie schon seit über zwanzig Jahre mit mir befreundet war. Immer wieder bemühte er sich, mich ins Gespräch einzubeziehen, seine Hand landete wie unbeabsichtigt auf meinem Arm, berührte meine Finger. Bei allen Fragen in seine Richtung bog er allerdings geschickt ab und antwortete nur sehr oberflächlich.

Tatsächlich nahm er uns am Ende, nach der Torte und der ganzen unbefangenen Unterhaltung, mit zum Hof zurück, und um halb neun lagen Merle und ich bereits ziemlich gemütlich in meinem Bett. Nach dem Espresso hatte es nämlich noch einen Rotwein gegeben, und ich hatte keine Lust, dass meine beste Freundin nachts kopfüber die steile Treppe ins Erdgeschoss hinuntersegelte.

»Der ist verliebt in dich«, sagte sie irgendwann und drehte sich zu mir auf die Seite. Ich lächelte schief. »Und du kannst ihn auch wirklich gut leiden«, fügte sie hinzu. Ich nickte etwas verhalten, dieses Gespräch lief in eine bestimmte Richtung, von der ich noch nicht wusste, ob sie mir behagte. »Ist dir denn mittlerweile eingefallen, woher du ihn kennst?«, fragte sie schließlich.

»Natürlich nicht«, erwiderte ich, und Merle kniff nachdenklich die Augen zusammen.

»Verliebt hin oder her, irgendetwas stimmt nicht mit dem«, sagte sie dann und sah mich eindringlich an. »Hilft dir denn auch sein Nachname gar nicht auf die Sprünge?«

Ich seufzte. »Ähem, den kenne ich gar nicht«, sagte ich langsam. Mir war klar, was diese Aussage für eine Reaktion hervorrufen würde. Komplettes Unverständnis. Und ich hatte recht.

Merle setzte sich abrupt auf. »Ella, dein fucking Job ist investigativer Journalismus. Und du schläfst mit einem Mann, dessen Nachnamen du nicht kennst?«

»Tja«, sagte ich bloß und atmete tief durch. »Das mit uns beiden hat sich eben so spontan ergeben …« Ich hielt kurz inne, denn vielleicht lag die Wahrheit auch ganz woanders. Vielleicht wollte ich gar nicht wissen, woher ich ihn kannte, deswegen sagte ich leichthin: »Ich bilde mir das eventuell nur ein. Dass ich ihn kenne.«

»Der Kerl muss im Bett eine absolute Zehn von zehn sein«, brummte Merle und sah mich prüfend an. Dem hatte ich nichts hinzuzufügen, und so stand ich noch einmal auf, holte zwei Tafeln Schokolade und kuschelte mich zurück ins Bett.

»Ich habe in den letzten zwanzig Jahren die ganze Welt neugierig befragt, ich mach das jetzt nicht mehr«, erklärte ich und wickelte die erste Tafel aus ihrem Papier. Dann hielt ich Merle ein großes Stück Vollmilch entgegen. Sie nahm es und biss beherzt davon ab. »Es ist alles neu und fremd. Und gleichzeitig beglückend und auf eine sonderbare Art vertraut. Unwissenheit ist auch eine Form von Glück«, sagte ich energisch und biss ebenfalls von der Schokolade ab.

»Hey, wo ist die alte Ella geblieben? Die allen mit ihrer Fragerei auf die Nerven gegangen ist?«, wollte Merle wissen und verlangte mehr Schokolade, indem sie mit der Hand vor meinem Gesicht wedelte.

»Ich sammle jetzt Glück«, erklärte ich nachdrücklich. »Ich bin glücklich in diesem kleinen Haus.« Ich dachte einen Moment lang nach. »Glücklich mit meinem Körper. Er hat mit mir zusammen gefühlt tausend Bäume beschnitten und tiefe Löcher ausgehoben. Oh, und ich habe jetzt Morgenglück. Das ist das Gegenteil von Morgengrauen. Mit einem Kaffee im Bett liegen und aus dem Fenster gucken, das ist Glück.«

»Aha«, machte Merle trocken. Es war höchst erstaunlich, aber sie hakte nicht weiter nach. Sie nahm meine Worte so hin und kam auch in den übrigen vier Tagen, die sie noch hier war, nicht mehr darauf zu sprechen.

Sichtlich erholt brach sie am Wochenende auf, um sich ihrem Lektorat zu widmen, und ich widmete mich meinen kleinen Lebensroutinen und Jakob.

Vier Wochen später wurde es wieder mal hektisch auf dem Hof. Es gab offenbar immer bestimmte Zeiten, zu denen der Wahnsinn ausbrach. Setzen der Jungpflanzen, Rückschnitt, Pilzerkrankungen und, wie ich heute lernte, der ominöse Apfelfall. Dabei ging es darum, den Fruchtbehang auszudünnen. Ich hatte mich an das Obstbauern-Sprech ja durchaus schon gewöhnt, aber Fruchtbehang ausdünnen war jetzt wirklich etwas ganz Neues.

Ich wusste auch nicht, dass Apfelbäume automatisch Ende Mai damit begannen, kleine Äpfel selbstständig abzuschmeißen. Das taten sie, damit die größeren Früchte eine bessere Chance hatten. Ein ziemlich hartes Konzept. Wenn man von den großen Äpfeln lebte, weil ja nur die von den Konsumenten und Handelsketten eingekauft wurden, musste man sogar noch etwas nachhelfen und nach dem natürlichen Apfelfall auch noch diejenigen Äpfel entsorgen, die vermutlich niemals eine Verkaufsfähigkeit erlangen würden. Weil zu klein und zu hässlich. Ein hartes Schicksal.

Also standen wir an einem sommerlich heißen Tag zusammen mit Heinz Jürgensen bei den Gala-Äpfeln und wurden von ihm unterrichtet, wie man denn jetzt am besten die kleinen oder schadhaften Äpfel entdeckte, herausdrehte und entsorgte. Wenn man ihm Glauben schenken durfte, war das eine eigene wissenschaftliche Disziplin. Und offenbar war er der Meinung, dass ich von gar nichts eine Ahnung hatte. Schon gar nicht von Äpfeln.

»Ella«, sagte er gerade zum wiederholten Male strafend. »Dieser Apfel ist perfekt. Warum reißt du ihn ab?« Er hielt mir das Corpus Delicti unter die Nase und wackelte damit herum. Ich blickte erst ihn, dann den Apfel an und seufzte lautlos. »Der war einfach kleiner als seine drei Brüder«, erklärte ich schließlich.

»Das war der falsche Apfel«, sagte Heinz mit Grabesstimme.

»Okay, Heinz, ich werde mich mehr bemühen«, erwiderte ich, ohne zu lächeln. Lächeln war bei Heinz völlig kontraproduktiv. Er sah sich dann absolut im Recht, wobei es natürlich durchaus möglich war, dass er recht hatte. Er kannte sich in Sachen Apfel besser aus, aber dieser Apfel war einfach der schrumpeligste in seiner kleinen Apfelfamilie gewesen. Vielleicht konnte Heinz mich einfach nicht ausstehen, denn sowohl Jakobs als auch Pias Arbeit kritisierte er nicht. Und ich war mir sicher, dass die beiden es nicht besser konnten als ich.

Heinz verschwand, und ich arbeitete schlecht gelaunt weiter, als Jakob auf mich zusteuerte, einen Korb mit zu klein geratenen Äpfeln im Arm.

»Ella. Du bist ja voll die Low Performerin hier«, erklärte er lachend und sah sich dabei suchend nach Mecker-Heinz um.

Ich warf ihm einen finsteren Blick zu. Wir hatten uns in der letzten Woche wenig gesehen, denn da hatte Jakob tatsächlich jeden Morgen, mit Ackermann im Kofferraum, den Hof verlassen. Offenbar hatte er einen neuen Auftrag gehabt, und ich hatte ihn schon die ganze Zeit danach fragen wollen, denn bis jetzt hatte ich absolut keine Ahnung, womit konkret er sein Geld verdiente. Unternehmensberatung war ja nun ein weites Feld. Allerdings vertagte ich das dann immer wieder.

»Soll ich Heinz mal ein paar Takte erzählen?«, fragte Jakob unvermittelt. Perplex sah ich ihn an. Wollte Jakob etwa gerade für mich in die Bresche springen?

»Oder wäre das unangemessen?«, schob er direkt hinterher und runzelte die Stirn.

»Es wäre zumindest sehr ritterlich, aber die Ritterzeit ist halt auch schon 'ne Weile vorbei«, erwiderte ich vorsichtig.

»Ja, nun«, sagte Jakob. »Ich fühle mich irgendwie zuständig«, erklärte er und schenkte mir ein strahlendes Lächeln, dann beugte er sich plötzlich nach vorne und gab mir einen Kuss mitten auf die Lippen. Alle konnten es sehen, und als Jakob einen Schritt zurücktrat, stellte ich fest, dass auch alle es gesehen hatten. In Jakobs Augen blitzte es. Fast so, als hätte er soeben eine ziemliche Heldentat vollbracht. Bevor ich allerdings auch nur die Chance auf eine Reaktion bekam, rief Pia in Endlautstärke: »Ich habe das safe nicht mitbekommen!«

»Ja, nun«, sagte ich zu Jakob und amüsierte mich darüber, dass er so stolz wirkte.

Später schlenderten wir unter den äußerst wachsamen Blicken von Pia zu unseren Häusern. »Schönen Abend euch!«, rief Pia in einer ungewohnt hohen Tonlage hinter uns her.

»Ich komme noch auf einen Tee mit zu dir, okay? Nun brauchen wir ja nicht mehr so zu tun, als würden wir jeden Abend getrennte Wege gehen«, sagte ich daraufhin, und Jakob brummte irgendetwas Unverständliches und lachte leise.

In seinem Häuschen begrüßte uns Ackermann stürmisch und bekam erst mal sein Abendessen. Mir war nicht klar gewesen, dass Hundefutter heutzutage durchaus appetitlich roch. Das Zeug sah aus wie Ragout, und wenn ich ehrlich war, hätte man es mir auf einem Teller gereicht, ich hätte arglos davon gekostet. Allerdings betrachtete Ackermann das ihm dargebotene Abendessen im Napf nur mit gerunzelter Stirn, kostete zwei Happen und tapste dann zurück zu seiner Hundedecke, um sich darauf niederzulassen.

»Oh«, sagte Jakob, der gerade die leere Hundefutterdose gegen zwei Gläser Weißwein getauscht hatte. Von wegen Tee. Er stellte sein eigenes Glas auf die Küche, ging zu Ackermann und kniete sich vor ihm auf den Boden. »Was ist los?«, fragte er seinen Hund und rieb ihm sanft die Stelle zwischen den Schlappohren. »Das ist dein Lieblingsfutter.« Ackermann erhob sich etwas schwerfällig, legte Jakob den Kopf auf die Schulter und ließ sich die Brust kraulen, bis er sich irgendwann erbarmte und erneut zu seinem Futternapf wanderte, so als wüsste er, dass es Jakob wichtig war. Der erhob sich und setzte sich zu mir.

»Wo warst du letzte Woche eigentlich? Was war das für ein Job?«, fragte ich und nippte an meinem Wein. Das war doch jetzt mal eine gute Gelegenheit.

»Ich habe ein Projekt abgeschlossen«, antwortete Jakob und drehte das Weinglas zwischen den Fingern. »Ich denke, spätestens nächsten Monat geht es mit einem weiteren Auftrag los. Ich muss mich aktuell leider wieder ein wenig dem Geldverdienen widmen.« Danach schwieg er einen Moment und trank von seinem Weißwein.

»Worum ging es?«, fragte ich, und Jakob zog die Stirn kraus. »In deinem Projekt«, fügte ich hinzu. Meine Neugierde war ja nun nicht völlig eingeschlafen. Kleine Reste kreisten noch in mir.

»Nachhaltige Sneakers aus Segelstoff«, erklärte Jakob.

»Wow«, sagte ich. »Und das funktioniert?«

Er wiegte den Kopf. »Bedingt. Das Material muss relativ aufwendig vorbereitet werden. Daran arbeitet das Unternehmen noch. Wenn sie da einige Probleme in den Griff bekommen, kann das gut werden.«

»Verrätst du mir deinen Nachnamen?«, fragte ich dann schnell. Vielleicht schadeten ein paar Basisinformationen nicht.

»Äh … habe ich das nicht?« Jakob zog eine Augenbraue hoch.

Ich schüttelte den Kopf. »Wir hatten bisher nur Sex.«

Er grinste kurz. »Aber nicht lachen.«

Ich schüttelte den Kopf, kreuzte die Finger und hielt sie hoch.

»Hunkenschröder.«

Ich lachte nicht. Ich blieb ganz ernst. Jakob Hunkenschröder. Nun denn.

»Ja, ich weiß. Deswegen heißt mein Unternehmen auch nicht Hunkenschröder Consulting, sondern PDA-Consulting. Habe ich mir ausgedacht und steht für nichts.« Er zuckte die Schultern und sah hinüber zu Ackermann, dann kniff er kurz die Lippen zusammen, kam erneut auf die Beine und lief zum Hundenapf. »Ackermann«, sagte er leise und drehte sich zu seinem Hund um, der wieder auf seiner Decke lag. Der Napf war nach wie vor voll. Seufzend stellte Jakob das Futter in die Spüle.

»Frisst er sonst immer alles auf?«, fragte ich, weil Jakobs Sorgen plötzlich so greifbar waren.

»Er ist eigentlich ein Futtervertilgungswesen wie ein Labrador«, sagte er und setzte sich wieder zu mir.

»Vielleicht hat er einfach einen schlechten Tag?«, versuchte ich eine harmlose Erklärung zu finden.

»Ja, vielleicht«, erwiderte Jakob und warf mir ein abwesendes Lächeln zu. Er nahm sein Weinglas, trank einen Schluck und fragte dann leise. »Ella?«

»Hm?«

»Man merkt mir das nicht so an, aber ich bin ein ziemlich introvertierter Typ.« Er räusperte sich und sah erneut zu seinem Hund.

»Sind das nicht die, die keinen Small Talk können und Menschen hassen?«, fragte ich zurück.

»Nee. Das sind einfach die, die unter Menschen nicht so gut Kraft tanken können.« Er lächelte verhalten und hob wieder eine Augenbraue, trotzdem merkte ich, dass er gedanklich ganz woanders war.

»Und so einer bist du?«

Jakob kratzte sich den Bart. »Ja«, sagte er schließlich. »Deshalb muss ich manchmal die Bremse ziehen und mich zurückziehen. Ich wusste das auch lange nicht. Aber es ist in den vergangenen Tagen und Wochen so viel passiert, dass ich heute Abend allein sein muss. Das muss sich alles setzen. Ich brauche Zeit zum Durchatmen.«

Ich betrachtete ihn einen Augenblick und hielt mich an meinem Weinglas fest. Das war unerwartet gekommen. Er konnte mit mir nicht durchatmen? »Und wie hast du es dann rausgefunden, wenn du es offenbar selbst nicht wusstest?«

Jakob zögerte, dann sagte er schlicht: »Ich habe eine Therapie gemacht.«

Eine Therapie? Der in sich ruhende Jakob? Das hätte ich nicht gedacht. »Gute Nacht«, sagte ich schließlich und stand auf. Ich wollte es nicht als Zurückweisung sehen, trotzdem zog mein Magen sich ein wenig zusammen. Jakob war ebenfalls aufgestanden, hatte mir aber eine Hand auf die Schulter gelegt, um mich zurückzuhalten. »Ella, das ist nicht gegen dich, sondern für mich. Ich brauche das. So war es auch in Hilles Café. Ich brauchte eine Auszeit. Damit ich dich morgen wieder küssen und vor Heinz verteidigen kann.«

Ich beugte mich vor, und Jakob schloss seine Arme um mich. Für einen Augenblick standen wir dicht beisammen, und ich hörte seinen Herzschlag.

»Schlaf gut«, sagte ich und löste mich langsam von ihm. Dann ging ich zu Ackermann, der ein paarmal schläfrig mit der Rute auf den Boden klopfte. Ich streichelte ihm sanft die Brust und ließ meine Hand kurz auf seinem Brustkorb liegen. »Schlaf gut, Ackermann«, sagte ich leise und ging.

An diesem Abend rief ich meine Jungs an. Es war schon praktisch, dass sie beide in derselben WG lebten. Sie lagen dann gemeinsam auf dem Bett, wie früher, als sie klein waren, und hatten das Telefon auf Lautsprecher. Meine Söhne erzählten von der vermaledeiten Krankenkasse, dem Studium, der wundersamen Tatsache, dass Klopapier ja gar nicht in dem Schrank unter dem Waschbecken wuchs, und vielen anderen kleineren und größeren Problemen des Alltags. Irgendwann fragte Finn mich unerwartet: »Mama, wie geht es dir eigentlich? Jetzt haben wir die ganze Zeit nur geredet.«

Völlig verdattert warf ich dem Telefon einen Blick zu. Es geschahen noch Zeichen und Wunder. »Mir geht es gut. Ich wurde heute von Heinz angemotzt, weil ich die falschen Äpfel abgemacht habe. Aber sonst … gut. Oh, und meine Doku wurde gecancelt.«

»Was?«, rief Jasper in den Lautsprecher. »Warum erzählst du das denn nicht? Das ist ja scheiße!«

»Ja. Ziemlich«, bestätigte ich. Die zwei ergingen sich noch ein wenig in üblen Beschimpfungen auf meinen Arbeitgeber, und dann fragte ich sie: »Was würdet ihr sagen, wenn ich wieder anfange zu daten?«

Einige Sekunden herrschte Schweigen am anderen Ende. »Wie, mit Tinder? Ist das was für dein Alter?«, fragte Finn, der schon immer der große Diplomat unserer Familie gewesen war.

»Was denkt ihr denn? Braucht man grundsätzlich einen Partner?«, fragte ich weiter. Wir hatten noch nie über dieses Thema gesprochen. Als Alex und ich uns getrennt hatten, schien das für beide Jungs kein so abwegiger Schritt gewesen zu sein. Es wirkte mehr so, als hätten sie nur darauf gewartet, was kein gutes Licht auf Alex und mich als Paar geworfen hatte.

»Du? Du brauchst doch keinen Mann«, sagte Jasper wie aus der Pistole geschossen.

»Weil ich die Superemanze bin, oder was?«, fragte ich entsetzt zurück.

»Mama«, erwiderte ausgerechnet Finn. »Papa hat dich gebraucht. Jetzt hat er Melanie. Der ist doch sonst total lebensunfähig. Sie übrigens auch, aber sie ist wenigstens nett.«

»Ja, nett«, bestätigte Jasper. »Aber so richtig bekommt die auch nichts auf die Reihe.«

»Also Papa hast du nicht gebraucht. Der hat dich gebraucht. Warte doch einfach ab, was passiert. Irgendwas passiert doch immer!«, sagte mein jüngerer Sohn, und es klang nach einer guten

Lebensweisheit. Keiner von beiden würde einen Schaden nehmen, wenn ich ihnen irgendwann Jakob vorstellen würde, so viel stand fest. Ich stutzte über meinen eigenen Gedanken, während Jasper auflachte: »Mutter, wir müssen ins Bett. Morgen früh um acht ist Uni.«

Ich grinste. »Sorry, dass ich euch vom Schlafen abgehalten habe. Hab euch lieb.«

»Wir dich auch«, erklang es unisono aus der anderen Leitung.

15

Erdbeere, Kirschen und eine Hitzewelle

Bestürzt stand ich neben Theo, der zwei vertrocknete Kirschen in der Hand hielt und wirkte, als wäre er kurz davor, in Tränen auszubrechen. »Weißt du, Ella«, sagte er leise. »Wenn du die Bäume hegst und pflegst und dann den Früchten beim Eintrocknen zusehen musst, ist das, als ob dir jemand das Herz herausreißt und es zerquetscht.«

Theo hatte eine höchst melodramatische Seite, wie ich inzwischen wusste. Allerdings verstand ich sein Dilemma, denn hier ging es um seine Existenz. Er und Pia schafften es allein nicht, alles abzuernten, und die Ernte vertrocknete ihm direkt am Baum, zumal Pia auch noch den Hofladen mit dem Direktvertrieb betreuen musste. Wenigstens ihren Job im Getränkemarkt hatte sie während der Erntephase auf Eis gelegt.

Theo wurden die Kirschen und Erdbeeren geradezu aus der Hand gerissen. Eigentlich hätten vor einer Woche drei Erntehelfer anreisen sollen, aber aus unerfindlichen Gründen waren sie nicht gekommen und auch nicht erreichbar.

»Noch nicht mal die Stare kommen mit dem Pflücken hinterher«, sagte Theo traurig.

Ich legte ihm tröstend einen Arm um die Schulter, fühlte mich aber ziemlich hilflos angesichts seiner aussichtslosen Lage. Jakob und Ackermann kamen vom Fluss her auf uns zu. Jakob trug trotz der hohen Temperaturen einen Anzug, und er hatte sich den Bart gestutzt und die Haare geschniegelt, das konnte ich selbst auf die Entfernung erkennen. Das lenkte mich von Theos Drama ein wenig ab, weil mein Herz einen Zacken zulegte. Das passierte immer, wenn ich Jakob unverhofft sah. Ich benahm mich nämlich weiterhin wie eine Vierzehnjährige. »Mach doch ein Event daraus. Lass die Leute selbst ernten«, sagte ich deshalb schnell, um mich abzulenken.

Theo brummte missmutig. »Bei der Hitze läuft das nicht. Dann grabbeln die Leute alles an, schmeißen Müll unter die Bäume, verheddern die Netze, brechen Äste ab, und hinterher musst du mit ihnen noch über die Bezahlung diskutieren. Außerdem bringt es nichts, wenn da fünf Leute über den Tag verteilt kommen und jeweils ein Kilo pflücken. Von der Verkehrssicherheit mal ganz abgesehen.«

»Ah«, machte ich. Theo schien diesen Gedanken schon intensiv durchdacht zu haben. Mittlerweile waren Jakob und Ackermann bei uns angelangt.

»Moin, Theo, ich muss gleich los, aber ich bin am Nachmittag zurück. Dann helfe ich euch.« Jakob wandte sich zu mir. »Ella, wäre es möglich, dass Ackermann bei dir bleibt?«

»Klar«, erwiderte ich ein wenig erstaunt und kraulte den Hund, der bei meinem Anblick mit der Rute wedelte, hinter den Ohren. Zweifelsohne betrachtete er mich als Teil seines Rudels. »Er ist ein bisschen komisch drauf. Ich möchte ihn nur ungerne allein lassen. Passt du bitte auf, dass er im Schatten bleibt? Und genug Wasser hat?«, bat Jakob und zog aus der Hosentasche eine Armbanduhr, die er sich über das Handgelenk streifte.

»Ich habe zwei Kinder relativ schadenfrei großgezogen«, erklärte ich und konnte mir ein Grinsen nicht verkneifen. Jakob hätte definitiv eine exzellente Mutter abgegeben. Er sah mich an und sagte: »Sorry. Dämlich von mir.«

Er wandte sich bereits zum Gehen, dann hielt er noch einmal inne und legte mir die Hand auf die Schulter. »Schon die gute Nachricht des Tages gehört?«, raunte er, und ich schüttelte den Kopf. »Jemand hat der Grundschule, der Kita und dem Tierheim in Delmenhorst jeweils einen Goldbarren in den Briefkasten gelegt. Im Wert von über zehntausend Euro.«

»Unglaublich«, antwortete ich und erfreute mich kurz an dieser tollen Nachricht. Jakob verschwand, und Theo holte mir mehrere Schubkarren mit Erntekisten, damit ich schon mal anfangen konnte.

»Den Trecker bringe ich dir nachher. Ich muss mich kurz um den Mehltau an den Wellant kümmern. Die sind anfällig dafür«, erklärte er, drehte sich um, eilte los, blieb stehen, kam zurück und sah mich eindringlich an. »Ich finde das gut«, sagte er dann nachdrücklich.

»Was findest du gut?« Ich konnte ihm nicht folgen.

»Das mit dir und Jakob. Das geht mich nichts an, aber ihr passt gut zueinander. Finde ich.« Er sah mich dabei so ernst an, dass ich blinzeln musste und dann peinlich berührt die prallen Kirschen vor meiner Nase betrachtete. Auf der anderen Seite hätte Theo eben fast geweint, weil er seine Kirschen nicht vom Baum bekam. Vielleicht war es genau der richtige Moment, um offen und ehrlich zu sein. Ich hatte das Gefühl, dass das der richtige Ort dafür war. Es gab keine Spielchen, kein Taktieren, und ich hoffte, dass das ebenso für Jakob galt.

»Ich weiß nur leider so wenig über ihn«, sagte ich deshalb schnell.

»Hm«, machte Theo und klang ein wenig erstaunt. »Ich auch. Gar nichts. Ich glaube manchmal, er ist Geheimagent auf Mission. Oder ein Agent im Ruhestand«, vertraute er mir an. »Ein bisschen so, als hätte es ihn vor seinem Einzug nicht gegeben.«

»Aber er hat Kinder. Also hat es ihn gegeben«, erklärte ich.

»Ja, und er weiß eine Menge über Förderanträge und solche Dinge. Er hat mir da ein paarmal echt geholfen. Hätte ich mir einen Berater genommen, hätte der mindestens fünfhundert Euro gekostet. Jakob hat es einfach so gemacht.«

»Er ist ein cooler Typ«, sagte ich und zuckte die Schultern. Theo grinste kurz und nickte knapp. »Ich muss los.«

Als er weg war, holte ich Ackermann erst mal eine große Schale Wasser und besorgte auch gleich noch eine Flasche für mich selbst, dann machte ich mich an die Arbeit. Ich pflückte die prallen Früchte und legte sie sorgfältig in die Plastikkisten, die Theo zwischen den Baumreihen verteilt hatte. Eine wunderbare, meditative Arbeit. Die Luft war erfüllt von zuckriger Süße, und hin und wieder traf ich eine der Amseln, die sich ebenfalls an den Früchten bedienten. Ich pflückte verträumt vor mich hin und dachte ausnahmsweise an nichts, außer vielleicht daran, wie warm es heute Nacht in meinem Häuschen sein würde. Es war seit Tagen brütend heiß, und ich hatte definitiv das Montags-Haus erwischt. Es war im Winter nicht nur ein Kühlschrank, sondern im Sommer auch direkt ein Backofen. Eine Gluthölle, was unter anderem daran lag, dass der kleine Ahorn, der sich mal irgendwann zu einem Schatten spendenden Hausbaum entwickeln würde, noch in den Kinderschuhen steckte.

Ackermann folgte mir von Baum zu Baum und legte sich jeweils darunter in den Schatten. Er schlief oder beobachtete mich, aber er wirkte tatsächlich etwas matt. Was auch kein Wunder war, wir hatten sicherlich an die dreißig Grad, und dabei war es noch nicht mal Mittag. Zwischen den Kirschen war es allerdings ganz gut auszuhalten, und immer mal wieder benetzte ich Ackermanns Pfoten mit ein wenig Wasser. Als Theo erneut auftauchte, mit zwei kleinen eisgekühlten Flaschen rotem Apfelsaft in der Hand, hatte ich schon drei Kisten gefüllt. Blieben noch gefühlt siebenhundert Bäume.

Ich streckte mich und lockerte kurz meine Schultern. Wir würden das in dieser schmalen Besetzung niemals schaffen. Wir arbeiteten gegen die Zeit. Die Kirschen waren reif. Jetzt. Nicht morgen und nicht übermorgen. Sie würden nicht warten.

Auf einmal kam mir eine Idee. »Weißt du was?«, sagte ich zu Theo und trank meinen Saft aus, der einfach köstlich schmeckte. »Ich frag meine Jungs.«

»Ich bezahle sie!«, sagte Theo sofort, aber ich schüttelte den Kopf. »Die können mal etwas für mich machen.«

Ich wählte erst Jaspers Nummer, und als der nicht ranging, klingelte ich bei Finn durch. »Jasper hat dich auf lautlos gemacht«, ging mein jüngerer Sohn direkt ans Telefon.

»Das ist ja eine erbauliche Information«, kommentierte ich das.

»Ich kann jetzt nicht!«, rief Jasper so laut im Hintergrund, dass ich ihn glasklar verstehen konnte. »Er sitzt auf dem Pott, Mama«, erklärte Finn.

»Habt ihr beide zwei oder drei Tage Zeit?«, fragte ich, um direkt zum Thema zu kommen.

Finn zögerte. »Warum?« In seiner Stimme lag ein gewisser Argwohn.

Ich nahm mir ein Herz, denn die Jungs waren immer schon ganz wunderbar darin gewesen, nur die Dinge zu tun, zu denen sie Lust hatten. Und wenn sie sich nicht sicher waren, ob ein Vorhaben gut war, hielten sie sich alle Optionen möglichst lange offen. Ihre Standardantwort war deswegen: »Mal sehen«, verbunden mit einem freundlichen, aber unverbindlichen Lächeln.

»Weil ich euch hier brauche. Jetzt«, sagte ich ziemlich energisch.

»Ist was passiert?«, fragte Finn und klang bestürzt.

»Ja, hier trocknen die Kirschen am Baum ein, und wir brauchen dringend starke junge Männer, die uns bei der Ernte helfen«, erklärte ich.

»Ich dachte, du willst da einfach mal ’ne Auszeit machen?«, fragte Finn.

»Nix Auszeit, es ist wirklich ernst. Die Erntehelfer sind ausgefallen, hier geht’s um Theos Existenz. Ich schreib euch auch eine Entschuldigung für die Uni.«

Finn bekam einen Lachanfall. »Geht klar, Mama, wir kommen«, sagte er, als er sich wieder beruhigt hatte. »Wenn Jasper endlich fertig ist, fahren wir los.« Dass sein Bruder auf der Toilette Zeter und Mordio schrie, weil er am Wochenende irgendeine wichtige Lernveranstaltung hatte, ignorierte er und legte auf. *Geht klar. Wir kommen.*

»BAM!«, sagte ich und ließ das Handy sinken. So einfach war das? Ackermann betrachtete mich mit schief gelegtem Kopf und klopfte sanft mit der Rute auf den Grasboden. »Das habe ich aber gut gemacht«, sagte ich zu ihm.

Und so kam es, dass meine Jungs zwei Stunden später mit ihrem alten Auto auf den Hof gebrettert kamen, sich in mir völlig unbekannte Arbeitsklamotten schmissen und anschließend sofort loslegten. Und dafür, dass ich bis vor wenigen Jahren noch gedacht hatte, die beiden würden auf ewig Nudeln mit Ketchup essen und es nie lernen, ihre Schuhe zuzubinden, stellten sie sich gar nicht mal ungeschickt an.

Ich genoss es, meine Jungs um mich zu haben. Jakob tauchte auch irgendwann wieder auf, und so, wie wir es die Wochen davor gehalten hatten, bildeten wir wieder ein Team. Wir waren sozusagen das Schnitt- und Pflückteam. Gut, und das sexuell aktive Team. Bei dem Gedanken musste ich kurz grinsen, schüttelte dann aber schnell den Kopf, um diese schlüpfrige Betrachtungsweise unter Kontrolle zu bringen.

»Und was hast du für einen neuen Auftrag an Land gezogen?«, fragte ich zur Ablenkung, während ich mit schmerzenden Fingern Kirschen vom Baum zupfte.

»Es geht um den Anbau von weißer Lupine. Das ist sozusagen die Sojabohne des Nordens …«, setzte er an, und ich drehte mich zu ihm um. »Darüber habe ich gerade eine Reportage gesehen«, unterbrach ich ihn.

»Ja, äh, willkommen in meinem Satz.« Er grinste kurz, und ich biss mir auf die Lippen. »Leider ist der Anbau pflegeintensiv. Die Pflanzen sind relativ anfällig, bis jetzt kann man nur sehr kleine Mengen ernten, aber in der Zukunft könnte das ziemlich nachhaltiger Fleisch- und Sojaersatz werden.«

»Deine Schwerpunkte sind also Innovation und Nachhaltigkeit«, sagte ich nach kurzem Nachdenken. Als Jakob nicht antwortete, sah ich ihn von der Seite an. Er wirkte plötzlich ein wenig versteinert. »Stimmt doch, oder?«, hakte ich nach, und Jakob nickte etwas knapp.

»Ja«, murmelte er dann und wechselte in atemberaubender Geschwindigkeit das Thema. »Wissen deine Jungs von uns?«

Diese Frage ließ mich ebenfalls leicht erstarren. Stimmt, da war ja noch eine Welt außerhalb unserer kleinen Häuschen und der Obstbäume. Ich schüttelte den Kopf. Ob seine Kinder von uns wussten?

»Nee«, erwiderte ich langsam. »Ich erzähl es ihnen später. Es wird sie aber nicht belasten. Denke ich.«

»Du musst es ihnen ja nicht erzählen.« Was war heute los mit ihm? Er wirkte irgendwie zerstreut.

»Könnte ich aber«, sagte ich.

»Ja.« Schweigen. Dann: »Ich mache mir echt Sorgen um Ackermann.«

Ich drehte mich zu dem Hund um. »Es ist warm. Das geht uns allen auf den Kreislauf.«

»Klar, aber ich gehe nachher trotzdem mal bei Hannes vorbei«, erwiderte Jakob. »Nur zur Sicherheit.«

Schweigend arbeiteten wir weiter, und der rote Kirschsaft sprenkelte meine Hände. Irgendwann hatte ich das Gefühl, dass sich langsam glühendes Blei in meinen Füßen sammelte. Dazu gesellte sich kochende Watte in meinem Kopf. Ich war völlig fertig und setzte mich zu Ackermann unter den Baum. Die Temperatur schien noch mal gestiegen zu sein, und ich war seit Stunden im Einsatz. Kein Wunder, dass ich so erledigt war.

Kurzerhand legte ich mich ins Gras und sah hoch in den Kirschbaum über mir, während Ackermann mir seinen Kopf auf den Bauch legte und behaglich grunzte. Das war zwar noch wärmer, aber irgendwie auch sehr schön. So herumzuliegen war eine Wohltat.

»Mama!«, rief Finn empört. Ich seufzte, rührte mich aber nicht. Finn war immer der Meinung, alle würden weniger tun als er. Das gehörte zu ihm, seit er das Licht der Welt erblickt hatte. Er hatte früher sogar gezählt, wie viel Besteck er zum Tisch getragen hatte, und es dann gegen die Handgriffe seines Bruders aufgerechnet. Meine Füße zuckten und wollten aufspringen. Weiterarbeiten. So war ich konditioniert.

»Ey«, sagte Jakob und drehte sich zu Finn um. »Deine Mutter erntet seit heute Morgen. Hol ihr lieber was Kaltes zu trinken.« Er sagte das durchaus humorig, aber es zeigte Wirkung, denn Finn ließ seinen Erntekorb im Stich und marschierte gehorsam vom Kirschenfeld. Ich drehte im Gras liegend den Kopf und sah ihm hinterher. Einige Minuten später tauchte er wieder auf, wie Rotkäppchen mit einem Korb voller eisgekühlter Getränke über dem Arm. Er verteilte Apfelsaft, Wasser und Cola an alle. Ich setzte mich auf und bekam einen Saft in die Hand gedrückt. Meine Jungs arbeiteten weiter, während sie ihre Cola tranken. Ich wollte sie schon warnen, dass sie bitte darauf achten sollten, dass ihnen keine Biene oder Wespe unbemerkt in die Flasche flog, und biss mir dann doch auf die Zunge. Die Jungs waren wirklich alt genug.

»Du hast manchmal zauberhafte ritterliche Anwandlungen«, sagte ich stattdessen zu Jakob, der daraufhin die Hände sinken ließ. »Ist das doof?«, fragte er.

Ich musste kurz lachen und sagte: »Quatsch!« Dann legte ich Ackermann vorsichtig einen Arm um den Rücken, damit er nicht von meinem Schoß rutschte, und trank erst mal einen Schluck. Dabei betrachtete ich Jakob, der zwar weiterarbeitete, aber mir einen kurzen Seitenblick zuwarf. Es dauerte einen Moment, bis ich es endlich begriff. Jakob war unsicher. Unsicher, ob sein Verhalten richtig war. Angemessen. Und das erschien mir erstaunlich, weil er sich doch sonst so sicher in der Welt bewegte, aber vielleicht war nichts so, wie es auf den ersten Blick schien. Vermutlich trugen wir alle diesen Funken Unsicherheit mit uns herum, die einen mehr, die anderen weniger. Und vielleicht kannte ich Jakob jetzt gut genug, um diese wohlgehütete Unsicherheit zu erkennen. Zufrieden über diese Erkenntnis legte ich mich wieder zurück ins Gras. »Fünfzehn Minuten!«, rief ich, damit nicht wieder jemand auf den Gedanken kam, ich mache hier blau.

Ich genoss die körperliche Schwere und hörte im Hintergrund die Jungs plappern. Es war herrlich. Ich hatte sie vermisst, und dass sie einfach so kamen, um zu helfen, machte mich froh. Womöglich war ich sogar einen Moment lang eingenickt, wach wurde ich zumindest, weil direkt neben mir plötzlich eine Stimme ertönte. »Was liegst du hier denn rum?«

Ich öffnete die Augen und sah Hille über mir thronen. Mit gerunzelter Stirn blickte sie auf mich runter. Das hier war aber heute Selbstfürsorge unter schwersten Bedingungen. Wieder zuckten meine Füße, und diesmal war Jakob zu weit weg, um für mich den Ritter zu mimen. Also wiederholte ich das, was er gesagt hatte.

»Ich pflücke seit heute Morgen. Jetzt brauche ich eine Pause. Und was machst du hier?«

»Helfen«, erwiderte Hille knapp und schnappte sich eine Erntebox. »Kann man ja nicht mit ansehen. Ein Obstbauer ohne Erntehelfer.« Ich drehte den Kopf und sah ihr zu, wie sie mit fachkundigem Griff begann, Kirschen zu pflücken. Wenn man hier lebte, sog man diese Fähigkeit offenbar mit der Muttermilch auf. Egal, ob man sonst üblicherweise in Kühen machte. »Und was ist mit Pia? Was hat das Mädchen?«, fragte Hille irgendwann.

»Wieso?«, fragte ich zurück.

»Kam mir über den Weg entgegengewankt und sah aus wie ein Gespenst.« Sie schüttelte den Kopf. »Kann die Hitze nicht ab, oder was?«

Ich schob Ackermann von mir und rollte mich zur Seite, um mit einem unterdrückten Stöhnen aufzustehen.

»Ich seh mal nach ihr«, murmelte ich und lief an den Kirschbäumen vorbei zu Pias Bauwagen. Der Weg war brütend heiß. Alles war so unheimlich warm, und ich hatte das Gefühl, langsam eine innere Kernschmelze zu erleiden. Meine Füße zumindest fühlten sich an, als hätte ich glühende Crêpes-Pfannen daruntergeschnallt. Ich klopfte an Pias geschlossene Tür und schob sie dann auf. In ihrem Bauwagen war es erstaunlicherweise recht kühl. Er stand unter mehreren großen Bäumen, was natürlich ein riesiger Vorteil bei dieser brüllenden Hitze war. »Hey«, sagte ich zu Pia, die zusammengekauert auf einem ihrer kleinen Sessel saß. »Was ist mit dir?«

Pia war weiß wie die viel besagte Wand. Also, sie war wirklich besorgniserregend blass. Sie blickte auf, presste kurz die Lippen zusammen und sagte dann: »Ich hab meine Tage bekommen.«

»Hast du eine Schmerztablette genommen?«, fragte ich und setzte mich ihr gegenüber, froh, mal ein paar Minuten sitzen zu können.

»Eine Schmerztablette?«, fragte sie zurück, und ein leicht ätzender Ton lag in ihrer Stimme. »Mir helfen keine Schmerztabletten. Hab alles ausprobiert. Die ersten zwei Tage sind direkt aus der Hölle.« Wie zur Bestätigung ihrer Worte atmete sie einmal tief durch. Pia ging es richtig dreckig, und meine Gebärmutter zuckte aus Solidarität gleich mal mit zusammen, ich kannte Regelschmerzen schließlich nur zu gut. Jahrelang hatte ich mich da durchgekämpft, mich mit Schmerzmitteln vollgestopft und nach außen so getan, als wäre nichts.

»Es ist besser, seitdem ich mich zwei Tage komplett rausnehme aus dem Leben und mich dem hingebe«, ächzte Pia und zog sich an der kleinen Küchenzeile hoch, um zum Bett zu wanken. Unschlüssig stand ich einen Moment herum. Sich dem hingeben? Die verdammten Kirschen mussten so schnell wie möglich geerntet werden, und Pia legte sich allen Ernstes ins Bett?

»Ich bringe dir ein Glas Wasser. Von Tee sehen wir bei der Hitze mal ab«, sagte ich, füllte ein altes Senfglas mit Wasser aus dem Hahn und stellte es ihr neben das Bett.

Pia hatte sich seitlich darauf zusammengerollt. »Ich wollte mein Bett doch noch frisch beziehen«, jammerte sie, und ich tätschelte ihr den Rücken. »Alles ein Kackscheiß.«

»Ruh dich aus, ich seh nachher noch mal nach dir, ja?«, erklärte ich und marschierte zurück zum Kirschfeld. Ich war verwirrt. Darüber, dass eine junge Frau sich einfach ins Bett legte, während alle anderen schufteten. Weil sie ihre Tage hatte. Niemals in meinem Leben hätte ich mir das herausgenommen. Dabei hätte ich es mir oft gewünscht. Einen Tag auf Pause stellen und mich mit einer Wärmflasche auf dem Bauch ins Bett legen, weil ich dem Leben und all seinen Anforderungen grad nicht gewachsen war.

Vorne bei den ersten Bäumen traf ich auf Theo, der die vollen Erntekisten auf den Hänger seines kleinen Treckers lud. »Alles okay?«, fragte er mich sofort, denn offenbar standen mir meine Gedankengänge ins Gesicht geschrieben.

»Ja, ich war grad bei Pia. Der hingegen geht es nicht so gut.«

Mit einem Stöhnen wuchtete Theo die letzte Kiste hoch. »Hat ihre Tage bekommen, was?«

Als ich nickte, seufzte er. »Verdammt. Die Arme.« Erstaunt sah ich ihn an. Mit Mitleid hatte ich nun wirklich nicht gerechnet. »Ihr geht es dann immer so schlecht. Das tut mir leid«, sagte er.

»Na ja, es ist etwas ungünstig, wegen der Ernte«, erwiderte ich und deutete auf die unfassbar vielen Bäume, die noch voller Kirschen hingen.

»Ja, richtig ungünstig. Aber Pia arbeitet sonst immer wie ein Ochse, und wenn die rote Zora kommt, muss sie sich zwei Tage hinlegen. Es gibt anscheinend viele Frauen, bei denen das so schlimm ist.«

Ich nickte bedächtig und dachte: Ja, Mann. Die gibt es. Eine steht gerade vor dir.

»Wenn du deine Tage hast, musst du übrigens auch nicht schleppen, ja? Wobei du sowieso nichts schleppen *musst*, weil du hier einfach so arbeitest, was daran liegt, dass du so ein unfassbar netter Mensch bist.« Er hielt inne und kniff die Lippen zusammen. »Ich beute dich aus. Bringen wir es doch mal auf den Punkt.«

»Theo. Du hast mich bezahlt«, erinnerte ich ihn, denn er war nicht davon abzuhalten gewesen. »Mit Mindestlohn. Und jetzt atme«, sagte ich und lief weiter, um mich zu den anderen Pflückern zu gesellen. Jasper und Finn hatten eine große Bluetooth-Box mitgebracht, die eigentlich mir gehörte. Ich würde sie mir nach getanem Arbeitseinsatz wieder unter den Nagel reißen, das Ding konnte ich wirklich gut gebrauchen. Es lief Danger Dan, und Jasper tanzte zwischen den Bäumen herum. Allerdings standen zu seinen Füßen gleich drei Ernteboxen, die gut gefüllt waren, deswegen sagte ich nichts. Sollte er halt tanzend pflücken. Es war eh total surreal, meine Jungs in diesem Kontext zu sehen.

Der Tag zog sich wie Kaugummi, aber wir wurden in seinem Verlauf zumindest immer mehr. Erst tauchte Margarete auf, dann Katha und schließlich Hannes. Verwirrenderweise trug er ein Stethoskop um den Hals, das er auch direkt zum Einsatz brachte, indem er Ackermann abhörte, der nach wie vor ziemlich schlapp im Schatten lag. Jakob ging zu den beiden rüber, und ich beobachtete, wie Hannes den Hund untersuchte. Als sie zurückkamen, um weiter Kirschen zu pflücken, sagte Hannes zu Jakob: »Geh mal mit ihm zur Schweineärztin. Ich glaube aber, es ist einfach das Alter.«

»Okay«, sagte Jakob und nickte knapp. »Mach ich. Danke.«

Ich schluckte trocken und pflückte weiter, ohne meine Fingerspitzen noch zu spüren. Das Alter also. Ich wusste gar nicht, wie alt Ackermann war, aber ich wollte jetzt nicht fragen. Jakob wirkte in sich gekehrt, daher ließ ich ihn in Ruhe.

Schweigend arbeiteten wir weiter, bis die Sonne untergegangen war und es endlich ein klein wenig kühler wurde.

Nach getaner Arbeit schaute ich noch mal bei Pia vorbei. Sie lag immer noch schlafend auf ihrem Bett. Kurz zögerte ich, befand dann aber, dass sie so nicht die ganze Nacht verbringen konnte. Außerdem roch ihr Bett nach Hundekorb, liebevoll ausgedrückt.

»Hey, wach mal auf«, sagte ich leise und rüttelte sie sanft an den Schultern. Sie blinzelte und verzog dann schmerzvoll das Gesicht. »Du nimmst jetzt mal eine Dusche, und ich beziehe in der Zeit dein Bett neu«, erklärte ich.

»Hä?«, fragte sie mit belegter Stimme.

»Es stinkt«, konkretisierte ich den Grund meines Anliegens.

»Uhhh«, murmelte sie bloß. Dann kletterte sie langsam aus dem Bett und wankte in ihr streichholzschachtelgroßes Bad. Ich sah ihr hinterher. Das war schon lustig. In der Bank wollte sie nicht arbeiten, weil ihr acht Stunden zu viel waren, und hier schaffte sie es vor lauter Arbeit noch nicht mal mehr, ihr Bett zu beziehen.

In einem unordentlichen Haufen neben den Sesseln fand ich frisches Bettzeug und machte mich ans Werk. Danach lugte ich in ihren Kühlschrank: gähnende Leere. Ich lief schnell zu mir rüber und holte das frische Brot, den kleinen Laib Käse und ein paar Tomaten, die ich gestern bei Hille im Hofladen gekauft hatte. In Pias Küche schnitt ich die Tomaten und das Brot auf, belegte die Scheiben mit Käse und goss Pia noch ein Glas Wasser ein. Die kam gerade in ein dickes Handtuch eingewickelt zurück in ihren Wohnraum.

»Oh, Ella. Das ist so lieb«, seufzte sie, zog sich ganz ungeniert vor mir an und legte sich auf ihr Bett.

»Jetzt isst du erst mal was, und dann ruhst du dich weiter aus. Und vielleicht versuchst du es doch mit einer Schmerztablette?« Ich setzte mich zu ihr auf die Kante.

»Die Gynäkologin sagt, man muss da auch mal durch. Das sei normal. Ist es aber nicht. TikTok ist voll von Frauen, die endlich offen über ihre Schmerzen reden. Allerdings fällt der Gyn nichts anderes ein, als die Pille zu verschreiben. Und die möchte ich nicht nehmen.« Sie schnappte sich das Brot und biss beherzt davon ab. Kauend erklärte sie: »Ich habe diese tollen Wärmepflaster entdeckt. Die helfen ein wenig, aber ich muss mich wirklich hinlegen. In der ganzen Schulzeit und während der Ausbildung bin ich so oft vor Schmerzen fast ohnmächtig geworden. Das mache ich nicht mehr.« Energisch schüttelte sie den Kopf. »Ist mir scheißegal, ob jemand sagt, Frauen müssen da durch.«

»Verstehe ich«, erwiderte ich nachdenklich und dachte an

meine Mens-Laufbahn. »Hab ich mein ganzes Leben so gemacht. Mich zusammengerissen.«

»Das ist nicht gut«, sagte Pia mit vollem Mund.

»Hab es noch nie anders probiert«, murmelte ich. »Wäre gar nicht auf die Idee gekommen.«

»Dir einfach Ruhe zu gönnen, wenn es dir schlecht geht?« Pia hielt im Kauen inne, und ich zuckte die Schultern. »Mit Kindern ging das nicht. Ich war immer berufstätig. Und meistens hatte ich nur männliche Kollegen. Da war irgendwie kein Raum für Menstruation.«

»Komisch, oder? Die Hälfte der Weltbevölkerung hat ihre Tage, und es ist so tabuisiert. Ich schwöre, würden Männer ihre Tage bekommen, hätten sie Menstruationstempel, wo sie sich täglich gegenseitig ihre vollgebluteten Tampons zeigen und am Ende den Mens-Meister krönen«, sagte Pia und biss noch einmal von ihrer Stulle ab. Ich musste so sehr lachen, dass mir die Tränen kamen.

»Pia!«, japste ich. »Genau so ist es.« Ich atmete tief durch. »Und wir sollen die Klappe halten und funktionieren.«

Pia nickte wütend. »So sieht's aus! Aber ich kenne so viele Frauen, die da einfach nicht mehr mitmachen.«

Ich drückte ihr den Arm. »Schlaf gut. Ich hoffe, es geht dir morgen besser.«

»Danke, Ella.« Ich erhob mich und stellte schnell noch den Käse in den Kühlschrank. Ich war offenbar alt. Oder vielleicht auch nur vollumfänglich kapitalistisch durchseucht. Diese Entwicklung in Bezug auf die Menstruation hatte ich nicht mitbekommen. Aber selbst meine Söhne sprachen völlig unbefangen über dieses Thema. Die zuckten nicht zusammen, wie beispielsweise ihr Vater, der nie in der Lage gewesen war, mir Tampons vom Einkaufen mitzubringen. Er hatte sich gebärdet, als hätte ich ihn gebeten, etwas Crystal Meth käuflich zu erwerben. Das war also eine neue Entwicklung. Und die war positiv. Als ich an der Tür war, sagte Pia: »Ella, deine Jungs sind übrigens voll cute.« Ich drehte mich noch einmal um. »Ich weiß«, sagte ich leise und grinste. »Meine Masterpieces.«

Meine Meisterstücke schliefen bei Theo, was mir sehr recht war, denn die beiden riesigen Kerle im Obergeschoss könnten die Kapazitätsgrenze meines Häuschens sprengen. Zumal beide Stunden im Bad und auf dem Klo brauchten. Ich hatte ja nicht mehr viel, aber das Wenige teilte ich offenbar nicht mehr so gerne. Auch das war eine interessante Erkenntnis.

Es gab bei Theo heute nur ein schnelles Abendessen im Stehen, weil alle furchtbar erschöpft waren und es morgen direkt nach Sonnenaufgang weitergehen würde. Theo hatte einen Teil der Ernte schon unter seinen Abnehmern verteilt und wirkte das erste Mal seit Tagen etwas entspannter. Mit Jakob und Ackermann zusammen lief ich nach dem Essen durch die dunkle Siedlung in Richtung Fluss.

»Du solltest bei mir schlafen. Deine Hütte ist ein Brutkasten«, erklärte Jakob ernst, und er hatte recht, der Abend hatte bisher keine nennenswerte Abkühlung gebracht. »Dem kann ich nur zustimmen«, sagte ich und hakte mich bei ihm ein. In Jakobs Küche tranken wir beide noch gierig ein Glas kaltes Wasser, und Jakob versuchte Ackermann ein wenig Nassfutter schmackhaft zu machen, aber der Hund hatte keinen Appetit.

»Du hast übrigens Erde im Bart«, sagte ich, um Jakob aus seiner Gedankenwelt zu holen, und rieb ihm sanft über das Gesicht. Er sah mich an, dann legte er sein Kinn an meine Stirn. Es kitzelte. »Du hast tolle Jungs«, flüsterte er. »Die können richtig anpacken.«

»Und das Erstaunliche ist, dass ich das nicht gewusst habe«, erwiderte ich. Jakob lachte und drückte mich noch einmal an sich, dann ließ er mich los. »Ich mache mir Sorgen um Ackermann. Ich weiß nicht, wie alt er ist. Aber Hannes sagt, er ist mit großer Sicherheit über elf oder zwölf.« Ich bemerkte einen tiefen Schmerz in seinen Augen. Jakob hatte Angst um seinen Freund.

»Das ist für einen Hund alt, oder?«, fragte ich vorsichtig. Er kniff kurz die Lippen zusammen und nickte. »Ziemlich alt.« Er räusperte sich. »Ich gehe morgen früh vor den Kirschen zur Schweineärztin. Kannst du vielleicht mitkommen?«

»Natürlich«, antwortete ich, und dann sprangen wir beide nacheinander unter die Dusche und kletterten ins Bett. Ackermann kam diesmal nicht zu uns. Ich reckte den Kopf über die Bettkante und sah zu dem großen Hund, der, den Kopf erhoben, in unsere Richtung blickte. Er wirkte sehnsüchtig, aber es schien, als hätte er zu wenig Kraft, um auf das Bett zu springen.

»Hol ihn«, sagte ich leise, und Jakob stand auf, nahm seinen Hund behutsam auf den Arm und legte ihn in die Kuhle zwischen uns, die ich ihm bereitet hatte.

16

Happy Markttag

Sehr früh am nächsten Morgen hob Jakob Ackermann in Theos Auto, wo er wieder wie ein Lämmerschwanz zwischen den beiden Vordersitzen stand. Das letzte Mal hatte er mich noch etwas suspekt betrachtet, jetzt waren wir so weit, dass er mir während der langsamen Fahrt den Kopf auf die Schulter legte und ich ihm dabei das rechte Ohr kraulte.

»Warum Schweineärztin?«, fragte ich, als wir das Ortsschild von Degenbrück passierten. Mir war immer noch nicht klar, weshalb ich mitkommen sollte. Jakob wirkte eigentlich nicht so, als bräuchte er in irgendeiner Lebenslage emotionale Unterstützung. »Weil Barbara sonst Nutztiere macht. Sie hat die Praxis ihres Vaters übernommen und ist die Tierärztin für große Tiere. Schweine und Rinder. Ich glaube, sie kümmert sich auch um die ganz hartgesottenen Landwirte, die dem Hausarzt nicht trauen. Sie ist ein wenig schroff, aber sie kann mit Tieren. Egal ob groß oder klein.«

Wir parkten auf einem malerisch hübschen Dreiseitenhof, der mit altem Kopfsteinpflaster ausgelegt war, und stiegen aus. Eine grauhaarige Frau mit wilden Löckchen und einer dreckstarrenden Latzhose marschierte in genau diesem Augenblick an uns vorbei.

»Mensch, so spät. Ich muss gleich los zu meiner Runde«, sagte sie tadelnd.

»'tschuldigung«, erwiderte Jakob und nahm Ackermann an die Leine. Ich wusste gar nicht, dass er eine Leine hatte, denn bei uns zu Hause lief er immer frei herum, aber Ackermanns leicht panischem Blick nach bestand hier durchaus Fluchtgefahr. Der Tierarztbesuch war ihm offensichtlich nicht geheuer.

Wir folgten der Frau in ein kleines Behandlungszimmer mit heller Beleuchtung, raumhohen Fliesen und einem kalt wirkenden Stahltisch in der Mitte.

»Und wer bist du?«, fragte die Tierärztin mich.

»Ella«, antwortete ich. »Guten Morgen.«

»Deine Freundin?«, wandte die Frau mit den wilden Kringellöckchen sich an Jakob.

»Meine Freundin«, bestätigte Jakob und klang dabei ganz selbstverständlich.

Die Tierärztin wiegte den Kopf und beugte sich dann zum Hund hinunter. »Okay. Gut, Ackermann. Guten Morgen«, sagte sie zu ihm, woraufhin Ackermann äußerst verhalten und wohl nur aus reiner Höflichkeit mit der Rute wedelte. »Schön, dich zu sehen, mein Freund. Wollen wir mal schauen, was dir fehlt, ja?«, fragte sie freundlich und rieb ihm dann sanft den Kopf. »Du musst auch nicht auf den Tisch. Ich weiß doch, dass du das nicht magst.«

Sie ging auf die Knie und sah ihm vorsichtig in die Ohren, ins Maul und in die Augen. Dann hörte sie ihn ab und untersuchte seine Pfoten und die Wirbelsäule. »Hast du das Gefühl, dass er Schmerzen hat?«, fragte sie Jakob und blickte auf.

»Schwer zu sagen. Er ist gestern jedenfalls nicht freiwillig auf das Bett gesprungen. Und er frisst schlecht«, antwortete er, während die Tierärztin Ackermann abhörte. Danach schlang sie sich das Stethoskop um den Hals und richtete sich auf.

»Seine Zähne sehen gut aus, aber sie zeigen uns oft ihre Probleme nicht direkt. Ich denke, wir machen mal ein Blutbild und geben ihm prophylaktisch etwas gegen Schmerzen. Ich höre da ein Herzgeräusch und schicke euch damit zu einer Kollegin, die einen Herzultraschall macht. Ich gebe dir Tabletten mit, aber ein Schmerzmittel spritze ich direkt. Wir sollten bedenken, dass er ein wirklich alter Herr ist. Dafür sieht er doch noch ganz gut aus.« Sie kraulte Ackermann freundschaftlich die Brust. »Jetzt muss ich dich einmal piksen. Du kennst das«, erklärte sie ihm. Sie drückte Jakob ein paar Leckerlis in die Hand, wohl als Vorab-Entschädigung gedacht, dann erhob sie sich und machte sich daran, ihre Utensilien für die Blutabnahme zu sortieren. Sie kniete sich erneut hin und hantierte geschickt mit dem Stauschlauch und der Nadel, und wenige Minuten später standen wir auch schon wieder auf dem Hof, mit zwei Packungen Medikamenten und der Visitenkarte einer anderen Tierärztin ausgestattet.

»Sie mag Tiere lieber als Menschen«, stellte ich fest. Jakob lächelte, dann legte er mir einen Arm um die Schulter.

»Danke fürs Mitkommen«, sagte er leise, und auf einmal verstand ich, warum Jakob mich gebeten hatte, ihn zu begleiten. Ich konnte es nicht in Worte fassen, aber ich sah es in seinen Augen. Ackermann bedeutete ihm viel. Er hatte Angst. Angst, dem allein nicht gewachsen zu sein. Ich schob meine Hand in seine, und wir gingen die paar Meter bis zum Auto.

Es blieb aber nicht bei dieser überraschenden Erkenntnis. Zurück auf dem Hof, kam plötzlich ein recht starker Wind auf. Das war herrlich erfrischend, und dann rannte Theo uns entgegen, was bei ihm immer etwas lustig aussah, weil Rennen einfach nicht zu seiner DNA gehörte.

»Sie sind da!«, rief er und fuchtelte mit den Händen.

»Wer ist da?«, fragte ich, verwirrt von so viel Action am frühen Morgen. Es war gerade mal halb acht.

»Meine Erntehelfer. Bartosz ist zum vierten Mal Vater geworden, und er hat versucht, mich anzurufen, aber irgendwie hat das nicht geklappt. Ich glaube, er verlegt immer meine Nummer, weil er nie etwas abspeichert. Verdammt noch eins. Vier Kinder! Und jetzt sind sie hier und schon beim Ernten. Was auch gut ist, denn es ist Regen im Anmarsch.« Er deutete zum Himmel. Meine Jungs kamen im selben Moment aus dem Haupthaus und sahen aus, als hätten sie vier Wochen lang durchgefeiert. Sie humpelten. Beide.

»Alter, Mama. Ich kann nicht mehr«, grunzte Jasper und gab mir zur Begrüßung einen Kuss auf die Wange.

»Ich danke euch, aber ihr könnt fahren. Zum Studium zurück. Danke. Das Geld habe ich euch schon auf der Küchentheke bereitgelegt. Ihr habt super gearbeitet«, sagte Theo voller Ernsthaftigkeit.

»Echt jetzt?«, fragte Jasper, und sein düsterer Gesichtsausdruck hellte sich schlagartig auf. Bis er mich ansah. »Äh …«, sagte er dann. »Wir können aber auch noch weiterhelfen. Bis Sonntagabend.«

Abwehrend hob Theo die Hände. »Ihr wart großartig, aber nun hat alles seine Richtigkeit. Bartosz und seine Kollegen sind so schnell und erfahren, das geht jetzt zügig. Danke. Vergesst das Geld nicht! Und trinkt noch einen Kaffee, bevor ihr fahrt!«, rief Theo beschwingt und lief schon zum Trecker, um neue Erntekisten zu den Kirschen zu fahren, als er sich noch mal umdrehte. »Ah, und noch was: Am Freitag in drei Wochen mache ich ein großes Ernteessen! Da seid ihr natürlich auch eingeladen!« Er strahlte und bestieg endlich seinen kleinen rumpeligen Traktor.

»Ich glaube, wir waren totale Nieten«, sagte Jasper langsam und sah ihm hinterher. Ich lachte und nahm meinen Kleinen in die Arme. »Nein, ihr wart wirklich großartig, und in erster Linie wart ihr da, als ich euch brauchte. Danke. Ihr könnt natürlich noch bleiben, wenn ihr wollt.«

Jasper grunzte. »Finni will zurück. Er hat heute Abend irgendein Kurstreffen. Er ist ein richtiger Streber.«

Nach einem ausgiebigen Frühstück mit den Jungs packten sie ihren Kram in das Auto, umarmten mich innig und fuhren. Ich winkte ihnen, bis der kleine Fiat hinter den alten Pappeln, die die Zufahrt säumten, verschwunden war. Dann half ich den Männern und Pia, die wieder fit war, bei der Ernte. Dabei lernte ich, dass Regen der Todfeind Nummer eins von reifen Kirschen war, weil er sie dazu brachte aufzuplatzen. Wir arbeiteten also gegen die dunklen Wolken an.

Zwei Tage begleiteten uns die düsteren Wolken am Himmel und machten die Hitze zu einer sehr ungemütlichen und schwülen Angelegenheit. An Tag drei fing es an zu regnen. Wir hatten schon gar nicht mehr damit gerechnet, weil die fast schwarzen Wolken die ganze Zeit über uns geschwebt waren, ohne dass etwas passiert war. Doch plötzlich öffneten sie ihre Schleusen und schütteten ihren Inhalt über uns aus. Pünktlich zur letzten gefüllten Erntekiste. Theo tanzte tatsächlich vor Erleichterung und sagte immer wieder: »Das war ein Geschenk! Wie wunderbar! Alle Kirschen sind eingeräumt!«

Es war der erste Regen seit drei Wochen, und er verwandelte die Wüste Nairobi schlagartig in einen Regenwald mit gefühlt hundert Prozent Luftfeuchtigkeit. Jakob war mit seinem neuen Auftrag beschäftigt, und so ging ich in mein Häuschen und riss erst mal alle Fenster und Türen auf, um ein wenig Luft hereinzubekommen. Mein Haus kannte ja bekanntlich nur zwei Aggregatzustände: heiß oder kalt. Jetzt gab es noch etwas Neues: drückende Schwüle. Ich entledigte mich kurzerhand meiner Shorts und des T-Shirts und widmete mich der wegen der Ernte liegen gebliebenen Hausarbeit. Dabei ließ ich meinen kleinen Tischventilator auf höchster Stufe laufen, während es draußen ungerührt weiterregnete. Das tat es den ganzen restlichen Tag. Irgendwann genehmigte ich mir ein Glas von Theos Apfelsaft, ich war ernsthaft auf den Geschmack gekommen und hatte nun immer einen Vorrat in meinem Kühlschrank. Dann setzte ich mich auf die Bettkante, um dem Wetter bei seiner Arbeit zuzusehen. Die großen Pappeln am Wasser hatten ihre Kronen weiter ausgestreckt, die Blätter schwer von den Regentropfen. Ich beobachtete das Schauspiel, bis irgendwann Theo in seinem gelben Regenmantel vorbeigestapft kam. Ich rückte ein wenig nach rechts, dichter ans Fenster heran, weil ich ja nun mal ziemlich unbekleidet war, aber Theo schien ohnehin einen klaren Auftrag zu haben, und der hatte offenbar nichts mit mir zu tun. Er stand geschlagene fünf Minuten am Ufer der Bende und starrte sie einfach nur an. Regungslos. Ich reckte den Hals und versuchte zu erspähen, ob es da vielleicht doch irgendetwas zu sehen gab, aber da war nichts. Also außer dem Fluss, aber der sah genauso aus wie vor einer Stunde.

Es regnete auch die ganze Nacht durch, und so hatte ich frei. So richtig frei, keine Kirschen, keine Apfelbäume, kein Job. Ich probierte mein neu entdecktes Morgenglück aus und frühstückte mit heißem Kaffee und einer Schale Müsli mit frischen Kirschen im Bett. Die große Bluetooth-Box spielte meine heiß geliebte Playlist »Sonntagmorgen dem Nichtstun frönen«, und sie klang so viel besser als die alte kleine. Die Jungs hatten auch fast gar nicht gemosert, als ich sie ihnen aus ihren gepackten Taschen raus entwendet hatte.

Ich schaufelte das köstliche Müsli in meinen Mund und blickte hinaus auf den Fluss, der fast hinter dem Regenschleier verschwunden war, dabei fiel mir auf, dass die Bende heute definitiv anders aussah als gestern. Sie war nämlich pickepacke voll. Der Wasserstand hatte sich über Nacht drastisch verändert und umspielte jetzt neckisch die gesamte Uferzone, die in den letzten drei Wochen, bedingt durch die anhaltende Trockenheit, sehr weit zurückgegangen war. Außerdem hatte sie ein ganz schönes Fließtempo drauf. Das hatte ich ihr alles gar nicht zugetraut, sie wirkte im Allgemeinen doch eher lieblich und behäbig.

Die Tage vergingen, und zum ersten Mal seit Wochen hatte ich das, wofür ich eigentlich hergekommen war: Zeit. Und noch etwas war anders, ich hatte gar keine Lust mehr aufs Alleinsein, sondern auf Menschen. Mir fehlte die kleine Erntegemeinschaft und natürlich Jakob, doch der war beruflich auf einmal sehr eingespannt. Wir verbrachten zwar die meisten Abende (und Nächte!) miteinander, aber tagsüber war Jakob fast immer unterwegs. Ackermann leistete mir oft Gesellschaft. Sein Herzultraschall war zum Glück unauffällig ausgefallen.

Und weil ich Zeit und Menschensehnsucht hatte, verabredete ich mich für Freitag mit Nayla, meiner hörbuchsprechenden Cutterin. Endlich! Eigentlich hatten wir vorgehabt, uns in Hamburg zu treffen, aber der öffentliche Nahverkehr bestand aus einer einzigen Buslinie, die in etwa die Frequenz von in der Wüste auftretenden Regenfällen hatte, und Theos Auto wurde an diesem Tag für den Markt in Bad Berbingen benötigt. Pia und Margarete übernahmen in den Sommermonaten immer den Direktverkauf auf dem mittelalterlichen Marktplatz der kleinen Stadt, und da die nur zwanzig Minuten von Nayla entfernt war, hatten wir uns dort verabredet.

Pünktlich um sechs Uhr morgens verließen wir also an diesem Freitag mit Theos altem Auto samt Anhänger den Hof. Ich saß hinten bei den letzten Erdbeeren und sog den Duft vom Sommer tief ein. Der Regen hatte ein wenig nachgelassen, und es war nicht mehr ganz so drückend heiß, nur noch nass. Ich lehnte den Kopf gegen das alte Polster der Kopfstütze und beobachtete die vorbeiziehende Landschaft, die geprägt war von der langen Dürre, sich aber langsam zu erholen schien. Ich freute mich auf Nayla, würde aber meinen beiden Obst-Mitstreiterinnen vorher noch mit dem Marktstand helfen.

Pia und Margarete schwiegen, und im Radio lief irgendetwas von KALEO. Es war gemütlich, allerdings nur so lange, bis wir um zwanzig nach sechs damit begannen, im Nieselregen den etwas windschiefen Marktstand aufzubauen.

»Festhalten, Ella«, herrschte Margarete mich an.

»Ich halte fest«, ächzte ich und hatte gleichzeitig Angst, von dem Querträger der Überdachung erschlagen zu werden. Ich hatte mir kurzerhand Theos gelben Regenmantel übergeworfen, den ich im Kofferraum bei den Kirschen gefunden hatte, sonst wäre ich jetzt schon klitschnass. Ich montierte zusammen mit Margarete das Planendach und half noch, die Obstkisten manierlich anzuordnen. Dann verschränkte ich die Arme und betrachtete die appetitlichen Kirschen, wie sie prall und rot in ihren Kisten lagen. Es war wirklich ein Unterschied, ob man etwas einfach im Supermarkt kaufte oder den Werdegang live und in Farbe miterlebte und sich die Finger wundgepflückt hatte. Ich musste über mich selbst lachen, denn irgendwie konnte man das, was ich fühlte, wohl nur mit mütterlichem Stolz beschreiben. Ich benahm mich, als hätte ich jeder einzelnen Kirsche persönlich auf die Welt geholfen. Wir hatten noch nicht mal die Kasse am Start, da tauchte schon ein anderer Marktbesteller auf und kaufte direkt drei Schälchen Erdbeeren und eine große Kiste Kirschen.

»Heiß begehrte Ware«, sagte ich erstaunt, und Pia grinste.

»Theos Slogan ›Wir lieben Obst!‹ kommt ja nicht von ungefähr. Wenn wir im Herbst den roten Apfelsaft machen, geht der weg wie geschnitten Brot. Wir lieben halt Obst, und das merken die Leute.«

»Ich habe noch nie auf dieser Seite gestanden«, erklärte ich und beobachtete die Brotverkäuferin in ihrem Wagen gegenüber, die ihre Ware in Windeseile und mit geschickten Fingern in die schmalen Regale einsortierte.

»Ich mache das jetzt seit zehn Jahren. Ich mag es«, sagte Margarete, die die Kasse vorbereitete. »Ist halt leider nur im Sommer. Wir haben das auch schon im Winter probiert, mit Zukaufsware und Saft, aber das läuft nicht so gut. Theos Kernkompetenz sind Kirschen, Erdbeeren und Äpfel. Liegt an dem fruchtbaren Boden am Fluss.«

Ein Mann kam um die Ecke gebogen. Zum Schutz gegen den Regen trug er einen breitkrempigen Hut, und er hatte zwei dampfende Tassen in der Hand.

»Einmal die übliche Kaffeelieferung für die Kirschen-Ladys«, rief er gut gelaunt, reichte den Kaffee über besagte Kirschen hinweg und sah dann mich an. »Es gibt neuerdings drei Kirschen-Ladys?«, fragte er, wackelte mit einer buschigen Augenbraue, woraufhin ich mit leichtem Bedauern erwiderte: »Diese Kirschen-Lady muss jetzt leider los.« Damit überließ ich Pia und Margarete ihrem Schicksal und ihrem köstlich duftenden Kaffee.

Ich hatte mich mit Nayla im Café Zuckersüß verabredet, wo es laut Internet ein leckeres Frühstück geben sollte. Bad Berbingen war keine große Stadt, und ich hatte nicht damit gerechnet, dass um diese Uhrzeit viel los sein würde. Aber das Café war so gut besucht, dass ich mich nach dem Eintreten erst mal orientieren musste. Es war laut und stickig und das Licht grell. Nayla war noch nicht da, und ich bestellte direkt zwei Tassen Kaffee. Damit konnte man nichts falsch machen. Meine ehemalige Cutterin kam zehn Minuten zu spät und sah aus, als wäre sie der Tiefschlafphase nur sehr knapp entkommen.

»Tut mir leid, ich bin noch nicht wach. Warum bist du so fit um diese Uhrzeit?«, fragte sie mit ihrer tiefen Stimme, die ihr am

Hörbuchmarkt einen Namen gemacht hatte. Sie sprach vorzugsweise Vampirromane, und das Genre passte perfekt zu dem leicht rauchigen Tonfall.

»Ich habe heute schon dreißig Kilo Kirschen geschleppt und einen Marktstand aufgebaut.« Ich zuckte die Schultern.

Nayla sah von der Speisekarte auf und blinzelte mich an. »Wie war das jetzt mit dem Sabbatical? Ein Jahr nichts tun?«

»Nichts tun … vielleicht sollte man es umbenennen? Ein Jahr etwas ganz anderes tun, etwas, was man noch nicht kennt«, meinte ich. Nayla lachte ihr raues Lachen und nahm der Bedienung mit dankbarem Blick den Kaffee aus der Hand. »Sie können gleich den zweiten bringen«, rief sie ihr hinterher. »Und was ist mit der Doku? Wie läuft es da? Du bist aber noch mit der Produktionsfirma verbunden?«

Ich nickte. »Ich fange wieder an. Im Dezember«, erzählte ich und spürte erstaunlicherweise leichten Widerwillen bei diesem Gedanken. Aktuell war ich von einem durchgetakteten Tagesablauf so weit entfernt wie eine Weinbergschnecke von einer Rennstrecke.

»Aber was um alles in der Welt machst du dann den ganzen Tag? Man kann doch nicht immer Kirschen pflücken. Fehlt dir denn gar nichts? Die Stadt? Kultur? Leben?«

Nayla wirkte bei dieser Frage richtiggehend entsetzt. Ich dachte kurz darüber nach, ob mir etwas fehlte, und kam zu dem Schluss, dass ich alles hatte, was ich brauchte. Also zuckte ich erneut die Schultern und schüttelte schließlich den Kopf, woraufhin Nayla ebenfalls den Kopf schüttelte. Offenbar als erschütterte Reaktion darauf, dass meine Lebensform für sie völlig abwegig erschien.

»Ich schaffe es noch nicht mal, das Supermarktbasilikum am Leben zu erhalten«, erklärte sie, und ich merkte, wie fremd mir das geworden war. Nicht das Basilikum, sondern die Stadt. Die vielen Menschen. Der Takt der anderen Menschen außerhalb meiner kleinen Obst-Bubble, und ich musste wieder an das subtile Gefühl von Stolz denken, das ich beim Kirschkistenschleppen empfunden hatte. »Und was macht die Scheidung?«, schoss Nayla auch schon die nächste Frage auf mich ab.

»Tja, ich bin jetzt eine geschiedene Frau«, erklärte ich. Zu dem Thema gab es nicht viel zu sagen.

»Glückwunsch! Und hast du schon was Neues gefunden? Doch vielleicht mal Tinder ausprobiert? Oder gleich den süßen Obstbauern vernascht?« Vielsagend wackelte sie mit den Augenbrauen, und ich setzte eine betont unbeteiligte Miene auf. Ich hatte einen wunderbaren Mann getroffen, mit dem ich unfassbar gerne zusammen war. Der mir Herzklopfen bescherte und meinen Körper zum Beben brachte. Ich hatte keine Ahnung, wie es weitergehen würde, aber mittlerweile überkam mich immer mal wieder der Gedanke an eine Zukunft. Eine gemeinsame Zukunft. Trotzdem befand sich diese Liebe unter einer kleinen Kuppel der Geheimhaltung. Sie musste noch geschützt, durfte nicht zu sehr an die Öffentlichkeit gezerrt werden. »Ich glaube, ich reiche mir gerade«, sagte ich deshalb und straffte innerlich die Schultern, als mir klar wurde, was ich in diesem Moment gedacht hatte. Da war mir doch tatsächlich das Wort Liebe durch den Kopf und das Herz geschossen. Besser, ich hatte es gefühlt. Und das war so unerwartet geschehen, dass ich dieses Gefühl schnell wieder eingefangen hatte, um es in Sicherheit zu bringen. Es ging Nayla nämlich verdammt noch mal gar nichts an, ob ich gerade mein Herz sehr viel mehr verlor, als ich gewollt hätte.

Wir bekamen ein opulentes Frühstück serviert, doch nach über einer Stunde im grellen Licht und mit der Geräuschkulisse eines Jahrmarktes (ja, ich übertrieb, aber ich war in den letzten Monaten fast ausschließlich in der Gesellschaft von Bäumen und den wenigen Hof-Bewohnern gewesen), begann ich langsam ein paar Gesprächsbeendigungseinleitungssequenzen vorzunehmen, die allesamt verpufften. Nayla redete einfach weiter. Zu allem Überfluss verspüre ich ein unangenehmes Ziehen im unteren Rücken. Bekam ich etwa meine Tage? Das hätte mir jetzt noch gefehlt. Nayla redete allerdings immer noch wie ein Wasserfall. Ich hörte ihr nur halbherzig zu, und als sie dann erneut damit anfing, dass sie niemals auf zweiundzwanzig Quadratmetern leben könnte, war ich kurz davor, mir einen Kakao mit ordentlich Rum zu bestellen. Danach wäre ich so lustig, dass ich vermutlich noch zehn Stunden hier sitzen könnte.

Gegen elf machte Nayla endlich Anstalten aufzubrechen. Sie hatte um zwölf einen beruflichen Termin. Wir bezahlten, traten gemeinsam hinaus in den Morgen, und ich atmete gierig die frische Luft ein. Es hatte vorübergehend aufgehört zu regnen, und hinter den dichten Wolken am Himmel ließ sich die Sonne erahnen. Wir verabschiedeten uns, und ich machte auf dem Weg zum Markt noch einen Abstecher in eine Apotheke, um mir eine Packung Schmerztabletten zu kaufen. Meine Paracetamol hatte ich bei meiner letzten Gebärmutter-Akrobatik verbraucht, und mittlerweile stand außer Zweifel, dass meine Tage sich auf den Weg gemacht hatten. Neben der Apotheke bannte dann aber etwas anderes meine Aufmerksamkeit. Ein Zeitschriftenladen bot in einem Ständer unter einem Vordach zauberhafte Postkarten feil. Ich suchte gleich drei aus, ging hinein, bat um einen Stift und schrieb Pia auf alle Karten kleine Nachrichten. Sie jammerte doch immer, dass sie keine Post bekam. Dem Verlauf der Welt hatte ich nichts entgegenzusetzen, aber wenigstens diesen Mangel konnte ich ändern. Der Laden verkaufte auch Briefmarken, und somit konnte die kleine Freude für Pia sofort und ohne Umweg auf die Reise gehen.

Als ich auf dem Markt ankam, herrschte schon allgemeine Abbaustimmung. Die Brotfrau hatte bereits ihren Verkaufsladen geschlossen, und ich verspürte eine diffuse Erleichterung, dem Gewusel und vor allem Naylas Redeschwall entkommen zu sein. Pia und Margarete hatten gut verkauft, und ich gesellte mich zu ihnen hinter den Stand, wo beide mit einer Tasse vom Kaffee-Michel in der Hand Pause zu machen schienen. Ich erfuhr, dass der Kaffee-Michel vor Jahren eine Profi-Siebträger-Maschine auf ein Lastenrad montiert hatte und seitdem die Märkte in der Umgebung damit beschickte. Er war offenbar zu einer echten Institution geworden.

Das Markttreiben hatte sich etwas gelegt, und so fiel mir Jakob sofort auf. Wahrscheinlich lag es auch daran, weil er der einzige Mensch war, der im dunklen Anzug quer durch die Reihen der Marktstände schritt.

»Wo kommt denn Jakob her?«, fragte Margarete erstaunt, die ihn ebenfalls entdeckt hatte.

»Man weiß es nicht«, erwiderte ich, und im selben Moment erblickte Jakob auch mich. Ich bildete mir ein, dass in seinen Augen ein kleiner Funken aufglomm, das konnte aber natürlich genauso am Regen und dem diffusen Licht des trüben Tages liegen. Er trug dunkle Farben und hatte keinen Regenschirm dabei, weswegen seine blonden Haare vor Feuchtigkeit glänzten. Sein plötzliches Auftauchen hatte eine bestechende Wirkung auf mich, denn ich entspannte mich schlagartig. Jakob vermochte meinen Herzschlag zu beruhigen und nur durch bloße Anwesenheit ein Gefühl der Geborgenheit in mir heraufzubeschwören. Er war es gewesen, der in den vergangenen Monaten als mein emotionales Navi fungiert hatte. Auf der für mich neuen Landkarte schien er schon seine Fähnchen gesetzt zu haben. Ich freute mich aufrichtig, ihn so unerwartet zu sehen.

»Hi«, sagte er etwas atemlos, so, als hätte er die letzten Meter schneller zurückgelegt, und ich hatte das tiefe Bedürfnis, ihn in den Arm zu nehmen, meinen Kopf gegen seinen Brustkorb zu legen und für einen Augenblick seinem Herzschlag zu lauschen, aber ich riss mich zusammen.

»Hi«, erwiderte ich etwas einfallslos. »Wo kommst du denn her?«

Jakob war auf der anderen Seite des Marktstandes stehen geblieben. »Ich hatte einen Kundentermin und wollte nicht um sechs vom Hof, deswegen hat Hille mich mitgenommen.« Er grinste sein Jakobgrinsen. »Und ich hatte gehofft, dass ihr mich mit zurücknehmen werdet.«

»Tun wir«, schnaufte Margarete neben uns. »Wenn du uns jetzt beim Schleppen hilfst«, fügte sie ungerührt hinzu. Also zog Jakob seine Anzugjacke aus, packte mit an, und gemeinsam verluden wir die leeren Kirschkisten in den alten Passat.

Auf der Rückfahrt beschlugen die Scheiben, weil wir alle vier nass bis auf die Knochen waren. Es war immer noch schwülwarm, trotzdem fühlte ich langsam eine fröstelige Kälte von innen aufsteigen. Das passierte mir ständig, wenn ich meine Tage bekam. Krämpfe im Bauch und im Rücken, besagtes Frieren, Gehirnnebel und das Bedürfnis, mir für alle Ewigkeit die Decke über den Kopf zu ziehen, begleiteten meine Periode, seitdem ich denken konnte.

»Alles klar bei dir?«, fragte Jakob irgendwann und nahm meine Hand. Meine eiskalte Hand. Erstaunt sah er zu mir rüber und hielt mich dann noch fester. »Was ist denn mit dir los?«

»Ich beabsichtige zu menstruieren«, erwiderte ich hoheitsvoll, woraufhin Pia in schallendes Gelächter ausbrach. »Entschuldige!«, rief sie nach hinten. »Ich lache nur über deine Formulierung, der Rest tut mir leid!«

Jakob lehnte sich zu mir herüber und nahm auch meine andere Hand fest zwischen seine Finger. »Wie kalt kann jemand sein?« Er sah mich von der Seite an. »Ist das normal?«

Ich nickte. »Manchmal verliere ich kurz vorher auch gerne mal den roten Faden in einer Unterhaltung«, vertraute ich ihm an. »Menstruation hat definitiv nichts mit Freude, Spaß und Heiterkeit zu tun.«

»Amen«, rief Pia von vorne, und Margarete seufzte etwas lauter, als angemessen wäre. »Meine Herrn«, murmelte sie, klang genervt, schien dann aber doch zu lachen, so hörte es sich zumindest an, ich konnte sie ja nicht sehen.

Als wir auf dem Hof ankamen, scheuchte Pia mich direkt weiter in mein Häuschen. Meine Hilfe sei nicht mehr vonnöten, ich solle mich aufwärmen, damit ich nachher zu Theos Ernte-Festmahl wieder fit wäre. Das hielt ich für einen grandiosen Gedanken, und so sprang ich erst mal unter die heiße Dusche. Die half leider nur bedingt, und für einen Moment liebäugelte ich sogar damit, Edgar aus seinem Winterschlaf zu reißen. Ich sah aber davon ab, denn Edgar schlief tief und fest, und ich hatte gar kein trockenes Holz im Haus. Mit dem Badehandtuch um den Körper stand ich also frierend in meinem Miniwohnzimmer und überlegte, was ich nun tun könnte, dann schlüpfte ich erst mal in die nächstbesten Klamotten, nämlich die, die seit gestern über dem Küchenstuhl hingen. Es handelte sich um meine ausgeleierte Yogahose, die dicken, selbst gestrickten Socken meiner Schwiegermutter (changierendes Pink mit Glitzer) und ein AC/DC-Shirt, das so alt war wie mein jüngster Sohn. So ausgestattet kletterte ich dann einfach in mein Bett. Mitten am helllichten Tag. Ich rollte mich auf der Seite zusammen und tat genau das, wonach mir war: mir die Bettdecke über den Kopf ziehen.

Es war herrlich. Ich lag bestimmt eine halbe Stunde regungslos da und schob nur deshalb die Decke wieder von meinem Kopf, weil ich auch Atmen ganz gerne mochte. Die Vorstellung, mich auf absehbare Zeit wieder gesellschaftlich angemessen zu kleiden, erschien mir völlig abwegig. Mir stand in keinster Weise der Sinn danach, gleich bei Theo auf einen Haufen Menschen zu treffen. Ein paar Minuten lag ich ganz still, dann traf ich eine Entscheidung.

»Ich bleibe hier.«

Das war ein laut ausgesprochener Gedanke, der erstens brillant und zweitens notwendig war. Ich wusste genau, wenn ich jetzt aufstand, würden die Krämpfe beginnen, somit konnte das Fazit all dieser Überlegungen nur sein, dass ich einfach liegen blieb. Ich rollte mich kurzerhand auf die andere Seite, angelte mir mein Handy und musste dann doch noch ein letztes Mal aufstehen, um auf dem Boden vor dem Backofen an Handyempfang zu kommen. Ich rief bei Theo an, der auch direkt ans Telefon ging. »Ella hier. Theo, ich bleibe heute hier.«

»Oh schade!«, keuchte Theo ins Telefon. Ich glaube, er kochte. Theo konnte allerdings nicht gut kochen und sprechen gleichzeitig, daher fasste ich mich kurz. »Tschüss, Theo. Und trotzdem danke für die Einladung!«, sagte ich und kroch zufrieden zurück in mein wohlig warmes Bett.

Ich war ein bisschen trunken ob der verrückten Freiheit, die ich mir hier herausnahm. Ich hatte faktisch noch nie etwas abgesagt, weil ich meine Tage bekommen hatte. Noch nie in meinem ganzen Leben. Beeindruckend fand ich auch, dass ich Theo gar keinen Grund genannt hatte, er meine Absage aber einfach akzeptiert hatte, ohne irgendwelche Fragen zu stellen oder den Versuch zu unternehmen, mich zum Kommen zu überreden. Wie schön wäre es, wenn man mit allen Menschen so unkompliziert kommunizieren könnte!

Die nächste Überraschung war Jakob, der mir tatsächlich einen Korb mit Essen und einer Flasche Wein vorbeibrachte. Meinen Impuls, ihn hereinzubitten, erschlug ich im Keim. Stattdessen legte ich mich allein ins Bett, las einen Krimi und lauschte dem prasselnden Regen auf dem Dach.

17

Ackermann

In dieser Nacht klopfte es erneut. Ich war noch wach, denn ich hatte mir zu später Stunde noch den Theo-Eintopf warm gemacht und dazu das frische Brot mit der Kräuterbutter gegessen, das sich ebenfalls im Körbchen befunden hatte. Sogar ein kleines Glas Wein hatte ich mir gegönnt, ein sehr schwerer Rotwein, der vermutlich aus Jakobs Sammlung stammte, denn er liebte solche samtigen Weine.

»Ist was passiert?«, fragte ich besorgt, nachdem ich die Tür geöffnet hatte und Pia mit angespanntem Gesicht vor mir stehen sah.

»Weiß ich nicht. Aber bei Jakob steht die Haustür offen«, flüsterte sie und trat unruhig auf der Stelle hin und her.

»Und?« Ich zuckte fragend die Schultern und fuhr mir mit den Händen durch die Haare, die mir alle zu Berge standen. Mein Haargummi hatte ich wohl irgendwo im Bett verloren.

»Er ist um elf gegangen, um nach Ackermann zu schauen, und jetzt bin ich gerade nach Hause gelaufen, und da ist volle Beleuchtung bei ihm und die Tür und alle Fenster stehen auf.«

Ich runzelte die Stirn, das klang wirklich ein wenig seltsam.

»Ich glaube, da stimmt irgendwas nicht«, sagte sie. »Und vielleicht solltest lieber du nachgucken.«

»Okay«, antwortete ich knapp, zog mir die pinken Glitzersocken von den Füßen und schlüpfte hastig in meine Sneakers. Eine unerklärliche Dringlichkeit, die ich nicht einordnen konnte, hatte von mir Besitz ergriffen. Ich folgte Pia, die allerdings nur bis zur alten Eiche neben Hannes' Haus mitkam und von dort auf Jakobs hell erleuchtete Bleibe deutete. Ich verstand sofort, was sie meinte. Die Haustür und alle Fenster standen sperrangelweit offen, dabei regnete es immer noch. Im Schutz des alten Baums reckte ich den Kopf, konnte aber nichts erkennen.

»Ich sehe nach«, sagte ich schließlich, obwohl ich plötzlich einen fetten Kloß im Hals stecken hatte. Etwas zögerlich ging ich über den nassen Wiesenweg, der unsere Häuschen miteinander verband.

»Jakob?«, fragte ich leise, als ich über die Türschwelle trat. Ich lauschte, bekam aber keine Antwort, dann sagte ich: »Ich komme hoch, ja?« Wieder regte sich nichts, und ich lief die Stufen nach oben zu Jakobs Schlafzimmer.

Ich fand ihn auf dem Boden sitzend, die Beine angewinkelt, die Arme darauf abgelegt. Er sah mir entgegen, und der Schmerz in seinem Gesicht riss mir ein Loch in meine Seele. Ackermann lag reglos neben ihm in seinem Körbchen, mit der kuscheligsten Decke zugedeckt. Ich presste einen Moment lang eine Hand auf den Mund, dann atmete ich tief durch.

»Ich war bei ihm«, sagte Jakob und blinzelte. »Er ist einfach gestorben.« Er hob die Hände und holte Luft. »Ich wollte noch mit ihm zu Barbara fahren …«

Mir tropften die Tränen von den Wangen, ohne dass ich etwas dagegen tun konnte. Ich sank neben dem großen Hund auf die Knie, der mich hier auf ganz besondere Art willkommen geheißen hatte – Jakobs bester Freund. Vorsichtig legte ich ihm die Hand auf den Kopf. Das weiße Fell mit den Kaffeeflecken fühlte sich seidenweich und samtig unter meinen Fingerspitzen an.

»Ackermann«, sagte ich leise und wischte mir mit der freien Hand die Tränen weg.

»Ich habe alle Fenster und Türen aufgemacht. Damit seine Seele wegfliegen kann«, sagte Jakob mit erstickter Stimme und zog die Nase hoch.

»Ja«, erwiderte ich. »Das ist richtig.«

Und dann weinten wir gemeinsam. Ich nahm den großen Mann in meine Arme und hielt ihn fest, während er bitterlich um seinen Freund weinte.

Jakobs Kopf lag schwer auf meiner Schulter, und eine ganze Weile saßen wir so zusammen. Es fühlte sich an, als wäre die Zeit stehen geblieben. Ich sah hinaus in die trübe Nacht und entdeckte im fahlen Licht von Hannes' Außenleuchte, dass Pia immer noch an der alten Eiche ausharrte.

»Ich muss Pia Bescheid sagen«, sagte ich tonlos. Jakob drehte den Kopf zur Seite und blickte mich verwirrt an, die Augen rot und verquollen. »Sie steht immer noch an der Eiche und wartet«, erklärte ich leise.

»Ja«, murmelte er. »Sag ihr Bescheid.«

Es fiel mir schwer, denn ich wusste, wie sehr Pia den Hund gemocht hatte. »Sie wird sich verabschieden wollen.«

Er nickte. »Das ist okay.«

Behutsam löste ich mich von ihm, strich Ackermann noch einmal über den Kopf und ging dann langsam nach draußen zu Pia. Sie war nicht mehr allein. Von irgendwoher waren Hannes und Theo aufgetaucht, die aufrecht neben ihr standen.

»Ackermann ist gestorben«, erklärte ich leise, und Pia fing augenblicklich an zu weinen. Theo legte ihr einen Arm um die Schulter. Hannes nickte bloß und blieb ansonsten regungslos.

»Das ist gut«, sagte er. »Es ist gut, wenn sie allein gehen können.« Vielleicht musste man es so sehen, wenn man so lange als Tierarzt gearbeitet hatte.

»Ich hole Margarete und Manu«, schluchzte Pia und rannte los.

»Jakob sollte jetzt nicht allein sein«, erklärte Theo mit fester Stimme, und das ergab absolut Sinn. Und so trafen wir uns alle bei Jakob im Schlafzimmer. Irgendjemand hatte Tee gekocht, und wir saßen auf dem Boden neben Ackermann. Die Fenster standen immer noch offen, und es war frisch geworden. Theo verteilte Pullover und Decken. Margarete zündete Kerzen an, und Pia ging hinaus und kam mit einem kleinen Strauß Wicken und Rosen zurück, den sie Ackermann neben die Pfoten legte. Der Mond kam hinter den Regenwolken hervor und tauchte unser aller Zuhause in einen fahlen Schein.

»Erzähl doch mal, wie Ackermann überhaupt zu dir gekommen ist«, sagte Theo irgendwann. Jakob räusperte sich und musste kurz seine Stimme suchen.

»Ich war im Tierheim und hatte keine Ahnung, was ich da eigentlich wollte. Ich habe nach einem Lebensbegleiter gesucht. Als ich Ackermann gesehen habe, war mir sofort klar, dass das passt mit uns beiden. Er war ein Hund aus dem Ausland, den irgendjemand wieder abgegeben hatte, weil er nicht stubenrein wurde. Über sein Leben vorher wussten die Tierheimmitarbeiter nichts«, erzählte Jakob leise. »Ich lief da durch die Gänge, und überall waren bellende Hunde. Nur Ackermann saß in der hintersten Ecke seines Zwingers und sah mich skeptisch an. Er hat nicht gebellt. Ich habe ihn auch skeptisch betrachtet. Ich hatte keine Ahnung von Hunden, aber irgendwie mochte ich ihn auf Anhieb. Danach habe ich ihn ein paarmal im Tierheim besucht, wir sind spazieren gegangen, und schließlich ist er bei mir eingezogen. Er liebte Leberwurst, lange Spaziergänge, apportieren und schlafen. Er war nie gerne in großen Menschenansammlungen. Es gab Männer, die fand er suspekt und die hat er angeknurrt. Ich weiß nicht, was er erlebt hat. Ungefähr eine Woche nachdem er bei mir eingezogen war, fragte er, ob er bei mir im Bett schlafen könnte. Er saß einfach vor dem Bett und hat mich ernst angesehen. Und ich fand das total logisch, dass er mit im Bett schläft, weil wir das Leben ja miteinander teilten. Also auch das Bett. Erst schlief er am Fußende, dann kletterte er Woche um Woche immer höher, bis er neben mir lag. Er schlief gerne lang. Und er war ein großer und geschickter Mäusejäger.« Jakob holte tief Luft. »Danke, dass ihr alle hier seid.«

»Er war auch unser Freund«, erwiderte Pia mit erstickter Stimme.

»Bei so vielen Ernten war er dabei und lag im Schatten unter den Kirsch- und Apfelbäumen«, erzählte Theo.

»Er hat mir mal ein Käsebrot geklaut, weil ich eine Sekunde nicht aufgepasst habe. Geschickt war er und schlau, er wusste genau, dass das nicht sein Brot war. Als ich ihn nämlich scharf angesehen habe, hat er einfach unschuldig getan und aufgehört zu kauen«, sagte Margarete. »Hätte er grinsen können, hätte er es getan.«

»Zu mir ist er mal gekommen, als ich weinend am Fluss saß. Ich war damals so erschöpft und konnte nicht mehr. Der Kredit für die Praxis fraß mich auf. Ich hatte so viel Verantwortung für meine Mitarbeiterinnen. Plötzlich tauchte Ackermann auf«, erzählte Manu leise. »Er stupste mich an und brachte mir dann einen Ball. Also haben wir Ball gespielt. Ich habe ihn geworfen, er hat ihn mir wiedergebracht. Und danach ging es mir besser.«

Niemand ging in dieser Nacht zurück ins Bett. Theo schlief mit einer Decke über den Schultern im Sitzen an die Wand gelehnt. Ich saß dicht bei Jakob, und alle anderen hatten sich im Raum verteilt. Keiner hatte das Bedürfnis, sich zurückzuziehen. Als die Sonne sich anschickte, ihren Schlaf zu beenden, und sich über der Landschaft erhob, stand Theo auf.

»Ich werde ein Loch ausheben«, erklärte er.

»Man kann Hunde auch einäschern lassen«, erwiderte Hannes mit vor Müdigkeit roten Augen.

»Könnte man, aber wir sind hier auf dem Land, und es gibt verdammt viel Land hier. Jakob, was möchtest du tun?«, fragte Theo an Jakob gewandt, der vor Erschöpfung blinzelte. Er sah aus, als hätte er keine Sekunde geschlafen.

»Ich mache das«, sagte er nur rau und erhob sich. Dann verließ er den Raum, und ich sah durch das Fenster, wie er im ersten Licht des Tages zum Hof lief. Zurück kam er mit einem Spaten, und an der alten Eiche verlor ich ihn aus den Augen.

»Ich muss in die Praxis«, sagte Manu stöhnend und kam umständlich hoch, um sich ausgiebig zu strecken.

Pia seufzte tief. »Ich kann jetzt nicht einfach normal weitermachen«, erklärte sie und klang völlig entkräftet.

Margarete sagte nichts, stand aber auch auf. Ich tat es ihr nach und spürte dabei meine müden Gliedmaßen. Erst mal drückte ich den Rücken durch und kreiste die Schultern. Diese durchwachte Nacht würde mir noch Tage in den Knochen stecken. Aber für den Moment galt es weiterzumachen. Also lief ich in Richtung Scheune, legte vorher einen kurzen Zwischenstopp in meinem Bad ein und holte mir dann ebenfalls einen Spaten.

Das Werkzeug geschultert, machte ich mich damit auf die Suche nach Jakob. Er hatte eine Stelle in der Nähe der Eiche ausgesucht. Eine sanfte Senke, neben der eine kleine Eberesche wuchs und ihre fedrigen Blätter in den Himmel reckte. Das Loch, das Jakob gebuddelt hatte, war flach, es gab hier offenbar viele Wurzeln, die das Graben erschwerten.

»Ich helfe dir«, sagte ich, und er ließ den Spaten sinken. Jakobs Augen waren leer, aber er nickte, und ich machte mich ans Werk. Die Erde war schlammig von dem ganzen Regen, doch ich arbeitete so lange, bis die Muskeln in den Armen und im Rücken brannten. Jakob hatte bisher kein Wort gesagt, aber als ich schnaufend die letzte Schaufel Erde aus dem Loch geholt hatte, legte er mir eine Hand auf den Rücken.

»Danke«, sagte er leise. Einen Moment starrten wir beide auf die frisch aufgeworfene Erde. Es war unvorstellbar, wie schnell das Leben enden konnte. Ich seufzte, drehte mich zu Jakob um und nahm ihn in den Arm.

Ackermann wurde in seiner Kuscheldecke beerdigt, und Pia legte Blumen auf die frische dunkle Erde. Eine ganze Weile standen wir dicht beisammen, bis Katharina und ihre Kinder dazukamen. Weitere Tränen folgten. Sogar Barbara, die Schweineärztin, kam vor ihrer Morgenrunde vorbei und legte Jakob eine Hand auf die Schulter.

»Im Herzultraschall sah doch alles gut aus«, war seine Antwort auf ihre freundliche Geste.

»Er war alt, Jakob«, sagte sie ernst. »Wenn ihre Zeit gekommen ist, gehen sie. Dagegen kann man nichts tun, und das ist gut so. Für sie sind wir ihr ganzes Leben. Ihr ganzes Universum, aber wir dürfen nicht vergessen, dass sie für uns nur die Begleiter für einen Lebensabschnitt sein können. Das ist sehr schmerzhaft. Aber nur für uns, nicht für sie.«

Jakob zog sich in den kommenden Tagen zurück, und ich respektierte das. Ich bekam ihn kaum noch zu Gesicht, dafür war Ackermanns Grab jeden Morgen ein wenig mehr geschmückt. Jemand hatte einen alten Ball von ihm gefunden und niedergelegt. Blumen, Grabkerzen und ein von Katharinas Kindern gemaltes Bild lagen auf der frischen Erde. Ich ging jeden Morgen allein spazieren, zum Joggen hatte ich schon lange keine Lust mehr. In regendichten Klamotten besuchte ich den Fluss, den Wald und trank bei Hille im Ort Cappuccino. Manchmal half ich Theo beim Kistenpacken und den Marktvorbereitungen. Jakob sah ich nur aus der Ferne. Er schien wieder einen Kunden zu haben und lieh sich ein paarmal Theos Auto, aber selbst von Weitem konnte ich erkennen, dass er mit jedem Tag müder aussah.

Gestern hatte ich ihm Brot und Käse aus dem Hofladen mitgebracht, und er hatte mir erzählt, dass er Ackermann den ganzen Tag hören würde. Das Klackern seiner Krallen auf dem Dielenboden. Sein Bellen. Jakob hatte sich zusammengerissen, als er mit mir sprach, das hatte ich deutlich gemerkt, der Schmerz seines Verlusts steckte ihm tief in den Knochen. Und doch hielt bei uns allen langsam der Alltag wieder Einzug. Ich vermisste Jakob und die Nähe zu ihm, wollte ihn in seiner Trauer aber nicht stören, und so beschränkte ich mich auf kurze Besuche, auch wenn es mir schwerfiel.

Eine Woche später fing Margarete mich ab, als ich gerade meine Post von Theos Flurtisch einsammelte.

»Hast du Zeit, heute im Atelier vorbeizukommen?«, fragte sie mich ohne Umschweife. Kurz dachte ich an mein altes Leben, wo ich bei einer solchen Frage nur trocken aufgelacht hätte. Jeder Termin hatte mindestens zwei Wochen Vorlaufzeit gebraucht, musste umständlich in meinen vollen Kalender integriert werden. »Klar«, sagte ich sofort, weil es in meinem neuen Leben Zeit im Überfluss gab.

»Ich will dir nämlich etwas zeigen. Und könntest du vielleicht auch deine Kamera mitbringen?«, fragte Margarete, was leider gar nichts erklärte, und dann verschwand sie so prompt, wie sie aufgetaucht war, aus Theos Flur. Dafür stand Pia plötzlich neben mir. Sie war erdverschmiert und hatte sogar einen dunklen Streifen klebrigen und undefinierbaren Etwas im Gesicht.

»Ich hatte Post«, sagte sie mit strahlenden Augen und hüpfte auf und ab. »Schon vor Tagen! Aber ich war so traurig wegen

Ackermann und habe die ganze Zeit darüber nachgedacht, wann ich mich freuen könnte. Jetzt geht es. So süß von dir!« Sie nahm mich in den Arm, womit ich nun auch voller Erde und Maschinenöl war. Es konnte sich bei dem Streifen in ihrem Gesicht nämlich nur darum handeln. Teile der Substanz klebten mir jetzt sicherlich ebenfalls an der Wange. »Ich habe die Karten alle drei nebeneinander über mein Bett gehängt«, erklärte sie und klang dabei sehr zufrieden. »Und ich komme nachher übrigens mit zu Margarete.«

Gegen zwei machten wir uns also mit Theos Auto auf den Weg. Diesmal fuhr ich, weil ich schon so lange kein Auto mehr gefahren war, dass ich Sorge hatte, es langsam zu verlernen. Allerdings war Theos Auto speziell, die Kupplung so schwergängig, dass mir nach dem dritten Mal schalten das rechte Bein zitterte, außerdem quietschten die Scheibenwischer bei jedem Arbeitsdurchgang unwillig.

»Was ist denn das für eine Kiste?«, fragte ich genervt und blieb einfach erst mal im dritten Gang, obwohl der Motor röhrte, als hätte er Schmerzen. »Weißt du, was Margarete möchte?«, fragte ich weiter und kurbelte an dem unhandlichen und ohne Servolenkung ausgestatteten Lenkrad herum. Mir war gar nicht klar gewesen, dass es solche Autos noch gab.

»Ich glaube, sie will dir was zeigen. Und sie will bestimmt wieder einen Film von dir. Nachdem die zwei Imagefilme bei YouTube ungefähr fünfzigtausend Aufrufe hatten.«

»Ach was?«, rief ich erstaunt, doch Pia hatte eine Packung Gummibärchen im Handschuhfach gefunden und tat sich nun daran gütlich, womit sie abgelenkt war. »Pia. Hast du eine Vorstellung, wie alt die sein könnten?« Ich deutete auf die Süßigkeiten in ihrer Hand.

»Sieht gut aus, riecht gut, schmeckt gut.« Sie lachte und hielt mir die Tüte entgegen. »Hier wird nichts verschwendet!« Abwehrend schüttelte ich den Kopf. Ich mochte Gummibärchen schon nicht, wenn sie noch haltbar waren.

Nur wenige Minuten später bogen wir in die lange und mit Bäumen gesäumte Auffahrt ein. Am Horizont erhob sich das Schloss herrschaftlich vor dem sich dahinter erstreckenden Wald. Es war ein wirklich schöner Anblick, und ich freute mich auf die alten Gemäuer, zumal ich Margaretes Atelier noch gar nicht gesehen hatte.

»Das lief also gut bei YouTube, ja?«, fragte ich. »Hätte mir auch mal jemand erzählen können.«

»Oh«, sagte Pia. »Entschuldige. Ich wollte dich nicht übergehen. Aber wir haben dich in den Shownotes als Regisseurin und Produzentin genannt.« Sofort sah sie betroffen aus, wie ich mit einem Seitenblick feststellte.

»Nein, du hast mich doch nicht übergangen. Das ist einfach toll! Zumal Margarete so Anti-Internet eingestellt ist.«

»Sie hat auch seit drei Wochen einen Instagram-Account und bereits über zwölftausend Follower.«

»Was? Wer hat den denn angelegt?«

»Na, ich!«, erwiderte Pia, den Mund voller Gummibärchen. Ich grinste und parkte auf dem Hof.

Wie auch bei der Ausstellung erwartete uns Margarete schon und eilte auf uns zu. Heute trug sie eine farbverschmierte Latzhose und hatte die grauen Haare zu einem wilden Dutt hochgesteckt. Außerdem hatte sie sich geschminkt. Nicht nur die Lippen, was sie meistens tat, sondern auch die Augen in einem dramatischen Smokey-Eyes-Look. »Margarete verbringt seitdem sehr viel Zeit bei Instagram, und sie hat die Schminktutorials für sich entdeckt«, erklärte Pia mit gesenkter Stimme und steckte die restlichen Gummibärchen zurück ins Handschuhfach.

»Ich habe die auch schon mal entdeckt, aber bei mir hat es nichts geholfen«, flüsterte ich, erinnerte mich an die abstrusen

Versuche, mit Contouring mein pausbackiges Gesicht schmaler zu schminken, schnallte mich ab und stieg aus.

Margarete half mir, die Videoausrüstung bis zu ihrem Atelier zu schleppen. Es handelte sich um einen einzigen Raum auf der Rückseite des Schlosses. Ich hatte selten ein derartig beeindruckendes Atelier gesehen. Die Remise war mindestens acht Meter hoch und hatte große Fenster im Industriestyle, die hinaus zum Wald gingen und den ganzen Raum förmlich mit Licht durchfluteten. Die Wände waren in einem strahlenden Weiß gestrichen, und überall lehnten oder hingen riesige Leinwände. Der Boden sah aus, als wäre er mit Epoxidharz beschichtet, was man aber aufgrund der verschiedenen Farbschichten darauf nicht mehr genau erkennen konnte.

Ich sah mich weiter um und ließ diese monumentale Künstlerwerkstatt auf mich wirken, bis ich an der Stirnseite des Raumes ein Bild entdeckte. Ich stellte meine Tasche auf dem Boden ab und ging etwas näher heran. Margarete sagte hinter mir: »Ich habe uns Kaffee gekocht, den hole ich mal fix«, und verschwand.

Pia gesellte sich zu mir und schwieg eine ganze Weile, während wir beide das Bild betrachteten, dann sagte sie leise: »Margarete muss ziemlich sauer gewesen sein, als sie das gemalt hat.« Ich konnte ihr nur zustimmen. Alles an diesem Kunstwerk war wild, getränkt von tiefer Wut, schwarzem Zorn und totaler Raserei.

»Ich habe jetzt ein bisschen Angst vor Margarete. Vielleicht sollten wir besser wieder fahren?«, scherzte ich, aber bevor wir über Flucht auch nur nachdenken konnten, war Margarete schon zurück. Mit einer großen Kanne Kaffee, Milch, Keksen und einem Teller mit belegten Broten. Das wirkte alles sehr friedlich, und so deutete ich auf das Bild und fragte: »Hast du gerade eine wütende Phase?«

Margarete drehte sich um, hielt einen Moment inne und nickte dann langsam.

»Ich habe aufgeräumt, und mir ist etwas in die Hände gefallen, das ich lieber vergessen hätte. Vielleicht war's gut so. Es muss ja doch irgendwann raus. Ich wollte dich aber eigentlich etwas fragen, Ella«, sagte sie. »Ich habe einen Tag nach Ackermanns Tod ein Porträt von ihm gemalt. Ich hatte hier noch ein Foto aus dem letzten Sommer, das habe ich als Grundlage benutzt. Kannst du Jakob das Bild bringen?«

Sie ging zu einem der Tische, der seitlich an der Wand stand und auf dem sich ihre Mal- und Zeichenutensilien stapelten, dann griff sie sich ein kleinformatiges Gemälde. Damit kam sie zurück und hielt es uns entgegen. Es war Ackermann. Ganz eindeutig. Seine Augen glänzten in einem dunklen Braun, er hatte das Maul leicht geöffnet und schien zu lächeln. Was auch kein Wunder war, denn um ihn herum wirbelte eine bunte Wunderwelt, die in allen Farben glitzerte. Pink, Rot, Blau, Gelb, alles changierte und floss ineinander. Am oberen Bildrand hatte Margarete sogar Glitzerpartikel verstreut. Es war fast schon kitschig, aber auch irgendwie, vielleicht gerade deswegen, wunderschön. Margarete hatte Ackermanns Gesichtsausdruck einfach perfekt eingefangen. So hatte er gelächelt, wenn er jemanden aus seinem Rudel unverhofft getroffen hatte. Voller aufrichtiger Freude über diesen Menschen und das Leben an sich.

»Das ist toll! Warum bringst du es ihm nicht selber vorbei?«, fragte ich und konnte den Blick gar nicht abwenden. Jakob würde dieses Bild lieben, da war ich mir sicher. »Jakob ist am Trauern, und ich möchte ihn dabei nicht stören. Diese Zeit ist wichtig. Ich habe großen Respekt vor Trauer. Er hat sich nicht umsonst zurückgezogen, aber du bist ihm eben auch sehr wichtig. Und mit dir hält er ja den Kontakt, deswegen wollte ich dich bitten, dieses Bild an ihn zu übergeben.« Sie hielt einen Moment inne und fuhr dann fort: »Ich möchte nicht warten, denn genau so stelle ich mir den Hundehimmel vor. Da sitzt unser Ackermann auf seiner glitzernden Wolke und schaut auf uns herab und freut sich, so wie er sich immer gefreut hat. Er war ein glücklicher Hund.« Margarete räusperte sich und wirkte für einen Augenblick mitgenommen.

»Ich bringe es ihm gleich heute Abend vorbei«, versprach ich.

Margarete räusperte sich. »Und ich habe noch ein Anliegen. Ich wollte dich fragen, ob du bereit wärst, einen weiteren Film zu drehen. Ich bezahle dich natürlich dafür.«

»Klar mache ich das, aber mich würde brennend interessieren, wie es zu diesem Bild gekommen ist.« Ich nickte mit dem Kinn zu dem Wutausbruch hinter mir, woraufhin Margarete sich spontan einen Keks in den Mund steckte und erst mal angestrengt kaute.

Als sie fertig war, sagte sie: »Kannst du dir vorstellen, dass ich vor über zwanzig Jahren einmal als Softwareentwicklerin gearbeitet habe?« Bei meinem ungläubigen Gesichtsausdruck musste sie lachen. »Ich kann mir das auch nicht mehr vorstellen, aber so ist es gewesen. Ich war sehr erfolgreich und ziemlich angesehen.« Sie steckte die Hände in die Hosentasche ihrer Latzhose. »Noch vor dem ersten Smartphone der Welt haben wir an Applikationen für Mobiltelefone gearbeitet. Ich bin damals für ein Interview angefragt worden, und der Journalist war äußerst interessiert an meiner Arbeit.« Sie seufzte und ich konnte noch nicht so richtig erkennen, was das mit der explodierenden Wut zu tun hatte, aber ich übte mich in Geduld. »Er hat für ein sehr großes IT-Magazin gearbeitet, das es schon lange nicht mehr gibt. Er interessierte sich dann im direkten Gespräch allerdings weit mehr für mich als für meine Arbeit. Frauen waren damals in der Branche absolut unüblich, und kurz zusammengefasst kann man wohl sagen, dass er mich angebaggert hat. Ich habe alle seine Avancen höflich zurückgewiesen, aber er wollte trotzdem nach dem Interview mit mir essen gehen. Als ich auch das abgelehnt habe, wurde er aufdringlich.« Sie schwieg kurz und fuhr dann fort: »Körperlich aufdringlich, worauf ich mich ebenso körperlich gewehrt und ihn hinterher angezeigt habe. Das Verfahren wurde natürlich direkt eingestellt, und er konnte ganz ungehindert allen meinen Geschäftspartnern mitteilen, dass ich eine verrückte Lesbe sei und eine Zumutung.«

»Scheiße«, flüsterte Pia und starrte Margarete entsetzt an.

»Ja, ziemliche Scheiße«, erwiderte Margarete trocken. »Ich habe nämlich danach einen Großteil meiner Auftraggeber verloren. Es war nicht so, dass mir jemand direkt gesagt hätte, ›mit dir arbeite ich nicht mehr zusammen, weil du lesbisch bist‹, aber der zeitliche Zusammenhang war eindeutig. Darüber hinaus hat dieser erbärmliche Kerl einen Artikel verfasst, in dem es darum ging, dass Frauen in einer Branche mitmischten, in der sie nichts verloren hätten. Jeder, wirklich jeder, wusste, dass ich gemeint war, auch wenn mein Name nicht explizit erwähnt wurde. Heute wäre das nicht mehr möglich, damals war es normal. Ich wollte keinen Sex mit ihm haben, er hat mich als Reaktion auf die Zurückweisung beruflich diskreditiert.«

Pia schnaubte. »Möge ihn der Blitz beim Kacken treffen!« Sie war so aufgebracht, dass sie die Fäuste ballte, aber für mich klärte sich jetzt einiges. Nämlich Margaretes Angst, aus Versehen mit in meiner Doku zu landen. Ich nickte langsam.

»Glaubst du, das Bild hat dir geholfen, es zu verarbeiten?«, fragte ich vorsichtig und fühlte mich unangenehm an eine Situation in meinem Berufsleben erinnert, die mich auch fast den Kopf gekostet hätte. Dabei war es nicht um sexuelle Belästigung gegangen, aber ich hätte jemanden fast einer Straftat überführt, und dieser Mensch hatte mich eiskalt auflaufen lassen. Obwohl es Jahre her war, bewahrte ich die Anwaltsschreiben immer noch in meiner persönlichen »Kiste der Dunkelheit« auf, als kleine Mahnung, gut aufzupassen.

Margarete nickte. »Wut tut gut. Sie darf dich nur nicht auffressen, das hat sie aber lange gemacht. Ich musste immerhin damals meine Firma aufgeben und habe tatsächlich auch keinen Job mehr in der Branche gefunden.«

»Was hast du dann gemacht?«, fragte Pia.

»Ich habe erst mal gekellnert. In der Zeit fing ich auch mit dem Malen an, weil ich mit meinen Gefühlen irgendwo hinmusste. Zwischendurch habe ich hin und wieder in Galerien gearbeitet, war mal Frauenbeauftragte der Stadt Gifhorn und habe einen lesbischen Verein gegründet. Ich habe alles Mögliche gemacht. Vielleicht hätte ich mich niemals so entwickeln können, wenn dieses dumme Arschloch nicht in meinem Leben aufgekreuzt wäre.« Sie zuckte die Schultern.

»Aber es ist so unfair!«, rief Pia. »Heute ist es so normal. Theoretisch müsste sich noch nicht mal jemand outen, weil es keine Rolle spielt. Man liebt halt Männer oder Frauen oder beides. Es ist vollkommen egal.«

»Pia, das ist in bestimmten Kreisen sicherlich so, und du kannst mir glauben, es macht mich froh, dass ich jetzt so leben kann. Dass ich Manu heiraten konnte, wir eine riesige Hochzeitsfeier hatten. Klar haben die Zeiten sich geändert, trotzdem ist es auch heute nicht immer für alle leicht.«

Pia schwieg nachdenklich, und ich starrte weiter die große Wut an, die Margarete auf die Leinwand gebannt hatte. Wie musste es gewesen sein, alles zu verlieren? Weil man einem Mann nicht gefällig war? Bei der Erinnerung an meine eigenen Erfahrungen wurde mir klar, dass sexuelle Übergriffe auch zu meinem Alltag als junger Redakteurin gehört hatten. Die Warnung der Kolleginnen, nicht mit dem Chef essen zu gehen. Kleine Grenzüberschreitungen, getarnt als Scherz. Das alles hatte sich verändert, aber es war noch lange nicht vorbei.

Pia räusperte sich. »Ich habe manchmal solche Angst vor der

Zukunft, und dann denke ich mir, dass ich trotzdem in der bestmöglichen Zeit geboren bin«, sagte sie schließlich. »Diese alten Tabus brechen weg. Es gibt heute so viele Möglichkeiten.«

»Das hast du gut gesagt«, erwiderte ich leise. Sie hatte wirklich recht, denn trotz aller Krisen war es doch die bestmögliche Zeit für uns alle. So viele Dinge waren plötzlich erreichbar, die vor fünfzig Jahren noch völlig tabuisiert waren. »Wie hast du das überlebt?«, wandte ich mich an Margarete. Sie sah mich einen Moment lang schweigend an.

»Ich war immer eine Aktivistin«, antwortete sie irgendwann. »Habe nie aufgehört, für mein Recht zu kämpfen. Und wenn alles zu arg wurde, habe ich an die Worte von Paula Modersohn-Becker gedacht. Die begleiten mich seit Jahrzehnten, und ich hänge sie überall dort auf, wo ich lebe und schaffe.« Sie sah sich um. »Oh, gerade steht ein Bild davor, wartet.« Sie lief zu einem an die Wand gelehnten Kunstwerk, einem wilden Ausbruch in Gelb, und schob es zur Seite. Dahinter kamen Worte zum Vorschein. Offenkundig mit einem großen Pinsel und schwarzer Farbe einfach auf die Mauer gepinselt: »Man tut, was man kann, und legt sich dann schlafen. Und auf diese Weise geschieht es, dass man eines Tages etwas geleistet hat.« – Paula Modersohn-Becker, stand daneben in noch größerer Schrift.

Ich las den Satz mehrmals und befand ihn für perfekt, auch in meinem Leben Einzug zu halten.

18

Weiber am Feuer

Anfang August

Jakob sah immer wieder zwischen dem Bild und mir hin und her. »Oh«, sagte er schließlich, als er begriff, was ich ihm da gebracht hatte. Er wirkte ehrlich bestürzt.

»Das ist ein Geschenk von Margarete«, erklärte ich und staunte, wie müde jemand aussehen konnte. Jakob machte den Eindruck, als hätte er die letzten Nächte kaum geschlafen. Dem Stand seiner Augenringe nach, möglicherweise sogar überhaupt nicht.

»Soll ich es wieder mitnehmen?«, fragte ich vorsichtig, doch Jakob schüttelte den Kopf.

»Nein, komm rein.« Seine Stimme klang rau, als hätte er sie tagelang nicht benutzt. Ich folgte ihm, stellte das Bild verkehrt herum auf den kleinen Tisch und lehnte es vorsichtig an die Wand. So war Ackermann zwar da, aber man konnte ihn nicht sehen. Das war vielleicht tatsächlich noch ein bisschen viel.

»Magst du Kaffee?«, fragte Jakob mich mit dieser neuen Stimme, die von der Trauer stammen musste.

»Ich mag immer Kaffee«, erwiderte ich, und er machte sich an seinem Wasserkessel zu schaffen. Wir hatten uns ein paar Tage nicht gesehen, und ich fühlte mich seltsam befangen. Diese

Auswirkung hatte Trauer immer bei mir. Sie nahm mir meine Selbstsicherheit im Umgang mit Menschen, weil ich Angst hatte, etwas Falsches zu sagen oder zu tun.

»Tut mir leid, dass ich so abgetaucht bin. Ich bin selbst erstaunt, dass ...«, sagte Jakob im nächsten Moment und räusperte sich. Er stand mit dem Rücken zu mir, deswegen konnte ich sein Gesicht nicht sehen, aber offenbar musste er ein paarmal tief durchatmen, während er kochendes Wasser in den Filter mit dem frischen Kaffeepulver goss. »Er war ja nur ein Hund«, sagte er dann mit erstickter Stimme und zuckte linkisch die Achseln.

»Er war dein Freund«, entgegnete ich und ging zu ihm. Sanft legte ich ihm den Kopf an den Rücken. Mir half Körperkontakt in jeder Lebenslage, und ich kannte Jakob mittlerweile gut genug, um zu wissen, dass es bei ihm genauso war. Er drehte sich auch direkt mit einem Seufzen um und nahm mich fest in die Arme. So standen wir eine ganze Weile da, während es angenehm nach Kaffee zu duften begann und sein Körper meinen wärmte. Irgendwann lehnte er sich auf die rechte Seite zum Küchentisch, allerdings ohne mich dabei loszulassen, und drehte Margaretes Bild um. Ackermann blickte uns freundlich an. Die wilden Farben umrahmten sein Gesicht und seine Schnauze, das ganze Bild wirkte fröhlich und seine tiefbraunen Augen schienen uns anzustrahlen.

»Verdammt, hat sie ihn gut getroffen!«, sagte Jakob. »Magst du ein bisschen bleiben? Bei mir?«, fragte er dann leise, und es gab nichts, was ich lieber tun würde.

Wir verbrachten den restlichen Tag zusammen in seinem Obergeschoss. Und zwar im Bett, denn wir konnten offenbar beide eine gehörige Portion körperliche Zuwendung gebrauchen. Also liebten wir uns, tranken Kaffee, schwiegen und genossen die Nähe des jeweils anderen. Jakob lag auf der Seite, hatte eine

Hand auf meinen Bauch gelegt und betrachtete mich. Mir fiel jetzt erst auf, dass die Spitzen seiner Wimpern ebenfalls blond waren. Nur die Spitzen, das sah interessant aus. Ich blinzelte und versuchte, meine Sicht noch schärfer zu stellen, was misslang. Meine Augenärztin versuchte schon seit drei Jahren, mir eine Lesebrille aufzuschwatzen. Vielleicht war es langsam an der Zeit.

»Ella, ich bin so froh, dass es dich in meinem Leben gibt«, murmelte Jakob plötzlich, wie als Reaktion auf meine intensive Musterung, und riss mich damit erfolgreich aus den Gedanken zu meiner nachlassenden Sehkraft. Ich blinzelte erstaunt, dann nickte ich.

»Ich bin auch sehr froh, dich gefunden zu haben«, erwiderte ich. »So ganz ohne Suchen«, fügte ich hinzu.

Jakob seufzte leise, und es klang, als hätte er bis jetzt die Luft angehalten. »Ich kann von hier aus sein Grab sehen. Das wusste ich nicht, als ich die Stelle ausgesucht habe. Und jeden Tag kommt Katha mit den Kindern, und sie bringen Blumen und kleine Stöckchen.«

»Es ist ein guter Ort«, sagte ich mit fester Stimme, kuschelte mich in Jakobs Arm, spürte, wie er die andere Hand auf meinen Kopf legte, und schloss die Augen. Es war ein verdammt guter Ort.

Ich musste tatsächlich eingeschlafen sein, denn als ich wach wurde, hatte Jakob Nudeln gekocht und stellte gerade das mit Tellern, Butter und Salz vollgepackte Tablett auf die Bettkante. »Appetit? Gibt aber nur Kindernudeln. Ich hab nichts im Haus.«

»Ich liebe Kindernudeln und habe immer Appetit«, murmelte ich schläfrig.

Jakob schüttelte den Kopf und schaufelte mir Nudeln auf den Teller. »Das stimmt nicht. Als du angekommen bist, hattest du keinen Appetit.«

Ich richtete mich auf und nahm den Teller entgegen. »Wie meinst du das?«

»Du hast komische Dinge gegessen. Ravioli aus der Dose und so was. Es wirkte, als würdest du etwas gegen Hunger tun, allerdings ohne großen Appetit.«

Überrascht betrachtete ich ihn, während er mir ein großes Stück Butter auf die dampfenden Nudeln legte, das sofort anfing zu schmelzen. Was hatte er bitte alles mitbekommen?

»Möglich«, antwortete ich, und in dieser Sekunde glomm plötzlich ein kleiner Teil in meiner Seele auf. Er war offenbar verschüttet gewesen unter meinem gebändigten Leben, dem Takt des Mutterseins, dem Rhythmus meiner Ehe und des Alltags, aber er war noch da! Und er begann schlagartig zu brennen, als hätte ich die Tür geöffnet und das kleine Glutnest hätte endlich Sauerstoff bekommen. Jakob kannte mich. Er sah mich. Abrupt stellte ich den Teller zurück auf das Tablett, und ein großzügiger Schwung der geschmolzenen Butter kleckerte auf die Bettkante, aber ich hatte keinen Einfluss drauf, dass mein Körper, meine Seele diesen Mann umarmen wollten. Jetzt, hier, unbedingt.

Erstaunt blickte Jakob mich an, dann zog er mich an sich. Er hielt mich fest, und ich drückte meinen Kopf an seine Brust, um seinem gleichmäßigen Herzschlag zu lauschen. Eine ganze Weile saßen wir so da, keiner von uns sprach. Ich spürte mich wieder. Ich kannte meine Bedürfnisse. Mal war es Nähe, mal war es Ruhe, mal Menschen, mal die Stille der Einsamkeit. Ich war in den letzten Wochen direkt bei mir gelandet, und es war einfach so passiert. Das waren so große Erkenntnisse, dass ich ein bisschen benommen war. Trunken vor Erkenntniszuwachs sozusagen.

»Alles okay bei dir, Ella?«, fragte Jakob in meine Haare hinein.

»Mir geht es gut«, antwortete ich und meinte es auch so. Mir ging es nämlich gut. So gut, dass ich nach dem Essen noch einen Moment im Bett lag und in den anbrechenden Abend hinausschaute. Ich sah dem Fluss beim Fließen zu und beobachtete die Krähen, wie sie sich auf den großen Pappeln trafen, als hätten sie ein abendliches Meeting.

Jakob hatte das Geschirr nach unten getragen, und irgendwann raffte ich mich auf, um ihm zu helfen. Es war allerdings ein wenig kompliziert, meine Klamotten zu finden, denn ich hatte es geschafft, Hose, Socken und Shirt im ganzen Häuschen zu verteilen. Und immerhin lebte Jakob in einem Palast, der weit mehr als meine spärlichen zweiundzwanzig Quadratmeter zu bieten hatte. So ein Platzangebot war ich aus meiner klitzekleinen Montags-Hütte gar nicht mehr gewohnt. Ich fand schließlich wenigstens eine Socke unter dem Bett und angelte sie gerade hervor, als Jakob beherzt sagte: »Ach Scheiße!«

Ich ließ die Socke, wo sie war, richtete mich auf und beugte mich über das Geländer, um nach Jakob zu sehen.

»Was ist?«, fragte ich irritiert.

»Ich habe die restlichen Nudeln für Ackermann aufbewahrt«, rief er nach oben und gab ein ungläubiges Brummen von sich. »Weil ich das immer gemacht habe. Er mochte Nudeln. Man kann doch ohne Hund gar nicht leben«, hörte ich ihn dann murmeln. Die Teller wurden geräuschvoll im Spülbecken gestapelt. Ich kratzte mich am Kopf und entdeckte mein T-Shirt unten auf dem kleinen Tischchen. Keine Ahnung, wie es da hingekommen war. Jakob räumte lautstark auch das Besteck in die Spüle, sah auf einmal erneut zu mir hoch und schenkte mir ein verhaltenes Lächeln. Ein Jakob-Lächeln. »Der richtige Moment, um Loriot zu zitieren«, sagte er. »Ein Leben ohne Mops ist möglich, aber sinnlos.«

Ich grinste. »Ersetze Mops durch Hund«, erwiderte ich darauf und war mir im selben Augenblick sicher, dass das Jakobs erstes Lächeln seit Ackermanns Tod war. Vielleicht tat gemeinsames Trauern doch gut.

Wir verbrachten auch die kommenden Tage zusammen. Jakob hatte etwas gewöhnungsbedürftige Arbeitszeiten. So richtig munter wurde er erst ab achtzehn Uhr, davor lagen wir gemeinsam auf seiner Dachterrasse und genossen den August in vollen Zügen. Wir redeten, tranken Kaffee und ich hatte mittlerweile den dritten Krimi gelesen. Gemeinsam hatten wir Ackermanns Sachen in eine Kiste geräumt und in meine kleine Rumpelkammer im ersten Geschoss meines Hauses getragen.

Ein großer, aber notwendiger Schritt für Jakob. Ich selbst schwebte in einer Blase, die kein Anfang und kein Ende hatte. Die Wände der Blase waren weich, manchmal baumelte ich dagegen und wurde sanft zurück in die Mitte bewegt. Es gab nur Jakob, die anderen Dorfbewohner, die ich täglich sah, Hilles Dorfladen und mich. Tief in meinem Innersten wusste ich längst, dass dieser Schwebezustand nicht von Dauer sein konnte, schließlich gab es auch noch eine Welt da draußen, aber ich stellte aktuell keine Fragen oder verschwendete einen Gedanken an die Zukunft. Und so konnte ich meiner Liste der Glückszustände noch ein weiteres Glück hinzufügen: glücklich mit mir selbst. Tagsüber verbrachte ich Zeit mit Jakob, nachts schlief ich in meinem eigenen Häuschen, weil Jakob arbeitete. Diese angenehme Schwebesituation nahm allerdings nur wenige Tage später eine unerwartete Wendung, weil mich nämlich Barbara, die Schweineärztin, morgens um halb sieben anrief. Eine für die Landbevölkerung durchaus normale Uhrzeit, da ich aber aktuell nichts ernten oder umgraben musste, für mich einfach zu früh. Ich kroch beim Klingeln des Handys aus dem Bett und hatte schon die fürchterlichsten Ahnungen, meistens waren Anrufe um diese Uhrzeit (Landbevölkerung ausgeschlossen) mit schlechten Nachrichten verbunden. »Ja?«, fragte ich etwas ängstlich und schlaftrunken ins Handy, nachdem ich es endlich vom Boden vor dem Backofen geklaubt hatte.

»Moin, Barbara hier.«

»Wer?«

»Tierärztin«, sagte sie akzentuiert. »Hast du geschlafen?«

Ich grunzte. »Es ist früh.«

»Ich war noch gar nicht im Bett. Kalb steckte fest.« Offenbar sah sie im selben Augenblick auf die Uhr. »Ah. Ist früh. Stimmt. Dachte, ist schon hell, da bist du wach.«

»Nein. War ich nicht. Was kann ich für dich tun?«, fragte ich. Es klapperte im Hintergrund.

»Willst du einen Hund?«

»Hä?« Die frühe Stunde verhinderte offenbar, dass ich dieser Unterhaltung angemessen folgen konnte.

»Ja, du. Jakob kann ich nicht fragen«, erklärte Barbara energisch.

Ich schwieg und sah ratlos hinaus in den anbrechenden Tag.

»Der ist in Trauer. Der sagt direkt Nein. Aber wenn der Hund bei dir ist, ist es irgendwie auch sein Hund«, versuchte Barbara es noch einmal, aber ich schwieg weiter. Es war zu früh für derartig komplexe Gedankengänge. »Weil ihr doch zusammen seid«, fügte sie hinzu und klang jetzt, aufgrund meiner Begriffsstutzigkeit, leicht genervt.

»Ich muss ihn aber doch fragen«, sagte ich mit rauer Stimme.

»Würde ich nicht machen. Will der nicht. Wäre aber gut für ihn«, erwiderte Barbara wie aus der Pistole geschossen. Ich seufzte. »Wo kommt denn jetzt ein Hund her?«

»Von meiner Tochter. Die rettet ständig Hunde. Der ist übrig. Er ist hässlich, aber nett und absolut verträglich. Der hilft, über Trauer hinwegzukommen.«

Ich atmete tief durch. »Das ist aber eine sehr große Aufgabe für einen Hund.«

»Quatsch. Wir müssen alle über irgendetwas hinwegkommen. Ganz besonders Jakob braucht dabei Beistand. Gute Gesellschaft hilft immer. Dieser Hund ist gute Gesellschaft, und er wiederum braucht dringend Freunde. Komm heute Abend vorbei, und guck ihn dir an. Bis später!« Und mit diesen Worten legte sie auf. Ich starrte mein Handy an. Besonders Jakob muss über etwas hinwegkommen? Wie hatte sie das denn gemeint? Meinte sie wegen Ackermann? Nachdenklich stand ich noch einen Moment herum, dann kletterte ich entschlossen zurück ins Bett.

Jakob war ein fester Bestandteil meines Lebens geworden, der so fest integriert zu sein schien, dass ich manchmal vergaß, wie wenig ich über ihn wusste. Ich stellte nämlich nach wie vor kaum Fragen. Nicht nach seiner Vergangenheit, nicht nach seinen Plänen. Ich war mit all meinem Sein vollkommen im Hier und Jetzt. Mehr war aktuell nicht notwendig.

Mein Leben vorher hatte aus Denken und Fragen bestanden, und ich wusste, dass ich irgendwann wieder dorthin zurückkehren würde. Aber in dem Moment, wo ich anfing, Obstbäume zu schneiden und Kirschen zu ernten, hatte sich meine berufsbedingte Neugierde komplett verabschiedet. Sie war ersetzt worden vom Spüren. Mir war klar, dass mich das irritieren sollte, tat es allerdings nicht. Aber es könnte sein, dass meine berufsbedingte Neugierde nach Barbaras Anruf zumindest rudimentär aus ihrem Koma erwacht war, denn abends machte ich mich tatsächlich auf den Weg in den Ort, um den Hund zu begutachten. Nur mal gucken. Das konnte sicherlich nicht schaden.

Ich lief am Fluss entlang und genoss die frische Abendluft. Es war den Tag über warm gewesen, aber zum Glück nicht mehr so brütend heiß, wobei die nächste Hitzewelle schon angekündigt war.

Bei der Tierärztin auf dem Hof musste ich dann noch fast fünfzehn Minuten warten, weil sie irgendein wildes und angriffslustiges Tier in ihrem Behandlungszimmer versorgte. Oder es zumindest versuchte. Die Geräuschkulisse war schaurig. Heraus kam am Ende eine völlig erledigte Frau mit einem Bastkorb unter dem Arm, in dem ein wütend fauchendes Tier hockte. Leider konnte ich im Vorbeigehen nicht erkennen, um was es sich handelte. Ein Wesen, das solche Laute von sich geben konnte, musste irgendetwas Monsterartiges sein. Als ich Barbara danach fragte, zog sie nur eine Augenbraue hoch und erwiderte knapp: »Katze.«

»Aha«, sagte ich.

»Aber du interessierst dich ja für einen Hund. Einen sehr freundlichen Hund, der nicht weiß, wozu er eigentlich Zähne hat, außer zum Fressen«, sagte sie daraufhin und wirkte plötzlich erfreut.

»Also ich interessiere mich nicht für …«, versuchte ich einzuwenden, aber das überging Barbara, und so folgte ich ihr seufzend ins Haus. Sie schloss die Haustür auf, zog mich am Ärmel hinein, und wir wurden stürmisch von gleich drei Hunden begrüßt.

»Die sind es nicht«, sagte sie, und ich lief, mit watenden Beinbewegungen, es waren einfach sehr viele Hunde um mich herum, weiter bis in ihre Küche. Hier saß ein mittelgroßer, schlanker Hund mit schwarzen Tupfen auf hellbraunem Fell und blickte uns entgegen. Ihm fehlte ein Auge und auch seine Schnauze sah aus, als hätte er mal einen schweren Unfall gehabt. Sie war vernarbt, und das Fell hatte dort eine weiße, durchschimmernde Farbe. »Das ist Marlon. Ich glaube, ich sagte bereits, dass er hässlich ist.«

Ich schnalzte mit der Zunge. Er war nicht hässlich. Er hatte eine Behinderung, das waren ja wohl meilenweite Unterschiede, aber ich verkniff mir einen Kommentar. Barbara war diesbezüglich offensichtlich robuster aufgestellt. »Hallo«, sagte ich etwas unsicher zu dem Hund, weil ich außer Ackermann nie einen Hund näher gekannt hatte. Marlon sah mich mit seinem einen Auge an, dann stand er auf und kam zu mir. Ich hockte mich vorsichtig auf den Boden und ließ ihn an meiner Hand schnüffeln. Daraufhin wedelte Marlon mit der Rute und legte mir seinen Kopf auf das Knie. Ich konnte gar nicht verhindern, dass das umgehend ein warmes Gefühl in meinem Bauch entzündete. Vermutlich hatte Jakob recht. Man konnte gar nicht ohne Hund leben.

»Das matcht. Kann ich sehen«, frohlockte Barbara und lehnte sich zufrieden gegen die Küchenzeile in ihrem Rücken.

»Barbara. Ich muss mit Jakob reden. Was, wenn er ihn nicht haben will?«

»Du sollst ihn ja auch nehmen. Er hat ihn dann automatisch.«

»Aber ich werde nicht hierbleiben«, erklärte ich und streichelte weiter Marlon.

»Wo willst du denn hin?«, fragte Barbara, und alles an ihrem Tonfall ließ erkennen, dass es für sie absolut außerhalb ihrer Vorstellung lag, dass man diesen Ort verlassen könnte. Freiwillig. Ich sah sie über Marlons Kopf hinweg streng an.

»Okay«, sagte sie und hob die Hände. »Dann nimmst du ihn halt mit. Auch wenn ich keine Ahnung habe, wo du hinwillst. Aber kein Mensch sollte ohne Hund leben. Er zumindest mag dich. Und er ist eigentlich sehr zurückhaltend.«

Sie hatte recht. Marlon drückte seinen Kopf gegen meine Schulter, während ich ihm sanft die Brust kraulte. »Was ist ihm passiert?«

»Menschen sind ihm passiert. Meine Tochter kümmert sich immer noch um Auslandshunde, obwohl ich davon nicht viel halte. Das ist mittlerweile auch schon kommerzialisiert, aber sie macht unverdrossen weiter. Fährt direkt in die Shelters und nimmt die Hunde mit. Sie vermittelt nur an Leute, die sie kennt, aber Marlons Interessenten sind abgesprungen, weil ihnen der Hund zu heftig aussah. Was ihm in Rumänien passiert ist, werden wir nicht erfahren. Er mag Menschen trotzdem. Er hört auf die Grundkommandos und ist total freundlich. Außerdem kann er gut mit Kindern, Katzen und anderen Hunden. Er möchte nur einen Platz auf dem Sofa und einen Freund. Ein richtiger Anfängerhund, was man nicht von allen sagen kann.«

»Ich werde mit Jakob sprechen, ja?«, wiederholte ich mantramäßig. Hunde waren schließlich keine Geschenke und keine Überraschungen.

»Mach das«, sagte sie, und ich dachte fieberhaft über eine geschickte Formulierung nach, um ein wenig mehr über Jakob aus ihr herauszubekommen, als die Hundemeute erneut anschlug und Barbara mich quasi im selben Moment aus der Küche schob. »Hab noch eine Kastration und eine Impfung. Melde dich! Tschüss!«

Auf dem Nachhauseweg checkte ich mein Handy und entdeckte eine Nachricht von Pia.

»Hast du heute Abend Zeit? Ich habe die Entdeckung des Jahrtausends gemacht und möchte euch alle teilhaben lassen! Um acht in der Scheune!«, hatte sie geschrieben. Na, da kam ich ja gerade recht. Als ich um zehn nach acht bei Theo auf dem Hof ankam, hörte ich bereits brüllendes Gelächter aus der Scheune. Ich musste sofort grinsen, weil ich so eindeutig Pia identifizierte. Nur sie hatte so eine Lache. Jetzt war ich aber wirklich gespannt, welche bahnbrechende Entdeckung sie gemacht hatte. Ich marschierte in das alte Gebäude, in dem Theo seine Geräte stehen hatte, und traf dort auf alle Hof-Frauen. Diese Formulierung stammte nicht von mir, Manu hatte sie das letzte Mal benutzt, und ich mochte sie irgendwie. Es hatte so etwas Gemeinschaftliches. Wir waren also die Hof-Frauen, und diese hatten sich vor einer großen Dia-Leinwand versammelt, die mit Sicherheit in den Siebzigerjahren ihren Ursprung hatte. Pia hatte einige Laternen aufgestellt, Bier, Wein und Tee besorgt und Decken über diverse Strohballen geworfen. Auf diesen provisorischen Sitzgelegenheiten hockten bereits Margarete, Manu und Pia.

»Da bist du ja!«, rief Pia ausgelassen, als ich hereinkam. »Der Rest hatte keine Zeit, also …« Sie hob beide Hände, als würde sie einen Zaubertrick vorbereiten: »Ich habe etwas entdeckt, das ich euch unbedingt zeigen muss. Ihr seid alle alt, ihr kennt es bestimmt.« Sie ignorierte die empörten Zwischenrufe, drückte eine Taste an ihrem aufgeklappten Laptop, und ein Vorspann erschien auf der alten Dia-Leinwand. »Neues aus Büttenwarder«.

Margarete lachte schallend auf. »Das habe ich ja ewig nicht gesehen!«

Offenbar war ich die Einzige, die damit überhaupt nichts anfangen konnte. Ich nahm mir erst mal einen Tee und setzte mich neben Margarete und Manu auf den Strohballen.

Mir gefiel alles an dieser Serie. Die schlichte Bild-Einstellung, die völlig skurrilen Figuren, die Geschichten von Brakelmann und Adsche, die so barsch und krude zueinander waren, wobei es letztendlich dann doch um Freundschaft und Zugehörigkeit ging. Ich liebte den ganzen nordischen Charme, der sich in jedem Gummistiefel und in jedem Zaunpfahl widerspiegelte.

Nach der vierten Folge hatte Pias Laptop keinen Strom mehr und offenbar auch ein Problem mit dem Ladekabel. Sie klappte das Gerät kurzerhand zu und blickte uns erwartungsvoll an. »Ich weiß, dass das etwas weit hergeholt klingt, aber irgendwie haben mich Brakelmann und Adsche an uns erinnert«, erklärte sie dann.

»Na, hör mal!«, rief Margarete, aber dann kamen die Hof-Frauen aus dem Lachen gar nicht mehr raus. Ein köstlicher Vergleich. Als ich mich wieder beruhigt hatte, nippte ich an meinem Tee und betrachtete meine Nachbarinnen genauer. Je länger ich darüber nachdachte, desto weniger absurd wurde dieser Vergleich. Den nordischen Charme hatten wir hier definitiv zuhauf.

Und dann tauchte auch noch Katha auf, mit erhitzten Wangen und gut gelaunt. Die Kinder waren endlich im Bett, und sie hatte Zeit, sich zu uns zu gesellen. Alle redeten wild durcheinander, wir stiegen von Tee auf Sekt um, und die Stimmung war ausgelassen. Ob es daran lag oder an der Serie, die mich mit ihrer ruhigen, entspannten Atmosphäre inspiriert hatte – plötzlich durchzuckte mich jedenfalls der Blitz der zündenden Idee. Ich verschüttete dabei fast meinen Sekt, weil ich damit nun gar nicht gerechnet hatte. Wo ich doch in den vergangenen Wochen mehr beim Spüren als beim Denken gewesen war. Ich atmete erst mal tief durch und tat so, als wäre nichts, dabei war mein Gehirn gerade auf Hochtouren angesprungen.

Pia holte aus Theos Küche Butter und Käse und belegte uns unzählige Brote, während alle weiter herumalberten und sich Anekdoten aus dem Leben erzählten. Ich hielt mich an meinem Sektglas fest und dachte nach.

Vielleicht war es an der Zeit, mich von allen Fakten zu lösen, die bis jetzt meine Art zu erzählen dominiert hatten. Immer war es darum gegangen, ausgewogen zu informieren. Auf den Gedanken, meine eigene Geschichte zu erzählen, war ich bisher nie gekommen. Natürlich war das Thema Klimaschutz und Reduktion des eigenen ökologischen Fußabdrucks nicht durch, wie die Produktionsfirma es genannt hatte. Meine eigene Story war nur in der Zwischenzeit eine andere geworden, es ging nämlich überhaupt nicht um den Verzicht. Es ging darum, etwas Neues zu finden: Gemeinschaft und Freundschaft zum Beispiel. Während ich hier saß, fühlte ich mich zugehörig. Was ich in den vergangenen Monaten erlebt hatte, hatte nichts mit Reduzieren zu tun, sondern mit Wachsen. Diese Erkenntnis sprudelte in mir, und ich atmete tief durch. Die lange Zeit des Nicht-Denkens hatte mir offenbar gutgetan.

»Ich will euch auch noch was erzählen«, rief Margarete und erhob sich von ihrem Strohballen. Sie machte es spannend, weil sie uns alle einen Moment lang nur schweigend, aber mit einem Glitzern in den Augen anschaute.

»Sag endlich!«, bat ich.

»Ich habe das Wutbild verkauft. An eine Kunstsammlerin. Und ich habe damit richtig Geld verdient!« Margarete lachte, und ich klatschte spontan in die Hände.

»Wahnsinn«, rief Manu, sprang auf und umarmte Margarete, die daraufhin rief: »Über TikTok.« Sie schüttete sich fast aus vor Lachen, während Pia einen kleinen Freudentanz vollführte.

»Social Media ist das Böse, Social Media ist der Feind«, sang sie leise dazu.

»Mein Dank gilt Pia«, sagte Margarete und deutete auf unsere immer noch tanzende Freundin mit dem feinen Händchen für Instagram & Co. »Sie macht ständig Videos von mir, und offenbar hat sie den Algorithmus geknackt, denn fast jedes geht viral. Und danke an Ella. Ohne die das Ganze gar nicht ins Rollen gekommen wäre.«

Geschmeichelt lächelte ich und nickte ihr zu. »Ich kann auch etwas erzählen«, sagte ich dann. »Barbara, die Schweinetierärztin, hat einen Hund abzugeben. Für Jakob. Oder für mich«, berichtete ich.

»Oh! Wie heißt er?«, wollte Pia wissen.

»Ja, wir brauchen wieder einen Hund!«, erklärte Margarete.

»Das finde ich auch«, sagte Manu und setzte sich zurück auf den Strohballen.

»Ich habe Jakob bisher nichts davon gesagt. Ich denke, er braucht noch ein bisschen Zeit. Und vielleicht will er gar keinen Hund mehr haben.« Ich zog die Schultern hoch.

»Möglich«, erwiderte Margarete.

»Aber dann nimmst du ihn halt«, sagte Pia fröhlich.

»Ich weiß ja gar nicht, wie es bei mir weitergeht«, antwortete ich zögernd, und schlagartig wurde Pia ernst.

»Sag mal, Ella, ziehst du wirklich wieder von hier weg?«

Mit dieser Frage erwischte sie mich eiskalt. Alle sahen mich an, dennoch schwieg ich eine ganze Weile.

»Ich habe überhaupt keine Pläne«, sagte ich, was stimmte. Bis Dezember würde ich hierbleiben. Und dann? Vermutlich würde ich einen Hund mitnehmen können, an welchen Ort auch immer es mich verschlagen sollte. Aber was war mit Jakob? Wohin sollte sich die Verbindung zwischen uns entwickeln? Mein Blick fiel auf die große Dia-Leinwand, und da schoss mir wieder in den Kopf, was für eine Idee sich gerade, vor wenigen Minuten, in mir entzündet hatte. War es womöglich an der Zeit, etwas ganz Neues anzufangen?

»Was grinst du denn so?«, fragte Pia verwirrt.

»Ach, ich hatte da so eine Idee …«, setzte ich an, biss mir dann aber auf die Lippen. Dieser eine zündende Funke war noch nicht mal ein Gedanke, den man aussprechen konnte. Er musste reifen, wachsen, und erst dann konnte ich sehen, zu was er werden würde. Doch schließlich war es ausgerechnet Margarete, die sagte: »Wenn die gute Idee dazu führt, dass du hierbleibst, sollte mir das mehr als recht sein.« Das war aus ihrem Mund fast schon eine Liebeserklärung.

Hinter uns polterte es, und wir drehten uns alle fünf gleichzeitig um. Jakob stand wie ertappt und mitten in der Bewegung erstarrt in der großen Schiebetür der Scheune. »Die Frauen haben sich am Feuer versammelt. Ich sollte zügig das Weite suchen«, sagte er und sah tatsächlich aus, als überlegte er, auf dem Absatz kehrtzumachen.

»Die Frauen haben bloß ein bisschen zusammengesessen und Pläne geschmiedet! Jakob, wie schön, dich endlich mal wiederzusehen«, sagte Manu und machte eine einladende Handbewegung.

Jakob trat über die Schwelle, und seine Augen schienen nach mir zu suchen. Ich saß hinten in der Ecke, deswegen brauchte er einen Augenblick, bis er mich entdeckt hatte. Dann kam er in meine Richtung, um sich neben mich auf den Strohballen zu setzen. Dicht zu mir. Ich hatte ihn vermisst, und ein Teil in mir schien aufzuatmen, dass er endlich sein Häuschen verlassen hatte, um wieder ein wenig am Leben teilzunehmen. An dem Leben, das er mit mir teilte.

»Warum hast du Erde im Bart?«, fragte ich und betrachtete ihn von der Seite. Er zog die Augenbrauen zusammen.

»Weil ich den Efeu zurückgeschnitten und ausgerissen habe. Er wollte die Tür zu dem kleinen Hauswirtschaftsraum zuwuchern. Wärst du so nett?« Er beugte sein Gesicht in meine Richtung, und ich hob die Hände, um sie ihm an die Wangen zu legen. Ganz sanft beförderte ich die Krümel aus seinem sandblonden Bart. Und dann erinnerte ich mich daran, dass alle Frauen im Raum wussten, dass ich heute Abend einen Hund besucht hatte. Einen Hund, der eigentlich für ihn bestimmt war. Es erschien mir nur fair, ihm genau das jetzt zu erzählen. »Barbara hat mich übrigens angerufen und mich gebeten, mir einen Hund anzuschauen. Er kommt aus dem Tierschutz, und sie hätte gerne, dass er hier einzieht. Ich habe ihr aber gesagt, dass ich darüber erst mit dir sprechen muss und dass du vielleicht noch Zeit brauchst. Oder unter Umständen auch gar keinen Hund mehr haben möchtest«, erzählte ich deswegen schnell, und in Jakobs Augen schien etwas aufzuglimmen. Meine Worte hatten definitiv sein Interesse geweckt. Ich hatte Sorge gehabt, dass er sich abwandte, aber das Gegenteil war der Fall.

»Was für ein Hund? Wie groß ist er? Hat er einen Namen? Wo kommt er her?«

Ha! Zumindest hier hatte Barbara ihn völlig falsch eingeschätzt. »Am besten schaust du ihn dir selbst einmal an«, meinte ich. »Ich würde dich da auch vollumfänglich unterstützen. So mit dem Hund.«

Jakob nickte langsam. »Ich weiß.« Er grinste mich kurz an.

»Und wenn ihr in den Urlaub fahrt, nehme ich ihn«, bot Pia an.

»Danke«, sagten Jakob und ich gleichzeitig, und dann beugte er sich näher zu mir und flüsterte: »Ich habe übrigens Kartoffelauflauf gemacht.«

»Herzlichen Glückwunsch«, erwiderte ich etwas verwirrt.

»Es ist wohl der beste Kartoffelauflauf, den ich jemals zubereitet habe. Du musst ihn unbedingt probieren. Und ich flüstere, weil er nur für uns beide reicht.«

Flüstern wäre nicht nötig gewesen, denn die Frauen unterhielten sich angeregt, und Pia hatte ihren Laptop wieder am Start, damit auch Katha endlich in den Genuss von »Neues aus Büttenwarder« kommen konnte.

Jakob und ich verabschiedeten uns von den anderen und liefen zu seinem Häuschen. Er hatte nicht zu viel versprochen. Besagter Kartoffelauflauf hatte Sterne-Qualitäten und war absolut cremig, zart, würzig und in allen Komponenten perfekt abgestimmt. Dazu gab es Gewürzgurken, von Hille persönlich eingelegt. Und dann stellte sich heraus, dass Jakob »Neues aus Büttenwarder« bestens kannte. »Das ist eine meiner Lieblingsserien. Die gucke ich immer, wenn ich Trost brauche«, erklärte er mir todernst, während er den Tisch abräumte.

Ich musste herzlich lachen. Jakob und diese skurrile norddeutsche Serie, das passte auf den ersten Blick so gar nicht zusammen. Kurz war ich geneigt, ihn in meinen Plan einzuweihen, ließ es aber bleiben. Dieses kleine kreative Feuer in mir war noch zu frisch. Es musste erst mal durchglühen.

Wie so oft lagen wir nach dem Essen auf dem Bett. Ich genoss die Nähe. Jakobs Körper, an den ich mich angelehnt hatte, seine Hand, die durch meine vom Tag ganz zauseligen Haare fuhr. Ich ließ die Gedanken durch mich hindurchfließen und sprang von einem zum nächsten. Zwischendurch landete ich immer wieder bei meiner neuen Idee, und im nächsten Atemzug fragte Jakob mich: »Ella, was ist dir gerade durch den Kopf gegangen?«

Ich lachte auf. »Was meinst du?«

»Man spürt deine Gedanken. Gerade hast du was Gutes gedacht«, erklärte er, und ich sah ihn erstaunt an, dann legte ich meinen Kopf zurück auf seine Brust.

»Ich habe eine Idee. Aber die ist noch geheim. Erzähl mir stattdessen was von dir, von deiner Vergangenheit, wo du herkommst, was du bisher gemacht hast, von deinen Zukunftsplänen«, murmelte ich und merkte im selben Moment, wie Jakobs Körper starr wurde. So, als würde er die Muskeln anspannen. Das war irritierend.

»Wieso?«, fragte er knapp, und ich hob den Kopf von seiner Brust, um ihn ansehen zu können.

»Weil ich fast nichts von dir weiß«, erklärte ich, und Jakob hob eine Augenbraue. Nur ganz leicht, es wirkte dennoch so, als wäre er innerlich auf Distanz gegangen. Meine einfache Bitte behagte ihm offensichtlich nicht.

»Ich möchte nicht über mich reden«, sagte er schließlich leise. »Es gibt Gründe, aber …« Er unterbrach sich selbst, dann drehte er sich schwungvoll zur Seite, ohne mich loszulassen, und ich glaubte, eine diffuse Angst in seinen Augen zu erkennen.

»Hey«, sagte ich beschwichtigend. »Kein Grund, sich aufzuregen.«

Jakob räusperte sich. Er sagte nicht: »Ich rege mich nicht auf«, wie ich es erwartet hätte, sondern beugte sich wortlos nach vorne und küsste mich. Das tat er, um nicht weiter über dieses Thema reden zu müssen, es war ein reines Ablenkungsmanöver, doch er küsste nun mal gut. Die Nacht war noch so lang. Ich hatte eine gute Idee in petto, und das Gefühl von Neuanfang kribbelte mir in den Fingerspitzen. Vielleicht wäre es der richtige Moment gewesen zu sprechen, aber ich ließ ihn verfliegen. Ließ ihn wegströmen und sich verflüchtigen, gestattete ihm, sich in einem langen Kuss und sehr viel körperlicher Nähe aufzulösen.

19

Zeit, sich zu zeigen

»Er ist bestürzend hässlich«, sagte Jakob, nachdem wir Barbaras gute Stube wieder verlassen hatten und auf dem brütend heißen Hof standen. Der Sommer war nach dem etwas mauen Mittelteil mit voller Wucht zurückgekehrt. Wir hatten Temperaturen wie im Süden von Spanien und halfen Theo jeden Abend mit dem Bewässern. Einfach, weil es wahnsinnig erfrischend war, mit dem Tankanhänger und dem kleinen Trecker Wasser zu versprühen.

»Es kommt doch auf die inneren Werte an«, erwiderte ich und schlüpfte trotz der Hitze unter Jakobs Arm, damit wir gemeinsam, dicht an dicht, zurücklaufen konnten. Er lachte leise, dann sagte er: »Also, ich kann mir definitiv vorstellen, ihn zu uns zu holen. Den nimmt sonst eh niemand, und so richtig glücklich ist er bei Barbara und ihren vielen anderen Hunden bestimmt nicht. Er bräuchte ein Zuhause, wo es nur um ihn geht.« Er seufzte tief. »Allerdings fühlt es sich ein bisschen wie Verrat an Ackermann an«, fügte er hinzu.

»Quatsch. Ackermann freut sich für uns«, entgegnete ich vehement. »Und für Marlon.« Ich wollte noch mehr sagen, doch Jakob bremste mich aus, indem er mich sanft an der Schulter festhielt.

»Ella … können wir mal kurz über deine Zukunftspläne reden?«, fragte er und manövrierte mich direkt vor sich, um mir in die Augen sehen zu können.

»Ich bin immer noch erschreckend planlos«, erklärte ich abgrundtief ehrlich. »Ich habe halt einen Job, in den ich zurückkehren werde …«

Jakob blickte mich eindringlich an. »Kannst du dir vorstellen hierzubleiben?«, fragte er ganz unerwartet und umfasste dabei fest meine Schultern. Wir hatten dieses Thema beide erfolgreich ausgeklammert. Bis jetzt. Ich ließ seine Worte in mich einsinken und suchte nach einer Antwort, fand aber keine. Abgesehen davon war das hier doch ein guter Zeitpunkt, um mal über Jakob zu sprechen. Mein Leben lag wie ein offenes Buch vor ihm, während seins ein einziges Rätsel für mich war.

»Und was ist mit dir?«, fragte ich deswegen. »Warum sprichst du eigentlich nie über dich? Ich weiß absolut nichts aus deinem Leben.«

Unzählige verschiedene Gefühle huschten über Jakobs Gesicht. Er blinzelte und pustete Luft durch die Lippen.

»Weißt du, Ella«, setzte er an, und dann brüllte plötzlich jemand hinter uns: »Jakob!« Wir zuckten beide zusammen und drehten uns gleichzeitig um. Barbara kam über den schmalen Pfad gerannt. Sie hatte Marlon an der Leine, der fröhlich neben ihr herhüpfte und offenbar begeistert war, uns so schnell wiederzusehen. »Der saß die ganze Zeit vor der Tür und hat darauf gewartet, dass ihr zurückkommt. Ihr nehmt den jetzt mit. Der muss mal was erleben. Bringt ihn einfach heute Abend zurück. Marlon braucht ein bisschen Hundefreizeit.« Sie drückte einen Teil der Leine Jakob, den anderen Teil mir in die Hand, klopfte Marlon das Hinterteil und verschwand wieder. Ich starrte ihr etwas fassungslos hinterher. »Sie ist manchmal ein klein wenig herrisch.«

»Nein«, erwiderte Jakob in gespieltem Erstaunen. »Das ist mir noch gar nicht aufgefallen.«

Also heute kein Deep-Talk zwischen Jakob und Ella, stattdessen Mission Hundefreizeitprogramm. Gemeinsam mit Marlon liefen wir zu unserer kleinen Siedlung zurück und spazierten weiter zu dem kleinen Fliederhain, machten einen Abstecher auf den Hof und statteten zum Schluss dem Fluss einen Besuch ab, wo wir Pia fanden, die der Länge nach ausgestreckt auf dem Holzsteg im Schatten einer alten Trauerweide lag. Wir stellten ihr Marlon vor, der etwas zurückhaltend, aber freudig Bekanntschaft mit ihr machte.

»Oh mein Gott, ist der süß«, hauchte sie und kraulte vorsichtig Marlons Stirn. »Den müsst ihr bitte behalten, ja?«

»Wir werden sehen«, sagte ich streng. »Gehst du da etwa rein?«, fragte ich noch mal streng und deutete auf die ziemlich heftige Strömung. Die Hitze der vergangenen Tage hatte den Wasserstand der Bende bisher nicht sinken lassen.

»Bin ich verrückt?«, fragte Pia und grinste mich von unten her an. »Ich gehe nur in den Ententümpel.«

»*Das* ist verrückt«, entgegnete ich und schüttelte mich, denn das machte es nur bedingt besser, aber so konnte sie zumindest nicht abgetrieben werden.

Und dann zeigten wir Marlon mein Haus. Trotz der Wärme schlossen wir die Haustür, damit uns der Hund nicht abhandenkam, und rissen schließlich alle Fenster auf und setzten uns zu dem Hund auf den Boden. Marlon sah sich sichtlich neugierig um, untersuchte erst mal jede Ecke, dann blieb er abwartend vor uns stehen. Er war außerordentlich interessiert, was wir als Nächstes vorhatten.

»Hast du dir mal Gedanken gemacht? Wie das mit einem Hund klappen könnte?« Jakobs Stirn war in Falten gelegt, er schien sehr intensiv nachzudenken, während er dem Hund beim Spielen zusah. Der hatte neben dem Bett ein Sockenknäuel entdeckt, das er uns brachte. Ich nahm das Sockenpaar und rollte es über den Boden, woraufhin der Hund sich freudig daraufstürzte. Jakob schwieg und grübelte offenbar immer noch. Es gab viel zu bedenken, keine Frage, aber ich besaß ja die neue Fähigkeit des Nicht-Denkens, deswegen spielte ich ungerührt weiter mit Marlon. Es würde sich schon alles fügen, davon war ich mittlerweile überzeugt.

Ich warf die Socken, Marlon beobachtete genau, wo sie landeten, dann hüpfte er hinterher und brachte sie, um sie mir direkt und präzise in die geöffnete Handfläche zu legen. Vermutlich hielt er mich für ein bisschen dämlich, weil ich ständig meinen Socken verlor, aber er war sehr hilfsbereit. Ich kraulte ihn hinter dem Ohr.

»Mach dir nicht so viele Gedanken«, sagte ich schließlich.

Jakob drehte sich plötzlich zur Seite, legte sich auf den Boden und bettete seinen Kopf auf meine gekreuzten Beine. Marlon fand das äußerst spannend und schnüffelte ihm einmal durch das Gesicht, was Jakob regungslos über sich ergehen ließ. »Einfach nicht so viele Gedanken machen?«, wiederholte er leise meine Worte und sah mich von unten her an.

»Genau.« Ich nickte. »Ich bin mit einem klaren Plan hergekommen, und alles kam anders. Wirklich alles. Zum Beispiel du.«

Marlon drängte sich gegen Jakob, der ihm die Brust kraulte. Der Hund fand das großartig, denn er ließ sich mit einem Plumps direkt neben Jakob auf den Boden fallen, der ihm über den Rücken strich, woraufhin Marlon einen behaglichen Laut von sich gab.

»Er mag dich«, sagte ich.

Jakob sah wieder zu mir hoch. »Dich mag er auch. Aber dich mag jeder.«

Ich lachte kurz auf. »Eigentlich nicht. Aber das war früher vielleicht auch berufsbedingt«, sagte ich.

»Fehlt sie dir? Deine Arbeit?«

»Nein«, erwiderte ich. Mir fehlte nichts. »Die kommt zurück, das weiß ich.« Es war durchaus möglich, dass sich meine Art und

Weise zu arbeiten auch ändern würde, aber ich würde wieder durchstarten, wenigstens diesbezüglich war ich mir sicher. Das Geld aus dem Hausverkauf wollte ich nicht komplett für meinen Lebensunterhalt aufbrauchen. »Ich habe Lust auf etwas Neues. Ich möchte mal nicht an Fakten gebunden sein, nicht immer in die Abgründe schauen, nicht nur über die schlimmen Dinge berichten und nüchtern zusammenfassen. Ich möchte über Glück und Zufriedenheit sprechen. Und über Menschen. Vielleicht nenne ich es: ›Ein Sommer unter Apfelbäumen‹. Klingt ein bisschen kitschig, ich weiß«, fügte ich hinzu. »Aber ich möchte nicht vom Reduzieren berichten, sondern vom Glück der Zufriedenheit, das im Weniger zu finden ist.«

Jakob sah mich aufmerksam an, dann nickte er leicht. »Das klingt ja schon nach einem richtigen Pitch«, sagte er, und ich stellte erstaunt fest, dass er recht hatte.

»Ich habe meinen Besitz auf ein Drittel reduziert. Ich verbrauche so wenig Wasser und Strom wie noch nie. Ich produziere kaum Müll, weil ich wenig kaufe und meistens direkt vom Erzeuger, also unverpackt. Dieses Haus bräuchte ein eigenes Solarmodul wie die anderen und eine Wärmepumpe. Dann wäre es perfekt. Und außerdem sind Menschen überhaupt viel wichtiger als Dinge und Konsum. Das war mir zwar schon vorher klar, aber hier ist es mir noch mal bewusster geworden.«

»Hört sich gut an, wo ist der Unterschied zu deiner gecancelten Doku?«, fragte Jakob nach einem kurzen Moment des Nachdenkens.

»Ich biete es niemandem an. Mit diesem Projekt fange ich einfach an. Wenn du ein Konzept verkaufst, hast du Bedingungen und Vorgaben, die du erfüllen musst. Stell dir doch mal vor, dass ich einen ganzen Erntekreislauf mit der Kamera begleite. Ein Apfeljahr. Wie und ob ich es monetisiere, werde ich dann sehen. Ich gebe kaum Geld aus. Kann also nichts passieren.«

»Heißt das also, du bleibst hier?«, fragte Jakob leise und wiederholte damit seine Frage von vorhin.

»Ich denke darüber nach.« Ich zuckte die Schultern, und Jakob lächelte mich so spontan und innig an, dass es mein Herz berührte.

»Du bist mutig, Ella. Das bewundere ich an dir. Ich war nur einmal in meinem Leben mutig.«

»Einmal kann ja unter Umständen reichen«, erwiderte ich und hätte gerne noch nachgefragt, was er damit gemeint hatte, doch im nächsten Augenblick riss uns Hannes aus der verbundenen und liebevollen Stimmung, weil er ausgerechnet jetzt, quasi direkt vor unserem offenen Fenster, seinen verdammten Feueratem praktizieren musste. Marlon rannte sofort los und stellte sich auf die Hinterbeine, um zu gucken, woher dieses Getöse kam. Jakob hob den Kopf und beobachtete ihn. »Marlon ist auch mutig. Ackermann hatte lange Angst, wenn Hannes das gemacht hat.«

»Ich dachte am Anfang, Hannes ist ein Telefonsex-Star«, gestand ich, und Jakob prustete los, dann legte er seinen Kopf zurück auf meine gekreuzten Beine und sah mich von unten her an.

»Warum knurrt dein Magen?«, fragte er und drückte schließlich lauschend ein Ohr an meinen Bauch.

»Weil es fast acht ist«, erwiderte ich nach einem Blick zur Backofenuhr erstaunt.

»Dann sollten wir Marlon wohl zu Barbara bringen. Er hat sicherlich auch Hunger.« Jakob erhob sich, beugte sich noch einmal zu mir herunter und küsste mich. Als seine Lippen sich von meinen lösten, sahen wir uns einen Atemzug lang in die Augen. Seine Anwesenheit trug zu meinem Glück bei. Ich mochte ihn so gerne ansehen, riechen und spüren. So viel zu den Plänen im Leben. Es kam doch immer alles anders.

Wir machten uns gemeinsam auf den Weg zu Barbara, die

Marlon wieder in ihrer guten Stube aufnahm. »Das machen wir jetzt ein paar Tage«, erklärte sie. »Dann sieht er mal was anderes, und ihr könnt euch alle gegenseitig kennenlernen. Und jetzt muss ich los. Kolik. Es eilt. Tschüss.«

Arm in Arm machten Jakob und ich uns wieder auf den Heimweg. Es war bereits dunkel, und am Himmel prangte ein unfassbares Sternenfirmament – als hätte die Nacht sich eine Samtdecke mit tanzenden Diamantenlichtern übergeworfen.

»Wow«, sagte ich bei diesem Anblick und hielt mich an Jakob fest, damit ich gleichzeitig laufen und nach oben gucken konnte. »Soll jetzt nicht wieder eine Sternschnuppenzeit sein? Ich habe übrigens noch nie eine Sternschnuppe gesehen«, erklärte ich und starrte in den Himmel.

»Nicht dein Ernst!«, sagte Jakob und leitete mich sanft um die kleine Böschung zum Fußweg in Richtung Obsthof.

»Echt nicht. Und ich bin doch schon so alt.« Dabei fühlte ich mich gerade wie maximal sieben, weil mich jemand hielt und mir den Weg zeigte, ohne dass ich hinsehen musste. »Ich wollte als Kind Astronautin werden«, sagte ich und blickte weiter zum Himmel. Wie winzig wir doch waren, in Anbetracht dieses riesigen Kosmos, der uns umgab. »Etwas Neues entdecken. Dahin gehen, wo noch nie ein Mensch vorher gewesen war. Was wolltest du werden, als du klein warst?«

»Konzertpianist«, antwortete Jakob knochentrocken. Verdutzt ließ ich von den Sternen ab und sah zu ihm. Damit hatte ich nun wirklich nicht gerechnet. Er grinste schief. »Ich wollte ganz allein auf einer großen Bühne spielen. Ich traue dir übrigens ohne Weiteres zu, irgendwann zum Mond zu fliegen.«

»Ach, auf dem Mond waren mittlerweile so viele Leute. Es gibt nur wenige Orte, wo noch nie ein Mensch vorher war. Den Mars vielleicht. Kannst du denn spielen?« Er nickte. »Kauf dir doch ein Piano«, sagte ich.

»Wo bitte soll ich einen Konzertflügel hinstellen?«, fragte er zurück und zog eine Augenbraue hoch.

»Ich sagte ja auch Piano und nicht Konzertflügel«, schnaubte ich. »Denk kleiner. Mein Sohn hatte mal so ein Ding, das war super. Hab ich aber leider verschenkt.«

»Und was ist aus ganz oder gar nicht geworden?«, fragte Jakob mich, und ich blieb abrupt stehen.

»Daran erinnerst du dich?«, fragte ich erstaunt.

»Natürlich.«

»Du hast echt ein Elefantengedächtnis. Ja, mein Motto ist weg. Verloren gegangen. Ich werde reif und weise. Ich mache jetzt auch halbe Sachen.« Ich deutete auf ihn. »Kauf dir ein E-Piano. Das passt in dein Haus. Immerhin ist es ja größer als meins.«

Er lachte, als er den Blick hob, um die Sterne zu betrachten. Als er mich dann wieder ansah, huschte plötzlich eine flüchtige Veränderung über sein Gesicht. Vielleicht der Schatten einer Erinnerung oder des Bedauerns.

»Ella«, setzte er an, und auch seine Stimme schien, wie seine Stimmung, unvermittelt ein wenig rauer geworden zu sein. Er nahm meine Hand, stand jetzt aber so, dass ich seine Augen nicht mehr genau erkennen konnte. Ich blinzelte, weil die Sterne über seinem Kopf so hell leuchteten. Es war ein surrealer und spektakulärer Anblick. Und dann zischte etwas durch mein Gesichtsfeld.

»Sternschnuppe«, rief ich. Jakob sah reflexhaft wieder nach oben. Die nächste Sternschnuppe schoss über den Himmel. »Noch eine!« Ich versuchte, dem schimmernden Pinselstrich am Himmel mit den Augen zu folgen, aber er war zu schnell.

»Du darfst dir was wünschen!« Jakob umarmte mich und drückte sein Gesicht auf meine Haare.

»Du dir auch, es waren zwei Schnuppen«, erwiderte ich, und dann kam die dritte und gleich darauf die vierte Sternschnuppe, und wir liefen staunend und langsam zurück, plötzlich aufgeregt wie die Kinder.

Auf der Dachterrasse von Jakobs Haus legten wir uns auf das sommerwarme Holz, um weiter in den Himmel zu schauen, und ich fügte meiner kleinen Glücksliste noch das perlende Glück hinzu, endlich eine Sternschnuppe gesehen zu haben.

Meine Glückssträhne hielt an. Mitte September durfte ich endlich den elementaren Unterschied zwischen pflückreifen und genussreifen Äpfeln lernen. Das war quasi mein Bachelor-Abschluss als Obstbäuerin in Ausbildung, ich hatte überhaupt lange nicht so viel gelernt wie in den vergangenen Monaten auf Theos Obsthof. Über Äpfel, Kirschen, das Leben und mich. Ziemliches Glück, würde ich sagen.

Der Spätsommer läutete die nächste Erntezeit ein. Die Tage wurden leiser und kürzer, aber die Hitze ließ vorerst nicht nach, nur die erste Kühle der Nacht beschwor ganz gemächlich den nahenden Jahreswechsel herauf. Noch sah und fühlte man ihn nicht, aber ich bildete mir ein, den Herbst morgens zu riechen. Eine derbe Frische, die die Erde ausstrahlte.

»Koste!« Theo hielt mir einen rotbackigen Apfel entgegen. Er hatte einen komplizierten Namen, gehörte einer alten Sorte an und war sehr früh genussreif. Dafür ließ er sich nicht lange lagern, ganz im Gegensatz zum Cox Orange, der erst beim Lagern lecker wurde. Es war kniffelig, aber viel Zeit, um mir darüber Gedanken zu machen, hatte ich nicht, denn Theo strahlte mich derartig an, dass ich umgehend meine Zähne in den Apfel versenkte. Er war perfekt. Von einer zarten Süße, einer ausgeprägten Knackigkeit und so saftig, dass ich mir nach dem ersten Bissen den Fruchtsaft aus dem Mundwinkel wischen musste.

»Das ist auch dein Verdienst«, erklärte Theo feierlich und klopfte mir dann auf die Schulter. Das hätte lustig sein können, aber mir war schon klar, dass Theo das wirklich genauso meinte, wie er es gesagt hatte. Ironie lag ihm nicht.

»Danke«, sagte ich deswegen schlicht mit vollem Mund und war berührt von dieser ehrlichen Wertschätzung. Stolz betrachtete ich die langen Reihen der Bäume, die über und über mit wunderbaren Äpfeln vollhingen. Die Apfelpflücker waren allesamt angereist – pünktlich. Einer erfolgreichen Ernte stand also nichts mehr im Wege.

Der Tag, der alles verändern sollte, war ein Montag, und das Apfelpflücken lief wie geschmiert. Über zwei Wochen befand sich der Hof nun schon im Ausnahmezustand. Im Radio wurde seit gestern vor einem nahenden Unwetter gewarnt, was alle etwas nervös machte. Die Scheune stand voller Apfelkisten, und Pia fuhr in einer Tour Äpfel in das Sammellager, weil auf dem Hof gar nicht genug Platz war und es auch keine eigene Sortieranlage gab.

Die Sonne schien immer noch so brennend heiß, dass wir alle nur mit Hüten auf dem Kopf und Lichtschutzfaktor 50 auf den Armen die Häuschen verließen. Die Apfelernte lief sozusagen heiß. Überall waren Leute, und ständig fuhr irgendein Gefährt laut knatternd durch die Gegend. Wenn ich die Kirschernte schon für aufregend gehalten hatte, wurde ich jetzt eines Besseren belehrt.

Ich fächerte mir den ganzen Tag mit allen möglichen Gegenständen Luft ins Gesicht und schlief nur noch mit einem Bettlaken bedeckt. Jakob und ich besuchten morgens immer sehr früh Marlon, der es allerdings vorzog, die Hitze des Tages in Barbaras kühler Küche zu verschlafen. Nach der Ernte würde er zu uns ziehen. Dann war der Tumult vorbei, und wir hatten Zeit, ihm ein schönes Willkommen zu bereiten.

An diesem Morgen wollten wir um sieben los, um der großen Hitze zu entkommen. Nach wie vor klopften wir gegenseitig an unsere Tür, wenn wir uns abholten oder besuchten. Das gefiel mir. Es war respektvoll dem Zuhause des anderen gegenüber. Als es heute klopfte, öffnete ich, ohne hinzusehen, während ich noch nach meinen Sandalen fahndete. Jakob sagte nichts, deshalb blickte ich irgendwann auf, ohne meine Schuhe gefunden zu haben.

Vor meiner Tür stand nicht Jakob. Oder doch. Es war natürlich Jakob, er hatte sich nur komplett rasiert. Sein Bart war verschwunden. Völlig verdattert sah ich ihn an, meine Sandalen hatte ich vergessen. Und dann passierte es. Es war, als würde etwas in meinem Gehirn einrasten. Etwas, was ich nicht hatte wissen wollen.

Ich holte mühsam Luft und betrachtete die hellere Haut, die unter dem Bart zum Vorschein gekommen war. Ich erforschte seine Gesichtszüge, von denen ich gedacht hatte, sie in- und auswendig zu kennen. Sein markantes Kinn, der Schwung seiner vollen Lippen, die Fältchen an seinen Augenwinkeln, die hohen Wangenknochen, die sein Gesicht so attraktiv erscheinen ließen. Verborgen geblieben war mir ein kleiner Schönheitsfleck auf der Wange. Genauso wie die große Narbe entlang des linken Kiefers. Ein derart charakteristisches Merkmal, dass es auch jemandem mit einer leichten Gesichtsblindheit ermöglicht hätte, ihn sofort zu erkennen.

Mir wurde schlagartig übel. Keine kleine Unpässlichkeit, sondern ich schmeckte unmittelbar brennende Magensäure im Mund.

»Das ist nicht wahr«, keuchte ich. Jakob blinzelte mich an.

»Ich …«, setzte er an und hob in einer scheinbar hilflosen Geste die Hände. »Mir ist zügig eingefallen, wer du bist«, sagte er mit belegter Stimme, dann räusperte er sich, und es wirkte, als risse er sich in diesem Moment auf das Äußerste zusammen.

»Ella Mohnbaum ist kein Name, den man so schnell vergisst, oder?«, fragte ich, und in meine Stimme hatte sich eine bittere Kälte geschlichen.

»Ja«, erwiderte er leise. »Ich wollte es dir sagen, weil du mich offensichtlich nicht erkannt hast. Was mich gewundert hat. Ich dachte erst, es ist vielleicht nicht so wichtig …«

»Nicht so wichtig? Brennen dir die Synapsen?« Ich schnappte nach Luft.

»Ich habe dann verstanden, dass du dich nicht so gut an Gesichter erinnerst. Und der Bart …« Er vollendete den Satz nicht. Das tat ich für ihn. »Ja, der Bart hat dich zu einer völlig neuen Person gemacht.«

»Ich wollte dich aber kennenlernen. Und ich habe danach immer auf den richtigen Zeitpunkt gewartet, um es dir zu sagen. Ich habe mich in dich verliebt, Ella. Sehr schnell. Weil du … so bist, wie du bist. Es war dumm. Es tut mir leid. Ich hätte es gleich sagen sollen, aber dann hättest du mich nicht kennenlernen wollen.«

»Allerdings!«, entgegnete ich und knallte die Tür vor seiner Nase zu. Erschüttert presste ich mir eine Hand auf den Mund, nahm sie aber wieder runter, weil ich so schlecht Luft bekam. »Denk nach, Ella, denk nach«, redete ich leise mit mir selbst, um mich irgendwie zu beruhigen. »Das kann doch alles nicht wahr sein. SCHEISSE!« Das letzte Wort war sehr angemessen. Vor meiner Haustür gab es ein leichtes Rumpeln. Es klang, als hätte Jakob sich davor auf den Boden gesetzt.

Ich kletterte die steile Stiege ohne Rücksicht auf Verluste hinauf und riss, oben angekommen, die vier Kartons heraus, in denen sich meine beruflichen Dinge befanden. Alles, was ich aus steuerlichen Gründen eingelagert hatte, stand in Alex' neuer Wohnung, aber diese Dinge hier waren relevant für mich. Auszeichnungen, Preise und dann die »Kiste der Dunkelheit«. Das erste Ultraschallbild meiner Tochter, die ich in der 20. Schwangerschaftswoche verloren hatte. Ein »Mami«-Heft von Finn aus der Schule, vollgeschrieben mit Kommentaren der Grundschullehrerin, was mein Sohn ständig angestellt hätte. Ein Strafbescheid wegen Trunkenheit am Steuer, als ich zweiundzwanzig gewesen war. Aber ich suchte etwas anderes und wühlte in der Kiste herum, bis ich endlich die vier Schreiben der mächtigen Anwaltskanzlei aus Hamburg fand und hervorzog. Ich las sie noch einmal komplett. »Unterlassungsklage« stand groß vorne drauf.

Einen kurzen Augenblick musste ich wieder meine Hand gegen den Mund pressen. Ich hatte das verarbeitet. Jeder von uns trat mal mittenrein in ein Wespennest. In Deutschland stand dann wenigstens nur der Anwalt auf der Matte, in anderen Ländern gab es direkt eine Kugel in den Kopf oder die Bremsleitungen wurden durchgeschnitten. Klang drastisch, hatte ich aber bei Kolleginnen erlebt. Journalisten hatten nicht immer ein leichtes Leben. Die anonymen Drohbriefe, die dem Anwaltsschreiben vorweggegangen waren, hatte ich nicht aufbewahrt. Die hatten mich so verängstigt, dass ich sie in der Feuerschale verbrannt hatte, nachdem alles ausgestanden war.

Ich stopfte die ganzen Blätter wieder zurück in die Kiste und kletterte die Treppe hinunter. Unten angekommen, zog ich meine Laufschuhe an, weil die Sandalen weiter abtrünnig waren, dann riss ich die Tür auf.

Jakob saß immer noch davor und kam nun so ruckartig zum Stehen, dass er sich einen Moment am Türrahmen festhalten musste. Vielleicht war ihm schwindelig geworden. Mir zumindest wurde bei seinem Anblick schwindelig. Außerdem stieg in mir eine Wut hoch, die ihresgleichen suchte.

»Können wir bitte reden?«, fragte Jakob. Seine Stirn war schweißnass, und seine Augen wirkten glasig, als hätte er Fieber.

»Nein«, erwiderte ich barsch, sicher, noch niemals jemandem in diesem Ton angesprochen zu haben, und marschierte an ihm vorbei. Ich musste einen klaren Gedanken fassen, und das würde mir nur gelingen, wenn ich mich bewegte. Jakob folgte mir bis zur Eiche. Ich konnte seinen Schmerz fast körperlich spüren.

»Ich muss allein sein. Das solltest gerade du verstehen«, sagte ich scharf, ohne mich zu ihm umzudrehen, und ging weiter. Ich lief und lief. Ich nahm nichts wirklich wahr. Weder den Fluss noch die ersten Hagebutten der wilden Rosen, die mich gestern so begeistert hatten. Ich hatte ein strammes Tempo, während mein Gehirn sich beharrlich weigerte, einen klaren Gedanken zu fassen.

»Ella!«, rief da jemand, und als ich mich umdrehte, entdeckte ich Pia, die auf mich zurannte, als wäre der Teufel persönlich hinter ihr her. Ich blieb stehen und wartete auf sie, bereit für die nächste Hiobsbotschaft. Denn Pia schien irgendeine schlechte Nachricht im Gepäck zu haben, zumindest sah es so aus.

»Was um alles in der Welt ist passiert?«, fragte sie keuchend, nachdem sie mich endlich eingeholt hatte. Sie stützte sich mit den Händen auf ihren Knien ab und beugte sich nach vorne, um besser Luft zu bekommen. Doch keine schlechten Nachrichten. Aber mein Bedarf war auch erst mal gedeckt. Vollumfänglich.

»Wo kommst du denn her?«, fragte ich zurück.

»Jakob war grad bei mir. Im Zustand der Auflösung. Ich soll nach dir sehen. Etwas sei passiert.« Sie rang die Hände und richtete sich wieder auf. »Was um alles in der Welt ist denn nun passiert?«

»Er schickt dich?«, fragte ich und atmete selbst einmal tief durch.

»Ella! Mann!« Pia schaffte es, die Augen zu verdrehen. »Echt. Ich will mich da gar nicht einmischen, aber ich … es klang, als … keine Ahnung. Als sei eine Katastrophe hereingebrochen. Mit deinen Kindern alles okay? Was ist passiert?«

»Nee. Mit Jakob ist was passiert«, erwiderte ich. »Ich muss jetzt ein wenig allein sein.« Ich drehte mich um und wollte weitergehen, allerdings war Pia sofort an meiner Seite. »Dann komme ich mit.«

»Pia. Ich muss nachdenken«, erklärte ich bestimmt, doch sie schüttelte den Kopf. »Ist mir egal. Dir geht es schlecht, da kann ich nicht einfach weggehen. Du bist auch nicht weggegangen, als Jonas hier aufgetaucht ist. Hat er dir was getan?«

Ich sah sie kurz an und lief weiter. Sie meinte das ernst. Knapp schüttelte ich den Kopf, blieb dann aber erneut stehen und drehte mich zu ihr um. »Doch. Hat er. Er hat mich monatelang belogen.«

Mit großen Augen sah Pia mich an. »Hat er dich betrogen? Hat er eine andere?«

»Ich kenne ihn von früher. Ich habe ihn kennengelernt, als er hauptberuflich ein Arschloch war. Er war die größte berufliche Niederlage in meiner Karriere, die mich einiges an Reputation gekostet hat. Hätte die Produktionsfirma nicht hinter mir gestanden, wäre es das mit meinem Job gewesen.«

»Ach du heiliger Bimbam«, erwiderte Pia schockiert. »Aber wenn du ihn kennst, wieso, äh, hast du ihn nicht erkannt, als du ihn hier wiedergetroffen hast?«

Ich kniff die Lippen zusammen. »Persönlich getroffen habe ich ihn vorher nur ein einziges Mal, und ich konnte mich noch nie gut an Gesichter erinnern. Außerdem sieht er mit dem Bart völlig anders aus. Wie ein anderer Mensch. Damals hatte er keinen. Und sein richtiger Name ist auch nicht Jakob Hunkenschröder.« Ich lachte bitter auf. »Sein Name ist Dr. Jakob Montgomery, ehemals CEO der Eco-Solutions, ein Unternehmen in der Umwelttechnologie-Branche. Der Scheißladen hatte sich auf innovative Technologien und Lösungen spezialisiert, sich auf die Fahnen geschrieben, Umweltprobleme zu lösen und Nachhaltigkeit zu fördern. Erneuerbare Energien, Abfall- und Abwassermanagement, solche Sachen. Durch einen groben Fehler der Eco-Solutions sind damals ungereinigte Abwässer in einen kleinen Fluss im Osten von Deutschland gelangt und haben großen ökologischen Schaden verursacht.«

»War das in der Presse?«, fragte Pia und runzelte die Stirn. »Hab ich nie von gehört.«

»Nein, natürlich nicht«, sagte ich akzentuiert. Wenn man geschickt und mächtig war, konnte man alles aus der Öffentlichkeit heraushalten.

»Er heißt aber wirklich Jakob Hunkenschröder. Steht auf seinem Briefpapier. Ich hab mal Post von ihm mitgenommen«, sagte Pia nach einem Moment des Nachdenkens.

»Dann hat er zwischendurch geheiratet? Keine Ahnung. Vielleicht hat er noch drei weitere Frauen.« Ich zuckte die Schultern und ignorierte den brennenden Schmerz in meiner Brust. »Mir ist Ehrlichkeit sehr wichtig«, fügte ich mit erstickter Stimme hinzu, riss mich dann aber wieder zusammen. Ich musste jetzt einen klaren Kopf behalten oder überhaupt erst mal bekommen.

»Was genau ist passiert?«, wollte Pia wissen und schob mich in den Schatten einer großen Pappel am Ufer der Bende, damit die Sonne uns nicht noch das Hirn wegbrutzelte.

»In dem Fluss ist alles Leben gestorben. Es war ein ökologisches Desaster, und die Natur hat lange gebraucht, um sich zu erholen. Sehr viele Organisationen und auch der Staat haben eine Menge Ressourcen investiert, um den Schaden zu beheben. Ich bin in die Recherche eingestiegen, weil man einfach nicht herausfand, wer die Abwässer eingeleitet hatte. Verantwortlich war die Eco-Solutions – die Firma hatte innovative Abwasserfilter verkauft, die nicht funktioniert haben. Allerdings war es verdammt schwierig, denen irgendwas nachzuweisen. Ständig lagen irgendwelche gefälschten Gutachten auf dem Tisch, und so wurde das entsprechende Unternehmen als möglicher Verursacher nicht weiter in Betracht gezogen. Mir war aber irgendwann klar, dass der CEO, also Jakob, diesen Zwischenfall vertuscht hat. Er hat Gutachten gefälscht und Leute bestochen. Das volle und abscheuliche Programm. Ich habe mich echt lange damit beschäftigt. Mit so einer Story gehst du nicht an die Öffentlichkeit, wenn du nicht hundert Prozent sicher bist. Für die Doku hatte ich vor, ihn mit versteckter Kamera zur Rede zu stellen. Ja, ein Kunstgriff, der aber in dieser Art der Enthüllungsdokus gerne genutzt wird. Ich bekam auch einen Interviewtermin für ein vermeintlich anderes Thema, und dann hat Dr. Jakob Montgomery mich auflaufen lassen. Er kam nicht nur eine Stunde zu spät, er sagte mir auch auf den Kopf zu, dass meine Recherche für die Katz sei. Er wüsste das alles zu verhindern und müsste leider direkt weiter, der Helikopter wartete schon auf ihn. Aber ich könnte gerne mitkommen, er würde mich unterwegs rauslassen. Dazu hat er mich süffisant angelächelt und hinzugefügt, dass ich natürlich auch gerne direkt vom Dach springen könne, denn meine Karriere sei ja nun betrüblicherweise vorbei. Noch am selben Tag kam die größte Anwaltskanzlei der Stadt und hat den Sender auseinandergenommen. Und mich gleich mit. Ich habe anonyme Drohbriefe erhalten, die Eco-Solutions hat alle Register der Einschüchterung gezogen. Ein bisschen wie bei Margarete, nur dass ich mich beruflich wieder rehabilitiert habe, wie es so schön heißt. Aber Dr. Jakob Montgomery hat eiskalt Informanten bestochen und Messdaten fälschen lassen. Der Fluss war tot, unzählige Tiere gestorben, die angrenzenden Uferzonen haben Jahre gebraucht, um sich zu erholen, und niemand wurde je dafür zur Rechenschaft gezogen.«

Pia sah mich mit offenem Mund an. »Nein«, sagte sie tonlos, und ich nickte nur. Mehr fiel mir allerdings auch nicht ein. Der

Himmel gab ein zustimmendes Grummeln von sich, und wir sahen hoch. Eine riesige schwarze Front schob sich über den Horizont. »Na, das passt ja«, sagte Pia trocken.

Ja, das passte perfekt. Genau so sah es in meinem Herzen aus. Schwarz und bedrohlich.

20

Bittere Wahrheit

Ich hatte doch verdammt noch mal Pläne. Aber die konnte ich nicht mit so einem Menschen an meiner Seite umsetzen. Ich konnte nicht hierbleiben. Ich musste gehen. Und es war nicht meine freie Entscheidung, die war mir abgenommen worden.

Jakob war früher definitiv ein schlechter Mensch, doch irgendetwas war seitdem passiert, denn nun war Jakob der Mann, der mein Herz erreicht hatte. Ich bekam das alles nicht zusammen und fühlte mich derartig verraten, dass es mir schier das Herz zerriss. Bis zu diesem Zeitpunkt hatte ich nicht gewusst, dass der Ursprung dieser so häufig genutzten Formulierung offenbar in einer tatsächlichen körperlichen Begebenheit lag. Es zerriss mir wirklich das Herz, es tat richtig weh. Jakob hatte also meine Doku gesehen, sich daraufhin entschieden hierherzukommen und mir dann ein halbes Jahr gnadenlos ins Gesicht gelogen, denn offensichtlich war ihm von Anfang an klar gewesen, wer ich war.

Das war unverzeihlich. Genauso unverzeihlich war auch meine brennende Sehnsucht nach ihm, aber als er am nächsten Tag wieder vor meiner Tür stand, konnte ich nichts anderes tun, als ihm diese direkt vor der Nase zuzuschlagen. Ich war nicht in der Lage, mich mit ihm auseinanderzusetzen. Mit meiner Wut, dem Gefühl, hintergangen worden zu sein, und meiner nun unangemessenen Sehnsucht nach ihm.

Er würde mir irgendwas erzählen, sich erklären, aber egal, was er sagte, er könnte diese Verletzung nicht heilen.

Passend zu meinem ganz persönlichen Drama hatte der Himmel seine Schleusen geöffnet, und weil ich nichts Besseres zu tun hatte, half ich Theo beim Ernten der Äpfel. Es war der letzte Rest, die ersten Helfer waren bereits abgereist. Die anderen würden sich morgen auf den Weg machen und zu den nächsten Bauern fahren, die weiter nördlich lagen und ihre Ernte erst jetzt begannen. Ich versuchte, nicht groß nachzudenken, während mir beim Recken nach den Äpfeln das Wasser in die Ärmel meiner Jacke lief, bis ich klitschnass war. Alle waren nett zu mir, sie behandelten mich ein wenig, als wäre ich die Überlebende einer Katastrophe. Ich hatte keine Ahnung, was sie wussten, aber Pia würde sie schon rudimentär in Kenntnis gesetzt haben. An diesem Nachmittag, an dem der Regen mir den zweiten Tag in Folge die Tränen vom Gesicht wusch, wurden die Böden spürbar immer nasser. Wir wateten förmlich von Baum zu Baum, und Pia fuhr den Trecker schließlich in die Scheune, weil auf dem schlammigen Untergrund mit ihm kein Durchkommen mehr war.

Dafür ließ Theo irgendwann ab von den Äpfeln und eilte mit Pflöcken und seinem Vorschlaghammer zum Hang, wo eine ganze Riege Jungbäume aus dem Frühjahr stand. Pia und ich folgten ihm, und gemeinsam pflockten wir alle Bäume neu an. Ich fragte nicht, warum er das tat, während ich mit einem Juteband die zarten Stämme daran befestigte, aber mit jeder Minute, die verging, wurde die in der Luft liegende Sorge größer. Das Wasser sammelte sich mittlerweile auf den Wiesen, und der Himmel schien nicht geneigt zu sein, demnächst mit diesem starken Regen aufzuhören. »Kannst du mal nach dem Fluss sehen?«, bat Theo mich irgendwann, als sich zur Farblosigkeit des Tages langsam auch noch die Dunkelheit des Abends mischte. Ohne nachzufragen, lief ich den kleinen Wiesenweg zum Fluss hinunter und blieb neben der Eiche stehen. Ich konnte nicht fassen, was ich sah.

Die Bende hatte Hochwasser! Sie schluckte jetzt schon einen Teil des Ufers und hatte den Steg fast vollständig überspült. Einen Moment starrte ich auf die Wassermassen und rannte dann zurück zu Theo. Als ich ihm gerade erzählen wollte, was da am Fluss vor sich ging, fing sein Handy an, einen durchdringenden Warnton von sich zu geben. Er riss es aus seiner Hosentasche und blickte mit zusammengekniffenen Augen auf das Display. Im selben Augenblick klingelte auch mein Handy. Es war Hille.

»Ja?«, fragte ich, noch ganz atemlos von meinem kleinen Sprint. »Kann Theo nicht erreichen. Sag ihm, wir bringen die Kühe jetzt auf die Wiese am Waldrand auf den Berg. Das sieht nicht gut aus mit der Bende, die geht über die Ufer«, rasselte sie herunter und legte direkt und grußlos wieder auf. Mein Magen zog sich einmal schmerzhaft zusammen, als ich ihre Worte endlich begriff. Theo starrte mich an, sein eigenes Handy noch in der Hand.

»Die Bende hat sehr viel Wasser, und Hille bringt die Kühe zur Wiese am Wald«, rief ich über den tosenden Regen hinweg.

»Das war eine amtliche Hochwasserwarnung«, erwiderte er und hielt sein Telefon hoch. »Wir müssen die Erntehelfer nach Hause schicken.« Er ließ seinen Vorschlaghammer, mit dem er eben noch den letzten Pflock in die matschige Erde getrieben hatte, fallen und rannte los. Pia sah ihm mit großen Augen hinterher, packte den Hammer, schulterte ihn und marschierte wortlos hinter ihm her. Ich dachte an Barbara und Marlon. An Hilles Kühe. Und dann dachte ich auch noch an Jakob, den ich schon einige Tage nicht gesehen hatte. Nicht, seitdem er vor meiner Tür gestanden hatte, nachdem er mein Herz zu Staub zermahlen hatte.

Ich wischte mir das Wasser vom Gesicht und folgte Theo und Pia. Im Hof traf ich auf Hannes und Margarete.

»Kann mir mal einer erklären, was hier passiert?«, fragte ich, und Hannes drehte sich mit einer großen Kiste im Arm zu mir um. »Die Bende ist schon ein paarmal über die Ufer getreten. Vor zwanzig Jahren das erste Mal, als der Flusslauf ober- und unterhalb von Degenbrück begradigt wurde. Damals sind Menschen ums Leben gekommen. Nachdem Theo den Hof übernommen hat, ist es wieder passiert. Zum Glück nicht mit so vielen Schäden und auch keinen Verletzten, aber so eine Hochwasserwarnung ist ernst. Katha und ihre Familie sind noch bei ihren Eltern und werden dortbleiben. Manu holt gerade ein paar Sachen aus ihrem Haus, um sie in Sicherheit zu bringen.«

»Ihr meint wirklich, die Bende könnte über die Ufer treten und alles überschwemmen?«, fragte ich ungläubig.

Hannes nickte. Er war ziemlich blass und wirkte angespannt. Ungewöhnlich, wo er doch sonst unser tiefenentspannter Feueratmer war. »Theos Hof liegt am höchsten. Wir tragen alles Wichtige ins Obergeschoss«, erklärte er.

»Wo ist Jakob?«, fragte ich, woraufhin er allerdings nur mit den Schultern zuckte. »Oh. Den habe ich heute noch gar nicht gesehen«, erwiderte er und hielt inne.

»Ich suche ihn«, sagte ich und eilte los. Ich war nicht gut auf Jakob zu sprechen, und daran würde sich auch nichts ändern, aber da er sich ja meistens von allen Nachrichten fernhielt, musste einer von uns ihm wenigstens Bescheid geben.

Die Wiese unter meinen Füßen gab schmatzende Geräusche von sich, es war, als würde ich über einen Schwamm laufen. Am Himmel hingen riesige Wolken, sie hatten eine bedrohliche Farbe, die leicht ins Lila changierte, dazu frischte der Wind jetzt auch auf und ließ die kleinen Büsche tanzen. Es war ein gruseliger Anblick, und ich legte noch einen Zahn zu.

Ich fand Jakob, wie er an die Tür meines Häuschens hämmerte. Er trug nur einen Pullover und war klitschnass.

»Der Wasserpegel ist massiv gestiegen«, rief er mir entgegen.

»Ich wollte dich suchen«, rief ich zurück.

»Ich dich auch«, erwiderte er. Einen kurzen Moment sahen wir uns an, während der Regen auf uns hinabprasselte. Seine Lippen zuckten, es schien, als müsste er sein Gehirn daran erinnern, was er hatte sagen wollen. »Willst du ein paar Sachen zusammenpacken? Ich helfe dir«, sagte er schließlich.

Ich konnte nichts von alledem wirklich begreifen, und doch geschah es. Ich drückte die Tür auf und sammelte in Windeseile ein paar Sachen zusammen. Meine Glitzersocken, Klamotten, meinen Ausweis und die Kamera. Meinen Laptop und einige Kisten schleppte ich mit Jakob in mein kleines Obergeschoss, alle meine wichtigen Dokumente hatte ich in der Cloud. Kaum hatten wir mein Häuschen verlassen, gingen im Ort die Sirenen los. Der Ton durchfuhr mich wie ein Schock, und gemeinsam mit Jakob lief ich, die Arme voll mit meinem Kram, zum Hof.

»Wir gehen alle hoch«, rief Theo im Flur. »Jeder nimmt mit, was er tragen kann.«

Margarete balancierte Theos unhandlichen Fernseher, Hannes zwei volle Apfelkisten mit Proviant und Manu Decken und Kissen aus dem Wohnzimmer. Wir schleppten ohne Pause alles nach oben, was wir in die Finger bekamen. Und während ich gerade Vorräte und Akkulampen im Arm hatte, ging mit einem Knacken das Licht aus. Ich blieb wie angewurzelt mitten auf der Treppe stehen, bis mich jemand sanft von hinten packte und weiterschob.

Es handelte sich dabei um Theo, der sich, oben angekommen, eine Lampe aus meinem Korb schnappte und einschaltete. Grelles Licht durchflutete das Obergeschoss und fiel auf die Hofbewohner, die allesamt tropfend und bibbernd vor Kälte und

Schreck im Flur standen. Draußen hatte das Rauschen an Intensität zugenommen. Es klang furchtbar bedrohlich. Ich spürte mein eigenes Herz in meiner Brust rasen.

»Wo ist Pia?«, fragte Margarete in die surreale Situation hinein, und Pia antwortete mit erstickter Stimme, aber zackig: »Hier!«

»Komm«, sagte Margarete und nahm sie in den Arm, während Manu ihr eine Decke reichte. Ich stieg über die vielen Kisten und Kästen hinweg und ging in den Raum mir gegenüber. Es handelte sich um Theos Schlafzimmer, und ich lief direkt weiter zum Fenster. Von hier konnte man unsere Häuser sehen. Die Bende war tatsächlich über die Ufer getreten. Ihr Wasser glitzerte in der Dunkelheit an einer Stelle, wo eigentlich kein Wasser sein sollte. Es regnete unvermindert weiter, wie auch die Sirenen im Hintergrund weiterliefen und das ganze Spektakel auf schaurige Art untermalten.

Ich kannte den Ton dieser Sirenen nur, wenn er einmal ansprang, um die Freiwillige Feuerwehr zusammenzutrommeln. Mir war nicht klar gewesen, dass sie in einem Dauerton liefen, um die Menschen zu warnen, sich in Sicherheit zu bringen.

Ich lauschte dem Alarm und den leisen Stimmen aus dem Flur und starrte hinaus. Nur langsam gewöhnten sich meine Augen an die Dunkelheit, aber irgendwann wurde das Bild klarer. Ein Zittern überlief mich, als ich endlich erkannte, dass das Wasser meinem Häuschen mittlerweile bis knapp zur Eingangstür stand.

»Ach du Scheiße«, murmelte ich.

Jemand trat neben mich und drückte mir etwas in die Hand. Der Jemand war Jakob. »Trockene Sachen von Theo«, sagte er, und da erst realisierte ich, dass ich bis auf die Knochen nass war. »Er hat den gesamten Inhalt seines Kleiderschranks verteilt«, erklärte er, und ich nickte. Einen Moment spielte ich mit dem

Gedanken, den Raum zu verlassen, um mich woanders umzuziehen, doch dann schlüpfte ich kurzerhand aus meiner Hose, warf den Schlüpfer dazu und das klitschnasse Shirt daneben.

Jakob hatte mich nackt gesehen, er hatte mich geliebt, meinen Körper liebkost, es war mir schlicht egal, dass Jakob mir jetzt beim Umziehen zusah. Ich wollte überhaupt, dass er mir ganz und gar egal war.

Da draußen ging gerade die Welt unter.

Es gab Wichtigeres.

Ich zog Theos Jogginghose und den Kapuzenpulli über. »Wo sind die anderen?«, fragte ich, ohne ihn anzusehen.

»Nebenan. In Theos Gästezimmer. Soll ich lieber wieder gehen?«, fragte er, und ich drehte den Kopf, um ihn jetzt doch anzusehen. Sein Gesicht war ohne Bart so fremd und dennoch so vertraut. Er würde mir das nicht erklären können. Es gab keine Heilung von diesem Verrat, die Wunde war zu tief. Und trotzdem wollte ich mich an ihn lehnen. Das Gefühl der Geborgenheit spüren, das nur Jakob in mir auslösen konnte. Ich wollte von ihm gehalten werden, und für einen Augenblick rang meine Seele mit meinem Verstand, bis ich schließlich, ganz vorsichtig, meinen Kopf auf seine Schulter legte. Wir hatten keine Zukunft, aber jetzt, wo das Adrenalin langsam abebbte und ich begriff, in welcher Gefahr wir alle geschwebt hatten, in dieser Lage, in der vielleicht Menschen aus dem Dorf in Lebensgefahr waren, brauchte ich seine Nähe. Weil er immer noch, irgendwo tief in mir drinnen, mein Jakob war. Der Mann, der mir auf meiner Reise zu mir selbst ein Wegbegleiter geworden war.

Ich schob alle Gedanken zur Seite und ließ es zu, dass er seinen Arm um mich legte. Wir standen dicht beisammen und blickten stumm hinaus. Meine Augen hatten sich längst an die Dunkelheit gewöhnt, und so sah ich den Moment genau, als mein kleines Haus langsam den Boden unter seinen Fundamenten verlor. Ich kniff die Lippen zusammen, während mir eiskalt wurde. Mein Häuschen hob ab. Mein kleines Montags-Haus schwebte kurz auf der Wasseroberfläche, und dann schwamm es einfach davon, drehte sich an der alten Eiche nach links und verlor einen Teil seines Daches in ihren Ästen. Wir spürten das dumpfe Geräusch des Zusammenstoßes noch im Obergeschoss. Tatenlos mussten wir zuschauen, wie mein Haus nun wegtrieb und aus meinem Gesichtsfeld verschwand. Ich hörte von nebenan ungläubige Rufe, eine Frau weinte. Ich konnte nicht sagen, ob es Pia oder Manu war, ich konnte eine ganze Weile nur aus dem Fenster starren und atmen.

»So«, sagte ich irgendwann leise und lehnte mich noch fester an Jakobs großen Körper, weil ich meinen Beinen nicht mehr traute. »Ella hat sich reduziert.« Meine Stimme zitterte. »Und das konsequent. Ich hab doch gesagt, ich mache keine halben Sachen.« Ich hielt mich an Jakob fest und sah stumm hinaus in die unfassbare Naturgewalt. Hoffentlich waren alle gewarnt worden. Hoffentlich hatten es alle geschafft, sich rechtzeitig in Sicherheit zu bringen.

Ich besaß zum jetzigen Zeitpunkt noch eine Kamera, meine Ausweispapiere und pinke Glitzersocken. Der Rest war weggeschwommen, hinfortgerissen von der Bende. Theo kam um die Ecke. Sein Gesicht war bleich im Schein der Akkulampe, seine Augen wirkten gehetzt. »Das Handynetz geht nicht mehr. Aber hier sind wir sicher«, erklärte er in abgehackten Worten.

»Du hast gut reagiert«, sagte Jakob und legte ihm eine Hand auf die Schulter.

»Was ist mit den Apfelbäumen?«, fragte ich leise, doch Theo blinzelte nur hilflos. »Wenn das Wasser schnell wieder abfließt und wenig Beiwerk in der Strömung hatte, kann es gut gehen. Das werden wir in den kommenden Tagen sehen.« Er schwieg. »Aber vielleicht ist auch alles verloren«, fügte er dann mit erstickter Stimme hinzu. »Aber Hauptsache, niemand kommt zu Schaden.«

»Wir helfen dir, es wiederaufzubauen«, sagte Jakob, räusperte sich und fragte vorsichtig: »Theo, bist du versichert?«

Theo blinzelte erneut. »Ich glaube, ja«, murmelte er. »Ich, äh, weiß es nicht genau. Ich weiß nicht, ob das in der Versicherung drin ist. Das ist ja kein Regen oder Sturm. Ella, es tut mir leid. Das Haus …« Er deutete hinaus in das tosende Weltmeer, das unsere Siedlung überspült hatte.

Ich hob die Hände und unterdrückte meine eigenen Gefühle. Das hier war seine Existenz. Sein ganzes Leben stand jetzt unter Wasser. Und Theo wusste nicht, ob seine Versicherung das abdeckte. Schlimmer ging es kaum, deswegen sagte ich leicht erstickt: »Das waren nur materielle Dinge. Die Bilder meiner Kinder habe ich in der Cloud, die meisten Dokumente auch.« Gedanklich wanderte ich durch mein Häuschen und realisierte erst jetzt, was noch alles von dannen geschwommen war. Vor Schreck bekam ich einen ganz trockenen Mund. »Mist! Meine Festplatte. Da war meine gesamte Ausbeute des Jahres drauf. Das hatte ich nicht in der Cloud, weil das Internet so schlecht war«, sagte ich. Entsetzt sahen die Männer mich an. »Muss ich wohl was Neues anfangen.« Mir war ganz flau im Magen, doch ich blinzelte die Tränen weg.

Theo drückte meine Hand, dann ging er, dafür kam Hannes rein – mit Schokoriegeln und Schnaps, was der Situation durchaus angemessen erschien. Ich hockte mich auf die Bettkante und kippte den furchtbaren Korn runter, packte einen Schokoriegel aus und aß ihn komplett auf.

Jakob setzte sich neben mich, wobei er auf Distanz blieb, was nur logisch war, denn seine Lüge hockte schließlich zwischen uns.

»Du hast mir echt einen falschen Nachnamen genannt? Wie unfassbar dreist ist das?«, sagte ich mit dem Mund voller Schokolade. Ich hatte gar nicht vorgehabt, auf dieses Thema zu sprechen zu kommen, aber mir fehlte die Nähe zu Jakob, und er war nun mal schuld an dem ganzen Dilemma.

»Ich heiße wirklich Hunkenschröder«, erwiderte Jakob. »Montgomery ist der Name meiner Ex-Frau, den hatte ich zur Hochzeit angenommen und nach der Scheidung wieder aufgegeben.«

Einen Augenblick schwieg ich und kaute weiter auf der Schokolade herum. »Aha. Gibt es noch mehr zu sagen? Zum Beispiel zu deinem unfassbaren Verhalten damals? Wie so ein Arschloch erster Güte?«

»Es gab in meiner Welt keine andere Option«, sagte er leise. »Ich habe das für richtig gehalten. Natürlich war es falsch, aber ich hätte alle anderen Aufträge wegen eines dummen Fehlers verloren.«

»Dummer Fehler ist gut!« Ich lachte freudlos auf. »Eine Umweltkatastrophe als dummen Fehler zu bezeichnen ist engagiert. Du bist halbseiden, wie man so schön sagt. Kriminell. Oh, und bösartig passt auch noch«, sagte ich und sah aus dem Fenster in die Dunkelheit. »Ich habe anonyme Drohungen bekommen. Wusstest du das?«

Er schüttelte den Kopf, was ich nicht sah, aber neben mir spürte. »Nein, das wusste ich nicht. Es gab andere Personen bei Eco-Solutions, die das vermutlich als Mittel erster Wahl betrachtet haben. Das kann ich nicht ausschließen. Da war immer nur ein Weiter. Ein Höher. Ein Schneller. Ein Besser. Ich war immer auf der Suche nach dem Kick. Da war kein Platz für moralische Bewertungen.«

»Und was ist passiert, dass du so geläutert wurdest? Ist dir ein Heiliger erschienen? Warst du auf einem kleinen Moral-Retreat? Wurdest du erleuchtet, ja?«, fragte ich, und mein Tonfall war ätzend. Ungefähr so, wie ich mich fühlte.

Er schwieg lange. Dann sagte er: »Ich hatte drei Töchter. Elsa hatte einen DIPG-Tumor. Das ist eine Krebsart, wo es am Tag der Diagnose keine Therapie und keine Überlebenschance gibt. Nichts. ›Ihr Kind stirbt. Bereiten Sie sich darauf vor‹, haben die Ärzte gesagt. Sie war damals vier. Das war, kurz nachdem wir uns getroffen haben, es ist jetzt also schon ein wenig her.«

Ich sah ihn von der Seite an. Es hatte geklungen, als würde er seine Worte ablesen. Wie jemand, der über etwas spricht, was er beobachtet hat. Ich spürte plötzlich einen Druck im Magen, denn damit hatte ich nicht gerechnet.

»Ich habe aufgehört zu arbeiten. Von heute auf morgen. Meine Frau auch. Wir haben alles auf Eis gelegt und Elsa begleitet. Die letzten Wochen und das, was danach kam, waren sehr belastend, ich habe erst in der Therapie darüber sprechen können.«

Ich hörte schweigend zu und dachte unwillkürlich an den Tag im Dezember vor zehn Jahren. Als ich meine Tochter zu klein zum Leben zur Welt gebracht hatte. Mein Körper erinnerte sich mit jeder Faser an diesen vernichtenden Schmerz. Ich würde ihn niemals vergessen können. Noch heute konnte ich nur schlecht darüber sprechen. Vielleicht konnte man das überhaupt nur, wenn man sich innerlich von den eigenen Gefühlen entfernte. Dieser Schmerz war einfach vernichtend groß.

»Du musst mir das nicht erzählen«, sagte ich mit belegter Stimme. Ich hatte keine Ahnung, was ich fühlen sollte, aber ich schaffte es wenigstens noch zu sagen: »Das tut mir furchtbar leid.«

»Ich möchte dir das aber erzählen, weil ich hoffe, dass du mir irgendwann vergibst. Ich liebe dich nämlich, Ella.« Er räusperte sich und sah einen Moment Hilfe suchend zur Decke. Ich spürte seinen Worten nach und biss mir auf die Lippe. Dass ich Jakob liebte, dass er einen riesigen Teil meines Herzens eingenommen hatte, wusste ich schon lange, ich hatte mir bisher nur verboten, darüber nachzudenken.

»Nach Elsas Tod fühlte ich mich, als wäre ich auch gestorben«, fuhr er fort. »Eigentlich schon lange vorher. Dieser letzte Atemzug. Das war kaum zu ertragen, ich hatte das Gefühl, mich nicht mehr rühren zu können. Als hätte mich meine Lebenskraft verlassen. Meine Frau konnte weinen. Sie konnte schreien und toben. Sie hat in dieser Nacht sämtliche Tassen an die Küchenwand geworfen. Ich hingegen war wie erstarrt, der Schmerz schaffte es nicht ins Außen. Aber ich konnte auch nicht zurück in mein altes Leben, in meinen Job. Ich bin nicht erleuchtet oder so.« Er warf mir einen Seitenblick zu. »Es gab kein Streben nach Erfolg mehr. Meine Frau und ich haben uns wenige Monate später getrennt. Sie leitet eine Kita und ist in ihren Job zurückgekehrt. Wir hatten uns schon Jahre vorher aus den Augen verloren. Ich habe mich dann also um die Kinder gekümmert und den Haushalt geschmissen. Der Schmerz hat mir das Herz aus der Brust gerissen. Meine Frau war so viel besser in ihrer Trauer. Meine Töchter auch. Ich nicht. Ich habe mich wieder mit Aktivitäten beladen, um mich abzulenken und nicht fühlen zu müssen – bis ich zusammengebrochen bin.«

Er sprach flüssig und ohne eine Gefühlsfärbung in den Worten. Es klang, als hätte er all das schon oft erzählt und als wäre der Schicksalsschlag ein fester Bestandteil seiner Biografie geworden, der Teil, aus dem sich der nächste Schritt in seinem Leben ergeben hatte.

Er schnaubte leise. »Ich war gar nicht der Typ für so einen Job, wie ich ihn hatte. Ich habe mich wie ein Arschloch verhalten, weil es keine andere Option gab. Das war nur die logische Konsequenz, und es ging immer weiter, weil sich das Konzept aus dem Erfolg und der Anerkennung genährt hat. Irgendwann kurz nach der Therapie habe ich deine Doku gesehen und Theo spontan gefragt, ob er noch ein Haus frei hätte. Hatte er. Ich habe es gemietet und dann zwei Jahre gewartet, bis die Kinder alt genug waren und meine Ex-Frau ein neues Haus gefunden hatte. Ich hatte eine tiefe Sehnsucht nach einem überschaubareren Leben. Das ist meine Geschichte«, endete er.

Ich schwieg und spürte seine körperliche Präsenz neben mir überdeutlich. »Ich weiß nicht, was ich sagen soll«, brachte ich schließlich hervor.

»Du musst gar nichts sagen. Ich wollte nur, dass du das alles weißt. Am Anfang nicht ehrlich gewesen zu sein war ein Fehler, den ich zutiefst bereue und der mir die ganze Zeit wie Blei auf der Seele gelegen hat. Aber ich bin mir selbst gegenüber manchmal misstrauisch. Mich hat der Expansionsgedanke schon einmal ans Limit gebracht. Ich habe immer Angst, wieder in die alten Muster von ›höher, weiter, schneller‹ zu fallen. Zufriedenheit ist das Einzige, was ich mir als Absicht zugestehe. Ich konnte meine Gefühle zu dir erst nicht einordnen. Und dann habe ich zu lange geschwiegen.«

»Ich weiß nicht, was du meinst«, erwiderte ich leise und betrachtete ihn mit gerunzelter Stirn.

»Ich hatte keinen Raum für diesen unermesslichen Schmerz, und den wollte ich ihm geben. Das war meine Aufgabe nach Elsas Tod, und nach einer langen Reise bin ich jetzt hier. Ich bin zufrieden. Ich will nicht mehr wollen. Verstehst du das?« Er hob die Hände und sah mich eindringlich an. »Alle wollen immer mehr. Du nicht. Du wolltest weniger, aber plötzlich wollte ich auch mehr. Nämlich ein Leben mit dir.«

»Es ist okay, glücklich zu sein«, sagte ich langsam, und Jakob schnaubte wieder.

»Deswegen musste ich eine Schleife bei meiner Therapeutin drehen, um das zu verstehen. Wenn dein Kind so früh stirbt, fragst du dich automatisch, ob du jemals wieder Anspruch auf

Glück hast. Dann passiert es schnell, dass unbewusste Muster dich lenken.« Er wedelte mit einer Hand vor meinem Gesicht herum. »Das ist verwirrender Psychokram. Tut mir leid.« Er lächelte schief. »Du bist so ein ehrlicher Mensch, und ich hatte die ganze Zeit das brennende Gefühl, es nicht richtig zu machen.«

Ich nickte. »Ich muss darüber nachdenken.« Das musste ich wirklich. Ich musste seine Worte fühlen und wirken lassen. Denn zum jetzigen Zeitpunkt war mir, als hätte ich die Nacht beim Schleuderwaschgang in der Waschmaschine verbracht.

21

Reißende Strömung

Wir alle schliefen jeweils nur wenige Minuten, wenn die totale Erschöpfung uns überkam, aber mindestens einer blieb wach und beobachtete den Fluss und die Fluten. Als am nächsten Morgen die Sonne aufging, versammelten wir uns vor dem Fenster. Das Wasser war etwas zurückgegangen, und Theo balancierte mit einem Fernglas auf der Fensterbank, gesichert von Hannes, und versuchte herauszufinden, was die Bende sich geholt hatte. Von hier aus sah man allerdings nur Hannes' Haus, und das stand noch. Das Wasser reichte ihm bis knapp über die hölzerne Treppe, die zur Haustür führte. Man sah auch die eine Ecke der Dachterrasse von Jakobs erstem Stock. Die würde man wohl nicht sehen, wenn es weggeschwommen wäre. Theo drehte sich auf der schmalen Fensterbank nach rechts und suchte Pias Bauwagen und das Zuhause von Margarete, Manu und Katha und ihrer Familie. »Ich glaube fast, bis zu Katha ist das Wasser nicht gekommen, oder es ist schon wieder abgelaufen. Margaretes und Manus Haus sieht auch gut aus. Aber den Bauwagen kann ich nirgends entdecken. Hat mittlerweile jemand Handyempfang?«, fragte er von seinem Beobachtungsposten aus.

Hannes zückte sein Handy, warf einen Blick darauf und schüttelte den Kopf.

»Wir sind beide obdachlos.« Pia weinte leise in meinem Arm. »Er ist weggeschwommen. Da war alles drin. Alles, was ich besitze.« Sie zog die Nase hoch. »Bis auf die Sachen, die noch bei meinen Eltern sind. Und …« Sie griff sich in die Hüfttasche, die sie schon die ganze Nacht quer vor der Brust trug. Zum Vorschein kamen ihr akkuloses Handy und meine drei Postkarten. »Hab ich gerettet«, erklärte sie mir. Ich streichelte ihr die Schulter, und dann hörten wir plötzlich einen schweren Dieselmotor. »Da kommt ein Trecker!«, rief Manu aufgeregt, ich ließ Pia los, und wir drückten uns alle die Nasen an der Scheibe platt.

Es war Barbara mit einem riesigen Fendt, der nicht ihr gehörte. Sie besaß ein sehr viel älteres und kleineres Modell, damit hatte ich sie nämlich schon über die Feldwege tuckern sehen. Dieser Traktor hatte die Ausmaße eines Reihenendhauses und schob sich völlig unbeeindruckt durch die Wassermassen. Sie kam seitlich über das Feld, was keine Rolle spielte, weil von der Zufahrtsstraße ohnehin nichts mehr übrig war, das Wasser hatte auch sie komplett überflutet.

Wir rannten nach unten und blieben dicht gedrängt in der Tür stehen. Im Hof schwappte immer noch Wasser, wenn es auch weniger geworden war. Gegen Mitternacht hatten wir die Haustür mit Brettern, Decken und Sandsäcken, die Theo im Keller gelagert hatte, abgedichtet und die Wassermassen so aus dem Haus halten können.

»Sind alle gesund?«, brüllte Theo und reckte sich über unsere Köpfe hinweg, als Barbara den Trecker vor uns zum Stehen brachte und den Motor ausstellte.

»Ja«, brüllte Barbara zurück, die reichlich abgekämpft aussah. »Die Wehren aus den umliegenden Orten sind seit einer Stunde da, heute Nacht hat es keiner zu uns geschafft. Das Wasser stand aber nicht so hoch, kein Vergleich zu damals. Es hat sich irgendwie mehr bei euch hier gesammelt. Ich habe Essen und Getränke dabei. Und Verbandsmaterial und Medikamente.« Dann machte sie sich an einem Gerät zu schaffen und sprach hinein. »Funk. Von der Feuerwehr. Die hatten Angst, dass ihr alle abgesoffen seid. Aber ihr seid ja nicht doof. Theos Hof liegt schließlich hoch genug«, erklärte sie.

»Mein Bauwagen ist weggeschwommen«, rief Pia zwischen uns hervor. »Und Ellas Haus auch.«

»Na, zum Glück wart ihr nicht drin«, erwiderte Barbara trocken, kletterte halb aus dem Führerhaus und reichte uns mehrere gut verpackte Pakete. »Komme nachher wieder. Das Wasser fließt erstaunlich gut ab. Heute Abend werden Hille und Ernst nach deinen Bäumen schauen. Mach das nicht allein, Theo. Der Ernst kennt sich mit solchen Schäden aus. Muss wieder los.« Und mit diesen Worten ließ sie den fetten Diesel an und fuhr mitten durch das Wasser, das sich in kleinen Flutwellen links und rechts an den Hofwänden brach. Wie sahen dem Schauspiel mit irritierter Faszination zu, und dann aßen wir die Notfallration der Feuerwehr leer. Obwohl wir eigentlich genug zu essen hatten, aber die Feuerwehr hatte uns wirklich leckere Sachen eingepackt, die vermutlich in keinem offiziellen Notfallpaket enthalten waren. Es gab Schokoladennüsse, Schokoladenzwieback und Unmengen an Chips.

»Fett und Zucker, meistens hilfreich«, murmelte Margarete, während sie ungesundes Zeug in sich hineinschaufelte. Hinter uns hörten wir Theo durch das Haus poltern. Er suchte seine Versicherungsunterlagen und fand sie nicht. Ich beschloss, ihm in Zukunft, so es die hier für mich geben würde, einen ganzen Tag lang sämtliche Unterlagen zu sortieren.

Und dann saßen wir alle mit bangem Blick und leichter Übelkeit im Magen in der Küche und sahen dem Wasser beim Abfließen zu. Ich war irgendwann auf jeder Ebene meiner Existenz so müde, dass ich mich in voller Montur auf Theos Bett legte und in einen tiefen Erschöpfungsschlaf fiel. Als ich wieder aufwachte, saß Jakob vor dem Bett auf dem Boden und wirkte, als würde er mich bewachen. Ich rückte dichter an ihn heran und drückte mein Gesicht in seinen Nacken. Ich wollte nicht darüber nachdenken, dass ich das eigentlich nicht tun sollte. Ich sollte mich fernhalten, intensiv über alles grübeln, einen neuen Zukunftsplan schmieden, aber seine Nähe war so wohltuend und vertraut. Allein, dass er hier bei mir war, löste einen Teil der Anspannung in meinem Körper und tröstete mich etwas, und einfach so döste ich wieder ein.

Als ich das nächste Mal wach wurde, schlief Jakob auch. Er hatte sich seitlich gegen die Bettkante gelehnt und sein Gesicht auf der Kante der Matratze gebettet, während ich mich im Schlaf dicht an ihn gedrückt hatte. Ich betrachtete ihn eine ganze Weile. Wie viel konnte eigentlich in einer einzigen Nacht passieren? Ich war völlig überfordert. Ich wollte Jakob schütteln und ihn anschreien, für seine Lüge bestrafen, und gleichzeitig wollte ich ihn tröstend in den Arm nehmen und ihm sagen, wie furchtbar leid mir sein Verlust tat. Dass ich nur den Hauch einer Ahnung davon hatte, was es bedeutete, mit diesem Schmerz leben zu müssen. Ich seufzte und schaute Jakobs friedliches Gesicht an. Jede Anspannung war aus seinen Zügen gewichen, und allein sein Anblick entspannte mich ebenfalls. Behutsam fuhr ich mit der Fingerspitze über die Narbe an seinem Kiefer. Sie war breit und leicht gerötet, aber man spürte sie kaum. Jakob schlief weiter, und ich legte ihm sanft die Hand an die Wange.

Irgendwann kam Pia und setzte sich zu mir aufs Bett, womit sie mich erfolgreich zurück in die Gegenwart holte. Wortlos hielt sie mir ihr Handy vor die Nase. Sie hatte wieder Empfang und den Liveticker vom NDR aufgerufen. Dort konnte ich lesen, dass die Wassermassen mehrere Orte überflutet hatten, aber niemand zu Schaden gekommen war, denn es war rechtzeitig und eindringlich gewarnt worden. Ich scrollte durch die Nachrichten und sah Bilder von untergegangenen Wohnwagen und weggeschwommenen Autos. Ich seufzte, genauso wie Pia, die sich auf der anderen Seite an mich gelehnt hatte.

Wenige Minuten später hörten wir erneut den schweren Treckermotor. Wir rafften uns auf, und ich legte Jakob schnell eine Decke über den zusammengekrümmten Körper. Er würde Rückenschmerzen haben, wenn er aufwachte, aber wenigstens fror er nicht.

»Weiß Theo schon, dass wir wieder Handyempfang haben? Dann kann er seinen Versicherungsmenschen anrufen. Wenn er schon die Unterlagen nicht findet«, sagte ich auf dem Weg nach unten zu Pia.

»Es ist Sonntag, Ella«, erwiderte sie bloß, woraufhin ich schwieg. Mein Zustand war wirklich desolat.

Im Erdgeschoss trafen wir auf Theo, der immer noch das Haus nach seinen Versicherungsunterlagen durchforstete, nun aber mit der engagierten Hilfe von Manu und Margarete.

Das Wasser war vom Hof verschwunden, was mich aufatmen ließ. Barbara hatte nun einen Hänger hinter dem riesigen Trecker, auf dem sich diverse Kisten stapelten. »Wasser und Werkzeug zum Aufräumen. Und noch etwas für die Obdachlosen. Name steht jeweils drauf«, rief sie, kletterte vom Führerhaus runter und hatte aus irgendeinem Grund Marlon auf dem Arm. Sie stellte ihn auf die Füße, und er kam direkt freudig auf mich zu. »Ella, der muss jetzt hierbleiben. Ich kann mich gerade nicht um noch einen kümmern.«

»Barbara, er sollte kommen, wenn der Erntestress weg ist. Du kannst doch den armen Hund nicht nach so einer Katastrophe herbringen«, erwiderte ich entsetzt.

»Ella!« Barbara sah mich ernst an. »Dieser Hund ist katastrophenerprobt. Die können mehr ab, als wir uns vorstellen. Hunde haben keine Schrebergartenmentalität, es muss nicht immer alles nach Plan laufen. Der macht hier jetzt mit und ist bei dir und Jakob. Das macht ihn froh. Der Rest ist ihm scheißegal.« Marlon bestätigte ihre Worte umgehend, indem er sich auf meinen Fuß setzte und das Treiben um sich herum interessiert betrachtete. Barbara wartete einen Moment, bis Pia verschwunden war, um beim Abladen zu helfen, dann sagte sie: »Hier sind Sachen für dich drin.« Sie deutete auf eine große Kiste, die bereits abgeladen neben den riesigen Treckerreifen stand. »Alle im Ort haben gesammelt. Pia hat ebenfalls eine Kiste. So. Jetzt hör mal zu, ja?« Eindringlich sah sie mich an. »Wir leben nicht ewig. Man muss seine Entscheidung zügig treffen und auch damit umgehen, dass es die falsche gewesen sein könnte. Manche dieser Entscheidungen können wir nicht revidieren. Das ist so.«

»Wovon redest du?«, fragte ich perplex.

Missbilligend schnalzte sie mit der Zunge. »Na, von Jakob. Der hat sich das nicht leicht gemacht. Hab ihm gleich gesagt, Unwahrheit kommt immer ans Licht. Idiot.« Sie verzog den Mund.

»Du wusstest das? Auch das von seiner Vergangenheit? Und woher wir uns kennen?«, fragte ich fassungslos.

Sie nickte. »Hab meinen Mann vor fünf Jahren verloren. Trauer verbindet.«

»Oh, das …«, begann ich, doch Barbara ließ mich gar nicht zu Wort kommen.

»Ist kein schlechter Mensch, dein Jakob. Wir waren alle mal jung und haben irgendwelche Fehler gemacht. Die Frage ist, ob man daraus lernt, und Jakob hat seine Lektion gelernt, glaub mir.« Eindringlich sah sie mich an.

Sprachlos sah ich zurück, bis Jakob hinter uns die Treppe heruntergetrabt kam und mich aus meinem Staunen riss. Marlon begrüßte ihn überschwänglich.

»Hab Sachen gebracht. Für die Obdachlose.« Barbara deutete auf mich. »Und der Hund bleibt jetzt bei *euch*«, sagte sie entschieden, und das letzte Wort betonte sie außerordentlich. »Tschüss. Wir gehen jetzt die Bäume begutachten. Das Wasser ist fast weg.«

Sie stiefelte davon, und Jakob blickte mich ernst an, so, als warte er auf ein abschließendes Urteil. Er nahm Marlon sanft auf den Arm, wie um sich an ihm festzuhalten.

»Sag mal«, murmelte ich. »Kann es sein, dass Barbara deine Therapeutin ist?«

Es zuckte in Jakobs Mundwinkel. »Sie ist ziemlich gut«, erwiderte er leise, dann legte er äußerst vorsichtig, ganz so, als erwarte er Gegenwehr, seinen Kopf auf meine Haare. Ich hatte aber nicht vor, mich zu wehren.

In meiner Kiste befanden sich zehn geblümte Unterhosen in XXL, Socken, zwei Latzhosen, ein Pyjama, eine Winterjacke, zwei Mützen und zwei BHs. Dazu verschiedene Hygieneartikel, eine sehr exklusive Gesichtscreme, ein herrlicher roter Strickpulli und ein leeres, ebenfalls rotes Notizbuch. Das war jetzt das, was ich besaß. Es fühlte sich sonderbar an, dass mein ganzer Besitz in zwei Hände passte. Das Alte war weg, ob ich wollte oder nicht, nun gab es reichlich Raum für etwas Neues.

»Ich geh gucken, wie mein Haus aussieht«, sagte Jakob und riss mich aus meinen Gedanken.

»Ich komme mit«, sagte ich, nahm Marlons Leine fester, und so liefen wir in von Theo geliehenen Gummistiefeln los. Das Wasser stand nur noch knöchelhoch, und ich hob Marlon auf den Arm, was er sich gerne gefallen ließ, denn er kuschelte sein Köpfchen auf meine Schulter und leckte mir über das Ohr.

Als wir am Fundament meines Häuschens vorbeikamen, legte Jakob mir eine Hand in den Rücken. Wir sahen beide bewusst nicht auf die entstandene Lücke. Das fühlte sich einfach zu schlimm an.

In Jakobs Haus hatte das Wasser im Untergeschoss gewütet. Der Holzboden war hinüber, und an den Wänden konnte man genau den Wasserstand ablesen. Es roch muffig und feucht. Jakob räusperte sich.

»Ich muss mich oben mal kurz hinsetzen«, sagte er dann leise.

»Willst du allein sein?«, fragte ich.

»Gott bewahre.« Er sah mich entsetzt an. »Können wir ein paar Minuten einfach nur dasitzen?«

Ich zuckte die Schultern, und wir stiegen nach oben. Von hier hatte man eine gute Aussicht auf die Obstbaumwiese. Ernst wanderte gerade von Baum zu Baum und schien alles intensiv zu begutachten, während Theo ihm folgte und angeschwemmte Zweige aus den Kronen der Bäume zerrte.

»Es sieht von hier fast aus wie vorher«, sagte Jakob. »Jedenfalls, wenn man nicht so genau hinguckt«, fügte er hinzu.

»Äh, Jakob, mein Haus ist weg«, erinnerte ich ihn.

»Stimmt, ich rede nur Blödsinn.« Jakob nahm meine Hand. Wir sprachen minutenlang tatsächlich gar nicht. Marlon hatte sich zwischen uns gequetscht und mir seine Schnauze auf das Bein gelegt. Er lag dort wie eine kleine Ölsardine in der Dose, es gab links und rechts keinen Platz mehr. Gestern hatte genau da noch die Lüge gelegen, zwischen uns. Aber nun beanspruchte ein kleiner Hund diesen Platz.

Ich hielt Jakobs Hand fest. Mir war klar, dass ich mein Herz in den kommenden Tagen intensiv befragen würde müssen.

»Bitte verzeih mir«, sagte Jakob leise. »Dass ich dich fast den Job gekostet hätte. Dass ich so bösartige Dinge zu dir gesagt habe. Damals.«

Ich erwiderte nichts, ließ ihn aber nicht los. Sprechen konnte ich nicht. Ich konnte nur schweigen und atmen und Marlons Kopf auf meinem Bein spüren.

»MAMA!«, brüllte plötzlich jemand in einer Lautstärke über das ganze Areal, dass Marlon erschrocken aufsprang und jetzt mit schräg gelegtem Kopf lauschend zwischen uns stand.

»Papa?« Ein weiterer Ruf, etwas leiser.

»Hast du deine Kinder angerufen?«, fragte Jakob mich.

Ich riss erschrocken die Augen auf. Daran hatte ich gar nicht gedacht. Mein Handy lag irgendwo drüben bei Theo.

»Ich auch nicht. Aber es kam in den Nachrichten, oder?«

»Wir sollten …« Ich stand auf und klemmte mir Marlon unter den Arm.

»Unbedingt«, meinte Jakob.

Gemeinsam liefen wir runter und unseren Kindern entgegen. Ich wurde von den Jungs fast erdrückt, und dann entdeckte ich zu meinem Erstaunen auch Alex, der sogar Melanie mitgebracht hatte. Offenbar waren alle sehr besorgt gewesen und gemeinschaftlich zu meiner Suche aufgebrochen.

»Paps, echt. Mir hast du lebenslangen Hausarrest angedroht, wenn ich mich nicht melde, und du gibst bei so einer Katastrophe keinen Mucks von dir!«, rief eine der jungen Frauen, die Jakob fest umarmt hatte.

»Ich habe dir niemals lebenslangen Hausarrest angedroht«, erwiderte er aus der Umarmung heraus und warf mir aus dem festen Griff heraus einen irritierten Blick zu.

»Ruft der einfach nicht an«, sagte die andere Frau und wedelte empört mit einer Hand vor ihrer Stirn herum. Sie war Jakob wie aus dem Gesicht geschnitten.

»Hallo, ich bin Ella«, sagte ich und reichte der jungen Frau die Hand. Sie ergriff sie und grinste. »Hab schon von dir gehört. Schön, dich kennenzulernen.«

»Hab ich mir gleich gedacht«, mischte sich Finn ein. »Hab ich es dir nicht gesagt? Da geht was!«, wandte er sich an seinen Bruder.

»Aha. Wie nett. Ich bin übrigens Alex«, mischte sich mein Ex-Mann ein, straffte die Schultern und deutete auf seine neue Freundin. »Meine Partnerin Melanie.« Er wirkte fast, als wäre er kurz davor, seine Visitenkarte zu zücken. Jakob, den seine Töchter mittlerweile wieder losgelassen hatten, nickte den beiden zu und warf mir wieder einen Blick zu, der jetzt eindeutig Hilfe suchend war. Nun, ich konnte ihm nicht helfen, dazu kam ich gar nicht, denn im nächsten Moment kam Theo auf uns zugerannt. Also auf Theo-Art, mit schlenkernden Gliedmaßen.

»Elementarversicherung!«, brüllte er uns aus der Entfernung entgegen und schwenkte ein Blatt Papier.

Ich atmete durch. »Er ist versichert«, murmelte ich erleichtert.

Jakob grinste, vermutlich über Theos Auftritt. Oder wegen des steifen Auftretens meines Ex-Mannes. Genau konnte ich es nicht sagen. »Wie kann man so was nicht wissen?«, fragte er leise.

Theo hatte uns erreicht und las vor: »*Abgedeckt sind auch Überschwemmungen infolge Ausuferungen oberirdischer Gewässer.*« Er deutete zur Bende, die sich immer weiter zurückzog und langsam wieder ihre gewohnte Form annahm. »Wenn das nicht eine Ausuferung oberirdischer Gewässer war, weiß ich auch nicht.«

»Und wie geht es den Bäumen?«, fragte ich schnell.

»Es kommt morgen noch mal ein Fachmann, aber auf den ersten Blick sieht es gut aus. Es war wenig drin im Wasser. Kein Heizöl, keine Bäume, kein Treibgut. Das hätte sonst alles weggerissen. Oder den Boden verunreinigt. Aber die Bende ist oberhalb von Degenbrück über die Ufer getreten, da hatte sie noch nicht so viele Möglichkeiten, Öltanks und anderen Dreck einzusammeln.« Theo hielt kurz inne, dann sah er mich an. »Ich baue dir ein neues Haus, Ella«, sagte er plötzlich todernst.

»Aber nicht mehr so einen Backofen«, erwiderte ich.

»Mit einer Wärmepumpe, die auch kühlen kann. Und Solar. Ha!« Theo grinste, und mir entging Jakobs Blick nicht.

Als wir alle zurück zum Hof schlenderten, schob ich meinen freien Arm unter Jakobs Schulter. »Und für Marlon machen wir geteiltes Sorgerecht?«, fragte ich leise. Er küsste mich auf den Kopf. »Jep«, erwiderte er ebenso leise, dann atmete er tief durch und drückte mich an sich.

Ich hatte eine Entscheidung getroffen, und das fühlte sich verdammt gut an. »Ich verzeihe dir«, sagte ich in seinem Arm. »Ich glaube daran, dass Menschen sich ändern können. Ich habe mich schließlich auch verändert.«

Und quasi in der nächsten Sekunde begann das große Aufräumen. Wir waren tagelang beschäftigt, Dinge wegzuwerfen, zu trocken, zu reparieren. Man fand Pias Bauwagen. Das alte Ding war einfach eine Runde geschwommen und dann lässig im Wald stehen geblieben. Er war nicht an einem Baum zerschellt, in einen Graben gestürzt und umgekippt, er war weder verzogen noch hatte er große Schäden davongetragen. Er war nur nass bis auf die Unterkonstruktion, und während wir alle erhebliche Zweifel hatten, dass er jemals wieder trocknen würde, stürzte Pia sich mit Feuereifer auf die Renovierung ihrer alten Behausung.

Von meinem Häuschen fand man hingegen nichts. Es war wie vom Erdboden verschluckt, nur Edgar stand irgendwann ebenfalls im Wald. Er hatte es sich inmitten einer Brombeerhecke bequem gemacht, und da er so viel wog wie ein kleiner Panzer, hatte auch niemand große Lust, ihn aus seiner stacheligen neuen Heimat zu bergen. Er blieb einfach dort. Unsere Familien quartierten sich ein paar Tage bei Hille ein und halfen mit, dann kehrten sie zurück in ihre eigenen Leben. Hannes, Pia, Jakob und ich waren vorübergehend bei Theo auf dem Hof untergekommen. Margaretes und Manus Haus, genau wie das Heim von Katharina, waren immerhin unversehrt geblieben.

Zwei Wochen nach der großen Flut saßen wir bei Theo in der Küche und erholten uns von unserem Arbeitseinsatz. Die vergangenen zwei Tage waren wir auch im Dorf unterwegs gewesen, um dort mit anzupacken.

»Ich bleibe übrigens hier«, sagte ich irgendwann in die gefräßige Stille hinein, woraufhin die Stille schlagartig zu großem Tumult wurde.

»Wie wunderbar!«, rief Hannes ein ums andere Mal, und ich wurde von vielen Seiten umarmt.

»Hat das was mit deiner Idee zu tun?«, fragte Pia mit dem Mund voller Käsebrot. Ich runzelte die Stirn. Ich hatte das doch nur einmal erwähnt. »Daran erinnerst du dich?«, fragte ich erstaunt.

»Klar«, erwiderte sie. »Als wir ›Büttenwarder‹ geschaut haben. Da hat dich irgendein Geistesblitz ereilt. Ich hab das genau gesehen. Deine Augen wurden auf einmal ganz glitzerig.«

»Erzähl«, forderte Theo mich auf.

»Es ist nur eine Idee«, fing ich an. »Aber sie fühlt sich gut an. Ein Videoformat. Selbst produziert. Volle Verantwortung bei jedem, der mitmacht. Keine externe Freigabe. Eine Real-Doku in kurzen Episoden. Nicht Büttenwarder, aber vielleicht ›Ein Sommer unter Apfelbäumen‹?«

Theos Augen bekamen schlagartig einen leichten Glanz. »Was willst du erzählen?«, fragte er.

»Von den Bäumen und den Menschen. Von euch. Es soll nicht um das Reduzieren gehen, sondern darum, was stattdessen machbar ist. Ich will zeigen, wie wir leben. Es geht um uns, aber auch um Theos Obst, die Herausforderung, möglichst wenig in die natürlichen Kreisläufe einzugreifen und doch genug zu ernten, und um Margaretes Kunst.«

Ich sah sie direkt an. »Wenn du nicht willst, kommst du nicht vor. Aber ich finde, es ist Zeit, sich zu zeigen. Die Gemeinschaft zu zeigen, die wir sind. Offen und wahrhaftig. Ich will nicht einfach losfilmen, sondern unsere Geschichten erzählen. Ich bin die Stimme aus dem Off. Schnitt mache auch ich. Keine Ahnung, was daraus wird.«

»Ich mach mit«, sagte Manu und lächelte. »Für YouTube?«

»Vielleicht auch für eine andere Plattform. Pia ist da ja unsere Expertin«, erwiderte ich. Es gab so viele Möglichkeiten.

Pia lächelte. »Mach ich. Genial. Hab ich voll Lust drauf.«

»Dann ist dies doch ein ganz wunderbarer Moment für einen gemeinsamen Feueratem«, ließ Hannes vergnügt verlauten und stand auf. Ich legte mein Brot zurück auf den Teller und erhob mich ebenfalls. Keine halben Sachen. Wenn man hier lebte, musste man wohl auch mal den Feueratem gemacht haben.

Seufzend erhoben sich auch alle anderen. Pia lachte schon, bevor es überhaupt losgegangen war. Wir verteilten uns, wie Hannes uns auftrug. Jeder mit ausreichend Platz, während Marlon aufgeregt zwischen uns herumlief, und dann hoben wir alle unsere Arme und ließen uns mit Schwung nach vorne fallen.

»Stöhnend ausatmen«, wies Hannes an, und die Geräuschkulisse wandelte sich schlagartig von fröhlichem Abendbrotgespräch in Dschungel. Wir atmeten uns den Stress aus dem Körper, und irgendwann lachte Pia nicht mehr. Sie war die, die am lautesten brummte. Es war ganz und gar herrlich.

22

Besser, immer besser

»Man tut, was man kann, und legt sich dann schlafen. Und auf diese Weise geschieht es, dass man eines Tages etwas geleistet hat.« Paula Modersohn-Becker (1876–1907). Ich hatte diese Worte an die Wand meines neuen Hauses gepinselt, damit ich nicht vergaß, dass man nur das tun konnte, was man vermochte. Und dass man so, auch wenn es einem nicht viel erschien, trotzdem das Schicksal der Welt mitbeeinflusste.

Mein neues Haus war total hübsch. Es hatte eine Außenverkleidung aus Holz, die im Laufe der Zeit immer mehr Patina annehmen würde, und dunkelgraue Fensterrahmen. Es war perfekt isoliert, hatte zwei Ebenen, eine Treppe, auf der ich keine Höhenangst bekam, eine Solaranlage auf dem Dach, verfügte über neunundzwanzig Quadratmeter und eine Wärmepumpe. Theo hatte noch zwei kleine Hausbäume gepflanzt, die in den kommenden Jahren Schatten spenden würden. Ich hatte mir einen Router zugelegt, womit ich jetzt auch Internet hatte. Die Eiche besuchte ich trotzdem jeden Morgen auf meiner gemeinsamen Marlon-Runde mit Jakob.

Katha und ihr Mann haben ein weiteres Containermodul angebaut, weil ihre Kinder größer werden und sie sich nicht mehr vorstellen können, woanders zu leben.

Pia hat noch im letzten Herbst ein Pädagogikstudium begonnen. Sie möchte sich auf Erlebnispädagogik spezialisieren und bietet schon jetzt Hof-Events für Kinder und Jugendliche an. Theo ist stolz wie ein Vater und gibt die ganze Zeit überall mit Pias Fähigkeiten an.

»Ein Sommer unter Apfelbäumen« hat mittlerweile zweiunddreißig Folgen und extrem hohe Zugriffsraten, was an Pia liegt, die sämtliche Plattformen perfekt bespielt und betreut. Allein bei YouTube folgen uns fast vierzigtausend Menschen. Wir verdienen tatsächlich Geld mit unserer ›Apfel-Soap‹, wie Pia sie nennt, und sind noch lange nicht fertig.

Im Ort hat sich eine Initiative zur Renaturierung der Bende gebildet, an deren Treffen wir immer gewissenhaft teilnehmen, und die Chancen stehen gut, dass sich auch dort etwas tut und der Fluss irgendwann seinen ursprünglichen Flusslauf zurückerhält.

Margarete stellt inzwischen in zwei Galerien in Kiel und Oldenburg aus, und einmal im Monat fahre ich nach Hamburg zur Produktionsfirma. Man hat mir einige Dinge angeboten, aber schließlich doch mein neues Exposé gekauft. Eine Doku-Reihe über junge Landwirte, die neue Wege eingeschlagen haben und innovative Ideen umsetzen. Ein langfristiges Projekt, für das ich mir viel Zeit ausgebeten habe. Einkommenstechnisch ein herber Einschnitt, aber ich brauche wenig Geld. Was ich brauche, ist Zeit, und die teile ich mir frei ein und reise mehrmals im Jahr durch das Land, um an verschiedenen Orten zu drehen. Marlon nehme ich immer mit. Er liebt es zu reisen. Genau wie Jakob.

Danke!

Danke, Angelika. Das war so wunderbar. Ich liebe es, wenn du die Allererste bist, die meine Worte liest und sie dann sanft sortierst. Es ist mir immer ein Fest.

Danke, Lucinde Hutzenlaub. Allerbester Schreib-Buddy der Welt! Niemand findet Schlüsselszenen so gut wie du. Danke für deinen einfühlsamen Coachingblick auf alle meine Figuren. Und auf mich.

Danke, Leonie Lastella und Jana Lukaschek. Grundsätzlich. Für alles! Lasst uns alle bald wieder wegfahren und schreiben. Oder literarische Szenen nachspielen, das ist nämlich unsere geheime Superkraft.

Danke, Merle, einfach für alles. Ohne dich wäre alles doof.

Danke, Mia. Immer wenn ich dich ansehe, denke ich, die Welt kann nicht untergehen, solange es so junge, kluge Frauen gibt. Pia hat ein gutes Stück Leben von dir eingehaucht bekommen. Und niemand schickt so gute Sprachnachrichten wie du.

Danke an Jutta, die das Wort Herzensgüte erfunden hat und von der ich weiß, dass dort, wo Kuchen auf dem Tisch steht, auch immer Hoffnung ist.

Danke an meine wunderbare Agentin Petra Hermanns für ihren klugen Blick auf meine Texte und ihre großartige Begleitung meiner Romane in die Buchwelt hinaus.

Danke an Kathryn Taylor. Du weißt immer so viel!

Danke an Jeanine Krock, ohne die ich einfach grundsätzlich verloren wäre. Wenn ich nicht weiterweiß, frage ich Jeanine, und sie denkt dann darüber nach, und danach weiß ich, wie es weitergeht.

Danke an Nadine Gerber für ihre Hintergrundinfos zum Thema »Dokus«.

Danke an meine wunderbare Lektorin Anna Hahn. Es ist mir eine Freude, mit dir Text-Ping-Pong zu spielen.

Danke an das Team von Bastei Lübbe und besonders Stefanie Zeller. Meine Geschichten sind bei euch ganz wunderbar aufgehoben.

Ein großes Danke an Cordula von Linden für die medizinische Einschätzung bei Ackermann. Ich komme bald vorbei und kastriere eine Katze mit dir. Aber nur, wenn wir danach Auflauf essen und Wein trinken.

Liebe Julia Dibbern, danke für das unglaubliche Wort: Gesprächsbeendigungseinleitungssequenz! Es ist hiermit in meinen täglichen Sprachschatz übergegangen, und ich benutze es mindestens einmal in der Woche. Ich weiß nicht, wie ich ohne dieses Wort leben konnte.

Danke, Lars. Für die Elementarschadenversicherung. Und die Pommes. Die waren gut!

Man kann übrigens nicht einfach so eine Tiny-House-Siedlung bauen. Was Theo in einem Nebensatz abgehandelt hat, ist aus rechtlichen Gründen fast unmöglich. Genau wie die Tatsache, dass Tiny-Häuser eigentlich mobil sind und die Versicherungssituation nicht so einfach ist, wie ich es dargestellt habe. Aber ganz ehrlich? Ich bezahle meine Parktickets, trenne meinen Müll und halte mich meistens an alle Regeln. Da finde ich, dass ich als Autorin auch mal Recht und Physik beugen darf.

Zu guter Letzt, wie immer: Der größte Dank geht an meinen Mann. Meinen Lebensverbündeten. *Hayatım sensin, Baby!*

DANKSAGUNG DES ÜBERSETZERS

Ohne die Unterstützung verschiedener Freunde und Kollegen hätte diese Übersetzung in ihrer vorliegenden Form nicht zustande kommen können. David und Susan Wingrove danke ich für ihre Gastfreundschaft bei diversen Besuchen in London, ihm für seine zahllosen Hinweise und Anregungen, besonders aber für seine geduldige Hilfe bei der Kompilierung des Kommentars. Meinem Lektor Wolfgang Jeschke und seinen MitarbeiterInnen Frau Friedel Wahren und Frau Gisela Frerichs danke ich für ihre große Geduld bei der Verwirklichung dieses umfangreichen Projekts. Insbesondere aber möchte ich die Übersetzung dieses Buches meinem verstorbenen Freund Thorsten Lauf widmen, der mir dank mehrjähriger persönlicher Erfahrungen in China über viele Einzelheiten Aufklärung verschaffen konnte und den Abschluß der Arbeiten leider nicht mehr erlebt hat.

– Michael Iwoleit